Beacon Fire and Shooting Star

The Literary Culture of the Liang (502-557)

Beacon Fire and Shooting Star: The Literary Culture of the Liang (502-557), by Xiaofei Tian, was first published by the Harvard University Asia Center, Cambridge, Massachusetts, USA, in 2007. Copyright © 2007 by the President and Fellows of Harvard College. Translated and distributed by permission of the Harvard University Asia Center.

《烽火与流星：萧梁王朝的文学与文化》，田晓菲著，2007年由哈佛大学亚洲中心出版，经哈佛大学亚洲中心许可翻译与发行。

田晓菲
作品系列

萧梁王朝的文学与文化

烽火与流星

三联书店

Copyright © 2022 by SDX Joint Publishing Company.
All Rights Reserved.
本作品简体中文版权由生活·读书·新知三联书店所有。
未经许可，不得翻印。

图书在版编目（CIP）数据

烽火与流星：萧梁王朝的文学与文化／田晓菲著．—北京：生活·读书·新知三联书店，2022.3 （2024.7 重印）
（田晓菲作品系列）
ISBN 978 – 7 – 108 – 07297 – 9

Ⅰ.①烽… Ⅱ.①田… Ⅲ.①中国文学－古典文学研究－南朝时代②文化史－研究－中国－南朝时代　Ⅳ.① I206.391 ② K239.103

中国版本图书馆 CIP 数据核字（2021）第 211720 号

责任编辑	宋林鞠	
装帧设计	薛　宇	
责任校对	张　睿	
责任印制	李思佳	
出版发行	生活·讀書·新知 三联书店	
	（北京市东城区美术馆东街 22 号 100010）	
网　　址	www.sdxjpc.com	
图　　字	01-2020-6099	
经　　销	新华书店	
制　　作	北京金舵手世纪图文设计有限公司	
印　　刷	河北鹏润印刷有限公司	
版　　次	2022 年 3 月北京第 1 版	
	2024 年 7 月北京第 6 次印刷	
开　　本	880 毫米 × 1092 毫米　1/32　印张 15.25	
字　　数	305 千字	
印　　数	18,001－21,000 册	
定　　价	79.00 元	

（印装查询：01064002715；邮购查询：01084010542）

三联版序言

为自己的作品系列写序言,是一个不可避免的"回顾"的时刻。从2000年开始写作《尘几录》到现在,已经过去了二十年。在回顾中,因为时间的流逝和视角的改变,有一些东西变得更加清晰起来。

三联书店出版的这个作品系列,目前收入我2000年到2016年之间写的四部书:《尘几录:陶渊明与手抄本文化研究》《烽火与流星:萧梁王朝的文学与文化》《神游:早期中古时代与十九世纪中国的行旅写作》《赤壁之戟:建安与三国》。这些书,在主题和结构方式上,各有不同的侧重。在我眼里,一本学术论著的写作,不仅仅是收集材料、列举例证,把得出的结论写下来,也是对研究对象进行系统化思考的方式。写作一本书的过程,是一个探索和发现的过程,是思想得以成熟和实现的渠道。

《尘几录》从一个作者也是一位经典诗人的个案出发,讨论"抄本/写本文化"的特点,和它对文学史以及具体作家作品的巨大影响。相对于在书籍文化和出版文化研究里受到很多重视的印刷文化,这本书呼吁我们注意在抄本文化时代文本传播的特质,对中国写本文化研究与中世纪欧洲写本文化研究做出理论性的联系，提出"新式语文学或曰新考证派"的理念，指出被重新定义了范畴和意义的考证可以为古典文学研究"带来一场革命"。古今中外对写本的研究相当普遍，不过，以"手抄本文化"为题的《尘几录》，却大概是最早归纳"抄本文化"的抽象性质，并就它对作家形象、作品阐释和文学史书写的影响做出探讨的专著。虽然以陶渊明和陶集为中心，但是"写本文化"的意义是超越了个案的，它深深影响到经典的建构和解读。这些想法，在我后来的论著里陆续有所阐发。至于我对陶诗的赏爱，对我们没有一个权威的陶渊明却拥有多个陶渊明的强调，知音读者自能体会和领悟。如果不能，则也无庸再多做解释，就好比任何幽默，一旦需费唇舌进行分解，也就索然无味了。唯一值得一提的是，写《尘几录》的时候，在中国文学研究里还极少有人使用"抄本文化"这一词语，如今，对写本文化和文本流动性的研究和讨论在海内外比比皆是，无论赞同还是反对，都让人欣慰。有辩论，就说明存在着多元性；有不同意见，就说明存在着不同选择，这从哪个方面看起来都是好事。可以继续进行下去的工作，是对上古写本文化、中古写本文化，还有宋元以降印刷与写本的互动，做出更细致深入的区别对待，对"异文"的概念和处理，发展出更敏感、更富有层次感的意识。

《神游》是对中国文化传统中两大分水岭时代的勾勒和比较，同时，也集中讨论了一个我特别感兴趣的问题，也就是说，我们对世界的观看，如何不仅受到观看者的信仰和价值观的限制,而且受到语言——修辞手段、模式和意象——的中介。这里的张力,在观看者不仅遭遇异域,更遭遇到陌生异质文化的时候,表现得尤其突出。因此,这本书把六朝和晚清合在一部书里来写,希望超越对时代、文类和文体做出的孤岛式分隔,看到它们相似中的不似、不似中的可比,一方面细致深入地处理具体的时代和文本,另一方面庶可做出全景式综观。对这本书,曾有论者以为我想做的是所谓的"跨学科研究",但我自己并不认同这一描述。如我在此书前言中所说,我采取的方法,是把通常被不同学科领域作为专门研究对象的文本放在一起进行考察,把这些文本还原到它们产生的语境中——在那个语境里,并不存在现代学科领域的分界,这么做的目的,是为了探索一个历史时代所共同面对的文化问题,共有的文化关怀。

《神游》一书的引言写道:"在高等院校,在学术领域,古典和现代的分野常以各种机构化的形式表现出来……一方面,知识的专门化带来的好处是深与精;另一方面,它也造成学问、智识上的隔阂与孤立,妨碍学者对一个漫长的、连续不断的文化传统的延续和变化进行检视。当古典无法与现代交流,古典学者的研究和教学的重要性与时代相关性受到限制;当现代无法与古典通气,现代学者也不能深刻地理解和分析现当代中国。"这种希望贯通古今的理念,也体现在《赤壁之戟》一书中。《赤壁之戟》在时间跨度上和《神游》有相似之处,但是关注的问题性质不同,而且从建安时代一直写到当代大众文化,包括影视作品和网络同人文学。这部书在微观上试图重新解读某些文本,在宏观上则企图探讨某些具有内在关联的文化现象。"建安"与"三国"在历史时间上本来二而为一,后来却一分为二,二者作为文学和文化史现象,从它们各自的起源,直到今天,都在不断地被重新创造。检视一千余年以来这一传承与再造的过程,是这本书的一个基本出发点,也是我身为现代人,对我们自己的时代、我们当下的文化感到的责任。

《烽火与流星》一书的英文版出版于2007年。它集中讨论一个王朝也就是公元六世纪前半叶的萧梁王朝的"文学文化"(literary culture),被书评称为"西方语言里第一部聚焦于六朝之中一个特定时代的著作"。这本书的正式写作虽说是从2003年开始的,但早在上个世纪九十年代读书期间,南朝就是一个让我感到强烈兴趣的时代,并成为我博士论文的题目:直觉上,我感到它既是中国文化传统可以清楚辨识的一部分,又具有一些新颖的、异质的、和宋元明清一路传递下来的中国大相径庭的因素。它健旺、自信,充满了蓬勃旺盛的创造力与热情奔放的想象力,它也是一个最易受到贬斥与误解的时代;初唐史家对南朝文学特别是宫体诗的论断被"不假思索"地接受下来,一直重复了一千余年。我希望这本书能够帮助读者看到一些观念是如何生成的,并因为了解这些观念的生成过程,意识到很多被视为理所当然的理念并不是"自然的存在"和"历史的事实",而是出于人为的挤压与建构,出于各种服务于王朝意识形态或者纠结于当代文化政治的偏见,出于思想的懒惰或天真。

《尘几录》和《烽火与流星》都曾被视为"解构"之作。在一次学术访谈中,我曾谈到"解构"这个词在中文语境里面常被混用和滥用的情况。解构主义(Deconstruction)本是一种学术思潮和理论,有具体切实的所指;但在中文语境里,它却往往被错误地和"破坏、消除"(destruction)等同起来。展示一台机器的内在结构和它的组装过程是破坏和消除吗?如果是,那么唯一被破坏和消除的,只是这台机器原本"浑然天成"的迷思而已。

给人最大收获的研究,应该是带来的问题比提供的答案更多的研究,因为它不是自足自闭的,而是予人启发和灵感,给同行者和后来者打开一片新天地。它不是为一座孤零零的学术大厦添砖加瓦,而是旨在改变现状,继往开来。对于一个现象,从简单的接受变为复杂的认知,慧心者会在其中看到更加丰富无限的可能。归根结底,我们需要强大的历史想象力:不是像小说家那样天马行空的虚构想象,而是认识与感知和我们的时代完全不同的时代、和我们的世界完全不同的世界的能力。我希望能够和考古学家一样,照亮沉睡在幽暗古墓里的奇珍异宝,使人们能够重新听到一个时代的声音。而《烽火》中最早完成的,就是关于烛火与"观照诗学"的章节。

一般来说,一个年轻学者的第一本书总是基于自己的博士论文,我的情况却并非如此,因为在我看来,在论文刚刚完成之后,暂时转移视线,和论文产生一点时间的距离,多一些积累和沉淀,是一桩好事。但是,积累和沉淀未始不是一个更长期的过程。我目前写作的书，可以说是《烽火》的续篇，一方面回望刘宋与萧齐，一方面向前推进到隋代的宫廷政治与文学文化。这一项研究，与这些年来在专著之外陆续写作的论文，无不是对早期中古文学的继续探索和发现，构成一个带有内在连贯性的整体，借以实现我在博士论文开题前曾经一度想要写作"魏晋南北朝文学史"的心愿。至于《剑桥中国文学史》里我所撰写的"东晋—初唐"章节，由于出版社对篇幅的严格限制，和尊重主编对预期读者的设定，既可以说属于不同的文体（譬如五言绝句与长篇歌行的区别），也可说是"壁画的初稿"。

编辑工作至为重要，而编辑在幕后的辛勤劳动，又很少得到应有的光荣。所以，我要特别感谢三联书店的冯金红编辑对这一作品系列的支持，尤其感谢这几部书的责任编辑钟韵和她的同事宋林鞠细心与耐心的编校。也衷心感谢刘晨、寇陆、张元昕三位译者，特别是在疫情肆虐的时日翻译了《赤壁》全书、对书中"瘟疫与诗歌"章节深有感触的元昕。书中的任何错误，都是作者的责任。

我也想借着这几本书从英文到中文的"回家"的机会，向我在汉语学术界的朋友们表示感谢和致意：不仅为这些年来学术上的交流，更是为了超越时间与空间、年龄与性别的友谊。从北京到南京，从苏州到上海，从香港到台北，许多次畅谈与酣饮，留下了温暖的回忆和对未来的期待。

这些年来，很多读者，无论是青年学子、出版界人士，还是学术圈外的文学爱好者，都曾给我热情的支持和鼓励，包括在国内演讲时直接的互动，或者写来电子邮件。因为学术研究、行政工作和个人生活的繁忙紧张，我不能做到一一回复，但是我的内心充满感激。无论洞见还是偏见，这些书里的见解都是我自己的，代表了我在不同阶段的阅读、探究与思考所得；精彩纷呈的文本，带给我无限乐趣，如果我能通过这些文字和读者分享万一，就足以令我感到欣慰了。

田晓菲
2021 年 7 月

目 录

引　言　1

第一章　梁武帝的统治　17

　　登基之前的岁月　20

　　想象的族谱　29

　　梁朝的政治文化　42

　　"皇帝菩萨"　56

　　最后的岁月　72

第二章　重构文化世界版图（上）：经营文本　83

　　文本生产与传播　85

　　书籍收藏与分类　91

　　文学与学术活动　102

第三章　重构文化世界版图（下）：
　　　　当代文学口味的语境　118

　　"文化贵族"的兴起　120

文学家族　125

　　虚构的对立　132

　　萧统和萧纲：个案研究　154

　　梁代的文学口味　162

第四章　"余事"之乐：宫体诗及其对
　　　　"经典化"的抵制　174

　　刘勰的焦虑　179

　　博　弈　181

　　体痛：关于徐摛　187

　　北人的裁决　195

　　"主义"的陷阱：解读徐陵《玉台新咏序》　199

　　春花飘落始自何时？　213

　　断桥与六尘　218

第五章　幻与照：六世纪新兴的观照诗学　230

　　蜡烛小传　232

　　梁前关于灯烛的诗文　234

　　洞察现象界的真谛：佛教的"观照"　242

　　观照的诗学　252

　　水，火，风：体验幻象　258

　　烛光下的棋盘　271

第六章　明夷：皇子诗人萧纲　280

　　少年时代　283

　　年轻的雍州刺史　293

　　人生的转折点　299

　　春宫岁月　307

　　感知与再现　315

　　末　年　327

第七章　"南""北"观念的文化建构　338

　　南北之争　341

　　征服者的文学观　343

　　想象北方：边塞诗的诞生　347

　　造作的雄健："北朝"乐府　355

　　采莲：建构"江南"　368

　　表演女性：吴声与西曲　379

第八章　分道扬镳　390

　　幸存者的回忆录之一：颜之推　394

　　幸存者的回忆录之二：沈炯　405

　　幸存者的回忆录之三：庾信　414

　　尾声之一：杨柳歌　437

尾声之二：真正的结局 445

结语 / 劫余：梁朝形象的浪漫化 448

参考文献 460

引言

2004年秋的纽约大都会博物馆，举行了一场题为"中国：黄金时代之黎明，公元200—750年"的盛大文物展，展出了来自中国四十六家博物馆和文化单位的三百多件文物。据说学者专家为筹备这次展览，花了整整七年时间。在展厅里，我久久驻足于一座镌刻着双佛坐像的石碑前，这座石碑造于梁武帝大同十一年，也就是公元545年，距今已经有近一千五百年历史了。这时，一位中年华人男子也在石碑前停步，看了半晌之后，他向身边的家人诧异道："梁朝——这是个什么朝代啊？以前从没有听说过哩。"

从502年立朝，到557年覆灭，梁朝虽然国运短促，却是中国历史上最辉煌、最富有创造力的朝代之一，同时，也是最被低估、受到误解最深的朝代之一。这也是至今仍然统治着中国文化想象的"南""北"观念初次成型的时代。这本书不仅探讨梁朝的文学作品，更旨在检视梁朝文学生产的文化语境，就此提出一系列具有内在关联的文化史和文学史问题，重新评估和挑战这一时代文化史以及文学史的现行主流观点，并探索究竟是何种原因导致了中国文化传统中历来对梁朝的忽视与贬低。在这一意义上，我希望本书对于梁朝的讨论，不仅会加深我们对中国中古时代的理解，而且更重要的，是促使我们反思现当代中国国学研究乃至海外汉学研究中的"文化政治"问题以及意识形态取向。

其实，一般的中国百姓往往具有相当丰富的基本性历史常识，这一方面得自学校教育，另一方面得自大众文化传播，譬如经由印刷或者口头流传的文本（包括人们至今仍然爱好不衰的说书）、电影、电视等形式，都是通俗历史教育的扩散渠道。在这种情况下，如果梁朝不为一般百姓所熟知，那么恐怕有一个很重要的原因就是"梁朝"往往被包含在一个概括性的称呼里，譬如说"魏晋南北朝"、"南北朝"，或者"六朝"。夹在汉、唐两大帝国之间，魏晋南北朝通常被视为一个混乱黑暗、战争频仍、时局动荡的时代，一个仅仅是在为光辉灿烂的大唐王朝做准备的时代（所谓"黄金时代之黎明"），是汉—唐之间的一个转折阶段，一个长达四个世纪的破折号。一位当代学者的话很有代表性："这四百年基本上是所谓的'衰世'时期……从文学史上看，与声势煊赫的汉、唐文学比较，此时期的文学总体上确实显得不那么声势浩大、规模壮阔，引人注目的程度自然稍逊一筹。"[1] 哪怕承认这一阶段的文化硕果，人们也总是仅仅着眼于几位经典作家和数部经典著作，再不就是强调书法、绘画和雕塑方面的成就。然而，诸如"魏晋南北朝"这样的指称太笼统概括，不足以反映发生在这漫长的几个世纪里的重大社会与文化变迁；而围绕着少数"伟大作家"和"伟大作品"旋转的传统文学史叙事也埋没了文学史巨幅画面的复杂性，反而限制了我们对"伟大作家与作品"的深入理解。在这本书里，我希望打破过于笼统概括的历史分期，把注意力集中在历史长卷的一个片段上，对梁朝的文化与文学世界进行深入的探索。

这里一个不可避免的问题是：为什么选择梁朝？除了最后几年之外，梁朝一直处于梁武帝治下。梁武帝在位四十七年，是中国历史上统治时间最长的君主之一，而这样长的统治，在宫廷政变频繁的南北朝时期，不啻一个奇迹。在将近半个世纪之中，梁朝保持了一个基本稳定的政权，都城建康是当时世界上人口最多的大城市之一，是繁华的文化中心与商业中心。梁武帝积极推行文化事业的建设，使得梁朝宫廷成为——拿英国学者杜德桥的话来说——"唐前中国最博雅、最发达的思想文化圈子"。[2] 梁朝人士从事的各种

---

[1] 吴云主编，《魏晋南北朝文学研究》，第1页。其实汉代文学以大赋为主，在复杂多样性方面完全不能和多姿多彩、产量丰富、新颖迭出的六朝文学相比，汉代文学比六朝文学"声势浩大"这样的观念显然受到了政治文化的影响，是以"帝国"而不是以文学本身作为衡量的标准。

[2] Glen Dudbridge, *Lost Books of Medieval China*, p. 69.

文学活动，如写作、编辑、整理、分类、生产选本等，其规模都是前所未有的。在不止一个方面，梁朝都是南朝达到的最高点，其政治朝代分期与文化史分期居然可以达到和谐一致，也是十分罕见的。因为梁朝五十年，在思想与文化上都具有同一性和连贯性，不像中国历史上有些朝代在文学与文化史上可以划分为不同的时期。虽然在梁之后，陈朝继续统治南方三十年，但是梁朝的覆灭实在标志了一个时代的结束。梁朝宫廷诗风直到八世纪初期都还具有很大影响，但是在南北之间维持了两百多年的权力平衡随着梁朝的灭亡被彻底打破。在社会方面、文化方面，陈朝都只是梁朝的微弱回响，缺乏梁朝的恢弘气度、文化胆识，以及想象力。

在引言里，我们有必要告诉读者这本书"不是"什么。这本书不是一部传统意义上的梁代文学史。一部传统意义上的文学史，应该对各种文学体裁做出均衡的处理，包括那些不被时人视为"文学"的作品，比如说志怪之作。相反，这本书花了很大篇幅为梁代文学提供一个语境。这样的语境，对我们深层次地理解梁朝文学文化，比逐一分析梁朝流行的各种文学体裁还要有用得多。这里所说的"文学文化"，不仅指文学作品本身，而且指文学生产的物质过程，比如说文本的抄写和流传；也指文化活动，譬如聚书、编辑选本、图书分类，及学术活动的各种形式；也指宗教（特别是佛教）和文学的复杂互动。这本书还探索社会与政治结构对文学世界的影响，因为文学世界本来就和其他社会活动领域紧密相连，是社会生活的一部分。如果用传统学科语汇来描述这本书，就是一部梁代文学的社会与文化史。因此，虽然这本书涉及的文学作品范围相比传统文学史叙事为小，但是对于梁代文学与文化进行检视的眼界比传统文学史叙事来得更大。归根结底，只有把文学文本还原到产生它们的语境中，我们才能更好地理解它们的意义；而当我们了解它们的时候，文学文本也就映亮了框架着它们的社会、历史和文化语境。

在处理梁朝文学作品的时候，本书虽然涉及包括赋在内的很多文体，但是对诗歌有所侧重，这是因为诗歌，特别是五言诗，是这一时期——公元六世纪前半叶——无可争辩的主要体裁，这和前朝，比如说汉代，形成了鲜明对比，那时赋是主要的文学样式。但是诗歌无论在理论层次还是实践层次都是梁朝作家的注意中心。除了六世纪初期的重要批评著作《诗品》之外，很多文学评论都是围绕诗展开的。正如钟嵘在《诗品》序中所说："五言居文辞之要，是众作之有滋味者也。"[1]这一时期诗歌写作发生的巨变对后代中国文学的发展产生了至为深远的影响，远远超过同时代的赋或者其他文体。其实就连这一时期的赋，也如很多学者已经指出的，出现了所谓"诗化"。[2]

在这一时期，诗歌写作最重要的发展之一就是诗人对声律的重视。但是，声律和本书所要探讨的思想与文化问题

---

[1]《诗品集注》，第36页。
[2] 对此问题有兴趣的读者可参看马积高，《历代辞赋研究史料概述》，第73—74页；王琳，《六朝辞赋史》，第25—28页；李立信，《论六朝赋之诗化》，见《第三届魏晋南北朝文学国际学术研讨会论文集》，第95—110页。诗化主要表现在形式上：与汉代大赋相比，南朝的赋比较短小，而且梁代作家的赋常常大量杂用五七言句，读起来有似杂言诗。

并不紧密相关,应该属于探讨这一时期诗歌写作的专著范围。在学界,已经有很多这方面的专著,因此,本书不准备把这一问题作为中心论题之一。相反,我在本书中希望探索这一时期的诗人所致力创造的"新变"——除了形式因素之外,还蕴含什么样的内容。

梁朝文学是对前人成就的继承与发展。离梁朝作家最近的是永明(483—493)一代诗人。沈约(441—513),甚至梁武帝自己(那时他还不过只是萧衍而已),都是这一代人中的佼佼者。沈约入梁后,仍然作为文坛大家而受到广泛尊重,他积极扶植和提拔后辈,具有很大的影响力。沈约于公元513年去世,而六世纪后半叶最重要的诗人庾信(513—581)就在这一年出生。

不过,尽管有这样的巧合,沈约之死并未构成文学史上一个时代的终结。六世纪初期的梁代文学版图缺乏一个强有力的权威性声音,显得散漫和多元。我们既看到何逊(?—518?)这样的诗人,清丽的笔调继承了永明文学的传统;同时也有很多人在追随和模拟谢灵运(385—433)或者鲍照(?—466)的风格。萧子显(483—537)在《南齐书·文学传》的后记里,对当时的文坛做了一个极好的总结。在分析了当时的各种文风之后,萧子显阐述了他自己的文学观,对诗歌应该写成什么样子发表了自己的看法,但是比这更重要的,是他的评述流露出来的高度自觉的批评意识,以及对"新变"之必要性的强烈意识。在这一方面,萧子显充分体现了时代精神。

现代学者倾向于把梁代作家分成三派：保守派、激进派和折中派。在近现代，文学与政治党派往往纠结在一起难解难分，这种对梁代文坛所做的清楚划分可能是受到了近现代情况的影响，但其实不符合早期中古时代特别是梁朝的历史情况。如果我们仔细检视一下梁朝文坛，就会发现很多作家在这所谓的"三派"之间自由来去，会发现时人对文学传统和文学经典具有共识，而且持有很多基本相同的文学观念。换句话说，当时存在着不同的文学口味，但是没有什么矛盾尖锐的"派别"。我们今天视为相互矛盾的观点和文风，往往是个人兴趣不同或者才能有异造成的结果，或者是因为一代人有一代人的爱好。梁朝文学真正的新变发生在六世纪三十年代，当时，梁武帝的第三个儿子萧纲（503—551）从地方回到京都，也带回来一批文采风流的幕僚。公元531年，由于他的兄长萧统（501—531）猝死，萧纲成为皇太子。萧纲及其文学侍从所写的诗歌在首都建康领导了最新的文学时尚，其诗风因为皇太子居住在东宫（又称春宫或春坊）而被时人称为"宫体"。这一诗体不仅统治了梁朝后期的文学世界，而且在中国诗歌发展史上构成了一个关键的转折点。

对宫体乃至梁朝文学的总体最激烈和持久的批评就是"颓废"，但是没有什么是比"颓废"更大的误解。"颓废"或者 decadence 具有腐坏的意味，是极大丰盛之后出现的过分，成熟到顶点以后物质的败坏、精神的颓丧、道德的解体。然而梁人对于"新变"有意识的追求，对改革创新表现出来的积极进取精神,以及他们在面对前人、面对他们的北方强邻时展现出来的文化自信,都与所谓的"颓废"背道而驰。"颓废"一词也不能概括梁朝的政治文化。梁武帝是一个励精图治的君主,他不能完全改变现存的政治结构,因为这会颠覆王朝的统治,于是他转而推行了一系列改革措施,以求在有限的范围尽可能地发挥现存政治结构的长处,减少其弊病。同时,梁武帝致力于文化建设,按照传统理想中的圣君标准修治礼乐。在武帝长达五十年的统治下,梁王朝基本上保持了繁荣与稳定的局面,而它最后的迅速崩溃不仅对于当时人来说,也对于后代史家来说,都非常地令人困惑。因为后代史家的工作,是把历史上的必然事件和偶然事件都编写进一合情合理的叙事,从中总结经验教训,并且指出君主在政策上的错误,以此解释王朝的覆灭。传统的历史叙事把两个因素特别挑出来作为梁朝覆灭的主要原因:一是宫体诗的写作,一是梁武帝对佛教的崇信。这是因为在传统史家看来,君主的注意力只能集中在处理国家政务上,无论是写作宫体诗还是崇信佛教,都意味着君主注意力的转移、分散和浪费。然而时至今日,我们实在有必要摆脱这种古旧的思考模式,以一种新的眼光来审视梁朝的文化世界。

* * *

本书共分八章。第一章"梁武帝的统治"旨在为梁代文学世界提供一个社会和政治文化背景。在这一时期,出现了我称之为"文化贵族"（cultural elite）的精英阶层，对于这一阶层的兴起，我们在本书第三章会进行详细分析。梁武帝的统治对文化贵族之兴起具有重要意义，因此，第一章专门讨论梁武帝多姿多彩的一生以及他治下的梁代社会，并特别着眼于梁代社会的政治结构：当士庶等级差别以及北来移民和南方本土人士之间的复杂关系带来了一系列经济和政治问题时，梁武帝如何在现存南朝社会结构的限制下尽量改善已有的制度，使之更好地服务于王朝的利益。人们对齐、梁皇室有一种长期的偏见，以为他们出身寒微；本章在"寒人"与"寒士"之间做出更为细致的区分，并且把这些使用松散的词语还原到它们的上下文语境里，以求对六世纪南中国不断相互碰撞与妥协的各种文化和政治力量获得更为准确的理解。在梁武帝统治期间，随着选官制度的改革、皇室对文化事业的提倡，开始出现了一套新的铨人标准，这些新的标准鼓励文化成就，为以往被边缘化的寒士以及南方本土人士打开了一条仕进的新途径，政治价值就这样逐渐与文化价值越来越紧密地联系在一起。本章的另一讨论重点是武帝的宗教理想与宗教政策。无论在理论还是机制上，梁武帝都致力于建设一个以"皇帝菩萨"为中心的佛教政体，而他自己作为皇帝菩萨，不仅保持世俗权威，也是臣民的精神领袖。佛教书籍的编写与分类，对僧尼严格奉行蔬食的要求，以及各种各样盛大的公共佛教仪式，比如讲经、无遮大会等，都对梁武帝为世俗君主设计的新身份、新角色有所助益。武帝的宗教思想和实践对中国佛教未来的发展产生了深远影响。

接下来的两章，也就是"重构文化世界版图"的上、下篇，旨在为读者呈现一幅六世纪前期的社会与文化画面。第二章集中讨论这一时期文本世界的物质性，特别是文本的生产与传播，聚书与图书分类，类书的编纂，选本的编辑。第三章则把注意力转向文学话语的社会语境，并为梁代复杂多元的文学世界提供一张版图。梁朝作家非常清楚地意识到文学史上发生的变化，他们对自己相对于前代作家的定位感到强烈的兴趣。这一时期的编辑、整理、图书分类活动具有前所未有的规模，梁朝作家通过这些活动"治定"他们从前代继承下来的书籍写本，整理知识，并建构文学史叙事。如前所言，我们在这一时期看到"文化贵族"的兴起，这些文化新贵的成员由寒族人士还有南方本土人士组成。他们本来属于被边缘化的社会群体，现在却通过文化造诣获得社会荣誉与地位。他们把"文"作为家族专业，并且相互之间进行通婚，借助血统关系和婚姻纽带把南朝旧贵族之间错综复杂的家族政治关系转移到了一个全新的领域。

第三章还会论及关于梁代文学"派别"的迷思。人们通常以为这样的派别之争在萧统和萧纲兄弟二人身上反映得最为清晰。在这一章里，我希望向读者展示这其实是一种误解，后人需要一部戏剧化的，同时也是简化了的文学史叙事，而所谓的"派别"之争，如果尤其体现在兄弟身上，正好可以符合这一需要。

第四章，"'余事'之乐"，探讨了梁代宫体诗以及对它的接受和诠释，而这和中国文学话语中的一个基本问题——

文学之"用"——息息相关。但是如果我们想要界定宫体诗，必须首先弄清楚它"不是"什么。这一章不仅挑战传统的宫体诗定义，也对徐陵（507—583）编辑的《玉台新咏》乃是一部宫体诗选集这样的观点提出质疑，同时，对这样的观点究竟出自什么样的意识形态目的，又为怎样的意识形态目的服务进行了详细的考察。这一章谈到的一个核心问题，是宫体诗的创始者徐摛（474—551）以及他对"痈"的描绘。就像"痈"本身，徐摛对痈的描述是一种赘余，在传统上被视为在"文"的领域之外漂浮不定，并在某种程度上象征了宫体诗的命运。宫体诗在政治系统里没有实际作用，它抵制政治寓言性的解读，抗拒经典，而且，很多宫体诗本身就是以"无用和多余"之物为题材的，比如灰尘、断桥、水中倒影。因此，宫体诗对于一个要求容纳和控制一切赘余物的文化系统来说，都构成了极大的威胁。

第五章"幻与照：六世纪新兴的观照诗学"把梁代宫廷文学放在佛教教义的背景下进行解读，借此对宫体诗做出新的阐释。梁代宫廷文学深受佛教"观照"概念的影响，它反映了人们对物质世界的新的观看方式，是对生命中一些特定的时刻的表现。这一新诗学的核心是佛教教义中"念"的概念，在这里，"念"不仅意味着一个转瞬即逝的念头，也意味着这一念头发生的瞬间。梁代宫体诗归根结底描写的是一系列的瞬间，在这些瞬间里，诗人全神贯注的凝视照亮和穿透了现象世界，直接看到世界短暂、多变和虚幻的本质。在这一章里，我们特别以一系列关于烛光的文本为例分析宫体文学，不仅因为烛光是梁代宫廷作家特别喜爱的题材，而且因为灯烛所投射的光与影，最好地说明了梁代观照诗学的性质。

第六章"明夷：皇子诗人萧纲"，继续对梁代"观照诗学"的讨论，但是重点放在具有代表性的宫体作家萧纲身上。作为诗人的萧纲，具有奔放的想象力和对物质世界敏感入微的观察力，然而，他也是中国文学史上最受到误解与低估的诗人之一。萧纲对同时代人和后世诗人产生了重要的影响，虽然被官方史臣严厉批判，但他的作品受到读者欢迎的程度可以从现存作品的数量上看出端倪。

第七章题为"'南''北'观念的文化建构"，检视"南方"与"北方"的文化形象在六朝晚期的建构过程。很长一段时间以来，在中国的文化想象里，南方与北方总是和一系列固定的特点，特别是一系列和性别相关的陈词滥调联系起来：北方被视为豪放和阳刚，南方被视为旖旎和阴柔。然而，这些地域特点并不是"现实的反映"，而是中古时代逐渐形成的文化建构。本章探讨几组和"南北"之文化形象建构密切相关的文本：南朝"边塞诗"、采莲诗文，以及南朝宫廷演奏和保存的所谓南北朝乐府"民歌"。这些文学表现形式一方面遵循了独立于"现实生活"的内在文体传统；另一方面，它们镶嵌在受制于历史因素的当代文化表现形式中。本章旨在表明，"南北"的文化形象建构，如果放在一个更大的历史和文化语境中来看，其直接起因是这一时期发生在话语层次上的地域身份建构。这一建构过程从公元三四世纪开始，到南北朝晚期趋于成熟，在统一了南北的隋、唐时期得到稳固。

本书最后一章"分道扬镳",探讨了侯景之乱以后,南方诗人对心理创伤、离散,以及旧有社会文化秩序之全面摧毁做出的反应。侯景之乱在公元548年爆发,最终导致了梁王朝的覆灭。很多南方诗人在国破家亡的局面下流散到北方,有些人,比如徐陵和沈炯(502—560),最终返回南方;另外一些人,比如颜之推(约531—591)和庾信,再也没有回归故乡。这样的人口迁移促进了南北文化的交融,也使得南北文化比较成为可能;离散的诗人,作为历史与社会巨变的幸存者,也得以隔着一段时间与空间上的双重距离回顾他们的创痛,对王朝、家庭和个人遭受的灾难进行理性的反思。

在这一章里,我们把焦点对准沈炯、颜之推和庾信三人的"幸存者实录",因为从个人经验和文风来说,这三位作者分别代表了他们的时代。沈炯回南后写下的诗赋对故国与个人的创痍进行了生动的描述。颜之推和庾信,这两位终身流亡北方的离散作家,更是留给我们许多令人惊叹的诗文。在很大程度上,颜之推堪称南方士大夫的典型代表:他教养良好,为人儒雅,明于人情世故,对自己的家族背景感到自豪,并切望把家庭的文化遗产继续传给子孙。对于颜之推来说,梁朝的覆灭远远不只是一个王朝的覆灭,而简直象征了文明本身的毁灭。然而,他对家庭和家族的责任感最终超越了他对王朝的责任感。颜之推最关心的,是他个人的家庭或家族在肉体、道德和文化层面上的生存。对江南故国沦陷带来的剧痛,他努力以一种理性的和现实的方式加以自我缓解。这样看来,颜之推的写作正好为庾信的写作提供了具有反差性的背景:如果说颜之推无论从性情还是从他最擅长的文学体裁来说都具有"散文性",那么庾信就是一位诗人中的诗人。庾信也曾长期在北朝任职,但是,和颜之推不同,他在感情上似乎从来都不能对江南故国的陷落做到带有妥协感的接受。沈炯、颜之推和庾信的作品,构成了战乱、暴力与流亡的巨幅历史画面之下对个人悲剧的书写。虽然他们国破家亡的人生经历在中国历史上不是第一次出现,但他们的作品对这些经历所进行的反映,无论其广度还是深度,至少就现存文字资料来说,都堪称前所未有。

虽然梁朝在公元557年随着梁敬帝的逊位而终结,它作为"后梁"的政治生命却又延续了三十多年,而它的文化成就则存在得更为长久。本书的结语检视萧梁王朝在唐代被浪漫化的过程,我们看到,梁朝在后人心目中伤感、哀艳与颓废的形象其实乃是晚唐诗人的建构,它反映的不是梁朝的本来面目,而是晚唐的文化氛围。梁朝本身,是一个意气风发、充满文化能量的时代,它的特点不是"颓废",而是有一种健全蓬勃的文化精神,最心爱的乃是更始与创新。

本书的标题,"烽火与流星",来自庾信的诗句。羁留北方的庾信,曾在他生命的末年,于隋朝大军进攻江南前夕写下过一首绝句。在诗中,他想象自己登上广陵江岸,眺望旧都建康西面的落星城,只见到处燃烧的烽火照亮了扬子江。在另一首诗里,庾信伤悼江陵的陷落,烽火与流星被嵌

入诗中一联:

> 流星夕照境,烽火夜烧原。
>
> (《拟咏怀》其十二)

流星是战争的征象;在某些情况下,流星坠落预示主将阵亡。这是一个光明夺目然而转瞬即逝的意象,当流星消失之后,留下的只是更深厚广大的黑暗。夜空中灿烂的流星和大地上燃烧的烽火形成对仗,烽火在平原上蔓延,宣示了更多更大的破坏与毁灭。

就这样,庾信心目中的江南,在一个充满恐怖之美的时刻被照亮,随即便逐渐暗淡下去。在烽火与流星照耀下的国土,一半隐藏在阴影里,而这正好是我们这本书的最好象征,因为这本书试图为一个已经过去的时代勾勒出一幅肖像。在很多意义上,这本书讲述的是一个关于光与影的故事,关于诗的文字如何在事过境迁之后仍然能够以其光辉照亮历史的版图。庾信的对偶句被战争与毁灭的广大"语境"所围绕,它让我们想到另一种光:灯火与烛光。它们是人类为了驱除黑暗而做出的微弱努力,不像烽火那样是战争与屠杀的警报,而是为了日常生活的照明:饮食,阅读,写作,或者对弈——虽然也是微型的鏖战,但仍然不过是游戏而已。烽火与流星构成了灯火与烛光的语境,而灯火与烛光才是本书的中心,是本书作者注意力集中的焦点。因为,归根结底,就像庾信的诗句显示给我们的那样,战争和毁灭是短暂的,诗的火焰却长存不朽，在诗人故乡的丘墟中熊熊地燃烧。

* * *

梁朝覆灭之后已经过去了许多个世纪，它光辉灿烂的文化成就直到今天仍然是一份重要的遗产，但这又是一份让人感到不安的遗产，因为它和当代文化政治纠结在一起，展示了一些长期以来存在于中国文化中的问题。曾经一度数量庞大的文本现在只有零星的残存，南方帝国的辉煌就隐藏在这些断简残篇之中，后人从自己的目的出发对之进行诠释，这些带有隐含的动机与偏见的诠释更加扭曲了它们的光芒。对过去的重构，多少总是一个试图把时间废墟中的碎片进行重新拼凑的过程。被拼凑在一起的图片不可能完美地再现历史立体的原貌，但是，这里的乐趣在于，一方面深深了解我们知识的有限性，一方面发挥想象的自由。

第一章 梁武帝的统治

2003年夏天,在杭州西湖畔的净慈寺里,我看到一群老年妇女,跪在蒲团上,向佛像祈祷。她们中间有些人闭目喃喃低语,更多人则手里捧着一种小册子,默念着上面的文字,只看见她们的嘴唇在翕动,但是听不见声音。当其中一人翻页的时候,我瞥见了小册子的封面。小册子的内容,原来是《梁皇忏》,一部据说梁武帝为了赎救妻子郗徽(468—499)的灵魂而亲自编写的忏文。[1]

今天,我们已经很难确定这一传说的起源。初唐史家

---

[1] 关于忏文真伪问题,详见徐立强《梁皇忏初探》。徐认为忏文本是为食肉饮酒的僧尼而作,有可能是武帝推行僧尼素食的副产品。日本僧人圆珍(814—891)在858年编撰的一部中国佛教目中最早提到《梁皇忏》。忏文今本是1338年经元代僧人智松柏庭编辑过的。直到今天,《梁皇忏》仍然是佛教忏悔仪式中最常用的一种忏文。

李延寿在保存了许多流言与逸事的《南史》里留下这样一段文字：

> 后酷妒忌，及终，化为龙入于后宫井，通梦于帝。或见形，光彩照灼。帝体将不安，龙辄激水腾涌。于露井上为殿，衣服委积，常置银鹿卢、金瓶，灌百味以祀之。故帝卒不置后。[1]

韦述（？—757）在《两京记》中，也称郗皇后至为妒忌，梁武帝即位后，没有立刻给她皇后的封号，郗后在愤怒中投井而死，化身为毒龙，"烟焰冲天，人莫敢近。帝悲叹久之，因册为龙天王"。[2] 这则故事显然是编造的，因为郗皇后在武帝登基数年前已经去世了。但是，这些故事的佛教意义非常明显：毒龙是人心中欲望和激情的象征；同时，佛教徒相信自杀者转世不得人身，或者是要下地狱受苦的。

虽然很多个世纪过去了，但是，因为武帝的佛教信仰和他对佛教的巨大贡献，对梁武帝的想象与传说却历久弥新。儒家正统思想者激烈地批判武帝的佛教信仰，认为这是梁王朝灭亡的根源；然而，在通俗文化想象中，人们却给予武帝很多的好感与同情。一部十七世纪后期的长篇小

---

[1]《南史》卷十一，第339页。许嵩《建康实录》（成书于756年之后）也记载了这段故事，见第18502页。
[2]《太平广记》卷四百一十八，第3406页。即使不为南朝君后避讳而且喜录流言蜚语的《南史》也没有记载郗后自杀。

说《梁武帝西来演义》，把武帝描写为蒲罗尊者（菖蒲）转世，郗皇后则是水大明王（水仙），他们降生人世，是为了修炼佛性。[1] 冯梦龙（1574—1646）的短篇小说《梁武帝累修归极乐》也对梁武帝的佛教信仰作了正面描写。在这些小说里面，作为个人的梁武帝和他的君王身份被分离开来，君王身份是武帝为了成佛而必须经受的考验。这一来，梁武帝就和明清其他历史小说中描写的君主形象十分不同，在梁武帝个人和其君主角色之间存在的张力成为小说叙事的驱动力。

作为个人，作为君主，梁武帝都是一个不同寻常而且异常复杂的人物。他对君主身份有一种特殊的视界，他的宗教信仰和他的思想追求以及政治抱负密不可分。在一个充斥着地方叛乱和宫廷政变的时代里，梁武帝长达将近半个世纪的统治几乎可以说是奇迹。传统的历史学家常常对武帝作为君主几近完美的道德表现和他的悲剧性结局感到困惑，特别是在持儒家正统思想态度的文士看来，佛教十分方便地成了替罪羊。另一个传统的解释是武帝在赏罚方面过于放纵，他的慈悲宽大政策被视为国家法治的障碍。然而，当我们仔细检视梁武帝的统治，就会发现他对佛教的推崇和他的宽大政策绝不是梁朝覆灭的重要原因。

这一章通过描述梁武帝统治的几个方面——行政、经

---

[1] 《古本小说集成》，第12—13册，1673年永庆堂版。除了永庆堂版之外，还有1819年抱青阁和1851年裕国堂版。又题为《梁武帝演义》或《梁武帝传》。明清戏剧与宝卷均有以梁武帝为题材者。

济、军事和宗教——勾勒出梁朝的社会与历史背景。但首先我们应该叙述一下梁武帝在成为梁武帝之前的生涯。梁朝由武帝创立，又基本上随着武帝之死而终结，梁朝几乎所有的重要事件都是在梁武帝漫长而丰富多彩的一生中发生的。

登基之前的岁月

梁武帝的名字是萧衍（464—549），他的家族从山东兰陵迁移到江苏武进，而武进也因此被重新命名为南兰陵。兰陵萧氏自称是西汉著名宰相萧何的后代，但到底是否实情已经很难判断。[1] 萧衍的先人担任过一系列低微的官职。他的父亲萧顺之（？—492）是齐高帝萧道成（427—482）的远亲。宋太祖刘裕（356—422）的继母也是兰陵萧氏，因此，江南这三个王朝，宋、齐、梁，是通过血统或者婚姻互相联系在一起的。

在萧道成登基之后，萧顺之被封为临乡县侯。齐武帝永明八年也即公元490年，萧顺之被派去镇压齐武帝第四子萧子响（469—490）的叛乱。据说在萧顺之出发之前，一直对这个粗勇好武的弟弟十分忌惮的文惠太子萧长懋（458—493），悄悄嘱咐萧顺之把萧子响当场处斩，而萧顺之也果然

---

[1] 关于萧姓的来历，兰陵萧氏及其移民江南的情况，详见曹道衡，《兰陵萧氏》，第1—9页；曹道衡、傅刚，《萧统评传》，第3—9页。

这么做了。然而这显然不是齐武帝的本意。据《南史》记载，武帝痛悼萧子响之死，这使萧顺之十分不安，以至于不久之后就"惭惧感病，遂以忧卒"。[1]

萧衍初入仕途，在名相王俭（452—489）手下任东阁祭酒。[2] 王俭据说对萧衍极为欣赏，预言说萧衍不出三十岁就可以做到侍中，之后则前途不可限量。[3]

五世纪八十年代对年轻的萧衍来说是一段愉快的时光。在这期间，他常常出入于竟陵王萧子良的沙龙。萧子良爱好文艺，是虔诚的佛教徒，一位文质彬彬的王子。他位于鸡笼山（在台城西北）的西邸是当时文化和宗教活动的中心。在这里，竟陵王召集学士编撰了一部长达千卷的《四部要略》，邀请著名的僧人讲解佛经，也和宾客一起在宴会上同题赋诗。在围绕着竟陵王的众多文士当中，以"竟陵八友"最为著名，他们包括萧衍、沈约、范云（451—503）、任昉（460—508）、谢朓（464—499）、王融（467—493）、陆倕

---

[1]《南史》卷四十四，第1109页。《南齐书》则说萧子响是被齐武帝赐死的，这样就洗清了萧顺之的责任。我们已经很难判断到底何者更符合事实，但是《南史》写于七世纪，《南齐书》写于梁代，《南史》作者不必像《南齐书》作者那样顾忌政治后果，因此，在这一情况里，似乎还是《南史》更为可信。见《南齐书》卷四十，第706页。
[2] 据《梁书》卷一，第2页记载，萧衍起家南中郎法曹行参军。南中郎即齐武帝第十三子巴陵王。巴陵王在489年才封南中郎，萧衍任参军一定为时甚短就迁职东阁祭酒，因为王俭同年就去世了。《南史》没有记载这一职务，可能也是因其为期甚短之故。
[3]《梁书》卷一，第2页；《南史》卷六，第168页。

第一章　梁武帝的统治　21

（470—526）、萧琛（？—529）。[1]在这八人里面，任昉是文章宗师；沈约、谢朓、王融对音韵特别感兴趣，是重视诗歌音律的所谓永明体诗歌的主要作者，他们在声律方面的创新对梁代诗歌产生了深远影响。沈约、任昉和范云还以乐于提拔后进而知名当世。他们在公元五、六世纪之交的文坛上具有重要的影响。在这群才士当中，萧衍虽然也富有文采，但是他与众不同的一点是长于骑术。[2]他曾经和任昉开玩笑说，如果自己成为三公，就委派任昉做记室；任昉回答道，如果他做了三公，就任命萧衍做骑兵。[3]

如果齐武帝统治的时间更长一些，或者，如果文惠太子没有英年早逝而得以继承皇位，我们所知道的萧衍可能就只不过是一个有名的文化人物而已。但是历史发生了意想不到的转折。萧子响之死打破了竟陵八友的圈子。萧子响的弟弟随王萧子隆（474—494）被派往荆州，继任荆州刺史。谢朓被任命为子隆的镇西功曹，萧衍任咨议参军，他们在491年春天离开京城前往地方任职。在告别的宴会上，朋友们纷纷作诗为二人送行。萧琛喝得大醉，直到第二天才完成他的

---

[1] 关于竟陵王及其沙龙有大量学术研究。可参见林家骊，《沈约研究》，第400—431页；刘跃进，《门阀士族与永明文学》，第27—70页；Thomas Jansen, *Höfische Öffentlichkeit im frühmittelalterlichen China*；曹道衡，《梁武帝与竟陵八友》。又，萧琛生年按《梁书》本传记载为478年，但这样一来他在永明年间似乎太过年幼。关于这一问题，参见曹道衡、刘跃进在《南北朝文学编年史》第257页的有关讨论。
[2] 王融为了给一种更为活跃的政治和军事生活做准备，曾在生命的最后几年积极练习骑术。《南齐书》卷四十七，第823页。
[3] 《梁书》卷十四，第252页。萧衍即位以后，果然命任昉做了记室。

诗稿。[1]

无论谢朓还是萧衍都没有在荆州久留。谢朓因为和随王过于密切而被皇帝召回京师；492年，萧衍则在听到父亲病危消息后仓促赶回，但是等他日夜兼程回到家中，已经太晚了，没有见上父亲最后一面。[2]

都城的政治局势出现意外的发展。493年春，仅有三十五岁的皇太子因病去世；半年之后，皇帝本人也病势严重。皇太子的长子萧昭业（473—494）按理是皇位继承人，但是他年纪尚轻而且声誉不佳。竟陵八友之一的王融，参与了推举竟陵王为帝的计谋。王融对萧衍向来十分推崇，曾说："宰制天下，必在此人。"[3]然而萧衍对王融的评价却不甚高，说："夫立非常之事，必待非常之人。融才非负图，视其败也。"[4]事实证明两个人都很有眼光。

在延昌殿，齐武帝生命垂危，诸王和百官都在惶惧之中等待。竟陵王日夜侍奉医药，在皇帝的病床四角插立铜莲

---

[1]《先秦汉魏晋南北朝诗·梁诗》卷十五，第1804页。现存其他为萧衍送行的诗包括王融、王延、任昉和宗夬（456—504）的作品。见《先秦汉魏晋南北朝诗·齐诗》卷二，第1396页，第1377—1378页；《先秦汉魏晋南北朝诗·梁诗》卷五，第1599页。逯钦立误以为王延就是王延之（421—484），但王延之这时已经去世了。萧衍给王融、任昉和宗夬的答诗见《先秦汉魏晋南北朝诗·梁诗》卷一，第1528页。
[2] 据萧衍第七子萧绎（508—555）的《金楼子》记载，萧顺之去世时间是永明十年即492年。《金楼子》卷一，第43页。
[3]《梁书》卷一，第2页。
[4]《南史》卷六，第169页。《资治通鉴》则云萧衍直称"王元长非济世才"，见《资治通鉴》卷一百三十八，第4332页。

花，又召入僧人在庭院里念经。百官都在窃窃私语，以为竟陵王有可能继承皇位。王融内穿甲胄，外衣绛衫，已经伪造了皇帝诏书，准备立竟陵王为帝，并且把皇太孙的仪仗队阻拦在中书省阁口，不许进入看视皇上。齐武帝在世的兄弟中年纪最大的武陵王萧晔（467—494）在众人中大声说："如果我们按照年纪选择皇位继承人，那么就应该轮到我；如果按照次序，那么就应该是皇太子的长子。"[1]就在这时，齐武帝暂时恢复了知觉，宣皇太孙进殿，皇太孙的卫士也全部随入。王融策划的政变就这样失败了。之后不久，年仅二十六岁的王融被赐自尽。他的死，标志了永明时代结束之后一系列宫廷政变、武装叛乱和血腥屠杀的开端。

野心勃勃的萧鸾（452—498，即齐明帝，494—498年在位），是齐高帝的一个侄儿，开始扮演愈来愈突出的政治角色。《南史》称萧衍有意识地帮助萧鸾屠戮齐武帝的子孙，因为齐武帝间接导致了萧衍父亲之死。[2]我们已经不可能知道萧衍在这一过程中究竟是怎么想的，而且，在过于委婉含蓄的《梁书》和喜欢耸人听闻的《南史》之间，也很难判断萧衍到底有多深地卷入萧鸾夺位的阴谋。萧鸾在召随王萧子隆还京时曾经问过萧衍的意见，这是萧衍襄助萧鸾的唯一实例。萧鸾有一个很小的亲信圈子，其中显然并不包括萧衍。

但是有一件事很明显：在当时变幻莫测、危险重重的

---

[1] "若立长，则应在我；立嫡，则应在太孙。"《南齐书》卷三十五，第626页。
[2] 《南史》卷六，第169页。

政治环境中，萧衍表现得机智而谨慎。他逐渐得到了萧鸾的信任，虽然萧鸾拉拢萧衍很有可能只是为了获得萧衍兄弟私人武装力量的支持。[1] 萧衍被派往西北边境，监视当时有可能谋叛的豫州刺史崔慧景（438—500）。萧衍没有对崔慧景采取军事行动，而是通过巧妙的外交斡旋取得了对局势的控制。这是萧衍的第一个政治胜利。

萧昭业即位一年被废，他的弟弟萧昭文（480—494）继位；三个月后，萧鸾废掉萧昭文而自立为帝。495年春，北魏入侵，萧衍作战立功，显示了他的用兵才能。不久之后，萧衍被召还京师，出镇石头城。据《南史》记载，他深知萧鸾为人猜忌，因此遣散了所有的私人部曲。萧鸾"每称帝清俭，勖励朝臣"。在495年至497年间，萧衍一直保持低调的生活作风，这期间他曾写诗赠给老朋友谢朓，在诗中他自称薄德少才，配不上现在担任的职位，而且国家清平，没有机会报效朝廷。在这些谦虚的言辞之下，我们似乎可以探察到萧衍对自己处境隐隐的不满情绪。他显然不愿意长期做一只"笼鸟"，只是在韬光养晦，等待合适的机会。[2]

命运没有让他等得太久。497年，萧衍被派往襄阳，辅佐崔慧景对抗入侵雍州的北魏军队。虽然战事不利，萧衍却全师而归，并从中受益：这年秋天，他被萧鸾委任为雍州刺史。其后不久，萧鸾去世，他的儿子萧宝卷（483—502）即

---

[1] 萧衍兄弟继承了萧顺之留下的部曲。见萧衍《孝思赋》序。《全上古三代秦汉三国六朝文·全梁文》卷一，第2948页。
[2] 《先秦汉魏晋南北朝诗·梁诗》卷一，第1528页。

位,也就是在历史上臭名昭著的东昏侯。萧宝卷年纪尚轻,六位朝臣受明帝临终遗命辅政。

史书把萧宝卷描绘为一个暴君,屠戮朝臣毫不犹豫和手软。然而,明帝萧鸾临死之前曾谆谆告诫萧宝卷:"作事不可在人后。"萧宝卷无非是在太过认真地执行父亲的遗嘱而已。而明帝的话,则想必是有感于他自己对萧昭业兄弟的废立而发的。萧宝卷的六位辅政大臣一方面内部矛盾重重,一方面也确实在和诸王暗中进行谋划。很快他们就一个个被萧宝卷处死,有些是冤枉的,有些则未必。同时爆发了几场叛乱,又相继被镇压下去。在这期间,萧衍心知时局会发生变化,一直在雍州秘密进行种种战备:征集士兵,营造器械,砍伐竹木,整理舟船。最重要的,是他团结起了一批当地大族,这些雍州豪强后来在梁朝创立过程中果然起到了关键的作用。[1] 萧衍又试图劝说当时任郢州刺史的兄长萧懿和他联手,但是被萧懿拒绝了。500年冬天,萧懿被萧宝卷赐自尽,另一个兄弟萧融也被处死;他们死讯传来,遂成为萧衍起兵反齐的契机。

起义之初,萧衍联合当时在荆州任西中郎长史的齐王室成员萧颖胄(453—501),拥立萧宝卷的弟弟荆州刺史萧宝融(488—502)为帝,挥师向建康进发。虽然一路上遇到不

---

[1] 关于萧衍联合雍州地方豪族,可参见安田二郎在《中國中世史研究:六朝隋唐の社會と文化》中的讨论。又见安田氏,"The Changing Aristocratic Society of the Southern Dynasties and Regional Society: Particularly in the Hsiang-yang Region", *Acta Asiatica* 60 (1991),第42—48页。章义和,《地域集团与南朝政治》,第80—85页。

少抵抗，但501年秋天，萧衍已经兵临建康城下。是年阴历九月（9月28日—10月27日），萧衍留在襄阳的丁令光夫人（485—525）生下长子萧统，萧衍当时已经年近四十，始得冢嗣；不久，在11月13日，镇守建康东府城的齐将徐元瑜投降；稍后，12月7日，萧颖胄感暴疾卒，使萧衍轻而易举成为义军的主帅。这几件事，被萧衍手下人称为"三庆"。[1]

501年12月31日（东昏侯永元三年十二月丙寅），齐宫发生兵变。叛乱将士斩下年轻皇帝的头，把它包在黄油布里送给萧衍，送交者不是别人，正是当年曾和萧衍一起出入竟陵王邸的范云和刘绘（458—502）。

这时，"天命"究竟何在已经很清楚了。"竟陵八友"之一的沈约和范云，是力促老朋友萧衍尽早登基的关键人物。[2]沈约在如何处理傀儡皇帝萧宝融的事情上也扮演了决定性角色。萧衍本来打算把萧宝融放逐到南海郡，沈约却说："今古殊事。魏武所云：不可慕虚名而受实祸。"[3]萧宝融及其四个兄弟遂全部被杀。

然而，总的来说，萧衍决意变革宋齐皇室的暴力文化。刘宋皇帝屠戮族人格外残酷无情：几乎每个刘宋皇帝都曾杀死过至少一个兄弟，有的皇帝甚至处斩了数十位兄弟、堂兄弟和叔父。萧衍生在宋末，长在萧齐，亲眼目睹了萧鸾、萧宝卷屠杀族人的惨剧，也意识到这样的政治屠杀于事无补，不想重

---

[1]《南史》卷五十三，第1307页。
[2]《梁书》卷十三，第234页；卷十四，第253页。
[3]《南史》卷五，第160页。

蹈前人覆辙。他召来齐高帝萧道成的孙子们，向他们发表了一通长长的演说，表示不仅要保全他们的生命（他特别强调说这是很多朝臣都极为反对的），而且要任用和善待他们，希望他们能够心悦诚服地服务新朝。[1]这番话，就像所有成功的政治演说一样，是诚恳语气与外交策略的混合，这正是梁武帝统治一个最鲜明的特征。而在梁朝，萧道成的孙子们确实都官登高位。如果萧衍的政策以宽大为主，这固然和他后来日渐深刻的佛教信仰有关，但更重要的是因为他曾亲眼目睹前代君主的残酷屠杀并没有带来任何好处，相反只引发了灾难性的结局。历史学家周一良认为，萧衍之所以能够宽大对待萧齐后代，是因为他不像以前的君王那样面临来自前代皇室的巨大威胁，而且萧衍即位时比宋、齐开国之主都远为年轻，因此充满自信。周一良还注意到，萧衍和宋、齐皇帝不同，从来没有处斩过帮助他开国的有功将领。[2]这一观察，换一个角度来说，就说明梁代开国名将没有一个举兵叛乱的。在很大程度上，是由于这些将军来自地方豪族，在宋齐两代一直被排除在中央政权之外，在梁朝却终于得到了一个参与中央政权的机会。从这方面看来，萧衍的管理才能，以及发生了巨大变化的政治情境，都为武帝和平的统治打下了良好的基础。

502年4月25日，三十八岁的萧衍登上了皇帝之位，建国号为梁，改元天监。在建康南郊举行了郊祀仪式之后，

---

[1]《梁书》卷三十五，第507—509页。
[2] 周一良，《魏晋南北朝史论集》，第339—342页。

他对跟随在车驾旁的范云说:"今天我感觉似乎是在用枯朽的缰绳驾驭六马。"范云答道:"只愿陛下日慎一日。"[1]君臣这番对话提醒我们:此前的南朝,在八十二年之间更换了十五个皇帝;在公元 502 年,没有人,包括萧衍在内,可以想象到武帝的统治将会持续半个世纪。

想象的族谱

萧衍在即位两个月前,曾写了一封牵涉到帝国统治大业之根本的奏表,关涉朝廷的用人制度。考虑到年仅十四岁的齐帝萧宝融的傀儡身份,这封奏表与其说是写给皇帝的,还不如说是写给朝臣的。在奏表里,萧衍对族谱的破坏情况表示强烈的关怀,因为在这一时代,族谱构成了政府选拔和任用官员的基础:

> 谱牒讹误,诈伪多绪,人物雅俗,莫肯留心。是以冒袭良家,即成冠族;妄修边幅,便为雅士。[2]

萧衍在此所关心的是朝廷的用人制度,但是他的奏表触及了一个社会影响远为深广的问题。

早期中古时代的中国社会以严格划分的社会等级为特

---

[1] "礼毕,高祖升辇,谓云曰:'朕之今日,所谓懔乎若朽索之驭六马。'云对曰:'亦愿陛下日慎一日。'高祖善之。"《梁书》卷七,第 231 页。
[2]《梁书》卷一,第 22 页。

点。最基本的区分是士、庶之别。每个家庭的社会地位都在户籍上有所标示,这些户籍通常被称为"黄籍"。[1]学界对于"士族"的具体性质和精确定义存在一些不同的看法。比如姜士彬(David Johnson)认为"士"指"一类属于松散范畴的人,其身份地位是通过努力赢得的,不是一个具有天赋地位与内在一致性的群体";他还认为"士"的身份并未在户籍上有所标明。[2]今天,由于六朝户籍都没有保存下来,我们已经既无法辩驳也无法确认这样的观点;但是,南朝文字资料不断提到士庶之别,这表明士庶之别对当时人来说比对我们现代人来说显然要透明得多。譬如刘宋名臣王弘(379—432)曾在朝廷里展开如何对士庶进行不同处罚的讨论;沈约曾抱怨说由于户籍遭到损坏,宋齐以来士庶常

---

[1] 对黄籍的传统解释是写在黄纸上的户籍。黄颜料是一种防虫剂,因此黄纸比白纸保存时间更长。黄纸用于政府文件的记载至少可以追溯到公元三世纪。见《三国志》卷十四,第459页;《晋书》卷三十六,第1078页。在公元676年,唐高宗颁布诏书,下令中书省文件必须全部使用黄纸,因为白纸常常遭到虫蛀。见《旧唐书》卷五,第101页。美国学者克洛维尔(William Gordon Crowell)对"黄籍""白籍"做了详细探讨,他认为黄色不仅是纸张的颜色,而且还象征了皇家权威。见其 "Northern Émigrés and the Problems of Census Registration" 一文,*State and Society in Early Medieval China*, pp. 180-181。但我认为颜色的象征性恐怕是偶然。克洛维尔还强调说户籍未必都是写在纸上的,也可能使用其他材料。这一说法值得商榷。沈约曾清楚表明,至少从公元328年(晋咸和三年)以来直到刘宋时代的户籍都是写在纸上的,这些纸被粘连在一起,还有红笔作注,见《全上古三代秦汉三国六朝文·全梁文》卷二十七,第3110页。当然,最重要的是要记得"黄籍"是与"白籍"相对而言的,下文将做进一步探讨。对于户籍的内容,参见郑欣,《魏晋南北朝史探索》,第212—216页。

[2] *The Medieval Chinese Oligarchy*, p. 16.

常发生混淆,这说明户籍确实曾被用来决定一个人的阶级身份。[1]宗越(408—465)是一个很好的例子:他原本属于"次门",也就是说在士族中算是第二等,但至少还是士族;可是,在襄阳进行了一次对当地家族等级的重新检查和分类之后,他被贬入"役门",也就是说必须服役的门户,应该算是庶族。直到公元447年,他直接上书给皇帝,才恢复了"次门"的地位。[2]另一位军界人物,武念,据史书记载属于"三五门"。《资治通鉴》的笺注者胡三省(1230—1302)认为"三五"指一个家庭里每三名男子必须有一人服役,或者每五个男子必须有二人服役。换句话说,三五门指必须为国家服役的庶族。[3]在这两个例子里,士庶家庭的区分显然都和是否居官毫不相干,因为宗越和武念都是仕宦中人,虽然他们的官职不是所谓的清职。

士族本身又可以做出更细致的划分,比如"高门"和"次门";但是,最重要的区别存在于士庶之间,而这一区别最重要的标志或者后果,就是士族可以享受(如果不是绝对的,至少也是部分的)免税和免役的特权。就连士族家庭所雇用的人也可以免于缴税和服役。税、役的繁重,使得很多人自动归附当地士族,实际上成为他们的农奴,这些人在当时被称作"家僮"、"僮客"、"僮仆"或者"僮竖"。有些

---

[1]《宋书》卷四十二,第1318页;《全上古三代秦汉三国六朝文·全梁文》卷二十七,第3110页。
[2]《宋书》卷八十三,第2109页。
[3]《资治通鉴》卷一百二十五,第3947页。

士族大户拥有数以百计的家僮为他们耕地。[1]东晋诗人陶渊明的曾祖父陶侃（259—334）有"媵妾数十、家僮千余"；就连陶渊明的叔父陶淡，一个著名的隐士，也拥有百余名僮仆。[2]另一士族高门诗人谢灵运，每当游玩山水之际，从者达数百人，为他开山清道；有一次喧嚣太甚，当地太守竟以为来了山贼。[3]这些僮仆及其家人被称为"荫户"，也就是受到主人荫庇，因此不用向国家缴税或者为国家服役的门户。从古至今，任何国家政府都必须依靠税收以及服役才能维持正常运作，我们可以想象六朝时代的士族特权对朝廷构成何等样的压力。

于是朝廷必须不断地和士族阶层争夺土地和人口。公元457年，刘宋的一个皇子刘子尚给皇帝上书，呼吁朝廷对士族占领国家土地进行管制：

> 山湖之禁虽有旧科，民俗相因，替而不奉，燎山封水，保为家利。自顷以来，颓弛日甚。富强者兼岭而占，贫弱者薪苏无托。至渔采之地，亦又如兹。斯实害治之深弊，为政所宜去绝，损益旧条，更申恒制。[4]

刘子尚提到的"旧科"或"旧条"是指东晋咸康二年也即公元336年的诏书："占山护泽，强盗律论，赃一丈以

---

[1] 详见唐长孺"Clients and Bound Retainers"一文，*State and Society in Early Medieval China*, pp. 111-138；郑欣，《魏晋南北朝史探索》，第140—165页。
[2] 《晋书》卷六十六，第1779页；卷六十四，第2460页。
[3] 《宋书》卷六十七，第1775页。
[4] 《宋书》卷五十四，第1537页。

上,皆弃市。"当时任尚书左丞的羊希(？—467)认为咸康二年的法律太严了,不可能贯彻实行。羊希还指出,如果政府没收所有私家田产,会引起极大的怨恨以及社会动乱。他建议朝廷根据政府官员的官职等级分配土地:

> 若先已占山,不得更占；先占阙少,依限占足……有犯者,水土一尺以上,并计赃,依常盗律论。停除咸康二年壬辰之科。[1]

六朝历史学家何肯(Charles Holcombe)认为："和晚唐相比,南北朝与其说是以私人拥有大量田产为特点的,还不如说是以政府极力对此进行控制为特点的。"[2]不过,我们也要看到,政府对私人占有土地和荫户的努力控制,正说明了这一问题的严重性。

如果我们考虑到公元四世纪对南方本土人士的歧视和压抑,问题就进一步复杂化了。四世纪初,外族入侵,晋室南渡,大批北人过江,成为所谓"侨民"。这些侨民得以"享受部分甚至完全免税及免役的特权"。[3]学界以为"白籍"一词,虽然在史书中很少出现,就起源于这一时期。[4]据一些学者的

---

[1]《宋书》卷五十四,第1537页。原文以咸康二年(336年)为壬辰,但实际上壬辰年是332年。其中一个日期一定是错误的。

[2] *In the Shadow of the Han*, p. 61.

[3] Crowell, "Northern Émigrés and the Problems of Census Registration," p. 184.

[4] 晋成帝341年,"王公已下皆正土断白籍"。见《晋书》卷七,第183页。范宁(339—401)给皇帝的奏表里也提到这个词,详见下面讨论。

推断，东晋政府为了区别北来侨民和南方本土人士，侨民的户籍用白纸而不是黄纸登记，而且记载的是他们的原籍，而不是他们在南方侨居之地，这些侨居之地被称为"侨郡县"。[1] 由于史料不足，学者们对"白籍"的具体性质和作用不能达成一致的意见，但是有两点似乎是可以确定的：白籍用于区别北来侨民和本土南人，而且，北来侨民受惠于他们的特殊身份。

侨民的特权对于南朝政府的财政收入来说是巨大的负担。随着收复北方的希望日益暗淡，中央政府决定采取一系列政策，增加国家收入，保护国家利益。这些政策包括检籍（重新检查户籍）、括户（登记那些未曾正式登记的户口），以及土断。对南朝政府来说，土断意在把北来侨民纳入当下居住地的行政系统，防止人口的不断迁移。如克洛维尔所说："土断意味着把一个地方的非原住民变成当地的合法居民。"[2]一旦成为当地的合法居民，也就是说登入当地户籍，就必须缴税和服役。范宁曾向晋孝武帝（373—396年在位）建议：

> 古者分土割境，以益百姓之心；圣王作制，籍无

---

[1] 周一良认为用白纸登记侨民户籍是因为白纸易遭虫蛀，不像黄纸耐久，因此反映了这些户籍的临时性质。《魏晋南北朝札记》，第246页。如果这一推断是正确的，那么说明东晋朝廷至少在南渡初期对收复北土相当乐观。
[2] Crowell, "Northern Émigrés and the Problems of Census Registration," p. 187. 日本学者安田二郎认为南朝存在两种土断：现土土断和实土化土断。现土土断意味着完全废除侨郡县的名义，把侨民纳入当地郡县系统；实土化土断意味着把名义上存在的侨郡县转化为具有实际领土的行政单位（见"Changing Aristocratic Society," pp. 38-39）。这一观点如果属实，则可以从一种角度解释为什么南朝土断如此频繁。

黄白之别。昔中原丧乱，流寓江左，庶有旋反之期，故许其挟注本郡。自尔渐久，人安其业，丘垄坟柏，皆已成行。虽无本邦之名，而有安土之实。今宜正其封疆，以土断人户。[1]

东晋一朝，数次"正其封疆"，最有效的是公元364年所谓的庚戌土断，以及413年在刘裕倡议下实行的土断。据刘裕说，在当时大司马桓温领导下进行的庚戌土断非常成功，极大地改善了政府的财政状况（"于时财阜国丰，实由于此"）。[2] 在宋、齐、梁三朝，每隔一段时间，政府就会下令实行土断，譬如457年的雍州土断，以及梁武帝即位之初实行的南徐州土断。[3] 最后一次土断令是陈文帝（560—566年在位）在公元560年颁布的，不过，这很有可能并非针对北来侨民，而是针对在侯景之乱和接下来的内战中流离迁移的人口而发的。

在南朝，北来侨民不仅享受免税免役的特权，而且在担任官职方面也较南方本土人士受到优待，这在五世纪仍是一个十分突出的现象。比如说齐高帝本来想用南人张绪为右仆射，却遭到王俭的反对，因为"南士由来少居此职"。[4] 吴郡丘灵

---

[1]《晋书》卷七十五，第1986页。
[2]《宋书》卷二，第30页。庚戌诏令发布于晋哀帝兴宁二年三月庚戌日，也即公元364年4月18日。
[3] 参见王仲荦《魏晋南北朝史》，第326—328页。
[4]《南齐书》卷三十三，第601页。史书又云："褚渊在座，启上曰：'俭年少，或不尽忆，江左用陆玩、顾和，皆南人也。'俭曰：'晋氏衰政，不可以为准则。'上乃止。"

第一章 梁武帝的统治

鞠,著名的诗人,曾愤愤不平地对朋友说:"我应还东掘顾荣冢。江南地方数千里,士子风流,皆出此中。顾荣忽引诸伧渡,妨我辈涂辙,死有余罪!"[1]顾荣是吴郡人,属于江南大族,东晋在江南创业时深为倚仗的人物之一。[2]在下文我们将会看到,梁武帝对改善南方本土人士的政治待遇做出了很多努力。顺便要提到,本土南人不是唯一受到歧视的社会成员,晚渡北人也同样遭到歧视,被称为"荒伧"或"伧荒"。据沈约《宋书》:"晚度北人,朝廷常以伧荒遇之,虽复人才可施,每为清涂所隔。"[3]哪怕这些晚渡北人拥有显赫的家世背景也无济于事。就这样,南朝社会好比一张由各种社会等级构成的复杂的网,而社会等级的隶属是由种种不同因素所决定的。

土断是南朝中央政府加强税收和控制人口的方式之一,但是人们有同等花样繁多的办法逃税漏税。公元480年,虞玩之就户籍一事上书齐高帝,谈到百姓完全无视土断,从本土流亡他乡以避免缴税;也有数家群居一处,假装属于一个大家庭,从不进行户口登记;又有人甚至借秃顶而伪装僧人以逃避纳税。但是最严重的是庶族家庭伪造士籍:"又有改注籍状,诈入仕流,昔为人役者,今反役人。"[4]针对这一情况,政府设立了校籍官,甚至要求这些校籍官每天都必须查

---

[1]《南齐书》卷五十二,第890页。
[2] 见周一良《南朝境内之各种人及政府对待之政策》以及《〈南齐书·丘灵鞠传〉试释兼论南朝文武官位及清浊》。《魏晋南北朝史论集》,第58—72,102—126页。
[3]《宋书》卷六十五,第1720—1721页。
[4]《南齐书》卷三十四,第609页。

出数起伪造的户籍。这样一来,许多原本自称士族的门户都被从士籍中清除出去,也就是所谓"却籍"。这引起了许多怨恨不满情绪,公元486年的唐寓之叛乱在很大程度上就是政府严加检籍的结果。[1]参加叛乱者被称为"白贼",可能是指乱民的"白籍"身份。[2]巨大的社会压力迫使齐武帝在490年宣布说所有籍贯一仍其旧,回到升明年间(477—478)的状态。[3]这一举措表明了中央政府的妥协。然而,未能检出伪籍并不像历史学家唐长孺所以为的那样,对庶族平民的社会地位有所帮助;[4]相反,我以为,这不过强化了传统的社会等级划分,削弱了中央政府的力量。

由此看来,户籍的问题实在是南朝社会的一个关键问题。国家利益和阶级利益都和户籍问题紧密相关。朱大渭在他关于南朝户口骤减和缴税人数骤减(相对于同期北方的户口增长)的文章里下结论说,这主要是由于南朝政府不能有

---

[1] 在阶级斗争理论的影响下,很多现代历史学家都把唐寓之叛乱描述为农民起义,这是不符合事实的。朱大渭有力地辩驳了"农民起义"的论点。见其《六朝史论》,第437—456页。其实《南史》已经说得很明确:"(吕文度)又启上籍被却者悉充远戍,百姓嗟怨,或逃亡避咎。富阳人唐寓之因此聚党为乱,鼓行而东,乃于钱唐县僭号,以新城戍为伪宫,以钱唐县为伪太子宫,置百官皆备,三吴却籍者奔之,众至三万。窃称吴国,伪年号兴平。其源始于虞玩之,而成于文度。"《南史》卷七十七,第1928页。这些遭到却籍者,是假充士族的庶族,而当然不是所有庶族家庭都能轻易冒充士族的,必然是那些具有一定资产和地位的庶族家庭,绝对不会是一无所有的贫民阶层。
[2] 《南齐书》卷五十六,第975页。
[3] 《南齐书》卷三十四,第610页。
[4] 唐长孺,《魏晋南北朝史论丛》,第571页。

效地裁制那些依附于世家大族的荫户，以至于荫户的数量不断大幅度增长，造成了向国家缴税人口的减少。[1]然而，在具体分析南朝政府的对应策略时，朱大渭主要把注意力集中在"检括隐户"（或云"括户"）的措施上，却没有十分留意于"土断"，以及更为重要的"谱学"。

谱学是公元四世纪后期一个名叫贾弼的人一力建设起来的，贾弼个人对家谱研究至为投入，后来谱学竟成为家庭专业，他的孙子贾渊（441—502）也是谱学专家。[2]贾弼长达712卷的谱学著作是南朝许多类似撰述的开始。[3]如学者已经指出的，谱学研究的发展是南朝史学一个特殊的现象，很多历史学家都探讨过谱学在南朝社会和政治生活中的重要性。[4]多数学者都强调士族希望保持封闭的系统是因为他们要保存本阶层的政治和文化特权，但事实上，在士庶矛盾中，经济因素恐怕扮演了更突出的角色。士族可以凭借自己的身份地位占领土地，雇佣劳动力耕种土地而不必缴税。中央政府则把谱学研究当成工具，借以控制人口，增长财政收入。我们在这一阶段看到的仍然是中央政府和士族阶层之间的矛盾，这是梁武帝即位之初必须马上面对的问题。

---

[1] 朱大渭，《六朝史论》，第302—336页。
[2] 494年，贾渊因为把琅邪王氏的家谱盗卖给一个北来"荒伧"王泰宝而几乎被处死。王泰宝显然有意把自己的名字填入琅邪王氏家谱。见《南齐书》卷三十三，第907页。
[3] 《南史》卷五十九，第1462页。
[4] 见周一良《魏晋南北朝史学发展的特点》一文，《魏晋南北朝史论集》，第395—400页；又见李传印《南朝谱学与政治》一文。

在天监初年，武帝接到一份报告，称三大州郡——南徐州、郢州和江州——已经连续两年没有上报黄籍了。沈约向皇帝递交奏折，提醒他注意家谱的重要性。[1] 沈约建议说，晋代旧籍应该被利用起来，以便编订准确的家谱；他指出这些晋代旧籍历年以来遭到了严重破坏，必须及时采取保护措施：

> 晋代旧籍并在下省左人曹，谓之晋籍，有东西二库。既不系寻检，主者不复经怀，狗牵鼠啮，雨湿沾烂，解散于地，又无扃縢。此籍精详，实宜保惜，位高官卑，皆可依按。

沈约在奏折中描述富裕的庶族家庭如何试图通过行贿来改写自己的户籍。据沈约说，改写一份户籍需要十万钱，但是由于改注士籍之后不必缴税和服役，其所得远远超出投资。伪造的户籍记载祖上在某某年做过某某官，其中充满可笑的错误：

> 凡此奸巧，并出愚下，不辨年号，不识官阶。或注义熙在宁康之前，或以崇安在元兴之后。此时无此府，此年无此国。元兴唯有三年，而猥称四年。又诏书甲子，不与长历相应。如此诡谬，万绪千端。校籍诸郎，亦所不觉，不才令史，更何可言！

---

[1] 杜佑，《通典》卷三，第59—61页。又见《全上古三代秦汉三国六朝文·全梁文》卷二十七，第3110页。

然而作伪只是问题的一部分。据沈约说，户籍都是用细小的字体注写的，检阅起来十分困难。还有时候，如果三兄弟分别出现在三份户籍上，其中之一可能在检籍过程中被开除士籍，但是其他两个兄弟的户籍却没有相应改变。那些觉得却籍冤枉的人纷纷向政府投诉，投诉人数太多，政府无法一一处理，最后只好让步，索性允许所有被却籍的人重新注回士籍。

沈约建议用景平（423）以前的户籍，特别是晋代户籍，作为校籍的准凭。因为检校户籍提供了很多造假的机会，沈约认为任何人不得单独入库检籍。检籍时，直郎、直都应该共同入库，检籍之后离开籍库时应该签名。沈约还建议选择史传学士共同校勘户籍和家谱，用晋籍和宋永初、景平籍作为参照。

沈约的奏表使武帝开始对家谱特别注意。著名的学士王僧孺（465—522）受命校理《百家谱》。"由是有令史书吏之职，谱局因此而置。"[1] 如果我们可以相信这条记载，那么是在梁朝，谱学研究从私人兴趣和需要演变成了由公家负责的活动。[2] 谱局的设立，显示了梁武帝整顿户籍、改善国家财政收入的决心。

多年后，皇太子萧统编撰《文选》，在"弹文"条目下

---

[1] 《通典》卷三，第61页。"置"一作"严"，然据上下文语意似以"置"为是。

[2] 也见马端临，《文献通考》卷十二，第126页。东晋太元年间（376—396），朝廷派"令史书吏"帮贾弼缮写百氏家谱，但是并未设立类似"谱局"的行政机构。事见《南齐书》卷五十二，第907页。八世纪作者柳芳《姓系论》对谱局起源具体时间语焉不详："贾氏王氏谱学出焉。由是有谱局，令史职皆具。"见《新唐书》卷一百九十九，第5677页。

收入沈约的《奏弹王源》。王源是士族成员,把女儿嫁给了富人满璋之,满璋之自称是魏朝将军满宠(?—242)的后裔,满璋之自己也在担任王国侍郎(隶属诸王府的低级官职),但是他的家庭背景在沈约看来十分可疑:"璋之姓族,士庶莫辨。"[1]沈约倡议从此应该免官王源并且"禁锢终身",也就是说终身不可以再出仕。这一著名弹文常常被现代学者视为南朝贵族保守落后、一心维护自己社会地位的表现,但是,如果我们把弹文放在以上谈到的社会历史背景下进行检视,我们会发现沈约的所作所为其实并不是出于浪漫的"世族情意结",或者捍卫抽象的世家大族道德价值观念、社会地位优越性甚或纯正的血统,而在很大程度上是出于非常实际的经济需要。[2]而且,最重要的是认识到:沈约要维护的,也根本不是世家大族的利益,而是中央政府的利益。

刘宋时代,宋孝武帝(454—464年在位)曾经试图强迫那些和庶族通婚的士族成员服兵役,作为对他们的惩罚。这一政策受到了顽固的抵抗。许多士族成员干脆逃往他乡。孝武帝又下令说逃亡者一旦抓获就立刻处死,这一来,逃亡者索性变成盗贼。[3]梁武帝不想重蹈覆辙,因为事实证明强

---

[1]《文选》卷四十,第1815页。
[2] 参见程章灿《沈约〈奏弹王源〉与南朝士风考辨》对沈约"世族情意结"的讨论,《文选学研究》,第338—350页;又如吴建辉《论沈约的门第观、政治地位、文学地位及其关系》一文认为沈约的态度"保守"与落后。弹文的英译文见 Johnson, *The Medieval Chinese Oligarchy*, pp. 9-11; Mather, "Intermarriage," pp. 221-226.
[3]《宋书》卷八十二,第2104页。《资治通鉴》卷一百二十九,第4058—4059页。

硬的管制无济于事。具有反讽性的是，因为缺少纳税的户口，朝廷财政收入受到损失，没有能力建立一支强大的军队，也就不能以强力推行社会制度的改革，从而陷入一个怪圈。梁武帝必须只能诉诸较为温和的手段，比如增强谱学研究，设立谱局，校勘户籍，以减少那些冒充士族的偷税漏税者。然而，梁朝从前代承袭下来的社会制度，却远非谱学研究所能彻底修复和改进的。

梁朝的政治文化

萧衍登基之前写的奏表显示了他对健全选官制度的深切关怀。有一种流行已久的说法，就是在南朝寒人的社会地位得到极大提高。[1] 还有一种说法，自从颜之推做出这一观察之后就常常被人引用，也就是梁武帝偏爱任用"小人"——出身低微的人。[2] 然而，与这些说法截然相反的是《南史》中的一句论断："梁世寒门达者，唯庆之与俞药。"[3] 我们情不自禁要问：梁朝的情形到底是怎样的呢？这些互相矛盾的说法必须被仔细检验。

事实情况是，在士、庶这两种社会阶层内部，存在着很多细致的差别和区分，因此，除非我们把"寒"字还原到

---

[1] 参见唐长孺《南朝寒人的兴起》一文，《魏晋南北朝史论丛》，第543—577页。
[2] 《颜氏家训集解》卷四涉务第十一，第292页。
[3] 《南史》卷六十一，第1501页。

它的特定语境里进行理解，"寒"就完全没有意义。比如说，"寒门"一词意味着低微的门第，是用来称呼庶族的，但是它也曾被五世纪初期的江斆用来描述自己的家族，在一封奏表里自称出身于"寒门悴族"。[1]而同一个江斆，却被选为皇帝的女婿。沈约说得很清楚："诸尚公主者，并用世胄，不必皆有才能。"[2]因此我们只能下结论说：江斆自称"寒门"是自谦，不能拿来当真。再比如张缵（499—549），是西晋作家张华（232—300）的后代，又是梁武帝的亲戚，娶了梁武帝的女儿；但是，《南史》却称他出身寒门。[3]在这一情况里，"寒门"不是一个绝对的词语，而是相对于最高级的世家大族譬如琅邪王氏而言。

同样，除非我们把"寒人"和"后门"区别开来，我们也还是不能理解上引《南史》的论断。"寒人"指相对于士族来说的庶族成员，[4]但是"后门"却指相对于士族中的"甲族"或者"高门"来说的次等士族。通过显赫的军功而升上高位的陈庆之本来是梁武帝的随从，俞药也曾做过仆从。他们两个人都是真正的"寒人"，不是"寒士"。"寒士"一词就像"后门"一样指低微的士族，但是，在特殊的语境

---

[1]《宋书》卷四十一，第1290页。
[2]《宋书》卷五十二，第1505页。
[3]《南史》卷五十六，第1386页。
[4] 如"时山阴又有寒人姚吟，亦有高趣，为衣冠所重"。《宋书》卷九十三，第2995页。士、庶受到的刑罚也有所不同，庶族犯法，受罚较重，且不免体罚，如"人士免官，寒人鞭一百"。《南齐书》卷五十六，第978页。

里，也可以用来作为表达侮辱、轻视之情的贬义词，或指地位低下的官吏。《南史》记载了两则极为相似的逸事，都是对褚渊（435—482）背叛刘宋王室表示讽刺的。[1]在两则逸事中，褚渊都愤怒地回击他的批评者："寒士不逊！"在第一则逸事里，褚渊的批评者刘祥确实可以被称为"寒士"，但在第二则逸事里，被称为"寒士"的不是别人，而是谢超宗（？—483）。谢超宗属于陈郡谢氏，出身于南朝最高的门第，又是谢玄嫡脉、承袭了康乐公爵位的谢灵运的孙子（也就是说在谢氏家族中也不能算是低微的旁支），无论如何都不能视为"寒士"。褚渊不能驳回"背叛宋室"的指责，只能靠贬低批评者的家庭出身来发泄愤怒，然而在谢超宗的情况里，"寒士"就更是胡乱的谩骂而已。

在两则逸事里，所谓的"寒士"都用下面的话回敬褚渊："不能杀袁、刘，安得免寒士！"在这句话里，"寒士"显然指官职，而不是家庭背景。换句话说，刘祥或谢超宗是在说："你谋杀了宋室忠臣，因此得到高官厚爵作为奖赏；我做不出那样的事情，因此当然不免做一个小官。"褚渊称刘、谢为"寒士"，是挑剔他们的家庭出身；刘、谢在他们的回答里，却巧妙地转换了"寒士"的意义，加深了对褚渊的讽刺与指责。这两则逸事向我们显示"寒士"一词随语境而改变内涵的灵活性，在读史时必须考虑到词语的上下文对词语意义的影响，不致胶柱鼓瑟。

---

[1]《南史》卷十五，第430页；卷十九，第543页。前一则逸事首见于《南齐书》卷三十六，第639页。

宋、齐两朝君主常常赋予寒人很大的行政权力，但是梁武帝与他们的不同之处在于，他倾向于任用和提拔"寒士"，而不是"寒人"。一个很好的例子是，《宋书》《南齐书》都有《恩幸传》或《幸臣传》，记载了一系列寒微出身然而掌握大权的人物，唯独《梁书》没有。《南史》在宋、齐幸臣之后加上了周石珍、陆验和徐麟三人，这三人都在梁武帝朝任职，但是他们都没有升迁到非常显赫的地位。[1] 武帝朝最受信任的权相是周舍（471—524）、徐勉（466—535）、何敬容（？—549）和朱异（483—549），他们都是士族出身。在这四人里面，何敬容来自南朝最高级的世家大族之一庐江何氏。何敬容作为"名家子"娶了齐武帝的女儿。[2] 周舍是东晋著名的"三日仆射"周顗（269—322）的八世孙，他的父亲周颙（？—485）是齐代名士。[3] 徐勉曾被梁武帝称为"寒士"；[4] 但是朱异是这四人中唯一出身较为寒微的，而且是唯一的南方本土人士。然而就连朱异的父亲也曾做过太守，他的外祖父顾欢是著名的学者和作家。[5] 换句话说，朱异是寒士，不是"寒人"。朱异和徐勉的门户，如果和南朝最高等的世家大族相比，也许可以被视为"小人"，但是他们属于士族中的后门，绝不是庶族出身。

---

[1]《南史》卷七十七，第1935—1937页。
[2]《梁书》卷三十一，第531页。
[3]《南齐书》卷二十二，第730—734页。
[4]《南史》卷六十，第1479页。
[5]《南史》卷七十五，第1874—1880页。

梁武帝从来不曾想要彻底抹杀士庶之别，因为这样的举措完全超出他的权力范围。归根结底，只有侯景军队的铁蹄才能给予南朝由来已久的社会秩序以致命的打击。武帝的主要目的，是尽可能地利用现存的制度，使它更好地为中央政府的利益服务。武帝致力于量才用人，因此他的有些做法忽视了对寒士、南方本土人士和晚来北人的传统社会偏见。[1] 正如安田二郎所指出的，武帝"把两个原则作为武器，一个原则是士庶之别，一个原则是以能力和学识作为选拔人才的标志"。[2] 比如说，出身寒微士族的庾于陵被任命为太子洗马。关于这一任命，《梁书》有以下记载：

> 东宫官属通为清选，洗马掌文翰，尤其清者。近世用人，皆取甲族有才望，时于陵与周舍并擢充职。高祖曰："官以人而清，岂限以甲族！"时论以为美。[3]

"清"是公元二世纪以来用于描绘一个人道德品质的词

---

[1] 托马斯·詹森（Thomas Jansen）认为，梁武帝天监年间的政治改革在士族内部唯才是举，其实旨在加强士庶之别。*Höfische Öffentlichkeit im frühmittelalterlichen China*, pp. 207-211. 这是一种可能的解释，但是我们所知道的只是一点：梁武帝希望比以往更有效地利用士族。

[2] "The Changing Aristocratic Society," p. 52. 另一位南北朝史学者越智重明称武帝"阻止庶族出身的'后门'入仕"，颇为莫名其妙（"The Southern Dynasties," p. 58）。如前文所辨析的，"后门""寒品"皆指低等士族，不指庶人；另外，武帝509年颁布诏书特别宣称鼓励后门有才能者入仕。见《梁书》卷二，第49页。这一重要的诏书，下文将详细讨论。

[3] 《梁书》卷四十九，第689页。

汇，也可以用来描述丰美的官职（和实际权力不一定成正比）。清职任用寒士，既是为了改变政治文化，也是为了改善寒门士族的社会形象。

把"清"的价值锁定于人品而不是官职是明智的举动，但是梁武帝有时也会把这一论调翻转过来。南人张率（475—527）被任用为秘书丞，武帝告诉他说："秘书丞天下清官，东南胄望未有为之者，今以相处，足为卿誉。"[1]526年，武帝的弟弟萧宏去世，扬州刺史空缺，"于时贵戚王公，咸望迁授"。[2]武帝却任命了孔休源，一位南方本土人士。事实证明，扬州刺史选授得人。

武帝还就教育制度和选官制度这两种紧密相关的制度进行了一系列改革。在南朝，基本的选官制度是220年以后魏朝首次实行的九品中正制。在这一制度下，所有人选列次九品，一品属于最高级，只有"圣人"才配得上一品之称，因此在实际上二品就是最高的品级。受荐举者在正式接受委任之前要参加考试，但是在南朝考试并没有得到一贯执行。[3]这一选官制度变得越来越封闭，家庭出身逐渐成为最主要的荐举标准。[4]这是武帝决心改变的情况。

---

[1]《梁书》卷三十三，第475页。
[2]《梁书》卷三十六，第521页。
[3] 见唐长孺，《南北朝后期科举制度的萌芽》，《魏晋南北朝史论丛》，第578—586页。Albert Dien, "Civil Service Examination."
[4] 在齐朝，"乡举里选，不核才德，其所进取，以官婚胄籍为先"。杜佑，《通典》卷十四，第334—335页。见萧德基，《九品中正制考实》，载《六朝史实》，第201—221页。唐长孺，《九品中正制度试释》，载《魏晋南北朝史论丛》，第81—122页。

公元505年，武帝颁布诏书，年不满三十或者不通一经者不准入仕，除非其人有特别的才能。[1]同时，武帝恢复了国子学。在东晋、宋、齐三朝，国子学经历了种种变迁与坎坷，从未得到过像在梁朝这样的特殊地位和影响。[2]汉武帝时设置的五经博士一职被重新启动，一位博士专习一经，并负责国子学的有关分支。国子学各馆皆有数百名学生，这些学生每人都可以拿到月俸。选官考试制度也得到了恢复："其射策通明者，即除为吏，十数年间，怀经负笈者云会京师。"[3]武帝还下令各州、郡皆设立学校。510年，他又下令所有王公子弟，包括皇太子诸子，都必须进入国子学学习。[4]

508年，除了中正之外，武帝在每个州都设立了一位"州望"，在郡设立了"郡宗"，在乡设立了"乡豪"。他们负责推举有才能的人，"无复膏梁寒素之隔"。[5]同样的原则也用于国子学。据《隋书》说："旧国子学生，限以贵贱，帝欲招来后进，五馆生皆引寒门俊才，不限人数。"[6]公元509

---

[1]《梁书》卷二，第41页。
[2] 关于国子学在东晋和刘宋的历史，见《宋书》卷十四，第357—367页。
[3]《梁书》卷四十八，第662页。
[4]《梁书》卷二，第49—50页。
[5]《通典》卷二，第335页。也见《梁书》卷二，第47页。
[6]《隋书》卷二十六，第724页。293年，国子学刚刚设立的时候，据曹思宗498年的奏表说，国子学是为了和较为"平民化"的太学有所区别。只有五品以上官员的儿子才可以进国子学。齐代国子学建于482年，只有150名学生。同年，因高帝去世，国子学停办，三年之后才恢复，有200名学生。这些学生的父亲的官品都有明确规定。《南齐书》卷九，第143—145页。

年的一道诏书宣布:"其有能通一经、始末无倦者,策实之后,选可量加叙录。虽复牛监羊肆,寒品后门,并随才试吏,勿有遗隔。"[1] 选官制度比以前开放多了。

541年冬天,已经七十余岁的梁武帝完成了一部题为《孔子正言》的二十卷著作,并写了一首诗纪念其事。[2] 著名学者和作家到溉(477—548)当时担任国子祭酒,得到武帝批准,立"正言博士"一位,配有两名助教。袁宪(528—598),世家大族陈郡袁氏的成员,成为国子学里专门修习《正言》的学生。他的早熟令他的老师感到吃惊。国子博士周弘正(496—574)问袁宪的父亲袁君正,袁宪是不是愿意参加策试。袁君正拒绝了,认为袁宪还需要更多时间。几天之后,周弘正讲课之前,很多学生聚集一堂,周弘正看到袁宪,就让袁宪替自己开讲,并告诉在场的两位客人谢岐(?—561)和何妥任意发问。一时间大堂挤满了好奇的观众,但是袁宪镇静如常,对答如流,最终就连周弘正自己也加入了提问,但还是难不倒袁宪。事后,周弘正对袁君正说:"此郎已堪见代为博士矣。"袁君正终于同意袁宪参加策试。"时生徒对策,多行贿赂,文豪[袁家门客]请具束修,君正曰:'我岂能用钱为儿买第耶?'学司衔之。及宪试,争起剧难,宪随问抗答,剖析如流。"袁宪不但得举高

---

[1]《梁书》卷二,第49页。
[2]《先秦汉魏晋南北朝诗·梁诗》卷一,第1530页。当时还很年轻的江总(519—594)写了一首和诗,得到武帝的夸奖。见《陈书》卷二十七,第343页。江总的诗已经不存。

第，而且以名家子和萧纲的女儿南沙公主结婚。546年，袁宪释褐秘书郎。[1]梁亡以后，袁宪在陈朝任职，被《陈书》和《南史》描述为一位能干和负责的官员。

袁宪的故事让我们得以看到有关国子学的情况。很显然，学生只要觉得他们准备好了就可以参加策试，没有年龄限制。虽然武帝诏令说年满三十方准入仕，但是具有特殊才能或者精通一经者例外，因此，很多人的仕宦生涯早在三十岁以前就开始了。

正如丁爱博（Albert Dien）指出的，这一时期的策试，其文化重要性的表现之一是"策试文章的文学质量受到越来越多的重视，《文选》中专门设有'策问'的文体"。[2]但是教育制度的根本目的是改善现存的选举制度：文化价值和政治价值变得密不可分。如果像颜之推说的，世家大族的后代就和寒士之子一样必须参加策试，[3]那么就算世家大族子弟也必须雇枪手代考或者贿赂考官，其中蕴含的信息也同样十分清楚：家世背景不再是权衡一个人的唯一标准。这一现象对习惯于科举考试制度的后代人来说恐怕是司空见惯、不以为异的，但是在公元六世纪的梁朝，在中古早期时代，有着极大的重要性。是在梁朝，当一切制度得到改进和渐趋稳定

---

[1]《陈书》卷二十四，第312页。又见《南史》卷二十六，第718—719页。但是两部史书都误把袁宪出仕那一年的年号写成大同，实际上应该是中大同。

[2] Dien, "Civil Service Examination," p. 105.

[3]《颜氏家训集解》卷三勉学第八，第145页。

时，我们开始看到一种人才评估的新标准，也就是"有文"。这一点值得我们记住。

武帝自己对于文学和学术显示出了在一个皇帝身上甚为少见的强烈个人兴趣。他本人从青年时代起就是诗人。他的全集一共一百二十卷，虽然其中肯定包括了很多政治文件，但是也一定包括了大量诗文。在经文义疏方面他也相当多产，对佛经、《老子》、《孝经》、《春秋》、《诗》、《书》、《易》等皆著有讲义注疏。他的《中庸讲疏》是《中庸》在十二世纪成为"四书"之一的经典之前，对《中庸》作为一部独立的文本所进行的极少数早期注疏之一。除此之外，武帝通晓六朝时期一个完美的士人所需要掌握的一切技艺：他深谙音律（发明过新乐器，谱写过新词曲），棋登逸品，擅长草隶尺牍、阴阳卜筮、弓马骑射。具备这些才能，不仅使梁武帝在到他为止的所有中国君王里显得独特而突出，而且，它们显示了一种对于君主角色的新理解：皇帝必须作为一位主动和积极的文化代表治理天下。

武帝和他的几个皇子——萧统、萧纲、萧绎兄弟——为了鼓励文化、学问与文学的发展而做出了有意识的努力。武帝"每所御幸，辄命群臣赋诗，其文善者，赐以金帛，诣阙庭而献赋颂者，或引见焉"。[1]在《梁书》和《南史》中，我们可以看到很多关于梁朝皇族嘉奖臣僚文采的逸事。武帝常常赠诗给大臣，或者称赞他们的作品，或者善意地嘲弄他

---

[1]《梁书》卷四十九，第685页。

们的写作速度。这些逸事的流传为文学才能增添了一种文化光环,这种光环是单靠家世门第得不到的。当著名诗人王筠(481—549)劝勉诸子的时候,虽然他是著名世家大族琅邪王氏的成员,却选择对自己家族的文化成就而不是政治成就加以称扬:

> 史传称安平崔氏及汝南应氏并累世有文才……然不过父子两三世耳,非有七叶之中,名德重光,爵位相继,人人有集,如吾门世者也。[1]

特别值得注意的是,很多受到武帝赞美的作家都是寒士出身,或者是南方本土人士,也就是传统上被边缘化的社会群体。现在,他们似乎把"文"当作了他们的"家族产业"。到溉、刘孝绰(481—539)、张率、陆倕、庾于陵、徐摛和周舍都是很好的例子。而且,这些家族互相通婚,形成了一个新的"文化精英阶层",我们将在第三章对此进行更为详细的讨论。

武帝最亲信的大臣多数和武帝本人一样富有才学。周舍留下二十卷文集,一卷《书仪疏》,五十二卷关于礼学的著作。徐勉非常多产,史臣说他"善属文,勤著述,虽当机务,下笔不休"。[2] 他的文集包括三十五卷"前集"和十六

---

[1]《梁书》卷三十三,第486—487页。
[2]《梁书》卷九十五,第387页。

卷"后集"。朱异"遍治五经，尤明《礼》《易》，涉猎文史，兼通杂艺，博弈书算，皆其所长"。[1]在540年，他为上千人开讲武帝的《老子义疏》；541年，他又在新建的士林馆开讲武帝的《中庸讲疏》。皇太子萧纲也曾召他在玄圃讲解《易经》。

有意思的是，梁朝四位权相里，唯一最缺乏文采的就是家族地位最高的何敬容。据《南史》的说法，何敬容的学问也并不渊博。何敬容是"聪明识治、勤于簿领"的行政人才，办事认真负责，任劳任怨。虽然在职时有关于他贪贿受贿的传说，但他在免职离开首相官邸时，一切陈设只是常用器物而已，公众舆论由此对他赞扬有加。[2]然而，另一方面，何敬容却因为缺少才学而成为讽刺的对象。文风含蓄的《梁书》只是简单地说："自晋、宋以来，宰相皆文义自逸，敬容独勤庶务，为世所嗤鄙。"[3]《南史》则直称何敬容"拙于草隶，浅于学术"，甚至签名时，"署名敬字，则大作苟，小

---

[1]《梁书》卷三十八，第537页。
[2]《梁书》卷三十七，第534页。《南史》卷三十，第799页。按：《南史》对何敬容的描述颇有矛盾之处。《南史》虽然在不避忌讳、秉笔直书方面比《梁书》有其佳处，但短处则在于为了耸人听闻而对各种小道材料不加辨析尽情收入。比如"敬容独勤庶务，为世所嗤鄙"句，《南史》作"贪吝为世所嗤鄙"，不仅与上下文语义不合，且也与敬容离任时两袖清风、"止有寻常器物"之描述不相一致。敬容掌握大权，勤于政务，受到同时代很多士人的妒忌，这些士人于是抓住敬容"不善草隶"等小节，对其人格进行嘲讽丑化，实际上相当轻薄无聊，这一点，在二史何敬容本传中看得很是明显。
[3]《梁书》卷三十七，第532页。

为文；容字，大为父，小为口"。[1] 其实，何敬容受到时人嘲讽，并不只是由于他勤于庶务；归根结底，江左名相如王导、谢安，甚至齐代的王俭，在处理政事方面都毫不懈怠。何敬容的名誉之所以受损，还是因为他缺乏文化修养和人格风度。这在一个"名家子"身上似乎格外不可原谅。然而，从另一种角度来看，正因为何敬容出身世家大族，他可以不必像寒士出身的徐勉或者朱异那样致力于文采风流。

事实证明，文化成就在一个家族的升降史上，远远比血统和家世更为重要。就拿兰陵萧氏来说，在唐朝，兰陵萧氏和琅邪王氏、陈郡谢氏及袁氏处于同等地位（见《新唐书》卷一百九十九柳芳的《姓系论》），这主要是因为兰陵萧氏在南朝末年和隋唐之际的种种政治风云变幻中保留了他们的文化资本，而不是仅仅凭靠皇室后代的身份。归根结底，晋朝的司马氏和宋朝的刘氏都没有能够在后世获得同样显著的地位。萧氏在建立齐、梁之前，属于士族中的寒门，[2] 但是，因保持了文采风流的传统，因此在梁朝覆灭之后很长时间里，梁武帝的子孙还在继续服务朝廷，其中不少是知名的

---

[1]《南史》卷三十，第 796—797 页。
[2] 和梁朝皇室同属兰陵萧氏一族的齐高帝曾自称"布衣素族"，"布衣素族"一词被很多学者理解为出身寒微的庶族百姓，实误。"素族"指士族，布衣则是对未入仕者的称呼；布衣素族实指没有登上高位的士族后门。周一良对"素族"一词的误解做出过辨析，见《魏晋南北朝史论集》，第 82 页；唐长孺也在《读史释辞》一文中对周一良的看法表示同意，并补充了更多例子来证明"素族"实指士族，而非像一些人以为的那样指庶族老百姓，见《魏晋南北朝史论拾遗》，第 249—253 页。

文化人物。在本书结语中，我们还会对此作详细的介绍。

武帝对士族寒门和江南本土人士的支持，并不意味着他试图抑制原籍北方的世家大族。何敬容就是一个很好的例子，显示了武帝的均衡态度。问题在于很多世家大族的后代对行政事务不感兴趣也缺乏能力。王骞（474—522），琅邪王氏的一员，皇太子萧纲的岳父，明确告诉他的儿子们："吾家门户，所谓素族，自可随流平进，不须苟求也。"[1]也就是说，有这样的家世背景，只要按照年头逐渐升迁就好了，无须努力干一番事业或者有任何突出的政绩。另一成员王锡（499—534），梁武帝的外甥，谢绝了尚书吏部郎中的任命。陈郡谢氏的一员谢举（？—548）历任显职，"虽居端揆，未尝肯预时务，多因疾陈解，敕辄赐假"。[2]也有一些世家子弟对低微职位感到不满，于是以不理政事作为发泄。诗人王籍（？—547）是琅邪王氏一员，在担任太守时，只要有来告状的人，不问青红皂白都给一顿鞭子。[3]

但是在梁朝，这些世家大族继续享受特权。皇室必然只与世家联姻，婚姻纽带不但增添皇室的光荣，也巩固了世家大族尊贵的社会地位。北方叛将侯景要求和王谢家族联姻，武帝告诉他："王谢门高非偶，可于朱、张之下访之。"朱氏、张氏都是江南本土大族，这清楚地表示北方世家和本土南人之间一向存在的等级关系在梁朝仍然持续下来。侯景听到武

---

[1]《梁书》卷七，第159页。
[2]《梁书》卷三十七，第530页。
[3]《梁书》卷五十，第713页。

帝的话之后大怒，发誓要把"吴儿女配奴"。[1]侯景虽然没有完全实现这一誓言，但是，侯景之乱的确有效地破坏了南朝延续了二百余年的社会阶级结构。大批士人不是死于战乱、瘟疫、饥荒，就是成为俘虏被带到北方，其中不少人沦为贱役。很多世家大族遭到了致命的打击。名相王导的后裔王克，"美容貌，善容止"，在梁朝担任尚书仆射，在侯景占据台城之后卑躬屈膝。王僧辩在收复建康后，曾用讽刺的语气嘲笑王克："劳事夷狄之君。"王克无言可对。王僧辩又问王克传国玺何在，王克沉默许久，终于答道："赵平原将去。"这个"赵平原"不是别人，正是侯景的亲信。王僧辩闻言回说："王氏百世卿族，便是一朝而坠！"[2]"坠"这个字，最恰当不过地勾勒出了侯景之乱以后南朝世家大族的命运。

"皇帝菩萨"

任何对梁朝的研究都必须涉及佛教。武帝的佛教信仰，与他的政治追求紧密相关。在很大程度上，我们可以说武帝的宗教政策是一种带有竞争性和模仿性的手势，因为北朝君王同样热心于佛教，而且不断宣传"皇帝即是佛"的思想。[3]不过，梁武帝在想象力和创造性方面，在严格遵守佛

---

[1]《南史》卷八十，第1996页。
[2]《南史》卷二十三，第637页。
[3] 见颜尚文《梁武帝皇帝菩萨理念形成的时代背景》一文，载《佛教的思想与文化：印顺导师八秩晋六寿庆论文集》，第123—164页。

教戒律方面，都超过了北朝的皇帝；而且，特别是在佛教机构建设的方面，他对中国佛教的未来发展产生了深远的影响。

在开始讨论武帝的宗教活动之前，有必要澄清一个事实。在释道宣（596—667）编辑的《广弘明集》里，收录了一道梁武帝的诏书，宣称在天监三年四月八日（公元504年5月7日），武帝不仅正式弃道入佛，而且在另外一道诏书里命令所有皇室成员和王公大臣也效法此举。诏书说："老子周公孔子等虽是如来弟子，而化迹既邪，止是世间之善，不能革凡成圣。其公卿百官、侯王宗族，宜反伪就真，舍邪入正。"[1]《广弘明集》中所记载的这一事件的发生日期，已经先后被日本和中国学者证明是错误的，而这让人对事件本身的真实性也产生了疑问，有的学者甚至认为整个文件都是《广弘明集》的编者伪造出来以抬高佛教身份的。[2]

《广弘明集》当然不见得是最可靠的资料来源，不过，也有学者相信，这一事件本身未必子虚乌有，只是事件发生的日期应该后移到天监十八年也就是公元519年，在这一年的四月八日，武帝受菩萨戒，并宣布大赦。[3]"戒"泛指佛

---

[1] 道宣，《广弘明集》卷四，见《大藏经》第五十二册卷四，第112页。
[2] 太田悌藏，《梁武帝の舍道奉仏について疑う》。见《結城教授頌寿記念：仏教思想史論集》（1964），第417—432页。多年以后，中国学者终于也得出相似结论。见熊清元《梁武帝天监三年"舍事李老道法"事证伪》一文（1998）。
[3] 见赵亦武《关于梁武帝"舍道事佛"的时间及其原因》一文（1999）。有意思的是，《梁书》仅仅提到武帝在此日大赦，没有提到受戒，见《梁书》卷二，第59页。《南史》增加了受戒的信息，见《南史》卷六，第197页。

教弟子，无论僧俗，所发愿遵守的一系列行为法则。俗人受戒的程序相当繁复，而且戒律也有种种不同，如五戒、十戒等。很多大乘佛经认为受戒和守戒是通向开悟的第一步。在519年之前，武帝花了将近十年时间，编撰了一部《在家出家受菩萨戒法》，这部戒法只有片断残存于敦煌。[1]这部戒法显然为武帝本人受菩萨戒提供了理论和仪式指导。戒法明确规定：虽然在受戒仪式中名僧大德的在场至关重要，但是，皇帝所受戒法以及因受戒而获得的宗教权力直接来自神圣权威，而不是来自神圣权威的世俗代表也就是人间僧侣。换句话说，这一戒法事实上为皇帝自称世俗和宗教的双重最高权威奠定了理论基础。武帝还下令特别为受戒仪式建造一座圆形祭坛。[2]如颜尚文所言，发生在519年的这一受戒仪式不是随便之举，而是经过长期精心筹划与预备的。[3]武帝试图把宗教权威与世俗权威在皇帝身上合而为一，建构一种全新的君主观念，受菩萨戒可谓这种努力的具体体现。520年，武帝把年号从"天监"改为"普通"，"天监"一词可以在《诗经》等儒家经典中看到，"普通"则是佛教词语。改

---

[1] P. 2196，《在家出家受菩萨戒法》卷一。据这一残片，梁武帝是在整合了数种佛经的基础上编撰这一戒法的。参见颜尚文，《梁武帝受菩萨戒及舍身同泰寺与"皇帝菩萨"地位的建立》，第48—49页。

[2] 道宣，《续高僧传》，《大藏经》第五十册卷六，第469页。《续高僧传》称武帝受戒地点是等觉殿，《南史》则称为无碍殿。见《南史》卷六，第197页。

[3] 见颜尚文，《梁武帝受菩萨戒及舍身同泰寺与"皇帝菩萨"地位的建立》，第47—48页。

元意味着纪念和庆祝，标志了皇权统治中新的一页。

《续高僧传》中的《释惠约传》说，在武帝受菩萨戒之后，自皇太子、皇室成员和王公大臣以下，有四万八千人一起受戒。[1]这一数目字显然是夸张。但是，梁武帝受菩萨戒的决定显然对梁朝社会产生了重大影响。当时的皇太子萧统起造慧义殿，在其中经常和高僧一起讨论佛经。520年，甘露降慧义殿，人人都认为是上天对太子美德的感应。[2]

在这样的语境中，"弃道事佛"诏书反映出后代对于梁武帝统治的认识，远比诏书的真伪问题更为重要。即使诏书是后人伪造的，它也还是反映了在后人心目中，梁武帝与其宗教信仰是密切结合在了一起的，而且佛教也被后人视为梁朝的国教。诏书中有很多因素，其实都可以在梁武帝的其他文章中得到印证。这些因素里，最突出的是武帝宗教信仰发展变化的过程。[3]

在梁武帝的时代，"皈依"（conversion）已经是一个熟

---

[1]《大藏经》第五十册卷六，第469页。
[2]《梁书》卷八，第166页。
[3] 诏书中最突出的一点是对道教的明确排斥。我们似乎也不能完全把这看成是佛教自我鼓吹和宣传。据费长房《历代三宝记》（597年编撰）记载，武帝在517年下令在各州郡废除道馆（《大藏经》第四十九册卷三，第38页）。我们是不是也要把这一诏令看成是佛教人士的伪造呢？武帝和著名道士陶弘景（456—536）一直保持了良好的关系，但是，就连陶弘景也在晚年受佛教五戒，这一方面显示了佛教影响之巨大，另一方面也显示佛教和道教之间的界限并不像后代或者现代人想象的那么严格，即使到了公元六世纪，在佛、道二教界限日趋严明的时代，仍然还是有一些模糊的"中间地带"。《梁书》卷五十一，第743页。

悉的模式，而且总是和佛教联系在一起。英文的conversion，当用于宗教语境的时候，不仅意味着归心于一种宗教，而且还意味着从一种状态"转换"到另一种状态，从一种信仰"转换"到另一种信仰，也就是说，这个词蕴涵着动态的"转变"意识。著名东晋高僧慧远（334—416）早年修习儒经，深通老庄。生活境遇使他成为名僧释道安（312—385）的弟子。在聆听道安讲《波若经》之后，慧远恍然开悟，感到和佛教相比，"儒、道、九流皆糠秕耳"。[1]他曾在一封信里这样告诉朋友："每寻畴昔游心世典，以为当年之华苑也。及见老庄，便悟名教是应变之虚谈耳。以今而观，则知沈冥之趣，岂得不以佛理为先？"[2]这一陈述，明确地勾勒出了一个人思想的发展与变化。

有意思的是，大约在同一时间，诗人陶渊明在他的诗文里，生动地描写了我称之为"世俗皈依"的过程：诗人声称他的仕宦生涯乃是一个错误，他希望在田园中开始新的生活。用"皈依"作为关键词对个人生命进行叙述，不仅可以使作者把各种各样的生活阅历放在一种大叙事里进行合理的结构安排和诠释，而且更重要的是建构出一种以戏剧化的"转变"为主体的叙事。这是一种在后代变得十分重要的自传体模式。

梁武帝留下了中国文学史上第一首以"宗教皈依"为

---

[1] 惠皎，《高僧传》卷六，第211页。
[2]《全上古三代秦汉三国六朝文·全晋文》卷一百六十一，第2390页。

主题的诗,题为《会三教诗》。[1]这首诗很有可能是在他受菩萨戒前后写下来的。

> 少时学周孔,弱冠穷六经。
> 孝义连方册,仁恕满丹青。
> 践言贵去伐,为善在好生。

《礼记注疏》卷一:"修身践言谓之善行。"伐,自矜。《论语注疏》卷五:"愿无伐善,无施劳。"

> 中复观道书,有名与无名。

《老子校释》卷一:"无名天地始,有名万物母。"

> 妙术镂金版,真言隐上清。

上清是道教天堂之一,也是三四世纪时创立的道教教派。

> 密行贵阴德,显证表长龄。
> 晚年开释卷,犹月映众星。

---

[1] 诗有很多异文,兹不一一标出。见《先秦汉魏晋南北朝诗·梁诗》卷一,第1531—1532页。

苦集始觉知，因果方昭明。

苦、集是"四圣谛"之一。"苦"是有情众生的必然状态，"集"意味着苦的累积是由感情欲望造成的。

不毁惟平等，至理归无生。

从万物皆空的角度来看，万物皆平等。这是唯一不会毁灭的真理。无生，也即涅槃。

分别根难一，执著性易惊。

"根"是植物的根，植物赖以生长的基础，在这一意义上，"根"也指一个人的天生能力有聪明、平庸和低下之分，也就产生了利根或钝根之说。不同的能力使人达到不同的领悟层次。

穷源无二圣，测善非三英。
大椿径亿尺，小草裁云萌。
大云降大雨，随分各受荣。
心相起异解，报应有殊形。
差别岂作意，深浅固物情。

这首诗可以分为两个部分。第一部分呈现了作者思想的直线性发展；第二部分则告诉我们，虽然佛教与儒、道二教相比仿佛月耀群星，但是，三教同出一源。通向开悟的道路不是一种教义代替另一种的过程，而是调剂与融合的过程。三种教义都是真理的反映，作者强调应该不生分别、不生执着（"分别根难一，执著性易惊"），并解释说由于众人接受和领悟真理的能力或深或浅，才会有三种教义分别适合才智程度不同的人，这就好像大椿与小草，虽然同沐甘霖，其吸收程度却不一样，而是"随分各受荣"。但是，作者把他对佛教的领悟放在晚年，这似乎暗示，个人的知性能力是可以随着时间而增长的，人类和椿树、小草不同的地方就在于可以发展、变化，超越以前的自我。

公元519年受菩萨戒，在武帝的宗教与精神生活中形成了一道分水岭。在此之后，武帝致力于用种种盛大的公开仪式宣扬佛教信仰（下文会对此进行详细讨论）；在此之前，他的精力集中于意识形态的建设，这体现在创作、编撰和整理各种佛教典籍方面。在这些典籍中，有两种书特别值得注意，一种是佛教类书，另一种是僧尼传记。和佛经以及佛经注疏不同，佛教类书和僧尼传记符合一般世俗读者的阅读需要和理解水平，因此对梁朝人的文化想象产生了更大的影响。我们在下一章里还会详细谈到。

武帝在统治初期，还针对反佛情绪展开了一场声势浩大的论战，这也可以视为武帝意识形态建设的一部分，特别可以看出梁武帝宗教与政治关怀的结合。论战的对象是范缜（约450—510），一个著名的无神论者。在永明年间，范缜写过一篇题为《神灭论》的文章，成为轰动一时的话题，也让虔诚奉佛的竟陵王萧子良感到十分不快。[1]竟陵王召集高僧和范缜展开辩论，甚至委托一位共同的朋友对范缜进行劝说，但是范缜不为所屈。[2]在507年十一月二十九日到508年二月十六日之间，梁武帝针对范缜的文章写了一篇《敕答臣下神灭论》。这引发了62位王公大臣的回应，这些文字有幸全部保存在僧祐（445—518）编撰的佛教文选《弘明集》里。问题是，为什么梁武帝在登基五年之后，突然对范缜一篇写于将近二十年前的文章发动了这样一番"大批判"呢？我们还得从505年的一桩政治事件说起。

505年夏天，在一次朝宴上，范缜为一位失宠的大臣王亮（？—510）说情，因而冒犯了武帝。王亮是琅邪王氏家族的一员，在齐朝官至尚书右仆射，据说只是苟合求容，没有特别的建树。武帝平齐后，他是朝廷中唯一一个没有欢迎义师或者表示诚款的官员。武帝对王亮没有太大好感，但是也没有问王亮的罪，很可能看在他是名家子的分儿上，仍然处以高官显职。503年，王亮称病没有参加元旦朝会，但却又"设馔别省，语笑自若"，因此受到"大不敬"的弹劾，被免去一切官职。另一方面，梁武帝对陈郡谢氏的家族成员谢朏（441—506）则表现了特殊的尊宠。[3]范缜是王亮的好

---

[1]《梁书》卷四十八，第665—670页。
[2]《梁书》卷四十八，第670页。《资治通鉴》卷一百三十六，第4259—4260页。
[3]《梁书》卷十五，第264页。曹道衡《论东晋南朝政权与士族（转下页）

友，对武帝的所谓"偏心"大为不满，因此在朝宴上对武帝提出公开批评，这使武帝十分不悦。当时任御史中丞的任昉弹劾范缜，武帝不但同意把范缜收付廷尉治罪，而且亲以玺书质问范缜有关王亮的种种劣迹。[1]之后不久，范缜被流放到广州。507年，范缜被召还京师任中书郎，但甫一回京，就遭到了一场由武帝亲自组织的"大批判"。[2]在62位朝臣里，曹思文、沈约和萧琛还分别单独写了文章驳斥范缜。[3]

深受武帝尊敬的僧人释法云（467—529）在组织这场批判当中起到了重要作用。法云显然把皇帝对范缜《神灭论》的批驳和自己的一封信一起分别寄送给了62位朝臣。[4]他这么做，当然是得到武帝默许的，虽然沈约给法云的回信向我们显示，法云不是唯一收到皇帝《敕答臣下神灭论》一札的。在信中沈约说："近约法师殿内出，亦蒙'敕答臣下'一本。""约法师"即慧约（452—535），和沈约关系密切。[5]

（接上页）的关系及其对文学的影响》一文认为武帝尊敬谢朓是因为谢朓忠于齐朝，但实际上谢朓在萧齐末年一直隐居在家，拒绝朝廷数次征命，无所谓对萧齐特别忠心。谢朓在梁朝也不应征命，但是，正因为这和他在齐朝的表现十分一致，梁武帝对谢朓没有怨心和猜疑。又，曹道衡以为王亮是梁武帝义军的支持者，误。

[1] 见《梁书》卷十六，第268—270页。
[2] 数位朝臣称范缜为"范中书"，这表示"大批判"是在范缜从广州回来以后发生的。
[3] 萧琛、曹思文的文章，以及范缜对曹思文第一篇文章的回应，都被收入《弘明集》。奇怪的是沈约的文章只见于后来的《广弘明集》。这或者是僧祐的偶然遗漏，或者和沈约后来失宠有关。
[4]《大藏经》第五十二册卷十，第60页。
[5]《全上古三代秦汉三国六朝文·全梁文》卷二十八，第3115页。

可以想象，所有朝臣的回应都和武帝意见一致。很多人都称引梁武帝的《敕答》一札，武帝对《礼记》的两处引用特别得到赞美，因为对于那些比较亲儒的朝臣来说，这肯定了孝敬的美德（引文谈到祭祀祖宗魂灵）；对比较亲佛的朝臣来说，这是"方便说法"的绝好例子。这样一来，儒、佛文本同源异流，殊途同归。这一场精心策划的辩论与批判，标志了武帝"神不灭"思想的成熟，而这种思想正是"成佛"信念的基础。武帝在一篇题为《立"神明成佛"义记》的文章中探讨了这一信念。武帝统治初期对佛教教义和戒律的深入研究和推行，不仅为他独特的君主统治理念奠定了意识形态的基础，而且也显示了佛教在朝廷中愈来愈扩大的影响。

武帝统治中后期举行盛大的公开仪典昭示他的宗教信仰，也产生了同样深远的后果。在梁朝，建立了无数佛教寺院，仅建康地区据说就有五百余所佛寺。[1]最著名的是527年建造的同泰寺，原址在现代南京的鸡鸣寺。同泰寺有一座九层宝塔，六座大殿，十余间小殿及堂，东西般若台各三层，"宫各象日月之形"。[2]有的学者认为这些佛殿的建筑设计体现了对佛教宇宙结构的模拟。[3]为了方便出入同泰寺，武帝下令在台城北面开辟大通门，正对寺之南门。527年春

---

[1]《南史》卷七十，第1721页。
[2]《建康实录》卷十七，第478页，引顾野王（518—581）《舆地志》。
[3] 同泰寺有一架盖天仪，"盖天"理论本是《周髀算经》里就提出来的，但是和佛教的宇宙概念不谋而合。详见江晓原、钮卫星，《天学史上的梁武帝》，第134—135页。

天，武帝改元"大通"，纪念同泰寺和大通门的落成。在同泰寺，武帝多次开讲佛经，有时一次系列讲座可以长达一个月之久。也是在同泰寺里，武帝四次舍身（分别在527年、529年、546年和547年），每次王公大臣都用巨款把武帝"赎回"。

同泰寺里还举行过数次由皇帝亲自主持的"无遮大会"，无论僧俗男女都可以参加，聆听皇帝讲经。[1]这样的大会通常吸引上千参加者。《梁书》详细记载了一次这样的活动。武帝大同三年，也即公元537年，武帝从城南阿育王寺迎接舍利回台城供养，在九月五日（公历9月24日）这一天，武帝派遣皇太子以及王侯朝贵前往佛寺奉迎舍利，在阿育王寺设无遮大会。"是日，风景明和，京师倾属，观者百数十万人。"[2]这是一场极为盛大、极为公开的崇佛活动。

如陈金华所说，"不同社会阶层对精神与物质产品进行多维与复杂的交易，这种需要促成了法会活动的创立"。[3]这些戏剧化的表演把宗教与世俗领袖联合在一起，而且在某种程度上缩小了君主和臣民之间的距离，这一般来说是很难做到的。"无遮"的概念实际上和儒家强调的在等级社会中各守其位的做法正好相反。当然了，就像詹森所言，虽然佛

---

[1] 关于武帝主持的法会以及这些法会的宗教、政治和经济意义，详见Jinhua Chen, "*Pañcavārs. ika* Assemblies"一文的分析。梁武帝很有可能在有意识地效仿北魏君主的所作所为，他们也曾举行过类似的无遮大会，特别是在胡太后（？—528）执政时代。《魏书》卷十九，第480页。
[2] 《梁书》卷五十四，第792页。
[3] Jinhua Chen, "*Pañcavārs. ika* Assemblies," p. 101.

教仪式使武帝在一定程度上接近百姓,但他同时也是在累积绝对的宗教权威和权力。[1]只不过我们不应忽略或者低估这些公开仪式、盛大景观在民众的心理上所产生的影响。

据十三世纪僧人志磐的《佛祖统纪》记载,在公元505年,武帝设立了水陆大会或称水陆斋,对水中陆上的游魂饿鬼进行祭献。据说武帝受到一个梦的启迪,花了三年时间研究各种佛教经文,以求创立一种合适的仪式。[2]志磐的记载比较晚出,而且缺少其他文字佐证,因此对这一说法必须打一个折扣,但是可以肯定佛教节日在武帝统治期间极为繁荣。[3]

和武帝联系在一起的各种宗教活动往往牵涉施舍食物。武帝也确是佛教素食主义最重要的推行者。在武帝以前,佛教僧尼并没有严格的素食规定,"三净肉"(食肉者没有看到被屠宰的动物、没有听到动物被屠宰时的哀鸣、没有理由怀疑动物为自己而死)被认为是可以接受的。[4] 511年,武帝开始推广素食主义。他写了数篇长文致意佛教僧尼,宣传不食鱼、肉,不饮酒,并详细解释为什么应该这么做。[5]武帝

---

[1] Thomas Jansen, *Höfische Öffentlichkeit im frühmittelalterlichen China*, pp. 211-215.
[2] 《大藏经》第四十九册卷三十三,第321页。
[3] 梁朝宗懔(约498—561)《荆楚岁时记》最早提到盂兰盆会。见 Teiser, *The Ghost Festival in Medieval China*, pp. 56-58。
[4] 关于佛教僧侣允许食肉,参见 Kieschinick, *The Eminent Monk*, pp. 23-24; Mather, "The Bonze's Begging Bowl," p. 421。
[5] 《断酒肉文》,见《全上古三代秦汉三国六朝文·全梁文》卷七,第2988—2991页。

还强调，任何僧尼，只要被发现违背这些戒律，就应该被驱逐出教，而且遭受世俗惩罚；越是年高的僧人，徒弟越多，惩罚也就越严厉。两年之后，也许是在武帝的影响之下，沈约写了一篇《述僧中食论》，探讨僧尼每日一食、过午不食的重要性。[1] 517年，武帝下令宗庙祭祀牺牲以蔬果代替。这一诏令，象征了武帝倡导僧尼素食主义的顶点，在朝廷引起了轩然大波，遭到很多朝臣激烈反对，但是武帝态度十分坚决。[2] 虽然我们已经很难判断在梁代僧尼执行素食主义达到什么样的程度，武帝的努力无疑把素食主义变成了中国佛教话语中一个显著的问题，并使得素食成为此后佛教价值观的基本组成部分。

素食运动的最不寻常之处是武帝的以身作则。他在《断酒肉文》中，请所有佛天作见证，发誓戒酒戒肉，而且显然履行了这一誓言。此后，他不再饮酒，每日一餐，餐必茹素，如果错过午饭，就全天不食；除国家礼典以及朝廷宴会之外不再奏乐；在五十岁后即中断房事（就我们所知至少诸位皇子都是在武帝五十岁之前出生的）。在衣着方面，武帝常穿的是朴素的棉布衣服，一顶帽子戴三年才换新。和他早年经历相比，武帝的后半生至为俭朴、节制、严肃，在世俗人中可谓苦行的楷模。《梁书》记载过一则逸事：当武帝

---

[1]《全上古三代秦汉三国六朝文·全梁文》卷二十九，第3122页。志磐《佛祖统纪》把这篇文章系于513年。马瑞志有英语译文，见 *The Poet Shen Yueh*, pp. 153-154。

[2]《梁书》卷二，第57页；《南史》卷六，第196页。

初入齐宫时，曾沉溺于齐后宫某妃嫔的美色，经范云劝谏，武帝立即把那位妃子赐给了一个将军。[1]这则逸事说明严格节欲的生活方式并非武帝本性，而是建立在自由意志之上的主动选择，表现了他惊人的自制力。据《历代三宝纪》记载，蜀地曾贡纳芋蒻，武帝品尝之后觉得味美，说："与肉何异？"从此令蜀地停贡。换句话说，武帝知道自己是血肉之躯，具有常人所有的一切欲望，因此尽量远离诱惑，这实在是非常明智的行为。《历代三宝纪》的编者情不自禁地对武帝富有节制的生活表示惊叹："帝王能然，信不思议菩萨君也！"[2]"菩萨君"，正是武帝梦寐以求的目标，而他的"不可思议"之处，在于他全力追求"名实合一"，因为对武帝来说，"菩萨君"不仅是表现给臣民以及子孙后代的外在形象，而且是一种生活方式，是他个人生命的全面、终极的体现。这在中国历代君王中是十分罕见的。

武帝的宗教信仰以多元化为特点。一方面，他接受众生皆可成佛的大乘教义；另一方面，他相信灵魂不灭，而更为"理论化"的佛教教义则强调万物之空虚。有些佛教学者认为武帝对佛教的理解太肤浅和表面化，[3]但是，武帝的宗教政策对那些追求具体可行教义的信徒来说是非常成功的：各种各样的公开仪式和集会是建立佛教国家的有效手段，在

---

[1]《梁书》卷七，第230—231页。
[2]《大藏经》第四十九册卷十一，第99页。
[3] 汤用彤，《汉魏两晋南北朝佛教史》，第506页；方立天，《梁武帝萧衍与佛教》，见《魏晋南北朝佛教论丛》，第208—209页。

这些公开仪式和集会上，每个人都可以沐浴佛光，而皇帝则担当起"法王"的角色，既维护佛法，抵御邪魔外道，又保护百姓，使其安居乐业，成为人世的精神领袖和世俗权威。

在很多方面，武帝都力图完全进入和实现这一选定的角色。他俨然担当了佛教的最高圣职，为他的百姓祈祷求福，无论生者还是死者都在他的保护范围之内（人们常常把盂兰盆节施舍饿鬼的仪式和武帝联系在一起，这不是偶然的），而这和君王乃是天、人之间中介者的中国本土信念正相契合。521年，武帝在建康为贫穷衰老、鳏寡无子者创立孤独园。[1]529年，建康瘟疫流行，武帝在重云殿设救苦斋，"以身为祷"。[2]侯景叛军围城时，武帝发了同样的愿心，这一次连他六岁的小孙儿建平王也加入了他的祈祷。[3]

在中国历代皇帝中，有意识地成为普通百姓所崇敬爱戴的偶像，而不仅仅是高高在上统治百姓的君主，武帝大概是第一人。在很大程度上他是成功的。宗教戒律、仪式和习俗的建立，是佛教体制化的有效方式，也使佛教成为对无论士庶的各种阶层，都更为开放的宗教。

也许，武帝对佛教的兴趣也带有个人心理因素。十七世纪的学者王夫之（1619—1692）提出一种相当值得回味的观点。在王夫之看来，武帝早年研习儒术，儒家的圣人虽然

---

[1]《梁书》卷三，第64页。
[2]《南史》卷七，第206页。武帝的长女永兴公主就在这次疾疫中去世。又见《建康实录》卷十七，第478页。
[3]《梁书》卷三十八，第617—618页。

允许一个人改过从善，但是对叛臣却毫不容情。武帝通过起义和武力登上了皇帝宝座，在儒家教义中，"知古今无可自容之余地"。[1] 佛教则是关于慈悲与空虚的宗教：罪孽可以靠轮回报应得到解释，也可以通过忏悔得到清洗。在王夫之眼中，梁武帝是一个复杂的人，背负着许多沉重的记忆，却最终在佛教中找到了他的容身之地。

最后的岁月

佛教僧尼构成了一个具有特权而且多半相当富有的社会阶层。和士族家庭一样，寺院拥有大片免除租税的土地并雇人耕种；而且，僧尼不用服役。在六世纪二十年代初期，一个名叫郭祖深的人就帝国的统治给皇帝写了一篇奏表。因为奏表措辞激切，他在进奉奏表的时候命人抬棺跟随，这是一种传统的手势，表示进谏者做好了被处死的准备。郭祖深奏表的中心论点，是一个困扰着历代南朝政体的问题：如何增加国家税收，如何增加向国家缴税的户口。郭祖深抱怨说，将近一半的国家户口都成为僧尼或者僧尼的附属，"天下户口，几亡其半"。他要求武帝在全国范围内进行调查，"若无道行，四十已下，皆使还俗附农"。从经济角度出发，他还建议严格推行所有僧尼一律蔬食的戒令来节省寺院的开

---

[1]《读通鉴论》卷十七，第568页。

支。[1]这似乎向我们表示，武帝早先关于僧尼素食的诏令并没有得到全面的实行。

一个更为紧迫的问题是"部曲"或"家兵"。[2]在南朝，地方官如刺史、太守以及地方豪族都可以有自己的私人军队，也即部曲和家兵。和佛教僧尼一样，这些部曲或家兵构成了另一部分无须缴税或者服役的人口。齐梁史常有关于部曲的记载。前面提到的张率来自南方本土大族，他的父亲张缵（？—505）从其父张永（410—475）那里继承下来数百兵卒。[3]梁代名将之一的韦睿（442—520）是北方移民家族的后代，武帝抗齐时，韦睿率领大约二千士兵和两百匹马前来支援。豫州刺史夏侯亶（483—538）拥有一万多部曲和二千匹马。他去世之后，他的儿子夏侯譒继续统帅这些士兵，协助地方军事。后来，他附庸于叛臣侯景，随侯景前往围攻建康。他把部队驻扎在士林馆，鼓励手下人劫掠富裕人家。名将羊侃（496—549）本是北人，529年降梁，在台城之围中，他带领千余名部曲抗击侯景的进攻，表现得机智英勇，是台城保卫战中至为关键的人物。"有诏送金五千两，银万两，绢万匹，以赐战士，侃辞不受。部曲千余人，并私

---

[1]《南史》卷七十，第1721—1722页。
[2] 关于部曲和家兵，详见熊德基《六朝的兵家与家兵》一文，收在《六朝史考实》一书中，特别是第345—365页关于部曲的讨论。在这里，我关心的不是"兵家"（又称为兵户或士家），也就是注在"士籍"或"兵籍"的世代兵家，因为他们至少在名义上仍然属于国家；但这些士兵常常成为其统帅的忠实追随者，有时会随着统帅叛逆国家。
[3]《南齐书》卷二十四，第453页。

加赏赉。"有时,拥有部曲的根本不是军事将领,譬如张孝秀(481—522),一位庐山东林寺附近的隐士,居然也拥有"部曲数百人"为他种田。张孝秀用他的田产所得"供应山众,远近归慕,赴之如市"。[1]所谓"赴之如市",意味着这些人自愿成为张孝秀的僮客,因此也就不必向国家缴税。这是一个十分典型的例子,给我们看到地方豪强如何利用现有的资源获得更多的财富和影响,而这一切都和国家利益背道而驰。

部曲或家兵,越来越多地依靠自愿应募,而不是像柯睿(David Graff)所说的那样"父子相传",[2]虽然这样父子相传的依附身份仍然是存在的。正如六朝史家高敏所说,将帅"募兵"为自己的目的服务,这样的募兵逐渐代替了国家军队中的那些"兵家子"。[3]陆杲(459—532)的例子特别有代表性。陆杲是南方本土士人,一个出色的书法家、画家和虔诚的佛教徒。521年,他出为临川内史,临行之前,他向武帝启奏,要求招募部曲,希望得到皇帝批准。武帝问他为什么不"付所由呈闻,杲答所由不为受"。也就是说,有关部门的官员不肯受理和转递他的申请。"帝颇怪之,以其临路不咎问。"[4]我们不知道陆杲的申请是否得到了批准,也

---

[1] 《梁书》卷六,第221页;卷二十二,第422页;卷三十九,第560页;卷四十五,第752页。
[2] David Graff, *Medieval Chinese Warfare*, p. 84.
[3] 高敏,《魏晋南北朝兵制研究》,第295页。
[4] 《南史》卷四十八,第1204—1205页。

不能完全确定武帝到底对什么觉得奇怪：是陆杲申请招募部曲，还是他直接向皇帝提出申请，还是有司不肯转递他的申请？但是无论如何，这件事向我们展示了两点：第一，如果一个政府官员想要征募部曲，他必须向有关部门提出申请，得到皇帝的批准；第二，即使是像陆杲这样以才学闻名的士人，又是虔诚的佛教徒，也还是会有招募部曲的需要。总之，在南朝，有很多证据向我们表明部曲或家兵的大量存在，这和有些历史学家认为"私人部队是应付临时紧急情况的暂时措施，不是永久性和典型性的状态"的说法是不相符合的。[1]

郭祖深在他的奏表里说：

> 朝廷擢用勋旧为三陲州郡，不顾御人之道，唯以贪残为务……而此勋人投化之始，但有一身，及被任用，皆募部曲。而扬徐之人，逼以众役，多投其募，利其货财。[2]

这也就是说，很多百姓因为不愿为国家服役，又贪图资财，所以积极应募成为私家部曲，以避免税役。国家的损失是显而易见的。

何之元，《梁典》的编撰者，在"总论"中对部曲带来

---

[1] Holcombe, *In the Shadow*, p. 56.
[2] 《南史》卷七十，第1722页。

的危害做出如下分析:

> 梁氏之有国,少汉之一郡,大半之人,并为部曲,不耕而食,不蚕而衣,或事王侯,或依将帅,携带妻累,随逐东西。[1]

除了自愿应征之外,部曲的另一来源是"送故"的习俗。这一习俗在有晋一代已经根深蒂固。东晋的范宁对这一习俗做出尖锐的批评:

> 又方镇去官,皆割精兵器仗以为送故,米布之属不可称计……送兵多者至有千余家,少者数十户。既力入私门,复资官廪布……若是功勋之臣,则已享裂土之祚,岂应封外复置吏兵乎?谓送故之格,宜为节制,以三年为断。[2]

这是说,在地方官如刺史者离任时,地方上都要割精兵、器仗、米、布等人力物力资源作为"送故",而且,送兵多者竟然会达到千余家。范宁强调,这样的兵户虽然"力入私门",但是他们的薪饷还是靠公家补助。值得注意的是,范宁虽然对此风俗大不以为然,却没有要求完全禁断,只要求

---

[1]《全上古三代秦汉三国六朝文·全陈文》卷五,第3429页。
[2]《晋书》卷七十五,第1987页。

"以三年为断",大概是因为深知这一习俗由来已久、流布已广,难以截然禁止。这里,高敏似乎以为"三年为断"是指部曲在主人手下服务的年限,我则以为可能是指地方官在任的期限,换句话说,只有任期满三年者才应该得到"送故"的待遇,如果不满三年即离任或调任,则不应该得到"送故"的待遇。

在梁朝初年,益州刺史邓元起(458—505)要求退休回家侍奉老母。武帝批准了他的要求,并派侄儿萧渊藻(483—549),武帝兄长萧懿的次子,作为继任(萧渊藻的名字被改为"深藻"以避唐高祖名讳)。[1]在渊藻接任之前,"元起颇营还装,粮储器械,略无遗者。渊藻入城,甚怨望之"。《梁书》称萧渊藻把邓元起收付州狱,元起在狱中自杀,但是《南史》却为我们展现了事件的另一种版本:

> 萧藻入城,求其良马,元起曰:"年少郎子,何用马为。"藻恚,醉而杀之。元起麾下围城,哭且问其故。藻惧曰:"天子有诏。"乃散。

后来,武帝得知实情,将渊藻降职,并追谥元起为"忠侯"。《南史》作者抓住这一机会大做文章,指责武帝对家人过于宽大,并把这种"宽大"视为梁朝灭亡的原因之一。[2]实际

---

[1]《梁书》卷十,第200页。
[2]《南史》卷五十五,第1369、1377页。

上，这一事件不过是"送故迎新"没有处理好而已。据邓元起本传，邓元起"好赈施，乡里年少多附之"。这些依附于他的乡里年少也就成为他的部曲。他尽收益州"粮储器械"，他的部曲能够包围州城，这都说明他的私家部队具有相当大的规模。他在得益州前，有"新故三万余"，而这些部曲都是他在离开益州时打算带回家乡的。只有记住这一点，我们才会理解，为什么他在镇守益州时不肯出兵救援被北魏军队所围困的汉中地区，即使手下谋士苦谏也不听从，因为元起是在意图保存自己的私人武装力量。

军事力量的分散对梁王朝具有深远的影响。在侯景叛军包围台城的时候，四方援军据说多达三十万众。[1] 即使这一数字夸张失实，援军人数远远超过叛军是没有疑问的。但是，援军统帅不一，相互之间充满矛盾，最终因为指挥不力、组织支离、斗志不够，还有运气不好，而导致了彻底失败。

在梁朝，地方长官除了掌握民事与行政权力之外，还控制着"府兵"，这对中央政府构成威胁。在六朝史研究中，地方行政官员的军事化是一个熟悉的题目。[2] 武帝效仿前代君主的做法，分派家人子弟执掌重要的州郡，但是，他却万万没有想到，在侯景之乱中，是他自己的儿子们——特别是荆州刺史萧绎、益州刺史萧纪（508—553）——令他失望最深。

---

[1]《南史》卷七，第222页。
[2] 参见陶新华，《魏晋南朝中央对地方军政官的管理制度研究》，第26—47页。

后来，萧绎和兄弟萧纶（507？—551）、萧纪以及侄儿萧誉（？—550，萧统次子）的内斗，加速了梁王朝的灭亡。

即使没有侯景之乱，诸皇子的军事力量也还是一个潜在的问题，虽然武帝在世时未必发作，但难免危及嗣皇的统治。《南史》说："时武帝年高，诸王莫肯相服。简文虽居储贰，亦不自安，而与司空邵陵王纶特相疑阻。纶时为丹阳尹，威震都下。简文乃选精兵以卫宫内。兄弟相贰，声闻四方。"[1]而邵陵王不是唯一一个自认为有资格做皇位继承人的。

在梁代，很多人自称兵户，以便逃脱缴税和服役，但实际上从来没有在军队中服务过。为了怕地方政府发现，他们便远离家乡。这样一来，我们看到一种新型的"侨户"，郭祖深就曾用这个词来描述流民。在518、527、541、546和547年，武帝曾颁布一系列诏令，鼓励流民回归乡土。这些诏令在他统治末年的频繁程度表示了问题的严重性。

六世纪四十年代，贺琛（482？—550），一位以精通三礼著称的学者，向武帝呈递了一封奏表。和郭祖深一样，他在奏表中对政府提出尖锐的批评，其中最突出的一条就是关于缴税户口减少的问题。这一次，武帝却极为恼怒，他口授了一通长长的答复，命贺琛提意见时给出具体所指，不要只是泛泛而谈。[2]武帝的恼怒往往被解释为年迈昏庸和喜欢奉承，然而，贺琛的批评，如果仔细看来，的确十分空泛，多

---

[1]《南史》卷五十二，第1296页。
[2]《梁书》卷三十八，第543—550页。

建立在意识形态的基础上,缺乏实际内容。他常常大谈抽象原则,诸如奢侈之风的坏处,地方官长不顾百姓疾苦,节省国家开支,等等。相比之下,郭祖深的奏表则比较言之有物,不仅指出问题所在,而且就解决问题提出建议。

其实,武帝晚年最大的错误,就在于他对侯景的处理。534年,北魏分裂为东魏和西魏。侯景先从东魏投奔西魏,然后又上表武帝,请求降梁。武帝不顾数位大臣的反对,决定接纳侯景。后来,当武帝和东魏进行和平协商的时候,侯景担心自己被送回东魏,遂决定叛变。叛军在548年秋天向建康挺进,很快就来到建康城下。

侯景本来以为可以迅速攻下建康,却没有想到遇到了台城军民上下的顽强抵抗,叛军围城长达五个月之久。549年4月24日,台城终于失守。武帝正在休息,孙儿永安侯萧确"排闼入,启高祖曰:'城已陷矣。'高祖曰:'犹可一战不?'对曰:'不可。臣向者亲格战,势不能禁,自缒下城,仅得至此。'高祖叹曰:'自我得之,自我失之,亦复何恨。'"。[1]

武帝在太极殿东堂召见侯景,侯景以五百名甲士自卫。典仪引侯景就三公之位,武帝"神色不变",徐徐对侯景说:"卿在军中日久,无乃为劳。"侯景不敢仰视,汗流满面。武帝问他:"卿何州人,而敢至此?妻子犹在北邪?"侯景仍然说不出话,只能靠手下人任约代答。后来,侯景谒

---

[1]《梁书》卷二十九,第437页。

见太子萧纲，萧纲表现得同样镇静安详。就连态度严峻的宋代史学家胡三省也情不自禁感叹："荀子曰：善败者不亡。帝父子于此亦亡而不失其守者。悲夫！"[1]

武帝拒绝向侯景屈服，侯景也不敢逼迫武帝。然而，对八十五岁高龄的皇帝来说，人生的终点已经不远了。据说他的基本饮食需要也常常得不到满足。临死之前，武帝感到口苦，索蜜不得。就这样，在台城失陷之后一个月，武帝在净居殿去世。在武帝身后，虽然梁朝又延续了四十年，但是，梁王朝政治与文化的灿烂光辉，却和武帝的生命一起熄灭了。随着建康以及后来梁都江陵的陷落，数以千计的士族成员或遭横死，或被俘虏到北朝。南朝维持了二百余年的社会结构遭受了致命的打击，再也没有能够恢复。

当我们回顾历史，我们看到武帝统治之下的梁王朝是一个精力旺盛、成就辉煌、充满希望的时代。武帝对佛教的提倡，在过去常常被视为武帝的缺点，但事实上这是在政治上非常富于野心的一桩事业，而且，远远不像南朝已有的政治和社会结构那样对国家造成那么多的问题。这种在政治和社会结构，因为已经由来已久，根深蒂固，如果要全面改革，势必引起骚扰、内乱甚至内战。武帝尽可能地在现有社会结构的框架之内运作，因为他深知——这是整个南朝都具有的特点——皇权是有限的。

"净居"，武帝在此度过人生最后时光的宫殿，是一个

---

[1]《梁书》卷五十六，第851页；《资治通鉴》卷十六，第5010页。

佛教名词。净居天，是超越了生死轮回的佛教圣人（也称阿那含）居住的天宫。阿那含意即"不还"，不再回到欲界之意。成为阿那含，离成为罗汉和获得涅槃只有一步之遥。对笃信佛教的年迈皇帝来说，这是一个合适的结局，因为他的生命至此已经变成了佛教的寓言。根据佛教的教义，武帝在人生之路的终结处体会到的滋味，"苦"，乃是最基本的人生状态；而充满色与欲的世界，包括皇帝的宝座在内，全都是空无。在十七世纪两部关于梁武帝的小说里，武帝之死都被描述为从尘世的欲望和痛苦之中获得解脱。然而，要想得到这样的自由，武帝必须付出沉重的代价，哪怕这代价是一个王国。

第二章

重构文化世界版图（上）

经营文本

大约在六世纪中叶，北人阳俊之写了一系列六言诗。这一六言系列题为《阳五伴侣》，虽然被后来的《北史》编撰者描述为"淫荡而拙"，在当时却相当流行，不仅被四处传抄，而且抄本还在市场上出售。一天，阳俊之在书市浏览，偶然在他的六言诗抄本里发现了一些错误。他试图告诉售书者，没想到却被售书者教训了一番："阳五，古之贤人，作此伴侣，君何所知，轻敢议论！"因为被称为"古之贤人"，阳俊之不但没有生气，反而十分欢喜。他显然没有能够纠正自己作品抄本中的错误。[1]

这是手抄本文化的时代。文本的生产、流传和保存都

---

[1]《北史》卷四十七，第1728—1729页。

有赖于手抄。阳俊之的故事之重要,在于它为我们提供了手抄本文化中文本流动性的最早范例之一。文本在流传过程中发生的一系列变化,对于我们更好地理解中古文学史具有深远意义。梁代学者积极主动地参与了早期文本的保存和编辑,这些材料经过多年的辗转抄写,又经历了战争与自然灾害,基本面貌受到很大影响,往往充满各种问题。

在永明年间,沈约曾经参与《四部要略》的编撰,他就此题材写下一首诗《和竟陵王抄书》,其中有句云:"披縢辨蠹册,酌醴访深疑。"[1]这使我们得以瞥见一些书籍材料的物质状况远非完好无损。在《金楼子》中,萧绎如是描述梁代学者面对的情形:

> 诸子兴于战国,文集盛于二汉,至家家有制,人人有集。其美者足以叙情志,敦风俗;其弊者祇以烦简牍,疲后生。往者既积,来者未已。翘足志学,白首不遍。或昔之所重,今反轻;今之所重,古之所贱。嗟我后生博达之士,有能品藻异同,删整芜秽,使卷无瑕玷,览无遗功,可谓学矣。[2]

这一段话很有代表性。它向我们显示了作者对这一阶段文学史中发生的变化、对"当代"文学口味的独特性具有强烈的意识。更重要的是,它让我们看到梁代学者在整理前代遗留

---

[1]《先秦汉魏晋南北朝诗·梁诗》卷六,第1642页。
[2]《金楼子》卷九,第164页。

下来的文本材料时在有意"品藻异同，删整芜秽"。举例来说，沈约《宋书·乐志》中的很多乐府，在《玉台新咏》中重新出现时已经变得"整齐"了许多。宇文所安在论及这一现象时说："在这些情况里，《玉台新咏》的编者徐陵显然从《乐志》中选取了原始材料，再按照当代诗歌口味加以整理和编辑。"[1]

但梁代文学作品本身就是依靠手抄本流传下来的。除了《文选》和《玉台新咏》之外，大量梁代文学只有极少的一部分主要通过唐代类书得以存留。这给我们带来手抄本文化的典型问题，比如作者身份不定和文本异文。后代印本对这些问题的解决，往往意味着重写梁代文化叙事以符合当代意识形态的需要。

在这一章和下一章中，我们将绘制一幅梁代文化世界的版图，一方面检视文本生产和流传，书籍收藏和分类；另一方面，我们将对这一时期的文学和学术活动做出勾勒，为当代文学口味和风尚建构一个社会语境。

文本生产与传播

和印刷文化不同，这一时期文本再生产的唯一手段是"写"，"写书"一词在后代意味着"写作一本书"，在这一时期则意味"抄写一本书"。当然也可以通过拓写碑文来复制文本，但是拓写限于金石文献，是非常有限的，也不是文本

---

[1] Steven Owen, *The Making of Early Chinese Classical Poetry*, p. 6.

流传的主要手段。很多职业书手以替富家抄写书籍为生。对于贫寒的士族家庭来说,写书不仅是谋生手段,而且也是获得教育的重要方式。学者、诗人王僧孺年轻时,"家贫,常佣书以养母,所写既毕,讽诵亦通"。[1]朱异也曾靠抄书为生。[2]写书的酬金按照卷数计算。北人刘芳(?—452)贫贱时"常为诸僧佣写经论",因为书法工整秀丽,佣值每卷一匹缣,但这一定是很不寻常的高薪,不是任何书手都可以得到的。刘芳每年可以得到"百余匹"的报酬,如此数年,家道居然小康。[3]虞世基(?—618)虽然官至中书省通直郎,还是会在业余时间抄写书籍以贴补家用。[4]

富裕家庭甚至拥有专门的书手。赵隐(507—576)曾是东魏尚书令司马子如门下"贱客",专供写书之职,因为抄写少有谬误,很得司马子如的赏识。政府也有专门的抄书人员。北魏蒋少游曾经以佣书为业,后来被召为中书写书生。北齐的郎基在任清廉,唯一的"风流罪过"是多命人抄书。在一个著名的故事里,某书商希望把梁武帝命人编撰的大型类书《华林遍略》卖给东魏权相高澄(521—549),高澄"多集书人,一日一夜写毕,退其本曰:不须也"。[5]

有些人抄写书籍不是为了谋生,而是为了个人的乐趣。

---

[1]《梁书》卷三十三,第469页。
[2]《梁书》卷六十二,第1515页。
[3]《北史》卷四十二,第1542页。
[4]《北史》卷八十三,第2797页。
[5]《北史》卷五十五,第2007页;卷九十,第2984页;卷五十五,第2014页;卷四十七,第1737页。

齐高帝第十一子萧钧（472—493）以细字亲手抄写五经，把抄本放在一只巾箱里。侍读贺玠问他："殿下家自有坟素，复何须蝇头细书，别藏巾箱中？"他回答说："巾箱中有五经，于检阅既易，且一更手写，则永不忘。"诸王听说以后纷纷效尤，是为"巾箱五经"的由来。[1]

获得书籍最经济的方式是从朋友处借得书来手抄一部。梁初文士袁峻就是这么做的，他要求自己每天都抄满五十张纸，"纸数不登，则不休息"。[2]臧逢世从姐夫刘缓处借来一部《汉书》，用"书翰纸末"亲手抄写一部。[3]

陶渊明在《饮酒》诗序里提到他曾请故人抄写他的诗，"以为欢笑"。但是，在一个没有印刷、复印和电脑的时代，抄写文本，无论抄写者动机如何，都不仅是"以为欢笑"而已，因为这是文本保存和流传的唯一方式。一个文本流传越广，保存下来的机会也就越大。史书记载了一些事例，向我们显示一个人的文集之所以没有流传下来，往往是因为他们没有保存副本的缘故。[4]从这一时期流传下来的文本，不仅仅是由于"自然淘汰"，因为"自然淘汰"意味着那些没有流传下来的作品必然质量低劣；相反，这里既有作者精心保存自己作品的因素，也有纯粹的运气因素，是个人意志和

---

[1]《南史》卷四十一，第1038页。
[2]《梁书》卷四十九，第688页。
[3]《颜氏家训集解》卷三勉学第八，第189页。
[4] 比如萧子恪（478—529）和萧渊藻就是例子。《梁书》卷三十五，第509页；卷二十三，第362页。

历史偶然性的双重结合。杜德桥指出：在手抄本文化时代，"书籍流传是因为有人要它们流传"；[1]这诚然不错，但是我们也不应忘记有些书籍的保存乃是出于意外事故。

在这一时期，一种常见的做法不是抄写一整部书，而是抄写书的部分，也即被视为重要的部分。这一做法被称为"抄书"。在现代汉语里，"抄书"意味"抄写书籍"，但是在六朝，"抄书"一词的意义非常狭窄而具体。僧祐在《抄经录》序言中对"抄"下了一个简明扼要的定义："抄经者，盖撮举义要也。"[2]"撮举义要"有两种办法：一是用自己的话对原作进行概括总结；一是有选择地抄写重要篇章。僧祐赞成的是前一种办法，他引安世高和支谦的佛经翻译为例，称他们"约写胡本，非割断成经"。他指责时人，说他们"或棋散众品，或瓜剖正文"。

然而，从一部著作中抄写重要片断，似乎是梁代文士所偏爱的做法。著名宫廷诗人王筠的自叙是一个很好的例子：

> 余少好抄书，老而弥笃，虽偶见瞥观，皆即疏记。后重省览，欢兴弥深。习与性成，不觉笔倦。自年十三四，齐建武二年乙亥，至梁大同六年，四十六载矣。幼年读五经皆七八十遍，爱左氏春秋，吟讽常为口实，广略去取，凡三过五抄。余经及周官、仪礼、国语、尔雅、山海经、本草并再抄，子史诸集皆一遍。

---

[1] Glen Dudbridge, *Lost Books of Medieval China*, p. 28.
[2] 《出三藏记集》卷五，第217—218页。

未尝倩人假手,并躬自抄录,大小百余卷。不足传之好事,盖以备遗忘而已。[1]

梁武帝即位之初,曾命到洽(490—527)抄甲部书(经部),张率抄乙部(史部)以及丙、丁部书(子部和集部)。[2]张缅(490—531)把数部后汉史以及晋史进行异同比较,"抄"为四十卷《后汉纪》和三十卷《晋抄》。他还准备对南朝作家文集进行撮举义要的工作,未成而亡。[3]庾仲容(475—548)留下三十卷《子抄》,因为今天魏晋子书多已散佚,唐代魏徵(580—643)的《群书治要》和马总的《意林》成为研究魏晋子书的重要资料来源之一,而这两部书都是建立在庾仲容《子抄》基础上的。[4]

对这一时期文本流传的讨论,必然要提到书籍贸易。遗憾的是我们对此所知甚少,但是,这些有限的材料,还是足以拼出一幅梁王朝疆域之内以及南北之间书籍贸易的图景。僧祐编撰于天监年间(502—519)的《出三藏记集》旨在著录佛教输入中国以后五百年来的汉译佛经,但是却意想不到地保存了大量有关早期中古时代文本流传的记载,使我们看到公元三至六世纪之间,从中亚到中国,一个庞大无比的文本生产、复制和传播的系统,简而言之,使我们看到旅行中的文字。

---

[1]《梁书》卷三十三,第486页。
[2]《梁书》卷二十七,第404页;卷三十三,第475页。
[3]《梁书》卷三十四,第492页。
[4]《梁书》卷五十,第724页。

虽然僧祐的著录只涉及佛教经典,我们从其他文献得知僧祐提到的远游僧侣以及"互市人"也在传播世俗文本。公元502或者503年,一个北方僧人来到建康,随身带了一部《汉书》古本,据称是班固的"真本"。萧琛获得了这一古本,并在510年把它送给了武帝的侄儿萧范,萧范最终把它献给了皇太子萧统。[1]前面提到有人曾打算把梁朝类书《华林遍略》卖给高澄,这表示南北之间存在着相当繁荣的书籍贸易和传播。后来,祖珽偷着把《华林遍略》卖掉数卷作为赌博之资,被高澄发现后受到一顿杖责。[2]

从北到南,大都市的市集上均有售书之所。在《金楼子》中,萧绎提到他曾遣人去建康购买书籍。[3]永明年间,诸王的阅读受到严格控制,除了儒家经典之外,他们只可以看孝子图。江夏王萧锋(474—493)秘密派遣手下人到市场上购买图书,不到一个月时间,"殆将备矣"。[4]我们不知道在公元五世纪后期,到底拥有哪些书籍算是"备",但是我们可以想象这些书籍包括了标准的子、史著作以及名作家的文集。在北方,崔亮(458—?)不肯为了观书去充当权臣李冲的门客,他说:"自可观书于市,安能看人眉睫乎?"[5]这说明书市相当发达,而且顾客可以随意浏览。

---

[1]《梁书》卷二十六,第397页。
[2]《北史》卷四十七,第1737页。
[3]《金楼子》卷六,第99页。
[4]《南史》卷四十三,第1088页。
[5]《北史》卷四十四,第1630页。

很多作品是以单篇形式流传的,比如王斌的《四声论》,或梁武帝第二子萧综的《钱愚论》。[1]有时,这样的作品还会在书市上公开出售,阳俊之的六言诗系列显然就是当时北方的"畅销书"之一。

有些文本流传很快。著名宫廷诗人刘孝绰的作品在当时非常流行,"每作一篇,朝成暮遍,好事者咸讽诵传写,流闻绝域"。[2]"朝成暮遍"是一个常用语,虽然有些夸张,还是可以给我们看到抄本流传速度之快、覆盖面之广。萧综的《钱愚论》讽刺叔父萧宏贪吝,武帝看到后命令立即销毁,但是已经太迟了,文章"流布已远"。在公元前一世纪的罗马,西塞罗《论道德目的》一文的草稿被朋友借去抄写一通,西塞罗很是担心这份草稿将会流传于世,反而埋没了后来的定本。[3]西塞罗的忧虑,在手抄本文化时代十分典型,完全可以和中国中古时代的情形相互参照。

书籍收藏与分类

在梁朝,藏书,无论公家还是私家,都达到了一个新高度。梁朝皇家藏书是以一场火灾揭开序幕的:萧齐末年,宫中起火,烧掉了皇家图书馆很多藏书。502年,武帝即位之初,当时主管皇家图书馆的秘书监王泰获得武帝许可,

---

[1]《南史》卷四十八,第1197页;卷五十一,第1278页。
[2]《梁书》卷三十三,第483页。
[3] Fantham, *Roman Literary Culture*, p. 37.

开始重建皇家图书馆。刘峻（462—521）、贺踪、任昉、殷钧（484—532）都参与了这一工作。当时，所有佛教书籍都存放在华林园，非佛教类书籍在文德殿和尚书阁。据《隋书·经籍志》记载，非佛教类书籍共有23106卷。与东晋南渡后皇家图书馆的3014卷藏书相比，不啻天壤之别。藏书数量比起永明年间的18010卷藏书也有所增加（虽然在这一情况里，卷数之增加也可能由于很多是副本）。[1]根据宝唱518年编撰的书目记载，佛教藏书达54000卷。[2]

皇家藏书规模无疑十分宏大，但在这一时期，私人藏书也相当可观。在齐梁以前，还从没有这么多聚集如此大批藏书的私人藏书家。如《隋书》所言，"梁武敦悦诗书，下化其上，四境之内，家有文史"。[3]梁朝初期，沈约的私人藏书达二万卷，这使他在都城地区的藏书家中名列前茅。[4]任昉藏书超过一万卷，仅次于沈约。据说他的藏书中有很多"异本"。任昉还编撰了一部藏书目录，这是历史记载最早的私人藏书目录。508年，任昉去世之后，梁武帝命沈约和贺踪检视任昉的书目，把凡是皇家图书馆没有的书都收罗进来。[5]张缅和王僧孺都拥有万卷藏书。王僧孺的藏书中也有很多异本，这使他常常可以在写作时运用新奇的典故令读者惊讶。[6]孔

---

[1]《隋书》卷三十二，第906—907页。
[2]《隋书》卷三十五，第1098页。
[3]《隋书》卷三十二，第907页。
[4]《梁书》卷十三，第242页。
[5]《梁书》卷十四，第254页。
[6]《梁书》卷三十四，第492页；卷三十三，第474页。

休源家有七千余卷藏书，据说他曾经亲自一一校勘过。[1]

在皇族成员中，皇太子萧统和武平侯萧劢（武帝堂侄）都拥有三万卷藏书，[2]但是萧绎最终超过了他们。在《金楼子·聚书》篇中，萧绎详细叙述了他历年来聚书的经历。他个人拥有的第一套书籍，是六岁时父皇送给他的一部五经。终其一生，萧绎为聚书藏书贡献了巨大的精力。有些书是亲友送给他的，有些是从书市买来的，有些是他命人从其他藏书家处抄写来的。到553年他写《聚书》篇的时候，他已经拥有八万卷藏书（其中很多是副本）。在后代，特别是明清之际，这样的藏书故事十分平常，但是萧绎的《聚书》篇是中国历史上对收藏家如何建立自己的收藏最早的记录。

梁代宫廷诗人庾肩吾（487？—551）写过一首题为《和刘明府观湘东王书》的诗，盛称萧绎藏书之富。[3]

陈王擅书府，河间富典坟。

陈王，自是曹植。河间指河间献王刘德（公元前155—前130在位），汉景帝之子，爱好文学，据说藏书可与皇家图书馆相垺。

五车方累笈，七阁自连云。

---

[1]《梁书》卷三十六，第522页。
[2]《梁书》卷八，第167页；《南史》卷五十一，第1263页。刘遵（488—535）编撰了长达四卷的《梁东宫四部目录》，见《隋书》卷三十三，第991页。
[3]《先秦汉魏晋南北朝诗·梁诗》卷二十三，第1991页。

《庄子·天下》："惠施多方，其书五车。"

   松椠芳帙气，柏熏起厨文。

松椠，指松木削成的书牍。柏熏，疑指书橱所用材料，或者防蠹虫的柏子香之类。

   羽陵青简出，妫泉绿字分。

羽陵据说是周天子晾晒虫蛀书籍的地方。见《穆天子传》卷五。妫泉（今山西省境内）是舜居住地。绿字，河图上的绿色文字。据《晋书》卷十四："昔大禹观于浊河而受绿字。"

   方因接游圣，暂得奉朝闻。

《论语》卷四："朝闻道，夕死可矣。"此联是说：因为和圣明的王子接游，因而得到这个宝贵的机会观看图书。

   峰楼霞早发，林殿日先曛。

在浏览图书之际，一天时间转瞬即逝。

   洛城复接限，归轩畏后群。

洛城即洛阳,这里代指梁朝首都建康。这一联似乎是说:观书竟日,他们必须回返京城,但是,诗人仍然流连忘返,恐怕将要落在同侪之后了。

在《聚书》篇里,萧绎没有提到他聚书的最大一次收获:公元552年从建康运到江陵的宫廷藏书。据《隋书》记载:"元帝克平侯景,收文德之书及公私经籍,归于江陵,大凡七万余卷。"[1]牛弘(545—610)写给隋文帝的奏表也提到这件事,但他指出其中很多是副本。[2]如果这一数目是准确的,而萧绎的八万卷书又包括了这七万卷宫廷藏书,那么萧绎原来的藏书数量则只有一万卷,这似乎是一个更符合实际的数目,因为就连梁朝宫廷藏书,在武帝即位初年,也不过只有七万余卷,萧统的东宫藏书也只有三万卷。不过,萧绎的八万卷书,如果不包括宫廷藏书的话,也还是可以用包括了很多副本来解释。但是,在详细缕述了每一次聚书收获的篇章里,为什么萧绎偏偏对运来建康宫廷藏书一事绝口不提呢?对这一问题的回答,会帮助我们更好地理解这一时期公私藏书的性质,但下面先让我们谈一谈这一时期的图书分类——给图书分类,是面对大量藏书时自然要采取的下一个步骤。

给皇家藏书分类是从西汉刘歆(公元前53?—公元23)编写《七略》时就已经开始的做法。如杜德桥所指出

---

[1]《隋书》卷三十二,第907页。
[2]《隋书》卷四十九,第1299页。

的，这一工程影响深远："（皇家）藏书的经营和著录由皇帝亲自主管，由国家高级官员负责。皇家图书馆成为国家统一和文化的象征，因为它确认了统治王朝对过去文化的合法继承和管理者身份。"[1]梁武帝充分理解皇家图书馆的这种政治意义。他在任命刘孝绰为秘书监的时候曾说："第一官当用第一人。"[2]

公元505年，刘峻编撰了四卷《梁文德殿四部目录》，[3]术数之书别为一录，由奉朝请祖暅编撰。[4]507年，殷钧编撰了《梁天监六年四部书目录》，据阮孝绪（479—536）说，著录的书籍少于刘峻簿录。[5]515年，武帝命僧绍编撰了《华林佛殿经目》。武帝对这一目录不尽满意，又命宝唱编撰了一部新经目，共四卷，成于518年。据《续高僧传》，这一经目建立在僧绍目录的基础上，但是增加了佛经提要，合并了异题同文的经书，清理了混杂在一起的经书（所谓"注述合离"）。[6]

皇家图书馆的政治和文化重要性既然如此突出，梁朝规模最大的书籍簿录居然出自私人之手，实在是很不寻常，更何况这位编撰者虽然家世显赫，却从来不曾出仕过。这位编撰者就是阮孝绪，属于当时列位名门大族的陈留阮氏，和

---

[1] Glen Dudbridge, *Lost Books of Medieval China*, pp. 4-5.
[2] 《梁书》卷三十三，第480页。
[3] 《隋书》卷三十三，第991页。
[4] 《隋书》卷三十二，第907页。
[5] 《全上古三代秦汉三国六朝文·全梁文》卷六十六，第3347页。
[6] 《大藏经》第五十册卷一，第426页。

琅邪王氏、陈留谢氏以及萧梁皇族都是亲戚。阮孝绪的姐姐嫁给了武帝的弟弟萧恢（476—526）。阮孝绪本人却选择终身隐居。他尽量避免和自己有权有势的贵戚往来，致力于学术活动和著述。他的《七录》长达12卷，是一部雄心勃勃的书籍簿录，旨在记载萧梁全国所有的书籍。虽然这一簿录已经佚失，但是阮孝绪写于524年的序言却保存在唐代佛教选集《广弘明集》里，这篇序言是一份非常宝贵的文件。

在序言里，阮孝绪对西汉直到当代的图书分类历史做了回顾性总结，这其中很多内容都被后来的《隋书·经籍志》采纳。之后，他叙述了自己编纂这一书目的过程：

> 其遗文隐记，颇好搜集。凡自宋齐已来，王公搢绅之馆，苟能蓄聚坟籍，必思致其名簿。凡在所遇，若见若闻，校之官目，多所遗漏。遂总集众家，更为新录……天下之遗书秘记，庶几穷于是矣。

在序言末尾，他提到刘杳（487—536）把自己编纂的《古今四部书目》慷慨地借给阮孝绪，这份书目被阮孝绪收入《七录》。[1]这样，《七录》记载了6288种书籍，合44526卷。[2]这很有可能包括了一些著录于不同标题之下的图书，

---

[1] 刘杳的五卷书目在梁朝曾单独流行于世，但是到初唐似乎已经佚失了，因为《隋书·经籍志》没有记载。
[2] 据牛弘说，《七录》著录了三万卷书，不是四万卷。《隋书》卷四十九，第1299页。

也包括了各种"书抄"。

阮孝绪《七录》的分类，建立在刘歆《七略》和王俭《七志》主题分类的基础上，但是也做了一些改变，所谓"斟酌王刘"。书籍被分为七类：前五类属于"内篇"，包括经典、史传族谱、子书和兵书、文集和文选以及医药术数类图书；后两类属于"外篇"，包括佛教与道教图书。阮孝绪解释说，王俭没有把佛教书籍单分一类，并把道教书籍放在佛教书籍之前。阮孝绪则不仅把佛教书籍单分一类，而且颠倒了这一顺序，因为他和王俭"所宗有不同"，佛、道二教也是"其教有浅深也"。这既显示了佛教书籍的繁多，也印证了佛教在梁朝的崇高地位。阮孝绪所没有料想到的，是他的这句话使得《七录》序言在佛教选集中占了一席之地，而且因此得以保存到后世。

从上面的序言引文里，我们得知梁代很多私人藏书都有"名簿"。这是中国历史上第一次提到私人藏书目录。在这一背景下，阮孝绪的庞大私人工程——为梁代全国所有图书编撰书目——显得非常具有代表性。虽然皇家图书馆的书目仍然被视为衡量私人书目的某种标准，但是阮孝绪却可以指摘"官目"之不足，而且，这样宏伟的文化工程由一私人独力承担，这本身就是值得注意的创举，更何况这个人终身都是隐士，和秘书监、秘书丞等朝廷官吏的公家身份构成了意味深长的对照。

公家话语与私人话语之间的矛盾，在萧绎对运到江陵的宫廷藏书所保持的沉默中最为明显。萧绎写《聚书》篇的时候,已经即位为帝了。对于一位君主来说,聚书是建立国家政体的一部分内容。如杜德桥所说,"国家图书馆成为国家统一和国家文化的象征,因为它确立了统治王朝的合法地位以及作为文化守护者的合法身份"。[1]因此,获得前朝藏书不是一件小事。皇家藏书从建康运到梁朝的新首都江陵,象征了权力的合法转移,这一事件应该加载史册。

然而这正是问题所在。萧绎《聚书》篇不是皇朝历史的一部分,而是子书的一部分。萧绎不是作为"天子",而是作为"夫子",作为"金楼子",作为私人藏书家,在进行写作。这种区别决定了《聚书》篇材料的取舍。在这样一种私人语境中,提到皇家图书馆藏书简直是亵渎。我们在此看到的是作为君主的公众角色和作为藏书家的私人角色之间的矛盾。这不是说,一位君主不可以同时也是爱书人,而是说:对于这两个角色来说,聚书行为的动机和目的各不相同,甚至相互抵牾:君主是艺术的保护人,文化的合法守护者;而私人藏书家则任凭对书的狂热激情使聚书成为个人身份的中心表现方式。

萧绎希望自己的《金楼子》是一部高度个人化与私人化的著作。他再三向读者解释,为什么他不想和前代的刘安、吕不韦那样命门客代笔:和那些穿惯了粗布衣服的人,"难与道纯棉之密致";和那些吃惯了简陋食物的人,"不足

---

[1] Glen Dudbridge, *Lost Books of Medieval China*, p. 5.

论大牢之滋味"。[1]他甚至不允许任何幕僚阅读未完成的书稿。因此，当他从外任回到京都时，竟然有人以为金楼是用金子铸造的阁子而屡次要求观赏。[2]萧绎希望这部著作属于他，萧绎，而不是属于梁元帝。如果作者和藏书家萧绎不想提到从建康皇家图书馆运来的藏书，那是因为公私价值观的冲突，这部著作的性质使他不能够以皇帝的身份讲话。萧绎从十四岁起就开始写作《金楼子》，当时，他绝没有想到自己有朝一日会成为皇帝。《金楼子》是一部属于私人的书，是旨在最终被收入皇家图书馆的。在这样一部书里，没有君主话语的空间。[3]

萧绎的父亲梁武帝是中国历史上极少数能够把君主身份变成他的复杂多样性人格一部分的皇帝之一。大多数人在登上皇帝宝座之后，或者任自己的个性被其君主身份所吞噬，或者在个性和君主身份之间发生灾难性的矛盾冲突。萧绎不幸属于后一种类型。历史的黑色幽默，使爱书人成了毁书人。在西魏军队攻克江陵的前夕，萧绎下令放火焚烧他的图书馆。这一举动，恐怕是有史以来对书籍最大规模的有意

---

[1]《金楼子》卷九，第157页。
[2]《金楼子》卷九，第157页；卷一，第3252页。
[3] 在审理本书校样的过程中，看到了钟仕伦先生的《金楼子研究》一书。在书中，钟氏对萧绎不提建康藏书一事发表看法，其中之一是，把"公家图书"包括在"私家撰述"中于理未安（第10页）。钟氏并援引余嘉锡，就萧绎写作《聚书》篇的时间发表意见。关于此点，我在《诸子的黄昏：中国中古时代的子书》一文里有更为详细的讨论，兹不赘言。

毁灭（书籍的绝对数量超过了秦始皇的焚书），界定了萧绎在历史上的地位。萧梁的皇家图书馆，以建康皇宫的一场火灾开始，又在江陵的一把火中结束。

公元七世纪，丘悦的《三国典略》一书对梁朝历史的最低点——恐怕也是中国历史上的最低点之一——做了如下叙述：

> 帝入东阁竹殿，命舍人高善宝焚古今图书十四万卷，将自赴火，宫人左右共止之。又以宝剑斫柱令折，叹曰："文武之道，今夜尽矣！"[1]

《梁书》的作者姚察父子，对萧梁皇族的缺点向来保持沉默，对萧绎的焚书行为也同样缄口不言。当然，这很可能就像杜德桥说的那样，"一个皇帝，文明的守护者，本人又是一位作家，自觉地、有意识地"制造这场"中国文明的历史性灾难"，这本身就是"另一种型号的灾难"，因为太巨大，以至令史臣哑口无言。[2] 不过，对于生长在梁朝，曾经在梁朝出仕，对梁朝君主的不幸命运抱有深厚同情的姚察来说，把他的痛心惊变掩藏和压抑在史臣简洁乃至枯寒的文风里，也许是一种心理上较为容易的选择。

---

[1]《资治通鉴》卷一百六十五，第5121页；《太平御览》卷六百一十九，第2911页。
[2] Glen Dudbridge, *Lost Books of Medieval China*, p. 42.

文学与学术活动

在前两节里,我们讨论了文本的生产与传播,书籍的收藏与分类。为藏书分类和编写书目是对知识进行组织归纳的第一步。总集、别集和类书的编撰,是这一节要探讨的主题。梁代文士通过丰富的文学和学术活动,试图为每一个文本都找到容身之地。从前代继承下来的零散的抄本,被一一定位在一个清晰明了的文学史叙事中,和逐一进行分门别类的知识结构里。

最早的"类书",据说是魏文帝曹丕在公元220年到222年之间下令编撰的《皇览》。据《三国志》注引《魏略》记载,文帝"使诸儒撰集经传,随类相从,凡千余篇,号曰皇览"。[1]《皇览》之后,直到梁朝,才出现类似的编撰活动,这次不再是孤立和零星的,而是大批量地、接二连三地快速涌现。

类书兴盛的原因之一,是写作时"用事"的需要。刘勰(约465—522)在《文心雕龙》里专辟一章"事类",讨论运用典故。五世纪后期,王俭曾经在尚书省"出巾箱几案杂服饰,令学士隶事事多者与之",以此作为消遣。[2] 梁武

---

[1]《三国志》卷二,第88页。《皇览》至梁犹存,长达680卷。何承天把《皇览》"合"为123卷,徐爰进一步把它"合"为50卷。萧琛有《皇览抄》20卷,佚于隋。在隋朝,《皇览》最初的680卷只剩下120卷。在唐代,何本与徐本《皇览》仍然传世,到宋代也佚失了。
[2]《南史》卷四十八,第1189页。

帝曾惊讶于豫州进贡的巨栗,问沈约:"栗事多少?"并和沈约各自写出自己能够想到的有关栗子的典故。沈约"少帝三事,出谓人曰:'此公护前,不让即羞死。'帝以其言不逊,欲抵其罪,徐勉固谏乃止"。[1]在另外一则故事里,武帝命群臣各疏有关"锦被"的典故,"咸言已罄,帝试呼问峻,峻时贫悴冗散,忽请纸笔,疏十余事,坐客皆惊"。[2]在下一章里,我们将会看到,在梁朝初期,在诗中大量用典是一种时尚,因此,这一时期类书编纂的盛行在很大程度上是适应时代需要。

但是,类书其实是一种形式特殊的选集,它的分门别类,反映了一个时代的知识结构,反映了时人对宇宙的理解。虽然《皇览》以及梁代类书已经佚失,但是,初唐类书如《艺文类聚》的存在,为我们展现了中古时期人们对宇宙万物的精心整理、分类和形成的组织结构,反映了中古时期人们的世界观。[3]在第四章,我们将看到,类书的分类结构,以及每一条目下面包含的文本范例,构成了人们理解一种事与物的语境。

---

[1]《梁书》卷十三,第243页。常有人把这件事当成武帝心胸狭小的例证,然而,以当时情境而论,沈约确实"不逊"。哪怕对于朋友这样做,都未免有失忠厚,何况如此对待君主,武帝要惩罚他是有道理的,不惩罚,倒是心胸宽大的证明。
[2]《南史》卷四十九,第1219页。
[3]《皇览》残片保存在后代类书里。二十世纪初期,罗振玉把在敦煌发现的一部唐前类书残片定为北齐类书《修文殿御览》,但是,洪业以为这实际上是《华林遍略》的孑遗。见洪业《所谓修文殿御览》一文。

如《皇览》的标题所显示的，类书认可皇帝对知识和文化所具有的权力：就像极度夸张宏大的汉赋一样，类书许诺说要把天下所有的事物都展现在皇帝眼前，从日月星辰，到至微至细的昆虫。如果我们对此有所认识，我们就可以理解为什么梁代两部气魄最宏大也最知名的类书，起源于兄弟之间，同时也是皇帝和诸王之间的竞争。武帝的弟弟，安成王萧秀（475—518），命刘峻主持编撰了一部120卷的《类苑》。在此之后，武帝命徐勉推荐一批学者，编撰一部规模更宏大的类书。徐勉推荐了五个人，经过长达八年时间的努力，从516年开始，到524年，终于编成了620卷的《华林遍略》。[1]

我们可以料想到这一时期佛教类书的昌盛。[2]即位后不久，武帝即命周舍、虞阐、刘溉（恐怕是到溉之误）编撰了一部三十篇的《佛记》。但是武帝对《佛记》的序言不甚满意，于是命沈约重写一篇。[3]沈约的序言保存在《广弘明集》里。在序言里，沈约解释了《佛记》的性质："博寻经藏，搜采注说，条别流分，各以类附。日少功多，可用譬此。"[4]

---

[1] 据《梁书》卷五十第716页与《南史》卷七十二第1782—1783页记载，徐勉推荐的五个人是：何思澄（约479—532）、刘杳、顾协（470—542）、钟屿、王子云。《隋书》则多出一个名字：徐僧权。《隋书》卷三十四，第1009页。
[2] 据陈玉珍《道世与〈法苑珠林〉》一文（第249页），南齐编撰的《法苑经》是我们现知的第一部佛教类书。
[3] 武帝诏书见《全上古三代秦汉三国六朝文·全梁文》卷五，第2974页。
[4] 《全上古三代秦汉三国六朝文·全梁文》卷三十，第3124—3125页。

他还澄清了编辑方针：

> 其有感应之流，事类相似，止取其一，余悉不书。或后死而更生，陈说经见，事涉杳冥，取验无所，亦皆靡载，同之阙疑。或凭人以言，托想成梦，尤难信晓，一无所录。

凡是叙述佛教奇迹的故事，都"一无所录"，这就把《佛记》和后来的佛教类书，比如七世纪的《法苑珠林》，区别开来。

516年，武帝又命释宝唱、僧豪和法生共同编撰了另一部佛教类书《经律异相》。《经律异相》共55卷，目录5卷。在序言里，编者宣称他们从佛经里收集来各种故事，对之进行主题分类，这样读者就可以一目了然，容易找到需要的材料，"将来学者可不劳而博矣"。[1] 类似"不劳而博"以及"速成"的许诺，也同样出现于沈约的《佛记》序里，似乎是类书编撰的共同目的之一。多年后，萧纲命人编撰了另一部大型佛教类书《法宝联璧》，这是大约40位学者的合作成果，只有萧绎写于534年的序言尚存。《经律异相》却基本完全保存下来，成为这一时期唯一幸存下来的类书，对文学与宗教学者都具有重要意义。

除了类书编纂之外，梁代另一重要的文学活动就是编

---

[1]《大藏经》第五十三册卷一，第1页。

撰文集和选集，这在中国文学史上达到了前所未有的高度。一个作者的文集编辑，通常是由作者本人担任的，或者，在作者去世后，由朋友担任。如《四库全书》的编者所指出的，在齐梁二朝，个人文集大行，许多后来变得极为常见的文集编辑体例都是这一时期初次建立的。张融（444—497），一个喜欢标新立异、特立独行的作家，据我们所知是第一个给自己的文集取名的作者。他为自己的文集题名《玉海》。别人问他名字的来历，他说："玉以比德，海崇上善。"[1]《隋书》还记载了张融的另外两部作品集：《大泽集》和《金波集》。[2] 后来，也许是受到张融影响，梁秘书张炽为自己的文集取名《金河集》。[3] 江淹（444—505）把自己的文集分为《前集》和《后集》；徐勉和刘之遴（477—548）也相继效尤。[4] 王筠编辑自己的文集则采取"一官一集"的做法，为后代作家开了先例。[5] 梁武帝在文集之外另有诗赋集二十卷以及"杂文"集九卷。这是作者按照不同文类编撰自己作品的最早范例之一。[6]

比别集更为重要的是总集的编纂。到六世纪，编纂文学选集已经有了一个很长的传统。最早的文学选集是挚虞的

---

[1]《南齐书》卷四十一，第730页。
[2]《隋书》卷三十五，第1076页。
[3]《隋书》卷三十五，第1077页。
[4]《梁书》卷十四，第251页。《隋书》卷三十五，第1077页；卷三十五，第1079页。
[5]《梁书》卷三十三，第487页。
[6]《隋书》卷三十五，第1076页。

（？—约312）的《文章流别集》。李充的《翰林》可能也是一部选本，在梁朝仍有五十四卷存留，在隋朝才散佚。宋、齐之际，出现了大量的文学选本。刘义庆（403—444）主持编撰了二百卷的《集林》，五世纪末孔逭又有一百卷《文苑》。[1] 它们的庞大卷数，表明这些也许是"集"而不是"选集"。后来，《集林》和《文苑》都有精选本也即"抄本"。五世纪初期，谢灵运编撰了九十二卷《赋集》和五十卷《诗集》，它们显然都是最早出现的单一文类选集。[2]

在梁代，不仅出现了很多一般性的文学总集，也出现了很多单一文类的总集。一般性文学总集包括《词林》（五十八卷）、《文海》（五十卷）、《吴朝士文集》（十卷）、《巾箱集》（七卷）。《吴朝士文集》是现知最早的地方性文集，它显示了江南本土人士强烈的地方意识。[3]

萧梁皇族成员积极致力于总集的编纂。武帝曾编撰《历代赋》，因为只有十卷，想必是选集，而不是像谢灵运的《赋集》那样的总集。萧绎命萧贲编纂了一部《碑集》，共一百卷。[4] 据《梁书》本传记载，萧统"撰古今典诰文言，

---

[1]《南史》卷十三，第360页。《隋书》卷三十五，第1082页。《南史·文学传》曾提到孔逭，卷七十二，第1770页。
[2]《隋书》卷三十五，第1082页。
[3]《隋书》卷三十五，第1082页。
[4]《金楼子》卷十，第200页。《隋书·经籍志》（卷三十五，第1086页）还记载了一部散佚的《释氏碑文》，三十卷，题为萧绎编纂。这有可能是《碑集》的精选本，也可能和《内典碑铭集林》是同一部书。萧绎为《内典碑铭集林》所作的序言保存在《广弘明集》里。

为正序十卷；五言诗之善者，为文章英华二十卷；文选三十卷"。[1]其中只有《文选》保存到今天。《正序》恐怕在隋代已经散佚了，因为《隋书·经籍志》已不见著录。

我们对《文章英华》所知甚少。它既然是一部五言诗选本，便很有可能和萧统编纂的《古今诗苑英华》是同一部书。[2]萧绎曾向萧统索要此书与萧统个人的文集，萧统慷慨应允。他写给萧绎的回信（《答湘东王求文集及诗苑英华书》）保存下来，在信中，萧统对这一选本不够全面表示遗憾："上下数十年间，未易详悉，犹有遗恨，而其书已传。虽未为精核，亦粗足讽览。"[3]

《隋书》记载了一部已经散佚的三十卷本《文章英华》。在《萧统评传》中，曹道衡和傅刚认为《隋书》的三十卷本《文章英华》来自阮孝绪的《七录》，强调我们应该相信阮孝绪的判断，也就是说《文章英华》和《古今诗苑英华》不是同一部书。[4]但是我们对此不能确定。阮孝绪并没有对他所记录下来的所有书籍一一进行检视。如果同一本书以不同标题进行著录（这在手抄本文化中是常见现象），那么阮

---

[1]《梁书》卷八，第171页。
[2]《隋书》卷三十五，第1084页。《旧唐书》卷四十七，第2080页。《隋书》记载的卷数是十九卷，不过可能还有一卷是目录，因此应该总共有二十卷。
[3]《全上古三代秦汉三国六朝文·全梁文》卷二十，第3064页。萧统在信中又说："集乃不工，而并作多丽。"详其语意，可见他把臣下的同题唱和也附录在自己的文集中。
[4]《萧统评传》，第211—214页。

孝绪就会把两种标题都收录在书目里。俞绍初也认为两部书不是一回事，因为，据他的逻辑，如果这是同一部书，《隋书·经籍志》自然就会把《文章英华》放在《古今诗苑英华》之下并加以注明。[1] 这一论点也是有问题的，因为《隋书·经籍志》编写者并没有一一检视他们著录下来的所有藏书，而且，他们根本就没有阅读过一部题为《文章英华》的书，因为在他们著录这本书的时候，这本书已经亡佚了。

《隋书》著录的三十卷本《文章英华》很有可能只是二十卷，因为二、三在抄写过程中容易混淆。此外，手抄本文化中的另一常见现象是，一本书的卷数常常变化不定，因为抄写者在抄写过程中可以扩大或减少卷数。既然三十卷本的《文章英华》在七世纪初已经散佚，《隋书·经籍志》的编者想必仅仅是从前代书目中抄下这一标题的。因为卷数不同，《文章英华》和《古今诗苑英华》遂被著录为两本不同的书籍。

在六世纪末年，颜之推提到刘孝绰曾经编写过一部《诗苑》。刘孝绰是梁代前期著名的宫廷诗人，并积极参与了《文选》的编撰，因此，我们可以推测，他参与编撰的《诗苑》可能就是《古今诗苑英华》也就是《文章英华》。颜之推提到，刘孝绰只选入何逊两首诗，而何逊在梁初和刘孝绰是齐名的诗人，因此"时人讥其不广"。[2] 这让我们想起萧

---

[1]《文选学新论》，第70页。
[2]《颜氏家训集解》卷四文章第九，第276页。

统在给萧绎的信中曾提到《文章英华》"上下数十年间，未易详悉，犹有遗恨，而其书已传"。这和当代读者对《诗苑》选诗不够全面的评价正好如出一辙。

诗歌选集在五六世纪甚为盛行。钟嵘提到沈约曾经编撰了一部诗歌选集，可惜已经散佚了。[1] 在写作《诗品》（又名《诗评》）的时候，钟嵘似乎很受到沈约选集的影响。譬如他说自己在过去常忽略傅亮（374—426）的诗作，但是在读了沈约选集里收录的几首傅亮诗以后，他开始对傅亮多加注意。[2] 他把傅亮列在下品，但是很明显，如果不是因为沈约编撰的诗选，傅亮的名字根本不会出现在《诗品》里。

梁代其他的诗选包括《诗缵》十三卷，《众诗英华》一卷，《诗类》六卷，《玉台新咏》十卷。萧绎曾命王孝祀编撰《诗英》十卷，命萧淑编撰《西府新文》十一卷（当时萧绎任荆州刺史，荆州在建康之西，西府即指此）。此外还有按照主题进行分类的选集，如《齐谶会诗》和《齐释奠会诗》，这两种书都是在梁代编撰的。[3]

所有这些诗歌选集，除了《玉台新咏》之外，都已经散佚了。我们对它们的编者和具体内容一无所知。关于《西府新文》，有一段相关文字保存在《颜氏家训》里。据颜之

---

[1] 《诗品集注》，第397页。有学者认为这一选集就是十卷本的《集钞》，或者三十卷本的《宋文章志》。《隋书·经籍志》均将二者著录在沈约名下。另一种可能是这一选集在隋唐之际散佚，因此不见于《隋书·经籍志》。
[2] 同上。原文作："宋尚书令傅亮季友文，余常忽而不察。今沈特进撰诗，载其数首，亦复平矣。"但"平矣"一作"平美"。
[3] 《隋书》卷三十五，第1084页。

推说，他的父亲颜协（498—539）当时在湘东王府任职："吾家世文章，甚为典正，不从流俗。梁孝元在藩邸时，撰《西府新文》，讫无一篇见录者，亦以不偶于世，无郑卫之音故也。"[1] 这样看来，《西府新文》是一部以风格新派、笔调流丽为标准的诗选（所谓"郑卫之音"，只是"流行格调"的意思，颜之推为先人讳，当然要这么说，而不能说自己父亲的诗风"古拙呆板"）。而且，因为五言诗是六世纪最流行的诗体，我们可以推测《西府新文》是一部五言诗选集。

最终只有三部梁代总集流传到今天：《弘明集》、《文选》和《玉台新咏》。《弘明集》为僧祐编撰，是包括从东汉到梁代由僧俗作者撰写的佛教文选。大多数入选的文章都是针对外道的攻击为佛教进行辩护的作品，但是这部总集的重要性远远超出了宗教研究。它收录了六朝时代一些最优秀的论说文。七世纪出现了《广弘明集》，收录了除文章以外其他文类的作品，很多都是梁代作者所写的。

《文选》和《玉台新咏》则属于非宗教类的世俗诗文选。《文选》是现存最早按照文类进行编排的诗文总集，包括130位作者所写的761篇诗文，覆盖的时间面从东周直到萧统生活的时代也即梁代初期。[2] 近年有些学者认为《文选》

---

[1]《颜氏家训集解》卷四文章第九，第251页。
[2] 对《文选》的研究已经形成所谓"选学"。关于《文选》的编撰、内容、选择标准，以及其他围绕《文选》版本和研究的问题，可详见《文选学新论》、傅刚《文选版本》、王立群《文选成书研究》、冈村繁《文选之研究》、清水凯夫《新文选学》、康达维《文选》英译本引言以及《芰秽》一文。

是建立在前代诗文选集基础上的"选集之选集"。[1]《文选》的主要编撰者是萧统和他的文学侍臣（尤其是刘孝绰），虽然萧统本人的参与程度是现代学者常常讨论的一个热点，但这恐怕也是（除非发现新的资料）一个不可解决的问题。[2]萧统为《文选》作序，没有明确提及《文选》的预设读者，不过，《文选》显然是为社会上层的一般读者编撰的。

据窦常（？—825）说，《文选》编撰时，因诗人何逊还在世而没有收录其作品，于是晁公武下结论说，《文选》不收录在世作者的作品。[3]这一说法一直得到普遍认同，但是近年来也开始受到《文选》学者的质疑。[4]的确，萧统从来没有像钟嵘那样在序言里明确地阐述这一编选原则。但是

---

[1]《文选》注的撰写者，"五臣"之一的刘良（八世纪初在世），在解释张华《答何劭》一诗中，首次提到《文选》"依前贤所编，不复追改也"。见《文选》"六臣注"（第448页）。日本学者冈村繁首倡《文选》乃"选集之选集"一说。《文选之研究》，第59—95页。这一观点得到很多中国学者赞同，王立群在最近的《文选成书研究》中提供了一些新的例证（第24—49页，第266—277页）。

[2] 日本僧人空海（774—835）引元竞（约675年在世）《古今诗人秀句》序："至如梁昭明太子萧统及刘孝绰等撰集《文选》"云云。见《文镜秘府论》，第354页。现代学者清水凯夫甚至提出刘孝绰是《文选》真正的编者。见其《六朝文学》，第1—46页。多数中国学者没有这么极端，虽然他们也承认刘孝绰在《文选》编辑过程中的重要作用。详见《文选学新论》，第1—77页。应该注意的是，关于《文选》编者这一论题，无论站在哪个立场发表议论，提出的证据都是间接证据或曰周边证据，没有任何直接的文本证据。

[3] 转引自晁公武（约1105—1180）《郡斋读书志》："窦常谓统著《文选》，以何逊在世，不录其文。盖其人既往，而后其文克定，然所录皆前人作也。"

[4] 详见王立群《文选成书研究》，第140—153页。

这里需要注意的是,《文选》的130位作者只有10人生活到六世纪,去世最晚的是陆倕,生活到公元526年。[1]这样看来,《文选》显示的是梁代作家对文学经典、文学过去的共同认知与评价,但是并不能全面反映梁朝当代文学的面貌。也并没有足够的证据向我们显示《文选》在梁代特别有影响力或者比其他各种文学总集更重要,部分原因可能正在于《文选》选录的作品反映了时人对如何评价过去的文学具有共识,而梁代读者拥有很多其他类似的文学总集。[2]直到六世纪之后,许多文学总集散佚了,《文选》逐渐变得越来越重要,在唐代获得特别显著的地位。在古代中国,《文选》一直被视为唐前文学的重要选集,但是,在北宋以后,它就已经不再是文学写作的典范读本了。[3]

---

[1] 见《文选学新论》,第10—11页。这使一些学者认为《文选》是在526—531年之间编撰的。王立群则认为《文选》成于522年至526年。《文选成书研究》,第140—153页。

[2] 现存的同时期文字资料从未提到过《文选》。冈村繁指出同时代人对《文选》的接受是很淡漠的。他认为这是因为《文选》是在其他文学总集的基础上仓促成书,与其他那些文学总集相比显得太过简短。笔者以为冈村繁的见解有其道理,虽然从后代眼光看来,"简短"可能倒成了《文选》流传下来的原因之一;另一个原因是萧梁后人很早就对《文选》进行注解,此外,萧梁皇族的后人特别是萧统的后代在唐代曾担任各种朝廷显职,这可能也促成了《文选》的流传和流行。

[3] 宋人对《文选》的接受比较复杂。北宋的文学巨匠苏轼(1036—1101)对《文选》批评得十分激烈,称其"编次无法,去取失当"(《宋诗话全编》卷一,第786页)。据陆游《老学庵笔记》(卷八,第100页),《文选》在北宋初年仍然很有影响,但是庆历(1041—1048)之后影响渐衰,而苏轼的文学影响则一直延伸到南宋。不过,有宋一代基本上忽视唐前文学,整个六朝文学只有陶渊明一人受到热情推崇,《文选》受到冷落和时代文学口味息息相关。

和《文选》相比,《玉台新咏》性质完全不同。它首先是一部诗选,而且基本是五言诗选,不是诗文总集;诗篇的编排顺序(从现存版本看来)基本按照年代先后,不是按照文类;最后,也是最重要的,编者徐陵在序言里明确提出这一选集的预设读者对象是贵族女性(关于这一点,本书到下一章还要进行详细论述)。这一选集在很长时间以来一直和萧纲的文学沙龙联系在一起,尤其是和梁代后期兴起于文坛的诗体,也就是所谓的"宫体",联系在一起,这在笔者看来,是一种错误的认识。

《玉台新咏》的版本历史相当复杂,问题很多。据1633年的宋本复刻本,这一选集包括654首诗,大约115位作者,其中54位是公元六世纪人,有些一直生活到梁朝末年或者陈朝。[1]和《文选》相比,很多著名的当代诗人如刘孝绰、王筠以及萧梁诸位皇子,都有很多诗作被收入《玉台新咏》。这样看来,《玉台新咏》对我们评估梁朝的当代文坛更有意义和价值。也是因为这一原因,本书的重点主要放在《玉台新咏》上,而不是放在《文选》上。

在《中国早期古典诗歌的生成》一书里,宇文所安探讨了五六世纪的文士如何通过编辑、修饰文本,给文本分派作者,以及创作文学史叙事给前代作者和作品予以定位

---

[1] 据我个人统计,1633年的《玉台新咏》版本包括116位诗人。收诗总数基于刘跃进的统计数字,参见刘跃进,《玉台新咏研究》,第43、96页。关于《玉台新咏》收入的54位梁代诗人,参见《玉台新咏研究》,第152—189页。

而"生成"了中国早期古典诗歌,而梁代的两部选集对我们理解和接受前代文学都起到了中介作用。这是一个重要的观点,但是,因为已经被详细讨论过了,无须在此赘述。在这里我希望唤起读者注意的是同样重要的一点,也就是《文选》和《玉台新咏》产生的语境。这两部选集都是在文学总集大量涌现的背景下出现的;而且,这两部选集的性质完全不同:编辑目的、作品选择的范围和标准,以及预设的读者对象都非常不同。我们必须对此语境加以特别强调,因为很多现代学者都会通过对这两部选集的比较对梁代文坛做出一系列推断。殊不知这两部选集如此不同,就好像橘子和苹果一样,是根本不能进行比较的,因为这样的比较,除了再次突出它们的不同之外就没有其他意义。而且,这两部选集既然是梁代众多文学总集之一,它们在当代文学中的重要性和代表性就不应该被过分强调。我们应该记住,这两部选集只占当时文学总集的很小一部分,其他文学总集虽然没能够流传下来,但在我们考虑这一时期的文学史时,此一背景应该总是在我们的脑海中。我们不应该以为这两部选集在当代具有多么显著的代表性,不能仅仅就这两部选集而做出具有普遍性的结论。把《文选》和《玉台新咏》视为两部代表了两种文学观点甚至道德观点的看法,是缺乏历史意识的,是不符合实际的,这样不顾当代文坛语境的简单二元对立观,只反映了后代的意识形态需要,并不反映梁代的文学现实。

不过,《玉台新咏》标识了一个相当重要的文化时刻:

以女性读者为对象的文学选集的出现。而且，值得注意的是，这一选集的编撰目的是满足女性读者的阅读乐趣，而不是像徐湛之（410—453）编写的《妇人训诫集》那样是为了道德教训。除了《玉台新咏》以外，还有一部题为《杂文》的十六卷选集，《隋书·经籍志》在下面附注道："为妇人作。"[1]

六朝时期，很多社会上层女性都有她们自己的文集。[2]殷淳（379—438）编撰了《妇人集》三十卷；徐勉编撰了《妇人集》十卷。[3]梁代自宫廷以下，女性作家尤多。503年，武帝命张率编纂"妇人事"以供给后宫，这一类书包括二千多条目，长达百卷，抄写者都是当时最好的书法家。[4]我们在前面曾提到，类书是帮助作家写作的实用工具，因此，编纂类书供给后宫，必然是因为很多后宫女性都有这方面的需要。的确，在武帝的女儿中，临安公主、长城公主和安吉公主都特别富有文才，安吉公主尤为出名。[5]临安公主有文集三卷，萧纲亲自为之作序。这篇序言一直存留到今天。[6]

---

[1]《隋书》卷三十五，第1082页。这一小注有点含混，我把它理解为"为了女性读者而编撰"，而不是"为女性所作"，虽然后者也不是完全没有可能。

[2]《隋书》卷三十五，第1070—1071页。

[3]《隋书》卷三十五，第1082页；《梁书》卷二十五，第837页。《隋书·经籍志》记载了一部《妇人集》十一卷，注明已亡。这可能就是徐勉编纂的《妇人集》，多出来的一卷往往是目录。

[4]《梁书》卷三十三，第475页。原文作"二十余条"，"十"显然是"千"之误，二十余条不可能分为百卷。

[5]《南史》卷五十一，第1278页。

[6]《全上古三代秦汉三国六朝文·全梁文》卷十二，第3017页。

但是文学创作并不限于皇族女性。实际上，梁代最著名的女作家来自士族。刘令娴（刘孝绰的妹妹）和沈满愿（沈约的女儿）都各有三卷文集传世，并各有一小部分诗作保存下来。刘令娴的丈夫徐悱去世后，她写了一篇哀婉而优美的祭文，徐悱的父亲徐勉本来也打算为爱子作一篇祭文的，据说在看到刘令娴的祭文之后就搁笔了。[1]刘令娴的这篇祭夫文在后代成为六朝骈文名篇之一。在第四章里，我们还会继续探讨梁代女性的阅读、写作和编辑活动。

---

[1]《梁书》卷三十三，第484页。祭文见《全上古三代秦汉三国六朝文·全梁文》卷六十八，第3361页。

第三章 重构文化世界版图（下）
当代文学口味的语境

本章从前一章对梁代文本世界的物质层面之考察，转向对其社会语境的探索。在我们思考梁代社会时，需要提出两个中心观点。第一，在六世纪前半期，出现了所谓的"文化贵族"（cultural elite）或者文化精英分子，这些文化新贵由士族中的后门和南方本土人士组成。在梁朝，这些政治上和文化上向来被边缘化的社会群体通过他们的文化成就而上升到显著的地位，这和被血统与门第所定义的北方移民世家大族形成了鲜明的对比。这一变迁正和安田二郎称之为武帝统治下"新贵族系统"的出现相衔接。安田氏以为，通过武帝的天监改革（见第一章），"虽然有才但是受到门第出身限制的寒门士人，现在可以和世家大族的成员站在同等地位，担任最高级的行政职务。中央政府从这一新兴而且扩大了的文士阶层中选拔官员，才干和学术成为选择标准，与新的政治原则相符合"。[1]这些文化新贵的家族之间往往相互通婚，依靠错综复杂的婚姻关系，逐渐形成一种新的社会力量，其特点是占有雄厚的文化资本（cultural capital），并通过姻亲关系构成一个独特的社群。

很多学者都曾谈到这一时期的文学派别或文学集团。[2]但是我们在梁朝所看到的很可能是完全不同的一种现象，因为梁朝的很多文化精英分子都不专门属于某一个文学派别或集团，而是在所谓的不同"派别"和"集团"之间自由流动。这把我们带到本章所要论述的第二个中心观点：虽然很久以来，梁朝创作界常常被分为几个观点相左的流派，但是仔细检视之下，我们就会发现，当时的作者对"文"的性质以及对文学历史的评价都具有一系列的共识。有一些现象，现代学者以为显示了当时"几大派"相互之间不可调和的矛盾，其实不过是文学风尚和口味的改变，不同作者之个人爱好与才能的不同表现，以及编辑方针、读者对象都极为不同的几部文学选集所产生的印象和影响，如此而已。把梁朝创作界分成不同流派，以此结构组织文学史叙事，最终服务于一种意识形态的目的，但是这种目的不但预设了最终结论，而且，我们将看到，有时还会扭曲证据。

---

[1] "The Changing Aristocratic Society," p. 52.
[2] 如森野繁夫，《六朝詩の研究："集団の文学"と"個人の文学"》，第60—154页；程章灿，《世族与六朝文学》，第3—47页；胡大雷，《中古文学集团》。

"文化贵族"的兴起

在这一节,让我们首先来看一下任何研究中国文学的学者都非常熟悉的两位文学批评家:《文心雕龙》的作者刘勰与《诗品》的作者钟嵘。两部作品基本上在五、六世纪之交到513年至518年间完成,其间相隔最多不过二十年。《文心雕龙》分为五十章,探讨了"文"从文类到写作技巧等各个方面。《诗品》则把123位诗人以其五言诗创作为准分为上、中、下三品。[1]本章到后来还要进一步讨论这两部著作的内容,但在这里我们先来检视一下两位作者的社会和政治背景。

刘勰的祖父刘灵真是宋朝著名大臣刘秀之(397—464)的兄弟。[2]但是到了刘勰这一代,刘氏家族已经遭受了一系列打击而日趋衰落。[3]刘勰少年失父,因为家庭贫困,一生没有婚娶。虽然他并未出家,却寄居在一家佛寺里。后来,因为沈约的推荐,刘勰担任了一些微末的官职,但从未登上任何高位。[4]钟嵘是晋侍中钟雅(?—329)的后代,和

---

[1]《诗品》所评介的诗人数量,在不同版本里有所不同。详见《诗品集注》,第10页。
[2]《宋书》卷八十一,第2075页。
[3] 刘秀之死后进爵为公,他的儿子和孙子相继袭封,但是齐朝建立后失去了公爵称号。刘秀之的叔叔刘穆之(360—417)曾经是宋太祖最亲信的参谋之一,但是他的后人往往行为怪异,不合时宜。五世纪后期,也就是在刘勰的青年时代,刘氏家族很多成员不是被贬官就是被流放。《宋书》卷四十二,第1308—1311页;《南齐书》卷三十六,第639—643页。
[4]《梁书》卷五十,第710—713页。

刘勰相比，钟嵘的经济条件显然要好得多，但是他所担任过的最高官职也不过是晋安王萧纲的记室而已。[1]在一个社会等级森严、重视家庭背景的时代，刘勰和钟嵘，两个在政治社会系统中地位低微的士人，却写作了两部体系宏大的文学批评著作，是一件值得玩味的事情。在六世纪，我们看到那些士族寒门出身的士人开始在当代文化领域扮演日益重要的角色。他们对自己低微的社会地位非常敏感，因此也就更要在文化学术方面争胜，并且依靠血缘和姻亲关系，结成一个亲密的文学群体。他们不但把"文"当成品评人物的新标准，也把"文"变成一种家族产业，而且，还常常成功地把文化资本转化为社会和政治特权。就这样，在前一个时代里世家大族的家族政治体系，逐渐迁入了一个新的领域。

竟陵八友中的沈约和任昉，是这一文化贵族或文化精英团体之形成过程中的关键人物。沈、任二人都属于士族后门，而且沈约是南方本土人士。但是在五、六世纪之交，二人都已达到文学宗师的地位，他们对年轻一代作家的培养扶植可以说巩固加强了这一地位。浏览《梁书》，我们会发现，几乎没有一个榜上有名的当代作家从未被沈约或者任昉所赞赏和奖励过。事实上，这两个人的赞语已经成了《梁书》作者用以描述某人文采的修辞手段。

沈约所鉴赏和推荐过的人物名单相当长，包括了五世纪

---

[1]《梁书》卷四十九，第694—697页。

末六世纪初的绝大部分知名文士。[1]他赞美谢朓:"二百年来无此诗也。"[2]他用类似的话称赞顾协的策试:"江左以来,未有此作。"[3]他尤其推崇王筠,曾对梁武帝说:"晚来名家,唯见王筠独步。"他告诉比他年轻四十岁的王筠,希望将来把自己的藏书全部传给他,就好像东汉的著名作家蔡邕(132—192)把自己的藏书全部传给王粲(177—217)一样。[4]沈约还很喜欢命工书者把他特别欣赏的诗作写在他郊区别墅的墙上,王筠、刘显、何思澄、刘杳的诗作都曾享受过这一荣誉。

作为扶植后进的前辈,任昉和沈约的名字常常出现在一起。《梁书》称任昉喜欢社交,待人慷慨:"昉好交结,奖进士友,得其延誉者率多升擢,故衣冠贵游莫不争与交好,坐上宾客恒有数十。"[5]任昉和殷芸(471—520)、刘苞(482—511)、到溉到洽兄弟、刘孺、刘孝绰以及张率关系特别密切,时人称之为"龙门之游"。据说除了上述这些人和任昉有所往还之外,"虽贵公子孙不得预也"。[6]在506年或

---

[1] 这些文士包括乐法才及其兄弟乐法藏,张率、陆倕、刘孝绰、王筠、萧子显、孔休源、江革(466?—535)、谢举、朱异、刘显(481—543)、刘之遴、刘孺(483—541)、萧几、何逊、吴均(469—520)、刘勰、王籍、何思澄以及刘杳。见《梁书》卷十九,第303页;卷三十三,第475、479、484—485页;卷三十五,第511页;卷三十六,第519、523页;卷三十七,第529页;卷三十八,第537页;卷四十,第572页;卷四十一,第596页;卷四十九,第693、698页;卷五十,第712、714、715页。
[2] 《南齐书》卷四十七,第826页。
[3] 《梁书》卷三十,第445页。
[4] 《梁书》卷三十三,第484—485页。
[5] 《梁书》卷十四,第254页。
[6] 《南史》卷四十八,第1193页;卷二十五,第678页。

稍前，任昉的社会地位因为成为御史中丞而得到进一步提高。御史台在西汉被称为"兰台"，因此任昉的交游圈又称为"兰台聚"。[1] 这一群体的排他性具有特殊的文化光环，而这一光环，非常明确，并不是建立在家世背景上的。我们看到一种新的品评标准在逐渐形成，与传统的家世标准相抗衡。

陆倕曾赠诗给任昉，赞美这个交游圈：

> 和风杂美气，下有真人游。
> 壮矣荀文若，贤哉陈太丘。

荀文若即荀彧（163—212），陈太丘即陈寔（104—187），都是东汉的知名人士。

> 今则兰台聚，方古信为俦。
> 任君本达识，张子复清修。
> 既有绝尘到，复见黄中刘。[2]

任君即任昉，张子指张率，"到"即到氏兄弟，"刘"指刘氏兄弟。黄中指心脏部位，特指刘氏群从之重要性。

把当今的"兰台聚"描绘为"方古信为俦"，肯定了这一交游圈所代表的文化价值。虽然诗本身乏善可陈，这样的

---

[1]《南史》卷二十五，第678页。
[2]《南史》卷四十八，第1193页；卷二十五，第678页。

自我表述就好像沈约自比蔡邕，把王筠比作王粲一样，为他们的群体赋予了文化光圈。

值得注意的是，有幸参与兰台聚的这些人，没有一个是出身于士族高门的。殷芸是梁武帝女婿殷钧的族人，但是殷芸自己的家人都不曾登上高位。到氏兄弟是到彦之（？—433）的后代，而到彦之是刘宋时代一位出身极为卑微的将军，年轻时家境贫寒，曾以挑粪为生，以至于何敬容曾轻蔑地说："到溉尚有余臭，遂学作贵人！"[1]至于刘苞、刘孺和刘孝绰，就更是属于新贵：其先人本是彭城的寒门士族，他们的祖父是将军，474年死于王事，死后被追封为司空。刘家之昌盛，主要是通过萧齐时代刘孺的父亲刘峻的种种努力。张率和陆倕是亲戚，也是少年时的朋友，他们都来自吴郡，属于南方本土人士，这一点特别得到沈约的注意，沈约曾对任昉说："此二子后进才秀，皆南金也，卿可与定交。"[2]

虽然在社会以及文化特权方面到、刘、陆、张这些家族远远无法和琅邪王、陈郡谢相提并论，但是他们在公元六世纪的政治与文学文化的舞台上扮演了突出的角色。我们在下一节对这四个家族所做的分析，可以为我们展示梁代文化政治的复杂世界。

---

[1]《南史》卷二十五，第679页。
[2]《梁书》卷三十三，第475页。"南金"一词出自《诗经》。张华曾用这个词赞美陆机。陆机在写给北人潘岳的答诗里也以此自称。见《先秦汉魏晋南北朝诗·晋诗》卷五，第673—674页。关于潘岳、陆机的赠答诗篇和南北情结，见David Knechtges, "Sweet-peel Orange"一文。

文学家族

到氏兄弟相继被任命为御史中丞,这是任昉曾经担任过的官职。到溉具有高超的棋艺,特别受到梁武帝的青睐,他们在一起下棋,常常通宵达旦。到溉"或复失寝,加以低睡,帝诗嘲之曰:'状若丧家狗,又似悬风槌。'当时以为笑乐"。

一次君臣二人以一部《礼记》和到溉花园中的一块高达一丈六尺的奇石作为赌注,到溉全部输掉,奇石被运到华林园宴殿前,移石之日,"都下倾城纵观,所谓到公石也"。[1]奇花异石在后代成为中国文人的通行嗜好,但这还是我们在中国文化史上第一次见到石头作为欲望对象以及作为公开景观的记载。梁朝与前朝的不同之处在于它生产和展示了新的文化价值的形式。在到溉与武帝的对弈中,没有真正的输家。

到溉的儿子到镜、孙子到荩都以文采著称。到镜去世很早;到荩在544年随武帝登北顾楼作诗一首,受到过武帝的褒扬。十年后,江陵被西魏军队包围,他死于兵乱之中。

彭城刘氏作为文学家族在当代具有更大的影响。《南史》所谓"兄弟及群从子侄当时有七十人,并能属文,近古未之有也"。[2]刘孝绰是其中最有名的;他的诗在当时和何逊齐名,世称"何刘"。[3]虽然何逊生前即享有盛名,萧绎也曾极口赞美何逊的诗作,但是武帝据说对何逊不以为然;

---

[1]《梁书》卷二十五,第679页。
[2]《南史》卷三十九,第1012页。
[3]《梁书》卷四十九,第693页。

相比之下，刘孝绰则得到武帝父子两代人的赏爱，而且"辞藻为后进所宗，时重其文，每作一篇，朝成暮遍，好事者咸诵传写，流闻河朔，亭苑柱壁莫不题之"。[1]孝绰的三弟刘潜字孝仪（484—550），擅属文；六弟孝威（496？—549）长于诗，因此刘孝绰称他们"三笔六诗"。[2]兄弟二人都是萧纲的文学侍从。曾为昭明太子的藏书编写书目的刘遵是刘孝绰的堂兄弟，也很受到萧纲的欣赏。刘孝绰有三个妹妹，其中之一是刘令娴，"文尤清拔"；另外两个分别嫁给琅邪王叔英和吴郡张嵊（487—548），都以才学著称。[3]

吴郡张氏是南方本土著姓。张嵊的祖父是擅长各种才艺的张永，他最著名的土木设计是建康的玄武湖，至今仍是南京的胜景。齐代的张融是张嵊的族人，他是《海赋》的作者，也是我们现知第一个给自己的文集命名的作家，而且据说言行举止处处惊世骇俗、与众不同。

张嵊的族人张率曾被沈约称为"南金"。还是孩童的时候，张率为自己规定每日一诗，到十五岁时已经写了两千多首诗颂文章。据说他把自己的文章拿给虞讷看，虞讷对之多所批评。于是张率尽焚其作，又写了一首新诗呈给虞讷，假称是沈约的作品，这次虞讷就觉得每字每句都高妙异常。[4]公元505年，张率应诏作《舞马赋》，大得武帝赞赏，旋即

---

[1]《南史》卷三十九，第1012页。
[2]《梁书》卷四十一，第594页。
[3]《梁书》卷三十三，第484页；《南史》卷三十九，第1012页。
[4]《南史》卷三十一，第815页。

被任命为秘书监,所谓的"第一等"清职,以前从未有南方本土人士担任过。527年,张率去世,萧统给萧纲写信,赞美张率"才笔弘雅"。[1] 张率的儿子张长公继任秘书监。萧纲成为太子后设立文德待诏省,张长公是其中的一员。

吴郡张氏和另一南方著姓吴郡陆氏结为姻亲。陆慧晓(440—501),东晋司空陆玩的后代,娶了张率的叔祖张岱的女儿。竟陵王召集学士编辑《四部要略》,陆慧晓亦预其列。竟陵八友之一的陆倕就是陆慧晓的儿子。陆慧晓的侄儿陆闲(?—499)是张岱的侄儿张绪的好友,张绪"长于《周易》,言精理奥,见宗一时"。[2] 陆闲的长子陆厥(472—499)曾在494年给沈约写信,挑战沈约的声韵理论。陆厥自己擅长写诗,"五言诗体颇新变"。现存陆厥诗只有十一首,难以判断其诗体究竟如何"新变",但这十一首诗中颇有杂言者,诗体从三言、四言到五言、七言不等。[3]

陆闲的孙子陆云公(511—547)是梁朝另一知名文士。536年,武帝的女婿张缵在从吴兴回建康的路上,偶然读到陆云公所作的太伯碑碑文。太伯据说是周文王之子,吴国的创建者。他远远不仅是吴人传说中的祖先,还是他们的文化英雄,和中原贵族既具有血统关系(因此保证了他的"正统"性),又脱离了中原而在南方建立起分离的地方传统。因此,他是一个象征性人物,既保证了吴文化的正统,又

---

[1]《梁书》卷三十三,第479页。
[2]《南齐书》卷三十三,第601页。
[3]《南齐书》卷五十二,第897页。

保证了吴文化的独特性。为太伯庙立碑，也就成为发扬光大吴地文化的象征性行为。张缵读了碑文后，对作者的才华大为钦佩，把当时还很年轻的陆云公推荐给武帝，武帝立刻把云公召入朝廷，封为尚书仪曹郎。陆云公和到溉一样精于棋艺，常常陪武帝下棋到深夜，颇受武帝的眷爱。[1]陆云公的儿子陆琼（537—586），孙子陆从典，侄儿陆琰（540—573）、陆瑜、陆玠（540—576），都以能文而知名。[2]

陆氏家族的另一成员陆叡娶了张融的姊妹，他的儿子陆杲（见第一章）据说风韵举动和张融极为相像，以至于当时流传一句话："无对日下，惟舅与甥。"[3]陆杲擅长书画，是虔诚的佛教徒，三十卷《沙门传》的作者。他现存的唯一作品是《系观世音应验记》，包括69个关于观世音神通应验的故事。陆杲作于499年的序言叙述了这一故事集的起源。最早收集这一类故事的人是东晋的谢敷，谢敷把这些故事送给了傅瑗，这些故事在399年的孙恩之乱中丢失了。傅瑗的儿子傅亮后来根据记忆复写下来数条。这就是最初的《观世音应验记》。接下来，张融父亲的一个堂兄弟张演又写下十条作为续集，也就是《续观世音应验记》。在序言中，张演声称对观世音的崇拜是家族传统。[4]据《南史》记载，张淹（？—466），张融的兄弟，陆杲的舅舅，是一个狂热的佛教徒，曾

---

[1] 《梁书》卷五十，第724页。
[2] 《南史》卷四十八，第1200—1203页。
[3] 《南史》卷四十八，第1204页。
[4] 参见《观世音应验记三种译注》。

经强迫手下属吏焚烧手臂以供养佛祖，还命令犯法者都必须以拜佛作为惩罚，有时甚至要拜数千次。张淹最终因为这些宗教狂热行为而被撤职。[1] 在这一时期，宗教信仰似乎也成了家族传统之一，因此，陆杲的《系观世音应验记》不仅应该被视为在家佛教徒积累功德的手段，也是对族人事业的继承。

陆杲的儿子陆罩（487—541？）在萧纲手下任职，受命为萧纲的文集写序。他也是佛教类书《法宝联璧》的编撰人之一。在南朝，很多作者都曾编写家史。陆杲的兄弟陆煦编写了一部长达十五卷的《陆史》，这显然也是家族事业的一部分。[2]

对到、刘、张、陆这几个家族的简要回顾，让我们看到文学绝不仅仅是个人获得文化和政治特权的手段，也是所谓的"家族产业"。文学才能似乎完全可以在一个文学家庭的不同成员之间相互分享，而任何一名家庭成员的文学成就都可以促进整个家族的利益。在六世纪前半期，我们看到另一组文学家族的崛起，包括东海徐氏，新野庾氏（比颍川庾氏历史悠久，但是地位稍低），[3] 以及汝南周氏。这几个家族，特别是徐氏和庾氏，在梁朝后半期的文学和政治世界里扮演了突出的角色，而且他们相互之间都有姻亲关系。

徐氏是来自东海（今山东省）的北方移民。徐摛的舅

---

[1] 《南史》卷三十二，第833页。
[2] 《南史》卷四十八，第1205页。
[3] 参见田余庆，《东晋门阀政治》，第351页；林怡，《庾信研究》，第4—5页。

父周颙是《四声切韵》的作者，在永明时代曾和沈约、谢朓一起推研声韵。周颙的儿子周舍是梁武帝最亲信的大臣之一，正是周舍推荐徐摛做了萧纲的老师。[1]

徐氏和周氏与另一北来移民家族东莞臧氏也是亲戚。周颙的母亲是臧焘（？—423）的孙女，臧焘不是别人，正是宋高祖臧皇后的兄弟。臧焘的玄孙臧盾（478—543）把女儿嫁给了徐摛的儿子徐孝克（527—599）。臧焘的曾孙臧严以博闻强记著称，特别精通《汉书》。萧绎曾经"自执四部书目以试之，严自甲至丁卷中，各对一事，并作者姓名，遂无遗失，其博洽如此"。[2]

周舍的儿子们比较平庸，但是他的三个侄儿，周弘正、周弘让、周弘直，却是当时名士。周弘正据说"丑而不陋，吃而能谈"，通《周易》《老子》，擅长玄理。他还显然是当时最具有时尚意识的风流人物。年少时曾在开善寺听讲，"着红裤，锦绞髻"。周氏的远亲刘显离京去寻阳赴任，朝贵都来给他饯行。刘显"悬帛十匹，约曰：'险衣来者以赏之。'"。人们纷纷改变常服，但是不过改变衣服长短而已。刘显说："将有甚于此矣。"果然，周弘正"绿丝布裤、绣假种，轩昂而至，折标取帛"。[3]史学家裴子野（469—530）极为欣赏周弘正，

---

[1]《梁书》卷三十，第446—447页。
[2]《梁书》卷五十，第719页。本书前一章提到，臧严的儿子臧逢世曾经亲手抄写《汉书》。见《颜氏家训集解》卷三勉学第八，第189页。臧逢世的连襟刘缓是萧绎沙龙中数一数二的诗人，而刘缓的父亲刘昭又是齐代著名诗人江淹的堂兄弟。《梁书》卷四十九，第692页。
[3]《南史》卷三十四，第897—898页。

把自己的女儿嫁给了他。周弘正的女儿则嫁给了徐俭（？—588），《玉台新咏》的编者徐陵的儿子。徐俭曾在萧绎举行的宴会上赋诗，萧绎赞美他说："徐氏之子，复有文矣。"[1]

徐摛、徐陵父子，和庾肩吾、庾信父子，构成了萧纲文学沙龙的核心。庾氏在四世纪初期从河南新野迁至江陵。虽然是当地著姓，新野庾氏在梁朝以前从未有人出任过显要的官职。庾易（495年左右在世）是庾氏家族的著名隐士。[2] 在梁朝，庾氏家族的社会地位骤然提高。庾肩吾的兄弟庾黔娄曾任荆州大中正；[3] 另一个兄弟庾于陵和周舍一起被任命为太子洗马，我们在第一章曾经提到过，太子洗马是只有甲族才得以出任的清职，在任命庾于陵时梁武帝曾说："官以人而清，岂限以甲族！"这句当时名言本身正说明庾氏家族并不属于甲族。[4] 庾肩吾、庾信父子都深为萧纲赏接。《周书》说："父子在东宫出入禁闼，恩礼莫与比隆。"[5]

上述七个在梁朝以文学知名的家族，显示了这一时期文化世界内部相互之间错综复杂的关系。南朝的门阀政治被移植到"文"的领域，并在这一领域发生了重要转化。这也就是说，士族寒门以及南方本土人士，通过他们所拥有的文化资本，获得政治权力和社会特权，彼此又通过联姻而进一

---

[1]《南史》卷六十二，第1526页。
[2]《南齐书》的《高逸传》有其小传，见卷五十四，第940页。
[3]《梁书》卷四十七，第561页。
[4]《梁书》卷四十九，第689页。
[5]《周书》卷四十一，第733页。

步巩固了文化家族之间的关系。

公元六世纪前半期,是一个新兴的文化精英阶层的生成期。那些在公元五世纪通过军事和政治成就获得社会地位的家族,现在纷纷转向文学与学术。任昉对祖上以挑粪为生的到氏家族的评价很有代表性:"宋得其武,梁得其文。"[1]就连齐、梁皇家也显示了同样的文化资本积累过程:他们原本来自士族后门,不但取得了最高的政治权力,而且也逐渐成为文化时尚的奠基者和文学方面领导潮流的先锋人物。

虚构的对立

在学术界,很长时间以来一直有一种共识,也就是说在梁朝存在着三种相互敌对或者相互竞争的文学阵营。[2]其中之一是所谓的"复古派",以梁武帝为中心(虽然梁武帝的门派"身份"不甚分明,后文还会谈到);另外一派是所谓的"新变派",以萧纲、萧绎为中心;第三派是所谓的"折中派",以昭明太子萧统为中心。尽管学者们对每一个阵营的具体成员仍然持有不同意见,但是在某一些作家和作品的身份归属上基本具有共识。裴子野基本上被归于"复古

---

[1] 《梁书》卷二十七,第404页。
[2] 最早提出这一观点的是周勋初的《梁代文论三派述要》。也见王运熙、杨明,《魏晋南北朝文学批评史》,第182—188页。有趣的是,由王运熙执笔的这一段叙述,常常与由杨明执笔的对所谓分属"不同门派"的作家进行的具体分析有矛盾之处。

派",这主要是因为他的一篇被称为《雕虫论》的作品,同时也因为萧纲把裴子野的诗作描述为"质不宜慕"。[1]萧统的《文选》被普遍视为"折中派"的代表性选集;《玉台新咏》则被视为"新变派"或曰"宫体诗派"的代表性选集,萧纲则被视为《玉台新咏》的幕后策划者。[2]所谓"折中派"和"新变派"之间的矛盾,被有些学者视为萧统、萧纲兄弟之间的竞争,而兄弟之间所谓"文学观点的歧异",又不免被转移到政治领域。[3]正如日本学者冈村繁所说:

---

[1]《全上古三代秦汉三国六朝文·全梁文》卷五十三,第3262页;卷十一,第3011页。
[2] 最早提出萧纲是《玉台新咏》幕后策划者这一观点的是公元九世纪初期的刘肃,见《大唐新语》卷三,第106页。关于这一观点,我们将在下一章里仔细探讨。
[3] 比如说,沈玉成在《宫体诗与〈玉台新咏〉》一文中(第64页),提出萧纲在成为皇太子后,采取了一系列措施来反对萧统的文风、文学集团和文学选集,包括撤换萧统原来的东宫官属,以及命徐陵编撰《玉台新咏》。这些观点值得商榷。首先,东宫官属在昭明太子去世之后的改任是遵循旧例,而且,萧纲本人没有权力对东宫官属进行重新任命,只有皇帝才有这样的权力;其次,萧纲是否为《玉台新咏》的幕后策划者本身是一个疑点,我们不能轻信三四百年后刘肃的一句话。关于第一点,《梁书·刘杳传》(卷五十,第717页)曾说"昭明太子薨,新宫建,旧人例无停者,敕特留杳焉",可证。曹道衡、刘跃进《南北朝文学编年史》(第467—471页)以王筠、周弘正和萧子范为例,暗示萧纲在成为太子后,萧统所特别亲近的朝臣以及曾经劝萧纲拒绝太子之位的朝臣受到了各种排挤和打击,这一点也很值得商榷。王筠在下文还会论及,兹不赘。周弘正"没有在萧纲东宫府中任要职而依附在萧绎门下"(第469页),并不是因为他被排挤,而是因为他成为了国子学和士林馆中的活跃人物,而且,他之"依附在萧绎门下"乃是发生在侯景之乱平定以后的事情,在叙述中把周弘正依附萧绎和"没有在萧纲东宫府中任要职"连在一起,是对历史事件发生时间和因果的扭曲,造成了周弘正被萧纲排挤,遂转而依附萧绎的假象。萧子范在萧统死后求撰(转下页)

有论者从《文选》与《玉台新咏》的不同政治背景立论而提出新说。他们先设定萧统旧文学集团与萧纲新文学集团的对立抗争关系,然后声称《玉台新咏》是以萧纲为中心的新的东宫文学集团,为抗争排斥原有的武帝和昭明太子等为中心的中央文坛,并使他们自己的"宫体"诗风得以盛行发展,才特意编纂的。因此该诗集的编纂是萧纲文学集团与萧统文学集团对决的手段,而《玉台新咏》则是一部具有浓厚权力斗争色彩的诗歌选集。[1]

在这一节里,我将提出和论证这样一个观点:所谓的梁代文学三派,实际上并不存在,而是现代学人的一种虚构。[2] 在明清两代以及现代中国,文学阵营的对立常常牵涉政治立场的分歧和权力斗争及其所产生的严重后果。现代学者如果从近现代立场出发理解早期中古文化,就会做出不尽

(接上页)《昭明太子集》,《编年史》暗示萧子范"心仪昭明太子",萧子范诗歌不见收于《玉台新咏》,《玉台新咏》以萧子范作为一个断限,"前者是《文选》的时代,而后者则是《玉台新咏》的时代"(第471页)。但是,徐摛是萧纲所敬爱的诗人,他的作品也没有收录进《玉台新咏》,这又说明了什么呢?在549年,萧纲的妻子在围城中去世,萧纲命萧子范撰写哀策文,文成之后,萧纲说:"今葬礼虽阙,此文犹不减于旧。"这充分表明了萧纲对萧子范文才的赞赏与重视。《梁书》卷三十五,第510页。

[1] 冈村繁,《〈文选〉之研究》,第98页。
[2] 就我所知,唯一明确指出"中间派"和"新变派"其实十分相似的,是张蕾的一篇精彩论文《并非偶然的巧合》。这篇文章论述了《文选》和《玉台新咏》的重合选择(一共64首诗)以及这一"巧合"的重要性。

符合历史主义精神的观察和论断。把梁代文学析为三派还有更深刻的意识形态方面的原因，这个原因建立在道德历史观的基础上，把萧统的《文选》视为经典和道德的，把萧纲的宫体诗视为颓废和不道德的。基于这样的观点，学者对两位皇子的文学沙龙做出了一种戏剧化但同时也是简单化的文学史叙事。

然而，遗憾的是，如果我们检视历史，就会发现这样一种传统的叙事缺乏证据，不能成立。梁代文学世界对文学的定义和理解实际上同多于异，根本不能被分成三个清清楚楚的"阵营"。作家个人的写作实践可以因人而异，这是由不同作家的性情与才能所决定的，也是随着时代风尚和口味而改变的，然而，有些文学观念并不随之变化，正因为它们是人人都会同意的抽象原则。

梁武帝以及萧统、萧纲、萧绎父子四人所欣赏和爱好的当代文士基本上是同样的一批人。我们下面以刘孝绰和王筠这两位宫廷诗人为例加以说明。

刘孝绰受到昭明太子萧统的赏爱是毫无疑问的。在522年，在众多的东宫官属中，刘孝绰独自受命编辑太子文集并为之作序，这是一种特别的荣誉。[1] 萧统在东宫建乐贤堂，首先命人图画刘孝绰的肖像并挂在墙上。[2] 萧纲对刘孝绰也同样推崇，萧纲在任雍州刺史期间曾给刘孝绰写信，表示对

---

[1] 序言尚存，见《全上古三代秦汉三国六朝文·全梁文》卷六十，第3312页。
[2] 《梁书》卷三十三，第480—481页。

这位老朋友的思念之情。[1]武帝对刘孝绰更可谓关怀备至。到洽曾经弹劾刘孝绰与少妹乱伦，武帝把"少妹"改为"少姝"为其遮丑并借此减轻处罚。[2]虽然公众舆论迫使武帝把孝绰撤职，武帝屡派徐勉对孝绰表示安慰，萧绎也给孝绰写信表示同情。[3]不久之后，武帝作《籍田诗》并命群臣唱和，刘孝绰的诗被认为最佳作品，于是即日恢复了他的职务。[4]

比萧梁皇室成员对刘孝绰的宠敬更为重要的一个事实是，刘孝绰不仅在《文选》编撰过程中起到相当关键的作用，而且他的很多诗作都入选《玉台新咏》，所谓《文选》的"对立选集"。刘孝绰的例子特别值得我们注意，因为他为试图划分文学阵营的现代学者带来了很多困扰。有些学者认为刘孝绰的诗风格"典正"，符合萧统一派的倾向；也有的学者注意到刘孝绰写了很多"宫体艳诗"。为了给这种"歧异"找到一个合理的解释，有些学者甚至判断说这一定是因为刘孝绰"改变"了文风，那些"宫体艳诗"是他写于

---

[1]《全上古三代秦汉三国六朝文·全梁文》卷十一，第3010页。
[2] 据《梁书》卷三十三，第480—481页："孝绰与到洽友善，同游东宫。孝绰自以才优于洽，每于宴坐，嗤鄙其文，洽衔之。及孝绰为廷尉卿，携妾入官府，其母犹停私宅。洽寻为御史中丞，遣令史案其事，遂劾奏之，云：'携少妹于华省，弃老母于下宅。'高祖为隐其恶，改'妹'为'姝'。"如果说这里对刘孝绰乱伦的指称还可以勉强算是属于"春秋笔法"，《南史》对刘孝绰的评价则非常直截了当："孝绰中冓为尤，可谓人而无仪者矣。"见《南史》卷三十三，第1015页。
[3]《梁书》卷三十三，第481页。
[4]《梁书》卷三十三，第482页。

萧统去世后的作品。[1]然而，我们没有任何证据来支持这一猜测。这里，真正的结论其实很简单：武帝父子没有什么门派之别，他们对刘孝绰的作品有一致的好评；刘孝绰的诗歌多种多样，强行把他纳入某一个"文学流派"，并认为梁代的确存在着从内容到风格都很不同的"三派"，只能暴露"梁代文坛三派"这一说法本身的不足和种种自相矛盾之处。

王筠是另一个好例，让我们看到梁朝皇室成员对当代作者的评价相当一致。王筠和刘孝绰一样是萧统特别喜欢的诗人。有一次，年轻的昭明太子曾经一手拉着王筠的衣袖，一手拍着刘孝绰的肩膀，说："这就是所谓的'左把浮丘袖，右拍洪崖肩'。"昭明引用的诗句来自郭璞（276—324）的《游仙诗》，浮丘和洪崖都是仙人的名字，这说明萧统对王、刘二人的敬爱之情。[2]前文提到，沈约曾向梁武帝大力推荐王筠，梁武帝也果然善于利用王筠的才能。公元514年，王筠受命为释宝志撰写碑文，又受命编撰中书表奏三十卷。531年萧统去世之后，他受命撰写哀策文，深得武帝赞赏，不久以后被任命为贞威将军、临海太守。然而，因为在郡贪污而被人起诉，不得升迁。535年，他被任命为萧统长子萧

---

[1] 参见詹福瑞，《梁代宫体诗人略考》，第131页；秦跃宇，《刘孝绰与梁代中期文学》，第75页；《南北朝文学史》，第259页；詹鸿，《丽而不淫，约而不俭：论辗转于萧氏门下的刘孝绰及其诗歌创作》。
[2] 《梁书》卷三十三，第485页。郭璞的这首诗被收入《文选》，见《文选》卷二十一，第1020页；《先秦汉魏晋南北朝诗·晋诗》卷十一，第865页。

欢（？—541）的长史，很快又升任秘书监，一个特别尊贵的所谓"清职"。从此之后他再没有离开过京师。有学者认为王筠在萧统死后仕途不得意，但实际上除了在临海因贪污丑闻而被起诉之外，王筠在官场上并未受到任何不公正的排挤打击。[1]《南史》对此记载不如《梁书》那么含蓄避讳，直称王筠"在郡侵刻"，离任时光是芒屩就有两舫，"他物称是"，又称王筠家累千金而性"俭啬"。[2] 此外必须辩明的一点是，人们往往以为离京外任是一种贬谪和流放，实际上这需要具体情况具体分析，关键要看是去哪里做官，去富庶的州郡做地方官是填充私囊的最佳途径，这一点不但时人并不讳言，而且连皇帝都是十分清楚的。梁武帝在派萧介（约477—549）做始兴太守时就曾明确地说："萧介甚贫，可处以一郡。"[3] 546年，王筠被任命为永嘉太守，王筠"以疾固辞"，这一方面确实因为他当时年事已高（约六十五岁，当时可谓高龄），另一方面恐怕也是因为他此时"家累千金"，并不需要这样的外任来滋润私囊。

萧纲对王筠的态度，可以从547年他对王筠诗的一句评价上看出端倪。这时候的王筠，早已不再是沈约叹赏过的年轻后辈，而成为文坛上的一代宗师了。在为曾任太子中庶子的谢嘏（？—569）离京外任举行的别宴上，萧纲命在场

---

[1]《梁书》卷三十三，第484—486页。参见《南北朝编年文学史》，第467页。
[2]《南史》卷二十二，第610页。
[3]《梁书》卷四十一，第587页。

诸人同用十五剧韵赋诗，之后萧纲给萧绎写信说："王筠本自旧手。后进有萧恺可称，信为才子。"[1]萧恺（506—549）是萧子显的儿子，在宴会上第一个交稿。萧纲以萧恺代表"后进"，以王筠代表文坛前辈，正说明王筠在当时是被公认为"旧手"名家的诗人。

有前辈学者把刘孝绰和王筠视为"折中派"的主要作者，但是却不能否认刘、王二人都有很多诗作收入《玉台新咏》，也即所谓"新变派的代表选集"；又认为刘勰、陆倕和到洽也是"折中派"的主要作者，并指出他们的作品不见于《玉台新咏》。这一点很值得我们仔细推敲。刘勰和到洽的作品虽然不见于《玉台》，却也不见于被视为"折中派"之代表性选集的《文选》；至于陆倕，他被时人公认为文章大家，但是不以诗歌出名。《文选》收录的陆倕作品是两篇碑文，这样的作品当然不可能被收入《玉台新咏》，因为《玉台》是一部诗歌选集。再比如张率，他经常出入萧统东宫（因此被一些学者视为"折中派"成员），又受到武帝欣赏，但是，他的作品也大量出现于《玉台新咏》。

如果说梁朝皇室对当代作家的优劣基本上持一致的看法，他们对于文学经典也存在共识。在萧纲写给萧绎的一封信里，他列举古代的著名作者：司马相如（公元前179—前117）、扬雄（公元前53—公元18）、曹植、王粲、潘岳、陆

---

[1]《梁书》卷三十五，第513页。

机、颜延之（384—456）和谢灵运。[1]这些作家的经典性是六世纪的文坛所公认的，《文选》收录了他们的大量作品，而且，任何梁朝文士编辑前代文学选集也一定会把他们的作品收录在内。在近代作家里，萧纲特别提出谢朓、沈约的诗以及任昉、陆倕的文章加以赞美。这些作家不仅都有很多作品收入《文选》，而且，每个作家的专长文体的入选数量都远远超过其他作家。最有代表性的例子是陶渊明，萧统和萧纲兄弟都对之赞赏有加。据《颜氏家训》记载："刘孝绰当时既有重名，无所与让；唯服谢朓，常以谢诗置几案间，动静辄讽味。简文爱陶渊明文，亦复如此。"[2]谢朓是齐梁人所公推的大家，刘孝绰爱好谢朓并不奇特，但是萧纲爱陶渊明诗文到这种程度，在陶渊明被经典化之前尚属罕见。然而，在现代学术界，萧统对陶渊明的赞赏被视为萧统的正统风雅口味和高尚道德观念的反映，萧纲对陶渊明非同一般的欣赏却往往被忽略不计，因为大家通常把萧纲视为萧统的反面，难以调和萧纲的"颓废"形象和他对"清淡"陶诗的欣赏，这是对萧纲的误解，也是对陶渊明的误解。

这把我们带到萧统、萧纲属于对立阵营这一理论的一个最大的问题，也就是把《文选》和《玉台新咏》当成代表了兄弟二人两种相反文学观念的选集。首先，我们需要知道，虽然萧统的名字的确是和《文选》联系在一起的，但萧

---

[1]《梁书》卷四十九，第690页。
[2]《颜氏家训集解》卷四文章第九，第276页。

纲究竟是否为《玉台新咏》的幕后操纵者却仅仅属于推测，没有任何内部文本证据。这一说法最早起源于四百年后的一则逸事，而且，这则逸事中的其他成分显然是想象出来的（本书第四章对此有详细讨论）。退一步说，就算我们把萧纲和《玉台》的关系暂时搁置一旁，这两部选集在其性质、目的和编辑原则上都完全不同，可以说就像橘子和苹果一样，并不具有可比性。《文选》是一部针对一般文士阶层读者和按照文体划分的文学总集，《玉台新咏》则是一部针对特殊的读者对象而编辑的文体单一的诗歌选集。我们很容易就会忘记：伴随着这两部书同时出现了大批文学选集，那些文学选集虽然现在已经散佚，但是我们知道它们曾经存在过，其中也一定有和《文选》以及《玉台新咏》属于同类并具有可比性的选集。《文选》和《玉台新咏》只是偶然幸存下来的两部选集，我们不应该把它们视为绝对的存在，并就这两部书做出绝对的结论，以为它们代表了"相反的道德和美学价值"。事实上，我们应该问的一个问题是：如果萧纲也编纂一部像《文选》这样旨在展现文学传统的书，他到底会选择哪些作家作品呢？从萧纲留下的文字透露出的信息来看，他的选择未必会和他的兄长萧统有任何根本性不同。

在这里，我们有必要检视一下所谓折中派和新变派的文学观念，看看它们是否和我们通常想象的那样相距如此之远。他们对于"文"的定义，虽然未免公式化，还是可以告诉我们这两个"不同阵营"实际上分享了同一种话语空间。

萧统《文选序》论述了"文"——语言以及广义的写

作——的起源和重要性:

> 式观元始,眇觌玄风。冬穴夏巢之时,茹毛饮血之世,世质民淳,斯文未作。逮乎伏羲氏之王天下也,始画八卦,造书契,以代结绳之政,由是文籍生焉。易曰:"观乎天文,以察时变。观乎人文,以化成天下。"文之时义远矣哉。[1]

萧纲的《昭明太子集序》里有一段话与此极为相似。萧纲也引用了《易经》中的句子,然后分别解释"天文"与"人文":

> 窃以文之为义,大哉远矣。故孔称性道,尧曰钦明,武有来商之功,虞有格苗之德。故易曰:"观乎天文,以察时变。观乎人文,以化成天下。"是以含精吐景,六卫九光之度;方珠喻龙,南枢北陵之采。此之谓天文。文籍生,书契作,咏歌起,赋颂兴。成孝敬于人伦,移风俗于王政。道绵乎八极,理浃乎九垓。赞动神明,雍熙锺石。此之谓人文。[2]

就像萧统一样,萧纲强调"文"的政治和道德功用。正如杨

---

[1]《全上古三代秦汉三国六朝文·全梁文》卷二十,第3067页。
[2]《全上古三代秦汉三国六朝文·全梁文》卷十二,第3016页。

明所说:"以'人文'附会'天文',以抬高其地位,其论法正与《文选序》同出一辙。"[1]

那么兄弟二人又是如何理解狭义上的"文"也即文学呢?萧统在给萧绎的一封信里写道:

> 夫文典则累野,丽亦伤浮。能丽而不浮,典而不野,文质彬彬,有君子之致。吾尝欲为之,但恨未逮耳。[2]

这段话常常被学者拿来说明"折中派"的文学理想,然而,梁代文坛大概没有一个人是会对这样的文学理想表示异议的。所谓"既不要太 X,也不要太 Y"(或者说"X 而不 Y")的中庸写作原则,是一条无人可以非议的黄金标准,在梁代文士讨论文学写作时屡次出现。通常被视为"宫体"派作家的萧绎曾经说过如下的话:

> 夫世代亟改,论文之理非一;时事推移,属词之体或异。但繁则伤弱,率则恨省;存华则失体,从实则无味。或引事虽博,其意犹同;或新意虽奇,无所倚约。或首尾伦帖,事似牵课;或翻复博涉,体制不工。能使艳而不华,质而不野,博而不繁,省而不率,

---

[1]《魏晋南北朝文学批评史》,第 289 页。
[2]《全上古三代秦汉三国六朝文·全梁文》卷二十,第 3064 页。

文而有质，约而能润，事随意转，理逐言深，所谓菁华，无以间也。[1]

杨明指出，萧绎"要求文质彬彬，与刘勰、萧统所论也是一致的"。并进一步说，萧绎"要求诸种对立因素在量的方面达到均衡和谐，无过与不及之弊，而此种观点，实亦齐梁人所共有"。[2]这是非常精当的看法。我们甚至可以说，这样一种对"文"的要求，无论齐梁还是齐梁以降，都是无人可以反驳的标准化陈述。从这一方面来看，所谓"折中派"和"新变派"并不存在任何分歧。

这种"X而不Y"的公式，也常常出现在对当代典范之作的评价里。五世纪后期，范云就曾赞美何逊的诗具有这种"刚刚正好"的素质："顷观文人，质则过儒，丽则伤俗，其能含清浊，中今古，见之何生矣。"[3]尽管萧统自谦说还没有达到这种"刚刚正好"的程度，刘孝绰却正是用类似的语言来评价他的作品的。在刘孝绰522年写的《昭明太子集序》里，他把萧统的诗文称为"典而不野，远而不放，丽而不淫，约而不俭"。[4]萧纲也在其《昭明太子集序》里称萧统的作品"丽而不淫"。[5]我们与其把这些描述视为对萧统作

---

[1] 萧绎《内典碑铭集林序》，《全上古三代秦汉三国六朝文·全梁文》卷十七，第3053页。
[2] 《魏晋南北朝文学批评史》，第302页。
[3] 《梁书》卷四十三，第693页。
[4] 《全上古三代秦汉三国六朝文·全梁文》卷六十，第3312页。
[5] 《全上古三代秦汉三国六朝文·全梁文》卷十二，第3017页。

品的"实际"反映，还不如把它们视为梁代文士所共同持有的文学理想和价值观念的体现。

梁代作家把广义上的"文"追溯到"天文"和"人文"，同时，他们也对作家的具体写作契机和灵感来源感到强烈的兴趣。在这一方面，也存在共识。萧纲在给连襟张缵的信里曾论述道：

> 至如春庭落景，转蕙承风，秋雨朝晴，檐梧初下，浮云生野，明月入楼；时命亲宾，乍动严驾，车渠屡酌，鹦鹉骤倾。伊昔三边，久留四战。胡雾连天，征旗拂日。时闻坞笛，遥听塞笳。或乡思凄然，或雄心愤薄。是以沈吟短翰，补缀庸音，寓目写心，因事而作。[1]

在这段话里，萧纲列举了各种给他带来写作灵感的机缘。他的意思很明显：文学，或者说诗歌，是自然界或者人事发生变化时情感受到冲击，人用文字对情感所作的表达。这样的陈述源于《诗》大序和《礼记乐记》，在公元六世纪可以说是为人所熟知的。[2] 钟嵘在《诗品序》中写道：

> 春风春鸟，秋月秋蝉，夏云暑雨，冬月祁寒，斯四候之感诸诗者也。嘉会寄诗以亲，离群托诗以

---

[1]《全上古三代秦汉三国六朝文·全梁文》卷十一，第3010页。
[2]《毛诗正义》卷一，第13页："情动于中而形于言。"《礼记注疏》卷三十七，第663页："凡音者，生人心者也。情动于中，故形于声。"

怨……凡斯种种,感荡心灵,非陈诗何以展其义,非长歌何以释其情?[1]

萧统在写给萧绎的信中表述了同样的想法:

> 或日因春阳,其物韶丽,树花发,莺鸣和,春泉生,暄风至。陶嘉月而嬉游,藉芳草而眺瞩。或朱炎受谢,白藏纪时,玉露夕流,金风多扇。悟秋山之心,登高而远托。或夏条可结,倦于邑而属词;冬云千里,睹纷霏而兴咏。密亲离则手为心使,昆弟晏则墨以亲露。[2]

有学者认为萧纲强调文学的抒情功能。[3]然而,文学具有这样的功能,是萧统或者任何梁代文士也一定会同意的。

* * *

以上讨论显示,被分为三派的梁代文士实际上在很多问题上都具有共识,从文学经典的构成,到基本的文学价值观念。我们在研究梁代文论时,必须小心这样一种诠释误区,也就是把一个作者在某一具体场合就某一具体文本所发的议论,当成是这个作者对自己的基本文学观点进行权威性

---

[1]《全上古三代秦汉三国六朝文·全梁文》卷五十五,第3275—3276页。
[2]《全上古三代秦汉三国六朝文·全梁文》卷二十,第3064页。
[3] 可参见周勋初,《梁代文论三派述要》,第250页。

总结。换句话说，同样的作者，在不同的社会与文本场合，很可能强调同一问题的不同方面，甚至表达完全不同的观点，以适合现下的修辞需要。一个很好的例子是萧纲写给新渝侯萧暎的一封信，这封信往往被学者当成"萧纲关于宫体诗的文学观点"的概括性反映而加以称引。在这封信里，萧纲称赞了萧暎的三首诗作，这三首诗从上下文来看是和萧纲的唱和之作。萧暎的诗已经散佚，但据信可以推断出它们的内容与宫女的寂寞和美人的镜中容颜有关。萧纲赞美萧暎的诗作"性情卓绝"和"新致英奇"，但是，很显然，这是一封对友人的作品进行礼貌的感谢与称颂的信件，它所赞美的是三首特定的诗作，不是一份广义的文学宣言，更不是对"宫体诗"的概括总结。

在研究唐前文学时，我们需要记住，我们今天所能接触到的，是当年浩如烟海的文学作品的很小一部分。就连这很小的一部分都有很多来自类书，而类书往往只摘录片段，不引用全篇。为了从这些断简残篇中重新构筑梁代文学世界的全貌，我们必须利用手头现有的一切零碎文字；然而，与此同时，我们要特别小心，不宜过度阅读和过度诠释，因为资料的缺乏往往诱使我们对现存的所有零星文字都赋予过分重大的意义，与文本产生的原始语境不相协调。文本不是可以脱离语境存在的自我封闭系统。

这种诠释误区的另一个很好的例子，也和所谓"梁代三派"直接相关的，是裴子野一篇被称为《雕虫论》的文章。这篇文章常常被现代学者视为"复古派"宣言，它保存在两种资料里：一是公元八世纪的史学家杜佑的《通典》，一是982至987年编成的大型文学选集《文苑英华》。[1] 在《通典》中，裴子野的文章根本没有标题。它出现于《选举典》的"杂议论"篇，因为裴子野在"论"中讨论的是刘宋时代的选举标准。他说："宋初迄于元嘉，多为经史；大明之代，实好斯文。"换句话说，裴子野认为在大明（457—464）年间，文学取代了经史，成为选官的标准。在引用裴子野的所谓"雕虫论"之前，杜佑议论道："宋明帝（465—472）聪博，好文史，才思朗捷，省读书奏，号七行俱下。每国有祯祥及行幸燕集，辄陈诗展义，且以命朝臣。其戎士武夫，则托请不暇，困于课限，或买以应诏焉。于是天下向风，人自藻饰，雕虫之艺，盛于时矣。"很明显，在《通典》的语境里，裴子野对年轻一代"罔不摈落六艺，吟咏情性"的议论是针对刘宋末年的风气，并非针对梁朝。否则他又怎么敢引用荀子的话，说什么"'乱代之征，文章匿彩'，而斯岂近之乎"？[2] 更何况裴子野在梁朝，正当国力最强大的太平盛世，裴子野本人又深得梁武帝、湘东王萧绎的宠敬，无论如何也不至于讥刺当朝为"乱世"。

裴子野的议论很有可能来自他已经散失的历史著作《宋略》。《宋略》成书于五世纪末，是裴子野在沈约488年献给皇帝的《宋书》基础上删削而成的，但书中有很多议论

---

[1]《通典·选举典》卷十六，第389—390页；《文苑英华》卷七百四十二，第3873—3874页。

[2]《通典·选举典》卷十六，第389—390页。

是裴子野的独创,当时就有"评论多善"的名声。[1]早在上个世纪七十年代末,日本学者林田慎之助已经撰文论证《通典》所引裴子野的议论出自《宋略》,《文苑英华》的编辑从《通典》中截取此段议论,并给它加上了一个《雕虫论》的题目,以致后人误认为裴子野的议论乃是一篇独立的论文。[2]林田慎之助的文章材料翔实,论证严密。然而,二十多年后,却还是有很多学者相信裴子野的"论"写于六世纪二十年代,是为了批评当时的"新变派"的。[3]事实上,梁朝文坛分成三派的理论,有很大一部分都建立在裴子野代表"复古派"反对以萧纲为首的"新变派"的观点上。然而,在公元五世纪末,何来萧纲与"宫体"?就算我们退一步说,权且假设裴子野的"论"写于六世纪二十年代,萧纲彼时还在藩镇,所谓"宫体"在京城还没有任何影响,就连"宫体"的名称都还没有兴起,又何至于引起裴子野的激烈批判?(裴子野死于530年,其时萧统还是皇太子。如果按照"三派"的说法,京师文体应该还是由"折中派"以及"复古派"所统治的,而京师是当时的文化中心。)归根结底,所谓的《雕虫论》,其实无非是一个史学家在一部历史著作中对一个具体历史时代的论述从其语境中被剥离出来,加上

---

[1] 《梁书》卷三十,第442页。
[2] 此文已译成中文,题为《裴子野〈雕虫论〉考证:关于〈雕虫论〉的写作年代及其复古文学论》,发表在《古代文学理论研究丛刊》1982年第2期,第231—250页。
[3] 参见郁沅、张明高,《魏晋南北朝文论选》,第327页。

一个题目,于是俨然变成了一篇独立的文章,又被后人视为对一个"文学派别"的批判,尽管这一"文学派别"的领袖在当时还根本没有出生。

裴子野在历史上以学识和应用类文字出名,不以诗赋出名,他文风"法古"恐怕多半指他的文章不用骈体(所谓的"今文体"),不是指他的诗歌。[1]而且,把那些和他往来的朋友视为"文学集团"或者"文学派别"未免过于主观,因为史书记载得很清楚:裴子野和他的朋友们在一起常做的事情是"讨论坟籍",不是吟诗作赋。譬如说,在裴子野的好友里,刘之遴也"好学古体",但是他和裴子野、刘显关系密切,是因为他们常常"共讨论书籍",不是因为他们对文学创作有什么特别的共同主张。[2]史称"子野与沛国刘显、南阳刘之遴、陈郡殷芸、陈留阮孝绪、吴郡顾协、京兆韦棱,皆博极群书,深相赏好,显尤推重之。时吴平侯萧励、范阳张缵,每讨论坟籍,咸折中于子野焉"。[3]很明显,这

---

[1] "普通七年,王师北伐,敕子野为喻魏文,受诏立成,高祖以其事体大,召尚书仆射徐勉、太子詹事周舍、鸿胪卿刘之遴、中书侍郎朱异,集寿光殿以观之,时并叹服。高祖目子野而言曰:'其形虽弱,其文甚壮。'俄又敕为书喻魏相元乂,其夜受旨,子野谓可待旦方奏,未之为也,及五鼓,敕催令开斋速上,子野徐业操笔,昧爽便就。既奏,高祖深嘉焉。自是凡诸符檄,皆令草创。子野为文典而速,不尚丽靡之词,其制作多法古,与今文体异,当时或有诋诃者,及其末皆翕然重之。"《梁书》卷三十,第443页。这段话告诉我们,"为文典而速,不尚丽靡之词"指裴子野的应用文章,不是指他的诗。裴子野的应用文看来很少用骈体(所谓的"今文体"),所以有"法古"之称。
[2] 《梁书》卷四十,第574页。
[3] 《梁书》卷三十,第443页。

是一个学术圈子,不是什么"文学集团"。

把裴子野和刘之遴描述为"复古派",容易令人想到唐代或者明代的"复古派",然而,唐代和明代的复古派在他们的文学理论与实践中积极主动和自觉地倡导"复古",这和早期中古的文坛情况完全不同。如果我们认为裴子野的社交圈子属于同一个"派别"或者"集团",我们就无法解释萧绎——所谓"新变派"的主要作家——对裴子野的推崇和尊敬。萧绎称裴子野是他平生四位知己之一,他在《金楼子》一书中屡次谈到他和裴子野的亲密交情。萧绎的其他三位知己分别是刘显、萧励和张缵,而这几个人都是被现代学者视为"复古派"作家的。裴子野的诗作还出现在1540年版的《玉台新咏》中,对这一点我们在后文中会详细讨论。[1]

萧纲在成为皇太子后,曾写信给萧绎,称裴子野的文风"质不宜慕",但是与此同时,他也承认裴子野是"良史之材"。[2] 值得我们注意的是,在这封信里,萧纲强调每个作家都有其专长的文体。这样的评估方法,我们早在曹丕的《典论论文》中就已经见到过。同时,萧纲的信也显示了公元六世纪人对美文和应用文体越来越细腻的区分。[3] 萧绎

---

[1] 参见刘跃进,《玉台新咏研究》,第53页。
[2]《全上古三代秦汉三国六朝文·全梁文》卷十一,第3011页。
[3] 这一区分与梁代文士对"文"和"笔"的区分有重合之处。五世纪后期,文、笔的区别主要在于有韵和无韵。刘勰在《文心雕龙·总术》篇中说:"今之常言,有文有笔;以为无韵者笔也,有韵者文也。夫文以足言,理兼诗书;别目两名,自近代耳。"《文心雕龙义证》卷四十四,第1622页。萧绎进一步明确"文"的定义。他指出,为实用(转下页)

同样认为作家有偏才，擅长一种文体不见得意味着擅长另一种文体。[1]对一位深受尊敬的先辈学者的某一方面的写作发表批评，并且使用常见的评判方式（"长于此，不长于彼"），似乎很难说构成了文学派别的斗争。

用"文学派别"来描述梁代文学缺乏准确性，还表现在学者们对梁武帝的"派别身份"争论纷纭。比如说，有的学者认为梁武帝是"复古派"的代表。[2]梁武帝对裴子野的赞赏被拿来当作梁武帝是复古派的证据，但问题是梁武帝只赞赏过裴子野的应用文体（檄文、诏书），没有记载说他赞美过裴子野的诗赋，而且，如前文所言，萧绎也极为欣赏裴子野。武帝对到溉、刘之遴的赞赏也被视为武帝属于复古派的证据，但这样的论据其实很片面，因为武帝对那些通常被视为"折中派"或者"新变派"成员的文士也同样表示过赞美。也有的学者认为梁武帝和萧统都属于"折中派"；还有的学者，因为梁武帝写过爱情题材的诗，把武帝视为"宫体诗人"，因为爱情与宫人题材都被当成宫体诗的特征。[3]也有的学者，可能意识到这些划分之间的矛盾，于是做出折中

（接上页）目的服务的文章，比如奏表，称为"笔"，而"文"则"惟须绮縠纷披，宫征靡曼，唇吻遒会，情灵摇荡"。《金楼子校注》卷九，第190页。对六朝文、笔之辨，参见余宝琳 "Formal Distinctions in Literary Theory" 一文。

[1]《金楼子校注》卷九，第189页。
[2]《梁书》卷十三，第243页。
[3] 关于对武帝"身份"的三种截然不同的划分，读者可参见周勋初，《梁代文论三派述要》，第235—236页；阎采平，《齐梁诗歌研究》，第63—64页；钟优民，《中国诗歌史》，第343—344页。

之举，把梁武帝和其他宫体作家如萧纲、萧绎视为一类，但也承认梁武帝的诗歌观念趋于保守。[1]学者们的不同意见，不仅表明把梁代文学划分为三派是十分勉强的做法，也突出了围绕"宫体诗"定义所产生的种种问题，这将是我们在下一章所要探讨的对象。

"文坛三派"理论建立在"三派"的共时性这一基础上，而这构成了这一立论最根本的弱点。如果没有三派同时并存且彼此之间充满矛盾冲突的前提条件，也就无所谓"三派"，而只有文学口味与风尚的改变。但是，在梁朝，文学口味与风尚的改变才是比较符合历史真相的。裴子野生于469年，死于530年，他和生于464年的梁武帝属于同一代人，是萧统、萧纲、萧绎等人的前辈。武帝对沈约所极力宣扬的"四声"不以为然，这常常被视为武帝文学观念保守"复古"的表现，但是武帝对四声的态度，和沈约在晚年失宠直接相关；而且，我们将在第五章中看到，声律尽管重要，却不是宫体诗的唯一特点，甚至也不是其最重要的特点。武帝对一些永明诗人所提倡的声律缺乏兴趣，并不意味着他反对那些重视声律的诗篇。更重要的是，武帝对四声的轻视，就像钟嵘在《诗品序》里对声律的轻视一样，发生在公元六世纪初期。[2]在这时，宫体诗还远远没有发展成熟。萧统等人，尤其是萧纲和萧绎，代表了和梁武帝或者裴子野

---

[1] 沈玉成，《南北朝文学史》，第247页。
[2] 梁武帝问周舍何谓四声，这一著名故事见于《梁书》卷十三，第243页。周舍在524年去世，但是这一逸事很有可能发生在更早的时候。

非常不同的一代人。文学口味和风尚的变化是逐渐发生的，我们在本章最后，还会对这一点进行详细探讨。

最后，我们对上述的观点可以做出以下总结：尽管在个人才能和兴趣以及对文学史的评价中存在着种种差异，梁代文士对于文学的性质和功能、文学经典以及文学价值观念等方面具有基本的共识。把梁代文坛分成三派不符合当时的历史情况和早期中古时代的文化条件，也不能令人信服地解释梁代文士的理论与实践。然而，这些想象出来的派别差异，却在文本的处理方面造成了一些复杂有趣的后果，下一节我们就来讨论这个问题。

萧统和萧纲：个案研究

萧统、萧纲两兄弟，一般来说被视为两个截然相反的极端。这一观点并不始于现代，而是可以上溯到公元七世纪初，在官方话语中对萧纲"宫体诗"的批判，以及对《文选》的经典化。在这一节里，我们且来看看兄弟二人的"差异"如何影响到后人对一组诗歌的作者身份问题所做的结论。

无论萧统还是萧纲的文集都没有完整地保存下来。《玉台新咏》遂成为他们作品的重要来源。除了敦煌发现的《玉台》唐抄本残片之外，《玉台》最早的完整版本来自明朝，也就是说与《玉台新咏》的编撰年代已经相隔了差不多一千年。[1] 据

---

[1] 详见刘跃进在《玉台新咏研究》中对《玉台》版本问题的讨论，第3—64页。

刘跃进《玉台新咏研究》，"现存明版《玉台新咏》中有刊刻年代可以稽考的最早的一个版本"是嘉靖十九年也即1540年刊刻的版本。[1]这一刻本虽然年代较早，却远远不如1633年赵均（字灵均，？—1637）刊刻的版本那么有名，这可能是因为赵均声称他的版本是南宋陈玉父本翻刻的缘故。不过，就连陈玉父的刻本也不是完整的本子，因为据陈玉父写于1215年的跋语，他的这一刻本是由两种印本（外家李氏的"旧京本"和残存五卷的"豫章刻本"）和一种抄本（"石氏所藏录本"）拼凑而成的。因此，虽然1633年的赵均本至今仍是最流行或者最受重视的《玉台新咏》版本，它的作品排列顺序和作品内容都远远称不上绝对可靠。有趣的是，嘉靖十九年本收入了萧统的八首诗，1633年的赵均本却连一首萧统的诗也没有；然而，嘉靖十九年本中萧统的那八首诗，在赵均本里却有七首出现在萧纲的名下。

在现存各种资料中，一共有11首诗被系于萧氏两兄弟的名下：

1．莲舟买荷度
2．照流看落钗
3．美人晨妆
4．名士悦倾城
5．林下作妓（"炎光向夕敛"）

---

[1] 刘跃进，《玉台新咏研究》，第8页。

6. 咏新燕
7—9. 江南弄：
    A．江南曲
    B．龙笛曲
    C．采莲曲
10．拟古
11．晚春

这些诗的主题，大多都是思想正统的道学先生会觉得过于轻浮的，比如宫人、歌伎和浪漫情怀。换句话说，如果一首诗主题十分"严肃"，那么可能也就不会产生作者归属的歧异，而会顺理成章地收入在萧统的文集里。需要指出的是，这十一首诗的作者是谁，我们没有任何绝对的证据，虽然在有几首诗的情况里某一种可能性大于另一种可能性。不过，我们在此所关心的不是这些诗到底是谁所作，而是在缺乏明确文本证据的情况下，编辑们对于作者身份的选择以及这些选择背后"意识形态"的内涵。我们且来一首一首地检视。

第1至第4首诗，出现在《玉台新咏》嘉靖本第五卷萧统名下；同时出现在这一卷中的还有一首《长相思》（这首诗被一致公认为萧统的作品，没有任何怀疑）。然而，在赵均本中，这些诗都变成了萧纲的作品。值得注意的是，在公元624年编就的《艺文类聚》中，第2、3、4首的作者皆作"梁昭明太子"，也就是萧统，而《艺文类聚》比起

《玉台新咏》，其版本恐怕相对来说要稳定得多。[1]

在赵均本《玉台新咏》中，第1、2首诗题为《同庾肩吾四咏二首》；第4首题为《和湘东王名士悦倾城》。[2]《古诗纪》的编者冯惟讷（1512—1572）认为："肩吾为简文宫臣，当以《玉台》为正。"[3]然而，问题在于，身为一位皇子的属吏，并不意味着不可以与其他的皇子进行唱和。至于第3、4首诗，冯惟讷甚至连"肩吾为简文宫臣"这样靠不住的证据都没有，然而，这并不阻碍他大胆断言："《艺文类聚》作昭明，非是。"[4]冯惟讷并未给出任何文本佐证或资料来源支持这样的说法。然而，在《先秦汉魏晋南北朝诗》里，逯钦立还是依从冯惟讷的结论，把这两首诗都系于萧纲名下。[5]而且，虽然作者身份并不确定，很多现代学者还都把这两首诗视为萧纲"宫体诗"的代表作。我们在此看到，不是证据导向结论，而是预先做出的结论影响了文本证据。

第5首诗描述林中晚宴和歌伎的表演，早在唐代类书《初学记》里已经系于萧统名下。[6]在《初学记》里，这首诗是紧接着萧绎的诗《和林下作妓应令》出现的。很明显，萧绎的

---

[1]《艺文类聚》卷十八，第327—328页，在"美妇人"条下。
[2] 萧绎封湘东王在514年。庾肩吾和萧绎的现存诗作中都找不到题为《四咏》或者《名士悦倾城》的作品。
[3]《古诗纪》卷七十九，第10a页。
[4]《古诗纪》卷七十八，第34页。
[5]《先秦汉魏晋南北朝诗·梁诗》卷二十二，第1953页；卷二十一，第1938—1939页。
[6]《初学记》卷十五，第373页。

诗是应太子之命而作（"应令"特指应太子之命），而且是与萧统同题唱和。萧绎的诗之所以放在萧统原作前面，是因为萧绎后来成为皇帝，按照古代文学总集的惯例，皇帝的诗作总是排在太子、诸王之前的。在《文苑英华》中，萧统此诗的题目作"同前"，而前面的诗正是萧绎的《和林下咏妓应令》。《文苑英华》的编者显然是从《初学记》中选录了这两首诗，连顺序都没有改动（《初学记》作"作妓"），却没有注意到萧统的诗乃是原作，萧绎的诗是同题唱和之作，"同前"的说法很容易引起读者的误解，以为萧统的诗作题目和萧绎的诗作是一模一样的，而既然萧统本人就是太子，不能再"应令"，也就很容易导致读者认为这首诗乃是萧纲的作品，误系在萧统名下。[1]

逯钦立把此诗放在萧统、萧纲两个人的名下，但他在萧绎《和林下作妓应令》一诗的题目下加了一个小注："和昭明。"而且，此诗在萧纲名下作《和林下妓应令》。[2] 即使我们相信这首诗确是萧纲所写，所谓"应令"者，还是意味着萧统率先以此为题写诗，继命两个弟弟唱和。换句话说，萧统也参加晚宴，也欣赏伎乐，不是被后人夸张刻画为"清

---

[1]《文苑英华》卷二百一十三，第1059页。现代学者俞绍初以为既然诗名"同前"，也就是"应令"而作，则显然不是太子萧统的作品，因为萧统的作品不可以称"应令"；但却没有考虑到《文苑英华》是建立在过去的选集和类书基础上的总集，而且，所谓"同前"，只是题目中"林下咏妓"的部分"同前"，不包括"应令"的部分。见《昭明太子集》，第224页。

[2]《先秦汉魏晋南北朝诗·梁诗》卷十四，第1800页；卷二十二，第1954页；卷二十五，第2051页。

教徒"的皇太子。[1]

第6首诗描写飞入闺阁中的春燕。《艺文类聚》把这首诗系于萧纲名下，《文苑英华》则系之于萧统名下。[2]冯惟讷认为《文苑英华》是错误的，但是没有给出任何理由。[3]逯钦立依从冯惟讷的做法，把这首诗系于萧纲名下，根本没有指出这首诗的作者一作萧统。[4]

第7、8、9首诗是三首歌辞。其中第一首在《艺文类聚》和《文苑英华》中都系于萧纲名下。[5]第二首在《艺文类聚》中系于萧纲名下；十二世纪的《乐府诗集》中也录有这首诗，和《艺文类聚》中的版本稍有不同，前者更为"完整"。[6]第三首在《文苑英华》中系于萧纲名下。[7]然而，在现存宋版《乐府诗集》中，这三首诗都是系于萧统名下的，与《玉台新咏》嘉靖本完全相同。[8]冯惟讷很清楚这三首诗的作者一作萧统，但这一次他却一反常态，选择依从《艺文

---

[1] 史称萧统"尝泛舟后池，番禺侯轨盛称'此中宜奏女乐'。太子不答，咏左思《招隐诗》曰：'何必丝与竹，山水有清音。'侯惭而止。出宫二十余年，不畜声乐。少时，敕赐太乐女妓一部，略非所好"。《梁书》卷八，第168页。即使我们完全相信《梁书》的描写，也并不意味着萧统从来没有听过音乐，从来没有写诗描写过音乐。
[2] 《艺文类聚》卷九十二，第1957页；《文苑英华》卷三百二十九，第1711页。
[3] 《古诗纪》卷七十九，第17a页。
[4] 《先秦汉魏晋南北朝诗·梁诗》卷二十二，第1974页。
[5] 《艺文类聚》卷四十二，第765页；《文苑英华》卷二百零一，第995页。
[6] 《艺文类聚》卷四十二，第763页；《乐府诗集》卷五十，第729页。
[7] 《文苑英华》卷二百零八，第1032页。
[8] 《乐府诗集》卷五十，第728页；刘跃进，《玉台新咏研究》，第54页。

类聚》。[1]这可见冯惟讷在决定是否应该信从某一种资料来源时,并非对这一资料来源本身的可靠性有什么前后一致的看法,而是自有一种微妙的标准。既然这三首诗全部和女性有关,也许冯惟讷认为不可能出自萧统之手。逯钦立也把这三首诗系在萧纲名下。他解释说:"《玉台》旧刻称简文为皇太子,后人遂谬以为昭明,故诸诗系名多错互也。"[2]这很像是《四库全书》的编者在论述叶绍泰(1638年左右在世)编辑的《昭明太子集》时,以此为由否定第2、3、4、5、10首诗乃萧统的作品。然而,这并不能解释为什么第2、3、4、5首诗在早期类书《艺文类聚》和《初学记》里都系于萧统名下,而那些类书的编辑仍然可以见到萧统、萧纲、萧绎的全集,可以直接从全集中引录诗篇,用不着从《玉台新咏》中录诗。

第10首诗题为《拟古》,是一首杂言诗,诗的内容是情爱相思。这首诗不见于其他资料来源,唯独见于《玉台新咏》卷九(嘉靖本、赵均本同),作者署名萧纲。然而,叶绍泰的《昭明太子集》却还是收录了这首诗,不知何据。叶绍泰也收录了第11首诗《晚春》,虽然在现存的所有早期资料中,《晚春》都是系于萧纲名下的。[3]叶绍泰

---

[1]《古诗纪》卷七十七,第20b页。
[2]《先秦汉魏晋南北朝诗·梁诗》卷二十,第1924—1925页。
[3]《晚春》在《艺文类聚》(卷三,第42页)、《初学记》(卷三,第47页)和《文苑英华》(卷一百五十七,第738页)中都系于萧纲名下。据冯惟讷《古诗纪》(卷七十六,第9a页),这首诗在《玉台新咏》中也是系于萧纲名下的。但是嘉靖本和赵均本《玉台》皆无此诗。冯惟讷也许看到的是《玉台》的另一种版本,也许犯了一个错误。冯惟讷以为这首诗"语殊不类[萧统]"。

是晚明人，其《昭明太子集》应该远远不如早期资料那么可靠。虽然证据不足，逯钦立还是把第10、第11两首诗同时系于萧纲和萧统两人名下，这和他径直把第1—4、6—9这八首诗毫不犹豫地系于萧纲一人名下，而完全不考虑萧统之作者身份的做法截然相反，尽管在事实上那八首诗比《拟古》和《晚春》更有可能是萧统的作品。逯钦立把《拟古》放在萧统名下，也许是受到了诗题的影响；也可能他觉得这首诗描写了女性的悲哀，是对感情的抒发，不是对女性体态容貌的缕述。至于《晚春》，我们只能猜测逯钦立把它系于萧统名下是因为这首诗描写了春天景物，没有涉及女性和爱情。逯钦立的编辑决定显然受到了传统文学史叙事的影响，而他的决定又反过来加强了传统的文学史叙事。

以上我们对十一首诗的作者归属进行了详细的分析。作者归属不确定，是手抄本文化所特别具有的问题。在抄写过程中，一部选本或文集很容易掺入其他诗作；编者有时候凭个人印象（"语殊不类"）决定一篇作品的作者身份。在后代选集中，一首诗系于萧统或萧纲名下往往不是基于文本证据，而是基于人们对这两兄弟的传统看法，诗的作者归属又会反过来加强人们的传统看法。换句话说，诗的作者归属是由传统文学史叙事中一系列价值观念所决定的：萧统具有正统道德，萧纲则放荡颓废；这些后人赋予萧氏兄弟的特征成为用来支持传统文学史叙事的证据，常常被不假思索地接受下来，似乎已经是不言而喻的事实。

梁代的文学口味

在本章开始的时候,我曾谈到梁代的两部文学理论著作:《文心雕龙》与《诗品》。尽管被现代学者视若拱珍,《文心雕龙》或者《诗品》在当代到底具有多大知名度还是一个问题。刘勰和钟嵘在世时,都是文学地位相当低微的人物。《文心雕龙》在古代中国一直没有产生什么重大的影响,直到十九世纪末,特别是在二十世纪,才因为学者普遍认为它的"理论体系"比传统的笔记、序跋等零星散漫的文体更接近于西方文论而受到前所未有的重视,甚至兴起了所谓的"龙学"。因为《文心雕龙》在二十世纪的大名,一些学者遂以为刘勰的文学观影响了萧统《文选》的编撰,这一点其实很值得怀疑。虽然萧统敬重刘勰,但刘勰并不是萧统密友圈子的一员。如康达维所说,"刘勰的观点无疑在当代是为人所知的,但是我们难以断定这些观点对萧统的影响到底有多大"。[1]钟嵘在梁代文学界也不具有崇高的地位。《南史》称钟嵘"尝求誉于沈约,约拒之"。因此,钟嵘在《诗品》中对沈约的评判十分严厉。[2]此事究竟是否属实,我们今天已经难以判断,但是我们从这件事至少可以看出钟嵘在世时文学声誉并不很高。

刘勰在理论上支持"新变",但在评判近现代文学作品

---

[1]《文选》英译本卷一,第15页。
[2]《南史》卷七十二,第1779页。

时，我们可以看出他实际上是很保守的。刘勰眼中的文学史是不断退步的：文学总是越来越华靡，越来越颓废。在远古时代，文学"淳而质"，到了刘宋时代，则变得"讹而新"："从质及讹，弥近弥淡。"[1]他在另一章里写道：

> 自近代辞人，率好诡巧。原其为体，讹势所变，厌黩旧式，故穿凿取新。察其讹意，似难而实无他术也，反正而已。[2]

虽然刘勰原则上承认"通变"是好事，在实践上他并不喜欢变化，尤其是发生在现当代的变化。

钟嵘也显示出类似的保守倾向。"上品"中的最后一个诗人是死于公元433年的谢灵运。谢灵运之后的诗人，包括沈约、谢朓，都被归入中品、下品。这和萧纲对沈约、谢朓的高度评价形成了鲜明的对比。萧纲在写给萧绎的信里说："近世谢朓沈约之诗，任昉陆倕之笔，斯实文章之冠冕、述作之楷模。"[3]萧绎同样对沈、谢二人极为推崇，认为"诗多而能者沈约，文少而能者谢朓、何逊"。[4]

不过，在有些方面，钟嵘则比刘勰要开放得多。刘勰仍然坚持四言诗是诗歌"正体"，钟嵘则径称："五言居文

---

[1]《文心雕龙义证》卷二十九，第1089页。
[2]《文心雕龙义证》卷三十，第1134页。
[3]《全上古三代秦汉三国六朝文·全梁文》卷十一，第3011页。
[4]《梁书》卷四十九，第693页。

辞之要,是众作之有滋味者也。"[1]萧子显也说:"五言之制,独秀众品。"[2]在梁朝,文学批评主要发生在诗歌领域,而在诗歌领域之内,五言诗明显占据了统治地位。

从公元五世纪开始,文学界开始产生一种强烈的"古""今"意识。[3]伴随着这种意识的产生,人们对不同时代的不同口味以及诗人的个人风格之差异都开始有所察觉,同时也开始对新变进行有意识的追求。萧子显的态度非常具有代表性:

> 在乎文章,弥患凡旧,若无新变,不能代雄。建安一体,《典论》短长互出;潘、陆齐名,机、岳之文永异。江左风味,盛道家之言,郭璞举其灵变,许询极其名理。仲文玄气,犹不尽除;谢混情新,得名未盛。颜、谢并起,乃各擅奇;休、鲍后出,咸亦标世。朱蓝共妍,不相祖述。[4]

---

[1]《文心雕龙义证》卷六,第210页。《诗品集注》,第36页。

[2]《南齐书》卷五十二,第907页。

[3] 检视《隋书·经籍志》所著录的诗歌总集,标题中带有"古""今"字样的总集是在齐、梁开始大量出现的。在梁朝,我们还看到以"古意"为题的诗作大量增加。如果我们不把嵇康《赠秀才》一诗标题的异文计算在内(《先秦汉魏晋南北朝诗·魏诗》卷九,第485页),则颜竣(?—459)《淫思古意》是现存第一首以"古意"为题的诗作(《先秦汉魏晋南北朝诗·宋诗》卷六,第1242页)。有意思的是,现存陈朝、隋朝的诗篇都没有以"古意"为题的。

[4] 萧子显的议论出自《南齐书·文学传》中的史臣评述。见《南齐书》卷五十二,第908页。下不一一标注。

萧子显对新变的呼吁与刘勰形成了鲜明的反差。刘勰虽然在理论上支持新变，但他对近代文学总是持着批评的态度。

在《宋书·谢灵运传论》中，沈约呈献给读者一种非常相似的文学史叙事，只不过与萧子显的文学史叙事相比，沈约没有把汤惠休和鲍照包括在近代名作家的名单之内，这也许是因为汤、鲍二人距沈约撰写《宋书》的年代太接近的缘故。但是，到了六世纪初萧子显写作《南齐书》的时候，这两位刘宋时代的诗人都拥有很多的追随者，已经稳固地确立了他们在文学史上的地位。正如现代学者杨明所指出的，所谓"朱蓝共妍，不相祖述"，"其语与江淹《杂体诗序》'蓝朱成彩，杂错之变无穷'也正相似，都是对文章的丰富多样和发展变化加以肯定"。[1]萧子显和江淹一样，对不同的诗歌写作风格采取了非常包容和积极的态度。

萧子显对六世纪初的诗歌风格进行了概括总结。他把当时流行的诗歌风格分成三种，对每一种风格都追溯其源头，就像钟嵘在《诗品》中所做的一样。这样的做法，可以说是六朝强烈关心族谱、家世和门阀的政治文化在文学领域的反映。

> 今之文章作者虽众，总而为论，略有三体。一则启心闲绎，托辞华旷，虽存巧绮，终致迂回，宜登公宴，本非准的。而疏慢阐缓，膏肓之病。典正可采，

---

[1]《魏晋南北朝文学批评史》，第316页。

酷不入情。此体之源，出灵运而成也。

谢灵运对五六世纪的很多诗人产生了重大的影响。齐高帝第五子萧晔，也就是萧子显的叔父，曾经学谢灵运体为诗呈给齐高帝，齐高帝答书曰："见汝二十字，诸儿作中最为优者。但康乐放荡，作体不辨有首尾，安仁、士衡深可宗尚，颜延之抑其次也。"[1]梁朝诗人伏挺（484—548）和王籍都以效谢灵运体而出名。[2]王籍"为诗慕谢灵运，至其合也，殆无愧色。时人咸谓康乐之有王籍，如仲尼之有丘明，老聃之有严周"。[3]

齐高帝对谢灵运的评价，可以说代表了五世纪末六世纪初相当一大批人对谢灵运诗风的认识。谢灵运在文学史上占有崇高地位，但是很多人觉得他的诗不适合当代诗人效法。钟嵘批评谢灵运"逸荡"和"繁芜"。他说："嵘谓若人兴多才高博，寓目辄书，内无乏思，外无遗物，其繁富，宜哉。"[4]类似的观点也出现在萧纲写给萧绎的信里："谢客吐言天拔，出于自然，时有不拘，是其糟粕……是为学谢则不屈其精华，但得其冗长……谢故巧不可阶。"[5]萧纲一方面

---

[1]《南齐书》卷三十五，第625页。
[2]《梁书》卷五十，第719页。
[3]《南史》卷二十一，第580—581页。
[4]《诗品集注》，第160页。
[5]《全上古三代秦汉三国六朝文·全梁文》卷十一，第3011页。不过，专门效仿谢灵运体的诗人王籍，有一首诗得到过萧纲、萧绎以及很多同时代人的赞赏。诗中有句云："蝉噪林逾静，鸟鸣山更幽。"（转下页）

赞美谢灵运的"自然",一方面也指出"自然"的负面就是"逸荡"和缺乏控制。[1]从钟嵘、萧纲的评价,我们可以看出谢灵运在六世纪仍然具有相当的影响,并被视为文学史上的大家,但是他的诗风颇有过时之感,尽管有少数追随者。到萧纲的时代,优雅与节制是宫廷诗歌的理想标准。[2]颜之推教育他的儿子们说:"凡为文章,犹人乘骐骥,虽有逸气,当以衔勒制之,勿使流乱轨躅,放意填坑岸也。"[3]

萧子显接着谈到第二种流行的诗体:

> 次则缉事比类,非对不发,博物可嘉,职成拘制。或全借古语,用申今情,崎岖牵引,直为偶说。唯睹

(接上页)是萧绎"以为不可复得"的名句(《颜氏家训集解》卷四文章第九,第273页)。在这两句诗中,我们确实能体察到以谢灵运为代表的早期诗歌的影响,因为这一联诗的对偶相当简单直接,上下句基本表达的是同一个意思:自然界的声音更衬托出山林的幽静。萧纲及其宫臣所写的诗歌,则发展出了远比这更为复杂的对偶句。

[1] 谢灵运的同时代人鲍照已经指出谢灵运的"自然"。据说颜延之曾经问鲍照他的诗比谢诗如何,鲍答说:"谢五言如初发芙蓉,自然可爱";颜诗"若铺锦列绣,亦雕绘满眼"。《南史》卷三十四,第881页。在《诗品》中,这一议论则系于汤惠休名下。见《诗品集注》,第270页。许嵩的《建康实录》卷十四,第372页的记述有所不同:鲍照的议论被赋予一个特定的语境,因此,不再是对颜、谢二人的总评,而是对两首特定诗作的评价。

[2] 需要注意的是,萧纲曾教育儿子"文章且须放荡",这里的"放荡"不是指放弃艺术控制,而是指想象力的奔放。见《全上古三代秦汉三国六朝文·全梁文》卷十一,第3010页,《诫当阳公大心书》。关于此信,下一章还会详细讨论。

[3] 《颜氏家训集解》卷四文章第九,第248页。

事例，顿失清采。此则傅咸五经，应璩指事，虽不全似，可以类从。[1]

萧子显这里所指的似乎是以任昉的作品为代表的诗歌风格。任昉晚年对"任笔沈诗"的说法十分不满，立意要在写诗方面胜过沈约："转好著诗，欲以倾沈，用事过多，属辞不得流便，自尔都下士子慕之，转为穿凿。"[2]钟嵘把任昉的诗放在中品："昉既博物，动辄用事，所以诗不得奇。少年士子效其如此，弊矣。"[3]这最后一句话印证了萧子显的说法：在六世纪初年，任昉用典繁重的诗风显然有很多追随者。

钟嵘把这种诗体追溯到颜延之和谢庄（421—466）。他认为，正由于这两位诗人的影响，刘宋大明、泰始（465—472）年间，文章"殆同书抄"。他继续说：

> 近任昉、王元长等，辞不贵奇，竞须新事。尔来作者，浸以成俗。遂乃句无虚语，语无虚字，拘挛补衲，蠹文已甚。但自然英旨，罕值其人。[4]

---

[1] 现存傅咸以五经为题材的诗是四言，见《先秦汉魏晋南北朝诗·晋诗》卷三，第603—604页。所谓"应璩指事"，似乎是指应璩的《百一诗》，见《先秦汉魏晋南北朝诗·魏诗》卷八，第469—472页。但现存的应璩《百一诗》风格相当直白，并非充满典故。
[2]《南史》卷五十九，第1455页。
[3]《诗品集注》，第316页。
[4]《诗品集注》，第180—181页。

钟嵘、萧子显对写诗用事过多的批评，说明"流便"已经被视为重要的价值。在五世纪末年，谢朓曾说："好诗圆美流转如弹丸。"[1] 沈约提出过著名"三易"说："文章当从三易：易见事，一也；易识字，二也；易读诵，三也。"[2] 同时期的北方作家也有同样的认识：邢劭（约496—？）和祖珽都非常欣赏沈约能够做到"用事不使人觉"。

萧子显认为第三种当代流行诗体可以上溯到鲍照：

> 次则发唱惊挺，操调险急，雕藻淫艳，倾炫心魂，亦犹五色之有红紫，八音之有郑卫，斯鲍照之遗烈也。

在五世纪末六世纪初，显然有很多人爱好鲍照的诗。钟嵘在《诗品》中写道："次有轻荡之徒，笑曹刘为古拙，谓鲍照羲皇上人，谢朓今古独步。而师鲍照，终不及'日中市朝满'；学谢朓，劣得'黄鸟度青枝'。"[3] "日中市朝满"出自鲍照的乐府《结客少年场行》，被收入萧统《文选》，可见是鲍照在当时受到公认的名篇。鲍照死于466年的叛乱，很多诗文在乱后散佚，五世纪后期，虞炎（也就是写"黄鸟度青枝"句的南齐诗人）编辑了鲍照的文集，据虞炎的序说，只有不到一半的鲍照作品保存了下来。

虽然"奇"在梁朝是受人欣赏的特质，但是"奇"的

---

[1]《南史》卷二十二，第609页。
[2]《颜氏家训集解》卷四文章第九，第253页。
[3]《诗品集注》，第58页。

极端表现,"险"或"险仄",也就是说太过新颖别致、不够平稳协调,却是不受欢迎的。而"不避危仄"正是钟嵘对鲍照诗的批评。[1]在六世纪后期一个北方文士阳松玠所写的《谈薮》中,记载了沈约和吴均之间的一段对话:

> 均又为诗曰:"秋风泷白水,雁足印黄沙。"沈隐侯约语之曰:"印黄沙语太险。"均曰:"亦见公诗云,'山樱发欲然。'"约曰:"我始欲然,即已印讫。"[2]

在这里,鸟儿在沙上留下的印迹,像火焰一样燃烧的花朵,在后代诗歌中可以说是司空见惯的意象,在早期中古时代的诗歌中却还是非常新奇的,因此也就未免带上了怪异的色彩。梁代的宫廷诗人总的来说追求的是一种从意象到情感表达都优雅和谐的效果,不是耸人听闻的字句和奇特惊人的意象。

萧子显在缕述三种流行诗体之后,清楚明确地描述了他个人心目中的理想诗歌:

> 三体之外,请试妄谈。若夫委自天机,参之史传,应思悱来,勿先构聚,言尚易了,文憎过意,吐石含金,滋润婉切,杂以风谣,轻唇利吻。不雅不俗,独中胸怀。

---

[1]《诗品集注》,第290页。
[2]《太平广记》卷一百九十八,第1483页。

如果钟嵘坚决反对在诗歌中用典，萧子显的态度则比较折中，虽然强调灵感和自然，但是并不贬低"参之史传"的重要性。[1]尽管存在着这样一些微妙的差别，在上面这段话里，我们还是可以看到梁代诗人全都基本认同的一系列原则：音声的和谐，对晦涩语言和怪异字句的抵制；一方面承认诗歌抒发情感的功用，另一方面又提倡有所节制。这些原则所构成的诗歌理想，是以"优雅"为其最主要特征的。

从萧子显写于六世纪初的"文学传论"，我们看到在梁代存在着各种各样的文学风格和口味。面对这样的情形，萧纲认为一个诗人应该广泛地、毫无偏见地大量阅读。在一篇谈医学的文章里，萧纲对诗歌写作发表了如下看法：

> 又若为诗，则多须见意。或古或今，或雅或俗，皆须寓目，详其去取，然后丽辞方吐、逸韵乃生。岂有秉笔不讯，而能善诗；塞兑不谈，而能善义？杨子云言"读赋千首，则能为赋"。[2]

萧纲的意见令人想到江淹在《杂体诗序》中对不同时代、不同地区的诗歌写作风格所具有的兼容并蓄态度，也反映了他对文学史以及文学史上各种不同风格流变的强烈意

---

[1] 钟嵘说："至乎吟咏情性，亦何贵于用事？'思君如流水'，既是即目；'高台多悲风'，亦惟所见；'清晨登陇首'，羌无故实；'明月照积雪'，讵出经史？观古今胜语，多非补假，皆由直寻。"《诗品集注》，第174页。
[2]《全上古三代秦汉三国六朝文·全梁文》卷十一，第3013页。

识。在梁朝，作家们可以接触到大量传世文本，他们对藏书和读书充满热情，因此，萧纲的这段话可以说是很有代表性的。

＊　＊　＊

在这一章里，我试图对一个新兴的"文化贵族"阶层进行勾勒。这一文化贵族阶层，主要是由以往被边缘化的士族寒门和南方本土人士构成的。然而，梁朝的文学版图却要比这复杂得多。把梁朝文学分成相互矛盾的三个阵营，借此建构出"典雅正统"相对于"新变加颓废"的这样一种简化的文学史叙事，在仔细检视之下，其实并没有历史事实作为根据，而且还反过来影响了人们对文本证据的解读，扭曲了作者归属等一些基本的文史知识结构。在文学的起源、性质和功用方面，梁代作家具有共同的价值观，使用的是一套共同的话语；被认为相互敌对的文学阵营，对古今文学大家的评价基本是相同的。就连萧子显文中所描述的不同文学趣味和倾向，也揭示出梁代文士深层的共识：他们强烈意识到文学传统的延续，也意识到存在着各种各样可供效法的写作风格。

然而，在梁朝后期文学中，也确实产生了一些新变，这体现在萧纲及其文学沙龙成员的作品之中。萧纲在531年成为皇太子后，东宫的文学沙龙遂成为梁朝文学世界的中心。他们在诗、赋写作方面都有所变化革新，但是，他们在诗歌方面的创新在后代文学中产生了更为深远的影响。在下面的两章,我们将讨论萧纲及其文学集团所写的宫体诗,通过把宫体诗还原到它的文化语境里来揭示宫体诗的真正面貌。宫体诗不像人们一般所想象的那样是太子东宫充满自我陶醉与沉溺的"恶之华",而是一个精力充沛旺盛、积极欢迎"新变"的文化世界所结出的丰硕果实。

第四章 "余事"之乐 ——宫体诗及其对"经典化"的抵制

在这一章里,我们将探讨宫体诗复杂的诠释历史,检视宫体诗是如何被视为"颓废"诗歌,而这一观点又是如何与中国文化传统中对"文"的性质与功用感到的焦虑紧密结合在一起的。简单地说,中国古代文论,甚至现代文论,在很大程度上都围绕着一个中心问题而产生:"文"到底是否多余?

在反思"文"——既指广义上的文化,也指狭义的文学——的地位时,我们想到孔子的一句话:

> 弟子入则孝,出则悌,谨而信,泛爱众而亲仁,行有余力,则以学文。[1]

---

[1]《论语注疏》卷一,第7页。

"余"（餘）是一个很有意思的概念。它原本是指因为过于丰盛而剩余下来的食物。在《诗经》的一首诗中，一个客人抱怨主人待他越来越薄了：

> 于我乎夏屋渠渠，
> 今也每食无余。
> 于嗟乎不承权舆。
> 于我乎每食四簋，
> 今也每食不饱。
> 于嗟乎不承权舆。[1]

在第一节诗中，客人抱怨"食无余"，"无余"并不意味着"不够"，仅仅意味着没有剩余而已。到第二节，则抱怨"食不饱"，显然受到的待遇是越来越差了。"余"是用不完和多出来的部分，是多余之物；然而，它也是一种必需品，因为"无余"会引起很多焦虑，甚至让人觉得缺失。

在《和郭主簿》（其一）这首诗里，东晋诗人陶渊明勾勒出一幅完美和满足的画面：

> 园蔬有余滋，旧谷犹储今。
> 营己良有极，过足非所钦。
> 春秫作美酒，酒熟吾自斟。[2]

---

[1]《毛诗正义》卷六百一十四，第246页。
[2]《先秦汉魏晋南北朝诗·晋诗》卷十六，第978页。

园蔬有"余滋",去年的粮食也还有储存:这与诗人宣称"过足非所钦"构成了具有反讽的张力。事实上,就连"美酒"也是奢侈品,因为它是用粮食酿造出来的,因此必须在仓有余粮的时候才可以有美酒。公元三世纪初,孔融(153—208)曾经激怒了曹操,正是因为孔融看透了曹操对饮酒害德的说教,一针见血地指出曹操下令禁酒是爱惜粮食,而不是因为任何道德原因。[1]

陶渊明在他的作品里常常提倡"营己有极"、以足为适的思想,然而,"余"似乎是构成"足"的重要因素。《庄子》中的一段话很能体现这一点:

> 惠子谓庄子曰:"子言无用。"庄子曰:"知无用而始可与言用矣。天地非不广且大也,人之所用容足耳。然则厕足而垫之致黄泉,人尚有用乎?"惠子曰:"无用。"庄子曰:"然则无用之为用也亦明矣。"[2]

在《庄子》中,惠子总是屈服于庄子的善辩。在这段话里,庄子以其特有的辩证态度,强调"无用"之用。他举例说,天地虽大,一个人所需要的空间不过容足而已,但是,如果把一个人容足以外的地方全部去掉,那么供这个人容足的空间也就没有用了。庄子所举的例子,是对"余

---

[1]《全上古三代秦汉三国六朝文·全后汉文》卷八十三,第923页。
[2]《庄子集释》卷二十九,第936页。

地"这一概念的最好说明。"余地"是一个人不会真正用到的"多余"空间,但是,却又必须拥有这一多余空间才能真正享受一个人所实际占据的空间。《庄子·徐无鬼》篇说:"故足之于地也践,虽践,恃其所不蹍而后善博也。"[1]也就是说,虽然足必履地,还是必须依赖足所不践的地方才能远行。颜之推在《颜氏家训》中对"余地"的概念做了进一步的发挥:"人足所履,不过数寸,然而咫尺之途,必颠蹶于崖岸;拱把之梁,每沈溺于川谷者,何哉?为其旁无余地故也。君子之立己,抑亦如之。"[2]

无论何时何地,都存在着像惠子这样的实用主义者,而"余"也永远激起人们的焦虑感。国家存有余粮本来是件好事,但是就连这一点也可以成为争论的对象,因为在一些人看来,"有余"可能引起人们过分的欲望。战国时期的思想家荀子在物质生活方面鼓吹通过节俭而达到富裕和"多余",但是在同一章("富国"篇)里,他强调在社会生活的其他方面,比如文章、音乐、宫室,则应该有所节制:"为之钟鼓、管磬、琴瑟、竽笙,使足以辨吉凶、合欢、定和而已,不求其余。"唐代的杨倞把"余"解释为过分,认为荀子这里是指所谓的郑卫之音。[3]梁代的宫体诗就常常和"郑卫之音"联系在一起,不过,很早以来,人们就已经把对"余"的焦虑引申到写作上了。东汉的历史学家班固在其

---

[1]《庄子集释》卷二十四,第871页。
[2]《颜氏家训集解》卷四名实第十,第280页。
[3]《荀子集解》卷十,第116页。

《答宾戏》中塑造出一个想象的对话者，把"著作"轻蔑地称为"余事"，正因为班固感到很有必要为自己对写作的爱好进行辩护。[1]

在中国文学传统内部，"余"成为一个重要的概念。在后代的诗歌批评话语中，诗歌不应只有悦目的表面，还应该具有"余味"，已经是老生常谈。"余味"的说法为六朝时期十分流行的玄学论题，也就是《易经》中的经典立论"言不尽意"，增添了一道有趣的波澜。[2] 如果说"言不尽意"对语言是否能够充分传达出说话者的意图表示怀疑和否定，"余味"则暗示语言可以传达出来的信息远远不只是其表层意义，语言和内涵之间的差异变成了积极有利的价值，而不是缺点和遗憾。齐、梁之际的两位文学批评家刘勰和钟嵘，都对"余味"的概念进行了文学史上最早的探索。[3]

---

[1]《全上古三代秦汉三国六朝文·全后汉文》卷二十五，第609—610页。东晋作家葛洪（283—343）在《抱朴子外篇》（卷三十二，第113页）中虚构出一种类似的情境：一个想象的对话者攻击文章为"余事"，抱朴子为文章进行辩护："且文章之与德行，犹十尺之与一丈。谓之余事，未之前闻。夫上天之所以垂象，唐、虞之所以为称，大人虎炳，君子豹蔚，昌、旦定圣谥于一字，仲尼从周之郁，莫非文也。八卦生鹰隼之所被，六甲出灵龟之所负。文之所在，虽贱犹贵。犬羊之鞟，未得比焉。且夫本不必珍，末不必悉薄。譬若锦绣之因素地，珠玉之居蚌石，云雨生于肤寸，江河始于咫尺。尔则文章虽为德行之弟，未可呼为余事也。"

[2] 欧阳建（270？—300）曾写过《言尽意论》来反驳以为"言不尽意"乃"由来尚矣"的"世之论者"。见《全上古三代秦汉三国六朝文·全晋文》卷一百零九，第2084页。"言尽意"也是东晋宰相王导最喜欢谈论的三个玄学题目之一。见《世说新语》卷四，第211页。

[3]《文心雕龙义证》卷四十，第1511页："深文隐蔚，余味曲包。"钟嵘《诗品序》把"兴"定义为"文已尽而意有余"。《诗品集注》，第39页。

刘勰的焦虑

刘勰的《文心雕龙》是一部雄心勃勃的著作,但也许正因为它的范围太大,也因为刘勰使用骈体文的缘故,书中有很多自相矛盾之处,现代学者为了把《文心雕龙》解释为一个完整自足的理论"体系",不得不左右支绌,用逻辑弯曲的假设和推论来解决书中的矛盾。[1]有时候,字词的选择造成了刘勰的困境,这些字词背着太多文化与历史的"包袱",不能完美地适合新的使用语境,需要对之做出修改。

全书第一章《原道》追溯文学的源起,歌颂"文"在宇宙中的地位。在这一章里,刘勰旨在论证"文"是"自然"的一部分,因此对人类生活是不可缺少的:

> [人]为五行之秀,实天地之心。心生而言立,言立而文明,自然之道也。傍及万品,动植皆文,龙凤以藻绘呈瑞,虎豹以炳蔚凝姿;云霞雕色,有逾画工之妙;草木贲华,无待锦匠之奇。夫岂外饰?盖自然耳。[2]

刘勰喜欢用自然界的形象来描写文学,但是当他试图证明宇宙万物甚至就连云彩和植物都有"文"的时候,他选择了一个令人不安的字,"雕",这个字暗示了人工的艺术。

---

[1] 参见宇文所安《刘勰与话语机器》一文,《他山的石头记》,第130—148页。
[2] 《文心雕龙义证》卷一,第8页。

更为不妥的一个字是与"雕"相对应的"贲"。"贲"是《易经》中的卦名，郑玄（127—200）解释为"文饰"。[1] 刘勰在《文心雕龙·情采》篇中曾直接称引过"贲卦"（"贲象穷白，贵乎反本"），可见对之十分熟悉。[2] 刘勰也是孔子的热烈崇拜者，所以，他也一定熟悉孔子和"贲卦"相关的故事，这一故事在早期文本中以数种不同版本出现：

> 孔子卦得贲，喟然仰而叹息，意不平。子张进，举手而问曰："师闻贲者吉卦，而叹之乎？"孔子曰："贲非正色也，是以叹之。吾思夫质素，白当正白，黑当正黑，夫质［贲］又何也？吾亦闻之：丹漆不文，白玉不雕，宝珠不饰，何也？质有余者，不受饰也。"[3]

"贲"一般来说解释为"文饰"，但它也是"斑"的假借字，意即斑驳的色彩。因此，孔子认为"贲"破坏了色彩的纯一，不是"正色"。然而，"贲"也因此和"文"——本义是彩色交错的图案或者花纹——非常紧密地联系起来。这里还值得我们注意的是孔子对"文""质"关系的描述：当"质有余"时，"文"就变得多余和没有必要了。孔子还曾说过一句著名的话："言以足志，文以足言。不言，谁知

---

[1]《周易正义》卷三，第62页。
[2]《文心雕龙义证》卷三十一，第1168页。
[3] 刘向，《说苑》卷二十，第597页。也见《吕氏春秋》卷二十二，第1511页；《孔子家语》卷二，第61页。

其志？言而无文，行之不远。"[1]在这里，"文"对于语言来说显然是第二性的、次等的；语言对于"志"来说又是第二性的、次等的。"文"离"志"已经隔了数层，好像包裹礼物的印花纸，必须证明自己可以"足言"。然而，每当"足"的概念出现，总是伴随着"过足"和"多余"的危险。

孔子对"贲"的理解，是外在的装饰，一不小心就会因为过分而变得多余。在《吕氏春秋》的版本中，是孔子的另一个弟子子贡，不是子张，向孔子请问关于贲卦的问题，而子贡正是孔子弟子当中最能言善辩的一位。他曾经强调"文犹质也、质犹文也"，否则，虎豹之鞟（去毛之皮）与犬羊之鞟原本没有任何分别。[2]子贡的话，我们可以在刘勰对虎豹的皮毛"以柄蔚凝姿"的赞美中听到回声。

无论是"文"，还是"贲"，都会引起丰富的文本联想。不幸的是，这些联想与刘勰对"无待人工"的强调构成了矛盾与张力。这也许可以解释刘勰带有强辩色彩的反问："夫岂外饰？盖自然耳！""文"与"贲"都很容易受到"外饰"与"多余"的批评，它们需要经常不断的辩护。

博　弈

刘勰认为文乃"自然之道"的理论模式存在着另一个

---

[1]《春秋左传正义》卷三十六，第623页。
[2]《论语注疏》卷十二，第107页。

更为严重的问题。和虎豹或者植物不同,人类既没有斑斓的皮毛,也开不出鲜艳的花朵。"人文"的外现必须通过另一种方式,不能通过有机物质的身体。最理想的是通过感情的"自然"流露,也就是"缘情"。[1]但是,正如刘勰所说,常常有作者"为文而造情"。[2]如果可以造情以造文,那么这个"文"就有可能只是完全外在于作者的东西,而且,和虎豹、草木的皮毛或花朵不同,"文"不是作者身体的一部分,而是和作者分离的。

传统中国文论强调诗歌可以"吟咏情性"。[3]但与此同时,还存在一种不同的诗学潜流,与主流意识针锋相对。这种另类诗学从来没有也不可能成为经典,因为它的力量正来自它受到的压抑。在传统诗学话语中,这一另类诗学的边缘化造成了效果丰富的张力。

钟嵘《诗品序》有这样一段话:

> 昔九品论人,七略裁士,校以宾实,诚多未值。至若诗之为技,较尔可知。以类推之,殆均博弈。[4]

为了说明专心致志对读书学习的重要性,孟子曾用下

---

[1] 见陆机,《文赋》,《全上古三代秦汉三国六朝文·全晋文》卷九十七,第 2013 页。
[2] 《文心雕龙义证》卷三十一,第 1158 页。
[3] 《诗大序》,《毛诗正义》卷一,第 15 页。
[4] 《诗品集注》,第 66 页。

棋作为范例："今夫弈之为数，小数也，不专心致志，则不得也。"[1] 但是，把写诗比作下棋却很容易出问题，因为一旦把写诗视为"技艺"，诗就有可能与诗人分离开来。

在六朝时期，把写作比成博弈的另外一例可以在刘勰《文心雕龙·总术》篇中看到：

> 是以执术驭篇，似善弈之穷数；弃术任心，如博塞之邀遇。故博塞之文，借巧傥来，虽前驱有功，而后援难继。[2]

刘勰"总术"的概念相当模糊，在后代学者中激起不少讨论，但是有一件事很清楚：他不赞成"任心"。他的理想作者要"按部整伍，以待情会"。[3] 在这里，刘勰用了一个军事的比喻，这是对下棋比喻的承继，因为二者都充满进攻性和竞争性。于是，我们看到这样的一幅情景：一小队字词和句子，在组织原则的领导下，必须安静耐心地埋伏在路边，等待孤身赶路的"情"的出现。一旦"时"来，这些兵士必须"因时顺机，动不失正"。[4] 在这些描述里，作者就好像指挥军队的将军，或者调动棋子的棋手（所谓"善弈之文"），和他的作品保持一种相当疏远的、战略性的关系。

---

[1]《孟子注疏》卷十一，第201页。
[2]《文心雕龙义证》卷四十四，第1642页。
[3]《文心雕龙义证》卷四十四，第1645页。
[4]《文心雕龙义证》卷四十四，第1645页。

第四章 "余事"之乐：宫体诗及其对"经典化"的抵制

刘勰强调"情"是造文的本源,但是,对读者来说,过程是相反的,也就是说,刘勰相信读者可以通过阅读文章而接触到作者的感情:"观文者披文以入情,沿波讨源,虽幽必显。"[1]他充满自信地宣告:"觅文虽巧,而检迹知妄。"[2]他甚至规定下来判断一篇作品优劣的六个步骤:"是以将阅文情,先标六观:一观位体,二观置辞,三观通变,四观奇正,五观事义,六观宫商。"[3]这六个步骤是以刘邵《人物志》中赏鉴人物的八种阶段为模型的;[4]而且,刘勰的最终目的确实是认识作品背后的作者:"世远莫见其面,觇文辄见其心。"[5]问题是:如果作者宣称自己和自己的文章之间存在着很大的距离,又该如何呢?

在公元六世纪从南入北的文士颜之推在《颜氏家训》中常常谈到南、北之间的"文化差异",其中之一是作者如何对待旁人提出的修改意见:

> 江南文制,欲人弹射,知有病累,随即改之,陈王得之于丁廙也。[6]山东风俗,不通击难。吾初入邺,

---

[1]《文心雕龙义证》卷四十八,第1855页。
[2]《文心雕龙义证》卷十八,第699页。
[3]《文心雕龙义证》卷四十八,第1853页。
[4]《人物志校笺》,第154—196页。
[5]《文心雕龙义证》卷四十八,第1855页。
[6] 丁廙(?—220)曾经请曹植帮他修改文章。见曹植迟疑不决,丁廙说:"卿何所疑难乎?文之佳丽,吾自得之,后世谁相知定吾文者耶。"曹植觉得丁廙的态度很豁达:"吾常叹此达言,以为美谈。"曹植自己也"好人讥弹其文,有不善者,应时改定"。见曹植,《与杨德祖书》,《全上古三代秦汉三国六朝文·全三国文》卷十六,第1140页。

遂尝以此忤人，至今为悔。汝曹必无轻议也。[1]

颜之推告诫自己的儿子千万不要随便批评别人的诗文。他顺便提到南朝一个有趣的现象：作者在修改诗文时很愿意听取旁人的意见。可是，如果"文"是一个人内心世界的外在表现，怎么可以容许别人修改自己的文章呢？在经典文论的表层之下，文学作品之技艺性的一面蠢蠢欲动，冲击着"自然与天真是最重要的价值"这样的说法。

文学写作可以打开一个空间，在这个空间里，作者可以假借他者的声音讲话。颜之推对"代人为文"的现象不以为然，也许正因为他在其中看到了危险。他说："凡代人为文，皆作彼语，理宜然矣。至于哀伤凶祸之辞，不可辄代。"他随即举蔡邕、王粲为例：蔡、王为别人写怀念父母的诗文，这些诗文都收录在蔡、王二人的文集里。颜之推总结说："古人之所行，今世以为讳。"[2] 在文章里采取他者的声音、代入他者的身份，是令人感到不安的行为。

大约在公元 535 到 541 年间，一位父亲在一封信里谆谆地教育他的儿子：

---

[1] 《颜氏家训集解》卷四文章第九，第 259 页。有意思的是，现代学者王利器把"病累"理解为"声病"。对"声病"的指摘显然不会影响到作品的内容。但是，对"病累"做这样的一种解读并不是百分之百肯定的，一方面很难在上下文语境中得到证实，另一方面，对"声病"的自觉性更多属于五世纪晚期，而不是二三世纪所常见的情形。
[2] 《颜氏家训集解》卷四文章第九，第 260—261 页。

> 汝年时尚幼，所阙者学，可久可大，其唯学欤。所以孔丘言："吾尝终日不食，终夜不寝，以思。无益，不如学也。"[1]若使墙面而立，沐猴而冠，吾所不取。立身之道，与文章异：立身先须谨重，文章且须放荡。[2]

这位父亲再三强调学习的重要性，为了使自己的说教更为生动，他用了两处引文。在第一处引文里，他借用了另一位父亲的话：孔子曾经教育自己的儿子，如果不学习《周南》和《召南》，就好像一个人面墙而立一样。[3]第二处引文出自《史记》。项羽灭秦之后渴望回乡，认为富贵而不还乡，犹如衣锦夜行。劝说他留在关中的人听说以后评论道："人言楚人沐猴而冠耳，果然。"笺注者认为猴子不耐久服冠带，以比喻楚人性情急躁。[4]

但是，这封诫子书历来引人注意的地方不是父亲对儿子求学的劝勉，而是信最后的这两句话："立身之道，与文章异：立身先须谨重，文章且须放荡。"现代学者对"放荡"有各种各样的解释，或以为是指道德的放纵，或以为是指文学想象的奔放。[5]然而，这封信最有意思之处是"立身"与

---

[1]《论语注疏》卷十五，第140页。
[2]《全上古三代秦汉三国六朝文·全梁文》卷十一，第3010页。
[3]《论语注疏》卷十七，第156页。
[4]《史记》卷七，第315页。
[5] 前一种观点，见归青，《文章且须放荡辨》，《上海大学学报》1994年第6期，第41—47页。后一种观点，见徐中玉，《文章且须放荡》，《古代文学创作论集》，第19—39页；赵昌平，《文章且须放荡辨》，《古代文学理论研究》1984年第9期，第92—98页。

"文章"的分离：在这封信的作者看来，"文"和"身"完全是分开来的。

体痛：关于徐摛

上面引述的这封信，是萧纲写给他的第二个儿子萧大心（523—551）的。[1]在《梁书》作者姚察和姚思廉（557—637）父子看来，萧纲的人格几近完美。在他们的笔下，萧纲聪明、博学、长于处理政务，孝顺、宽容、富有口才，而且举止尊严；他唯一的缺点似乎就在于推行了一种"轻艳"的诗体。[2]萧纲写给当阳公大心的信，常常被后人视为反映了他的人品与文体的"放荡"。在六朝时期，"放荡"指行为举止不拘小节，但是在后代，这个词总是和一个人在性爱方面的放纵联系在一起，被很多学者看作是对萧纲所写的"宫体诗"的描述。

但是，到底什么是"宫体诗"呢？在下一章里，我们会对这个问题做进一步的探讨，这里，我们需要提出两点关于宫体诗定义的基本事实。第一，这是一个具有历史性的词。准确地说，"宫体"这个词专指萧纲及其宫臣在六世纪三四十年代所写的诗歌，"宫"特指"东宫"，皇太子居住的

---

[1] 萧大心在532年受封为当阳公，535年任郢州刺史，541年还京，一直到547年才又被任命为江州刺史。萧纲的信很有可能写于萧大心在郢州期间。

[2] 《梁书》卷四，第109页。

宫邸。第二,"体"的意思是"文体",也就是说一种诗歌写作的体裁和形式,和诗歌内容没有任何必然关系。

《梁书》作者把"宫体"一词的起源追溯到徐摛,比萧纲年长二十九岁、对萧纲始终忠心耿耿的老师:

> 属文好为新变,不拘旧体……摛文体既别,春坊尽学之,宫体之号,自斯而起。[1]

这些实在都是非常浮泛模糊的描述。比如说,到底什么构成了"新变"?姚察在另外一位著名的宫体作家庾肩吾的传记中说:"齐永明中,文士王融、谢朓、沈约文章始用四声,以为新变,至是转拘声韵,弥尚丽靡,复逾于往时。"[2]这段话常常被学者拿来定义"宫体",但是,对四声、音韵以及修辞之丽靡的注意,是六世纪前半期逐渐发展的,不能算是徐摛本人的"新变"。换句话说,如果仅仅"更进一步"注意声韵和修辞,这样的"量变"不等于根本上的"质变"。

徐摛的同时代人和前辈作者也都写过有关女性和艳情的诗篇。到底是什么使徐摛显得如此与众不同?他的文体到底有什么特别的地方,引得众人纷纷效仿?他们效仿的又是什么?这些文体把我们带回到"弥尚丽靡"的描述,而这样

---

[1]《梁书》卷三十,第446—447页。
[2]《梁书》卷四十九,第690页。

的描述太模糊,并不能够澄清疑团。

徐摛的作品到今天几乎散佚殆尽,这更为我们的研究增加了难度。围绕着徐摛作品的沉默也是相当奇怪的现象。《梁书》通常在一个人本传的结尾处记载有关传主文集的信息,但是对徐摛的文集却只字不提。同时,《梁书》对两位主要宫体作家也就是庾肩吾和徐摛的传记处理也很不同:徐摛的传记没有像庾肩吾那样收入《文学传》,而且比庾肩吾传更为详细,这表示在《梁书》作者眼里,徐摛远远不只是一个文学人物。

在509年,徐摛被任命为当时年仅六岁的萧纲的师傅。从那时起,除了为父母服丧或者在外省任职以外,徐摛几乎从来没有离开过萧纲。他也凭才学赢得了梁武帝的好感与信任。在侯景之乱中,当侯景和他的部下进入皇宫谒见太子,萧纲左右侍从纷纷逃散,独徐摛"嶷然侍立不动,徐谓景曰:'侯公当以礼见,何得如此。'凶威遂折,侯景乃拜。由是常惮摛"。[1]《南史》作者赞美徐摛:"徐摛贞正,仁者信乎有勇。"[2]后来,因为侯景不准他晋见萧纲,徐摛感气而死,时年七十六岁。我们可以肯定,徐摛在他漫长的一生中一定创作过不少作品,但是,不但《梁书》《南史》本传没有提到他的文集流传情况,就连《隋书·经籍志》也未载有徐摛的文集。也许最让人纳罕的是,作为宫体诗的始作俑

---

[1]《梁书》卷三十,第446—448页。
[2]《南史》卷六十二,第1531页。这里用了《论语》的典故:"仁者必有勇,勇者不必有仁。"《论语注疏》卷十四,第123页。

者，被视为代表了宫体诗的《玉台新咏》根本没有收录徐摛的诗作。

为什么当我们寻找徐摛的作品时会到处碰壁呢？它们有没有可能在侯景之乱中全部散佚了呢？公元622年，唐朝官员把隋朝皇家图书馆的藏书运往首都长安，途中翻船，损失了百分之八九十的书籍，[1]徐摛的文集会不会也在其中呢？

有学者以为，徐摛的诗不见于《玉台新咏》，也许是因为《玉台新咏》是在陈朝编撰的，而这时徐摛的作品已经基本上都散佚了。[2]但是，这似乎不太可能，因为我们知道徐摛至少有部分作品一直保存到初唐。唐朝的两部类书，《艺文类聚》和《初学记》，都收录有徐摛的诗文。《艺文类聚》收录了徐摛一首关于帘尘的诗，一首关于坏桥的诗，一首咏橘诗，一首咏笔诗的片段，以及一篇《冬蕉卷心赋》中的四句。[3]《初学记》收录的咏笔诗则似乎是完整的。[4]唐代诗人白居易（772—846）显然知道徐摛的诗作，他编撰的《白氏六帖事类集》录有徐摛咏笔诗中的一句。[5]不过，白居易未必亲眼看到过徐摛的文集，有可能只是抄录以前的类书而已。十二世纪的《乐府诗集》收录了一首徐摛的乐府，但也

---

[1]《隋书》卷三十二，第908页。
[2] 参见刘跃进，《玉台新咏研究》，第84—87页。
[3]《艺文类聚》卷六，第110页；卷九，第182页；卷八十六，第1478页；卷五十八，第1055页；卷八十七，第1499页。
[4]《初学记》卷二十一，第516页。
[5]《白氏六帖》卷四，第198页。

有可能是郭茂倩从以前的乐府选集中抄录的，不一定意味着他见到过徐摛的诗集。

很多唐前文学作品之所以能够流传下来，是因为它们被收入类书或者选集。既然如此，那么徐摛的作品没有能够存留下来，原因之一可能是他的作品题材不符合这些选集与类书的收录标准。就像一部文学选集一样，类书也有其选择标准。类书，顾名思义，要对事物进行分门别类，一篇作品是否收入类书，第一要看这篇作品是否能适合类书中的某一个条目。有些题材根本不能进入类书。比如说，《初学记》没有"疾病"一条。在《艺文类聚》里，疾病和养生、医药、卜筮等一起下属于"方术"部，而不是像《四库全书》的编者所提出的那样下属于"人部"。[1] 而且，当我们仔细检视收录在"疾"条之下的文字，我们会发现，这些文字都是关于作为普遍概念的"疾病"，而不是关于某一种具体的疾病或症状的。因此，徐摛有一篇小文的残片，虽然被时人视为"新变"的代表，却不可能符合唐代类书的选择标准。

徐摛的小文处理的是一个不甚雅观的题材：痟。它的资料来源是六世纪作家阳松玠所写的《谈薮》。《谈薮》早已散佚，赖宋代类书保存下来一些断简残篇。《太平广记》把下面的这则逸事收录在"诙谐"条，《太平御览》则把它收录在"人事：肝"条之下：

---

[1]《艺文类聚》，第8页。《四库全书》的编者不理解类书的分类是一个历史性现象，反映了唐人的世界观和宇宙观，因此，常常对他们视为"错误"的分类横加批评。

梁侍中东海徐摛,散骑常侍超之子也。博学多才,好为新变,不拘旧体。常体一人病痈曰:"朱血夜流,黄脓昼泻。斜看紫肺,正视红肝。"又曰:"户上悬帘,明知是箔;鱼游畏网,判是见罾。"又曰:"状非快马,蹋脚相连;席异儒生,带经长卧。"[1]

徐摛"体痈"之作,有几点值得我们注意:一是严格遵守平仄规律;二是对仗工整而且巧妙;三是应用谐音双关语。譬如第二段中,"箔"谐音字为"薄","罾"谐音字为"憎",因此"明知是箔"和"判是见罾"实际上是说痈作为一种恶疾,令人厌薄和憎恶。

根据《黄帝内经》关于"痈"的章节,如果痈生在脖颈上,必须马上医治,否则热气进入肝脏和肺脏就无可救药了。[2]因此上引的第一段文字提到患者的肺肝。红、紫皆非正色,与朱、黄形成对比。第三段则描写病痈者躺在床上,蜷曲双腿的样子好似一匹奔跑中四蹄相接的马。至于"带经长卧",本是描述儒生读经的常见语,这里一方面是说病痈者需要长期卧床不起,一方面他的"朱血"也容易引起"经血"的联想。

在这里,无论是作者的选题还是描写方式都很不寻常。徐摛描述了一种从外观到气味都很丑恶的疾病,但是却出之

---

[1]《太平广记》卷二百四十六,第1909页;《太平御览》卷三百七十六,第1866页。
[2]《黄帝内经》卷八十一,第615页。

以色彩绚丽、对仗工整、音韵铿锵的骈体文。溃烂以后脓血奔流的痈，常常被用来作为比喻，描写采取痛苦然而必要的手段对某种棘手的情事进行了结。在徐摛的描写中，脓血溃流的痈受到了严格的艺术形式的控制，在丑恶的疾病和"丽靡"的文字之间创造出一种张力。在中国文学史上，我们还是第一次看到一个作家使用形式如此华美的文体描写令人不堪的内容：脓血，病患，苦痛，以及人们对这样的恶疾缺乏同情的憎厌。这也是"痈"第一次成为一个文学题目，而不仅仅是一个比喻说法。

疾病的文学话语是由文化和社会所规定的。在中国古典文学里，很少见到对恶疾的详细描述。除非是医学专著，否则对疾病的描写都很概括简略和公式化。因此，徐摛体痈之作不仅在形式方面也在题材选择方面显得十分新颖。如此看来，徐摛的作品不见收录于唐代类书，一个很重要的原因可能是徐摛对作品题材的选择。无论是在《艺文类聚》还是在《初学记》中，都没有条目可以容纳对痈的描写。同样，《玉台新咏》是一部由内容决定收录标准的诗歌选集；如果《玉台新咏》没有收入主要宫体作家徐摛的诗作，这就不免让人对《玉台新咏》是否代表了宫体诗感到很大的怀疑。

徐摛对痈的描写也不见于清代学者严可均（1762—1843）所编辑的《全上古三代秦汉三国六朝文》（简称《全文》）。这会不会是严可均疏忽遗漏了呢？当然不是完全没有可能，但更让人信服的回答是严可均看到了《谈薮》中的逸事，却并不认为徐摛对痈的描述是一篇"文章"，他很有可能视之为"诙谐",而这正是《太平御览》的编辑归纳这一逸事的条目。

徐摛有两篇文章,被严可均收入《全文》,其中之一是从《梁书》徐摛传中截取来的《妇见舅姑议》。[1]这是徐摛在萧纲的儿子萧大临(527—551)结婚的时候,就新妇成婚三日之后是否应该在宾客面前正式拜见舅姑这一仪礼问题所作的讨论。"议"是曹丕在《论文》中提到的文体之一,《文心雕龙》也专辟一章题为"议对"。[2]在徐摛传中,他的《妇见舅姑议》是作为对萧纲所提问题的回答出现的,不仅通篇是风格直白的散体,而且看起来很像是口头问答。相比之下,他对痈的描述虽然出现于逸事的语境,但是很难想象对仗如此工整、音韵如此合乎平仄的繁复的骈体文是口头的即兴诙谐。在梁朝,徐摛对痈的描述远比他对礼仪的议论更有可能被视为"文"。严可均把前者排除在《全文》之外,显然反映了意识形态对于文体理论的影响。

这样一来,徐摛对痈的描写,就好像痈本身一样,成为附庸和多余,一种身体的排泄物。对后代学者来说,它游离于"文"的复杂系统之外,不能确定它在肺、肝之间的位置。大而言之,它象征了整个宫体诗的命运:没有任何实际功能,在一个不能容忍任何多余物游离在外的文化系统之中进退维谷。

---

[1]《梁书》卷三十,第448页。
[2]《全上古三代秦汉三国六朝文·全三国文》卷八,第1098页;《文心雕龙义证》卷十八,第669页。

北人的裁决

我们在上面提到,《玉台新咏》没有收入主要宫体诗人徐摛的诗作,这一方面促使我们重新思考宫体诗的传统定义,一方面也对《玉台新咏》乃是宫体诗选集的说法感到怀疑。[1] 宫体诗的传统定义和学术界对《玉台新咏》作为"宫体诗选集"的主流看法互为表里,构成一个难以打破的怪圈。由于中国文化传统中对宫体诗所代表的一些价值观念存在着强烈的抵制,这种抵制有时会扭曲我们的视角,我们还是来重新检视一下这二者之间关系的形成历史,以求澄清由粗疏与偏见造成的误解。

唐代的魏徵似乎是第一个把宫体诗和"衽席闺闱"联系在一起的:

---

[1] 在二十世纪,学界对宫体诗的定义主要以内容为准绳,这对于理解宫体诗似乎是最容易的做法。曹道衡、沈玉成的定义比较具有代表性:一,声韵、格律比永明体"要求更为精致";二,风格"由永明体的轻绮而变本加厉为秾丽";三,内容"较之永明体时期更加狭窄,以艳情、咏物为多"。见《南北朝文学史》,第241页。缪文杰(Ronald Miao)把宫体诗定义为"以皇宫大内的生活为主题的诗"("Palace-Style Poetry",p. 1)。安妮·比勒尔(Anne Birrell)也把宫体诗和"单一的爱情主题"联系在一起(*Games Poets Play*, p. 5)。根据宫体诗定义宽窄范围的不同,有的学者认为宫体诗早在梁代以前就出现了。见刘师培,《中国中古文学史》,第97页;林文月,《南朝宫体诗研究》;石观海,《宫体诗派研究》。基于对宫体诗主题是艳情的理解,胡大雷把宫体的"源头"追溯到《诗经》和《楚辞》(《宫体诗研究》)。关于宫体诗在二十世纪的研究情况,参徐玉如《宫体诗研究的现状与反思》一文;王顺贵、胡建次《二十世纪宫体诗研究》一文;吴云,《魏晋南北朝文学研究》,第440—449页。但这些介绍一般来说忽略了台湾以及海外学者的研究。

> 梁简文之在东宫，亦好篇什，清辞巧制，止乎衽席之间；雕琢蔓藻，思极闺闱之内。后生好事，递相仿习，朝野纷纷，号为宫体，流宕不已，讫于丧亡。[1]

在这里，我们看到，如果《梁书》作者认为写作宫体诗只不过是白璧微瑕，唐代史官则从征服者的道德立场出发，把宫体诗的写作和王朝兴亡的叙事编织在一起，从而戏剧化地夸大了宫体诗的负面价值。

在梁朝灭亡大约五百年后，司马光，另一位历史学家，再次对萧纲进行道德裁判。对司马光来说，萧纲是"主犯"，因为和东宫沙龙的其他成员不同，萧纲是皇太子，未来的一国之君。但是，司马光的裁决却是以一种相当特别的方式做出的，因为它隐藏在侯景写给梁武帝的一封信里。侯景的叛军已经包围台城长达三个月之久，侯景本来准备讲和，但又中途反悔，准备对台城进行最后的攻击。他写给梁武帝的信列举了武帝十大过失，以此作为他背叛梁朝的理由。《梁书》引用了信的全文，但是司马光却只收录了据他说侯景补缀在"十过"之后的一段话，这段话既不见于《梁书》，也不见于《南史》，我们只能推测司马光别有所据，而这份资料今天已经散佚。这段话直接提到萧纲：

> 皇太子珠玉是好，酒色是耽。吐言止于轻薄，赋

---

[1]《隋书》卷三十五，第1090页。

咏不出桑中。[1]

据《资治通鉴》记载，武帝读了这封信以后"且惭且怒"。为《资治通鉴》作注的胡三省唯恐我们不能领略史官借此传达的微妙道德教训，特别在此注道："言皆指实而无如之何，有惭怒而已。"

然而，如果我们对比一下司马光的引文和《梁书》引文，我们就会发现一些饶有趣味的区别。在《梁书》所引的信里，侯景写道：

> 窃惟陛下睿智在躬，多才多艺。昔因世季，龙翔汉、沔，夷凶剪乱……躬览万机，劬劳治道。刊正周、孔之遗文，训释真如之秘奥。享年长久，本枝盘石。人君艺业，莫之与京。臣所以踊跃一隅，望南风而叹息也。岂图名与实爽，闻见不同。[2]

侯景随后开始抨击武帝的"十过"，所有这些"过失"都与时事有关，而且直接牵涉到侯景本人。但是，上面的这一段话完全不见于《资治通鉴》。司马光当然可能别有所据，问题在于对引文的控制和选择可以造成全然不同的效果。在《梁书》所引的信中，侯景基本上承认梁武帝是一位睿智开

---

[1]《资治通鉴》卷一百六十二，第1278页。
[2]《梁书》卷五十六，第846—847页。

明的君主，只是做了亏负侯景个人的事情；《资治通鉴》引用的段落给人留下的印象，则是侯景在指责梁武帝从整体上来看是一位失败的皇帝。作为严正儒家史官的司马光，似乎是在利用这个机会，以所谓的春秋笔法，对梁朝的统治做出他自己的裁判。

书写的历史无非是被种种利益和动机所左右的"再现"（representation）。我们已经没有姚察和司马光所能接触到的原始材料，因此无法判定侯景原信的真正全貌究竟如何。我们所确知的只是对原文的不同引用反映了史官的不同立场。在司马光的版本里，侯景对萧纲的指责和魏徵对宫体诗的负面描述惊人地相似，连他们的修辞方式都有相通之处：无论侯景还是魏徵都使用"止乎……之间""极……之内""止于""不出"这样表示空间局限的词汇，这对一位按说应该"富有四海"的未来君主显然是一个致命的弱点。侯景和魏徵也都是北人。

需要指出的是，魏徵对宫体诗的定义和前辈史学家有一点重要的不同。我们且来看看何之元在《梁典》总论中对萧纲的评价：

> 太宗孝慈仁爱，实守文之君，惜乎为贼所杀。至乎文章妖艳，隳坠风典，诵于妇人之口，不及君子之听。斯乃文士之深病，政教之厚疵。然雕虫之技，非关治忽。壮士不为，人君焉用？[1]

---

[1]《全上古三代秦汉三国六朝文·全梁文》卷五，第3430页。

对于魏徵来说，萧纲诗作的主要题材是女性（"止乎衽席之间、思极闺闱之内"）；但是对于何之元来说，萧纲诗作的读者是女性（"诵于妇人之口"）。何之元完全没有提及萧纲诗作的内容，他的批评是针对诗歌风格和读者而发的。

无论何之元还是魏徵，这些最早对宫体诗下定义的人都是史臣而不是文士，他们希望为梁朝的覆灭找到理由，这样的努力显然带有极大偏见。至于侯景对萧纲的抨击，就更是不能被我们拿来当成客观的描述了。

"主义"的陷阱：解读徐陵《玉台新咏序》

何之元称萧纲诗作"诵于妇人之口"，这很有可能让他的同时代人想到《玉台新咏》，因为在《玉台新咏》的序言里，徐陵宣称这部诗选是为女性读者编撰的。然而，到了后代，徐陵的话却很少有人相信。

一位名不见经传的唐代作家李康成（约778年在世）编撰了一部十卷本的《玉台后集》，据说收录了从梁朝到李康成的时代一共209位作家的670首诗。李康成在序言里说，除了徐陵和庾信之外，凡是作品见于《玉台新咏》的诗人都没有选入《后集》。[1] 关于徐陵，李康成发表了以下的议论：

---

[1]《玉台后集》已经散佚，只有将近九十首诗在各种资料里存留下来，见傅璇琮，《唐人选唐诗》，第315—360页。

> 昔陵在梁世，父子俱事东朝，特承优遇。时承平好文，雅尚宫体，故采西汉以来词人所著乐府艳诗，以备讽览。[1]

在这里我们看到李康成对《玉台新咏》预设读者的理解显然与徐陵本人的说法有所不同。徐陵声称诗选是为皇族女性编撰的，李康成却认为诗选是为萧纲编撰的。

唐代作家刘肃为《玉台新咏》提供了另外一种富有想象力的描述。下面的一段文字常常被现代学者引用，但是几乎总是只引片断而已。因为这段话是涉及《玉台新咏》的重要早期资料，我们应该全文引录：

> 太宗谓侍臣曰："朕戏作艳诗。"虞世南便谏曰："圣作虽工，体制非雅。上之所好，下必随之。此文一行，恐致风靡。而今而后，请不奉诏。"太宗曰："卿恳诚若此，朕用嘉之。群臣皆若世南，天下何忧不理？"乃赐绢五十匹。先是，梁简文帝为太子，好作艳诗，境内化之，浸以成俗，谓之宫体。晚年改作，追之不及，乃令徐陵撰《玉台》集，以大其体。永兴之谏，颇因故事。[2]

在这段话里，刘肃把唐太宗明智地接受大臣的劝谏和

---

[1]《唐人选唐诗》，第319页。
[2]《大唐新语》卷三，第106页。

梁简文帝的行为做了一个对比。在《玉台新咏》编撰两百年后，萧纲第一次被明确地定为《玉台》的幕后策划人，而这一点在现存早期资料中找不到任何证据。同时，刘肃完全忽视了徐陵的序言陈述的编纂宗旨，为《玉台》的编纂杜撰出一个道德动机，也就是萧纲对年轻时犯下的错误进行掩盖和美化。然而，在现存早期资料中，我们看不到任何萧纲"悔其少作"或者"晚年改作"的迹象。而且，一个自然而然的问题是：如果萧纲真的悔其少作，为什么要把它们编入诗选而不是抛弃和毁掉呢？刘肃用了一种相当笨拙的逻辑，试图让我们相信萧纲希望"大其体"，也就是说，把他自己的诗作和古典先例与当代名家的作品并列，借此为自己的作品增添权威。

孔子的学生子贡曾经说："君子之过也，如日月之食焉。过也，人皆见之；更也，人皆仰之。"《论语》的同一章节引了另一个学生子夏的话："小人之过也必文。"[1]在刘肃的叙事里，萧纲是在一个相当实在的非隐喻层次上"文"过，因此和公开承认并修正错误的唐太宗比起来，梁朝的太宗皇帝（萧纲的庙号）显然缺少道德勇气。刘肃讲述的故事旨在告诉读者：任何掩盖错误的企图都是注定要失败的，因为无论是本朝的贤臣，还是刘肃本人，都看穿了梁简文帝的策略。我们必须注意的是，在故事里，虞世南根本没有提到萧纲或者《玉台新咏》，是刘肃给故事加上了一个"道德尾

---

[1]《论语注疏》卷十九，第171、173页。

巴"，在这个"道德尾巴"里，通过推断和联想，传达出刘肃本人希望传达的道德教训。

然而，令人瞩目的是，很多现代学者也不愿意相信一个六世纪的宫臣会专门只为女性读者编纂一部诗选，甚至不愿相信一个女性读者群在当时社会上的实际存在。杨明在《魏晋南北朝文学批评史》中认为徐陵的序言"既不如实叙述撰集缘起，也不直接阐发其文学观点，而是以虚构手法，将《玉台新咏》的撰集，说成是出于'倾城倾国、无双无对'的后宫佳丽之手"。[1] 问题在于，没有文本内证表明徐陵的序言是虚构。我们相信萧统《文选》序的严肃性，有什么理由不相信徐陵呢？只是因为他说《玉台新咏》是为了满足贵族女性读者的阅读需要吗？为什么这样的宣言一定是值得怀疑的呢？

其他学者也同样认为徐陵序言中的女性读者不过是想象的建构。比如郁沅、张明高写到，徐陵"在综合历代佳人之美的基础上，虚构了一位'倾城倾国、无对无双'的绝代'丽人'的形象，她不但姿容佳丽，而且'妙解文章，尤工

---

[1] 见第306页。这里还有一个小问题：徐陵序言其实并没有说诗选是由后宫佳丽所编纂的，只是说这些美丽的女性非常富有文才，喜欢阅读和写作诗歌，因此编这样一部诗集可以满足她们的阅读需求。近年还有一些学者认为《玉台》是陈后主宫中某某妃子所编纂，如果我们选择这样的方向，我们就完全可以凭空立论，强辩说《玉台》是梁武帝某一有文才的女儿如临安公主或安吉公主所编写的，也可以说是陈后主宫中的另一位女学士袁大舍所编写的。只不过这样的立论没有任何文本外证或内证作为支持，作为茶余饭后的想象与猜测则可，作为学术研究则未免有失严谨。

诗赋'，富于'才情'，色艺双绝，这是徐陵理想中的美人形象"。[1]虽然他们承认《玉台新咏》中一些诗篇的女性作者身份，他们却觉得徐陵序言里描写的既有才又美丽的女性代表了一种"理想"，不属于社会现实。这样的观点，实际上抹杀了当时整个文学女性群体的历史存在。

欧洲和北美学者为徐陵序的解读增加了新的曲折。《玉台新咏》的英译者安妮·比勒尔相信徐陵用宫廷女性作为幌子，实质上是在宣扬文学是娱乐的观念以及"应该为艺术而艺术"的思想。在比勒尔看来，为了反对那些"到处看到的板起脸子一本正经道德说教的学士"，徐陵"淘气地把他的读者描写成在富丽宫廷中悠闲度日的女性"。[2]在关于《玉台新咏》的近著中，比勒尔再次把徐陵的序言视为对经典文学价值观念进行含蓄反对的宣言，虽然她不再把徐陵序言中所描写的文学女性完全当成是诗人的修辞策略。[3]比勒尔《玉台新咏》的英译本有筚路蓝缕之功，但是对徐陵的序言未免做了过分解读，把"为艺术而艺术"这样现代的情绪强加给一位六世纪的诗人似乎也不完全妥当。在中国文学史中，当然不乏诗选或文选的序言对作者的文学观念进行概括性陈述，但是我们还是不应该忘记一部选集的具体编写语境和目的，不宜轻易地把作者在序言里表达的观念视为对其普遍文学思想的总结性发言。

---

[1]《魏晋南北朝文论选》，第386页。
[2] 英译《玉台新咏》，第6页。
[3] *Games Poets Play*, pp. 279-303.

保罗·卢泽（Paul Rouzer）在其近著 *Articulated Ladies* 中强调说，虽然《玉台新咏》表面上是为女性编写的，但是它的实际读者对象也包括男子，甚至根本就是给男性读者提供了彼此之间沟通的渠道。在这个主要由男子组成的文学群体中，男性诗人不仅互结纽带，而且在诗艺方面争强斗胜，他们在作品中表露出来的征服女性的欲望，和他们征服文本的欲望纠结在一起难解难分。卢泽在徐陵序言中的后宫女性和男性诗人之间看到一条平行线，二者都祈望获得君主的欢心：如果"'跨越性别'的诗歌实际上只是男性诗人在诉说他自己，在这样一个阅读传统中，我们只能对徐陵的序言做出一种解释：《玉台新咏》抒发和表达的是一代又一代的男性诗人在去官之后的哀怨和祈求"。并且，卢泽相信《玉台新咏》的读者"显而易见以男性为主"。[1]

然而，《玉台新咏》的最初读者并非"显而易见"以男性为主。在梁朝，很多贵族女性在当代文学生活中十分活跃，而且，《玉台新咏》也并不是这一时期第一部或者唯一一部以女性为读者对象的书。在中国早期中古时代，社会上层女性一般来说都受到过良好的教育。[2] 公元五世纪的女诗人韩兰英曾经向宋孝武帝进献《中兴赋》，并在钟嵘《诗

---

[1] *Articulated Ladies*, pp. 132, 136.
[2] 贝阿特丽斯·斯佩德（Beatrice Spade）在一篇开拓性的文章 "The Education of Women in China During the Southern Dynasties" 中讨论了南朝女性受教育的机会以及其中的社会和文化因素，比如说，母亲对子女的教育所担负的责任，还有就是宗教环境的影响。

品》中榜上有名。她被宋孝武帝纳入后宫，一直到南齐时仍然在世，因为年老多识而被宫人尊称为"韩公"。[1]《隋书·经籍志》载录了韩兰英文集四卷。[2]梁武帝曾命张率为后宫编撰类书，这清楚地表现了后宫妃嫔的文学素养，因为类书一般来说是文学写作的"描写辞典"。本书第二章曾提到梁武帝有三个女儿特别富有文才，而武帝的妻妾也同样具有良好的文学修养。武帝的妻子郗徽"善隶书，读史传"。[3]萧统和萧纲的母亲丁令光是佛教徒，"高祖所立经义，皆得其指归，尤精《净名经》"。[4]萧绎的母亲阮令嬴（477—543）在孩童时代即能背诵左思《三都赋》。她曾作《杂阿毗昙心论》，并且亲自教授萧绎《孝经》、《诗经》和《论语》。[5]

南朝士族家庭显然都可以接触到针对女性读者的道德说教著作。翻开《隋书·经籍志》，我们可以看到很多这样的作品，比如《女鉴》、《女训》、《妇人训诫集》、《娣姒训》和《贞顺志》。[6]宋明帝为了矫正宋代公主的妒忌之心，曾命虞通之撰写《妒妇记》。[7]

如本书第二章所言，在梁朝有相当数量的女作家选集

---

[1]《南齐书》卷二十，第392页。
[2]《隋书》卷三十五，第1075页。
[3]《梁书》卷七，第157页。
[4]《梁书》卷七，第161页。
[5]《金楼子校注》卷三，第75页。
[6]《隋书》卷三十四，第999页；卷三十五，第1086页。
[7]《宋书》卷四十一，第1290页。

流行于世。一部二卷本的《妇人集钞》很有可能是殷淳编撰的三十卷《妇人集》的精选，而《妇人集》在梁朝有三十卷本，也有二十卷本和十一卷本（其中一卷显然是目录，因此应该作十卷本）。[1]梁朝著名女诗人刘令娴的公公徐勉也曾编撰《妇人集》十卷"行于世"。[2]这里顺便要提到的是，《隋书·经籍志》还著录有"《杂文》十六卷"，下注"为妇人作"。这里的"为妇人作"应该理解为"为（读如卫）妇人而作"，因为凡是某某所撰写的书籍，《隋书·经籍志》一律作"某某撰"或者"某某作"，从不作"为（读如唯）某某作"，而且，如果这十六卷《杂文》是女性作家撰写的，《经籍志》就会在题目中加以标识，和《名士杂文》或者《吴朝士文集》一样作"《妇人杂文》十六卷"而不仅仅是"《杂文》十六卷"了。

---

[1]《隋书》卷三十五，第1082页。有的学者以为《妇人集》是关于妇女的作品，而不是妇女创作的作品，这样的观点是错误的。一，在《隋书·经籍志》或其他文献中，凡题作"某某集"者，向来以"某某"为作者，而不是以"某某"为描写的对象，如"经籍志"在同一页所著录的《吴朝士文集》十卷或者《名士杂文》八卷，显然"吴朝士"和"名士"是文集的作者；二，六朝时期，女性作家众多，虽然作品传世甚少，但检视史传，就会发现她们的作品在当代和身后都曾流传于世。这里的问题是：为什么从没有人提出"吴朝士"或者"名士"是文集的描写对象，可是一旦涉及女性作家，就有人怀疑她们的作者身份，一定要强辩她们并非作者呢？如果这样的观点不是带了大男子主义的有色眼镜看待事物，言外之意是女性只能作为描写对象而不是写作主体出现在文学史中，到底什么才是大男子主义的观点呢？
[2]《梁书》卷二十五，第387页。有意思的是，《南史·徐勉传》没有提到这一选集，而在徐勉的著述目录里加入了一部《章表集》十卷。《南史》卷六十，第1486页。

如此一来，当我们检视当时的文坛现实，就会意识到，徐陵在《玉台新咏》序言中所赞美的文学女性并不是想象虚构，而是真实的历史存在。我们倒是应该反省一下，为什么从来没有人怀疑过《女诫》《女训》之类的作品是为女性而作的，可是一旦碰到一部诗选，就算根本没有任何明确的文本内证，学者们还是对编者序言中表述如此清楚的编辑方针和目的众说纷纭，开始寻找潜藏动机、幕后策划，这到底是为了什么呢？这是否反映了学界本身的历史、文化以及文学偏见，而如果真是这样，我们从中可以得出什么样的经验教训呢？

更多的问题进一步出现。假如我们相信古代中国的男性作家在描写闺怨时一定都说明作家自己在希冀君王的恩宠，那么我们又该如何解释很多以闺怨为题材的诗篇都是皇帝或者储君本人的作品，更该如何解释那些女作家所写的闺怨诗呢？须知这样的作品在《玉台新咏》中占了很大的一部分。换句话说，象征比喻的解读模式在君臣关系和男女关系之间建立平行线，但是那些君主本人所写的诗，还有女性所写的诗，又该如何处置呢？

比方说，萧纲有一首题为《美女篇》的乐府诗，赞美了一位在进行音乐表演之后消失于屏风之后的美丽女子。这首诗的先声是曹植的《美女篇》，但曹植的诗歌颂了一位盛年未嫁的美丽女性在等待合适的婚姻对象，常常被评论者视为曹植本人怀才不遇的象征。这样的解读不是唯一的解读，但它是一个可能的解读。因此，在阅读萧纲的《美女篇》

时，特别值得注意的是这首诗如何抵制"香草美人"式的象征主义解读模式。我们无法把这首诗理解为诗人借美女来写自己以希冀君王的恩宠，因为诗人本身就是皇子甚至已经成了皇太子也就是未来的皇帝，更因为诗中的女子是一个真实的、有血有肉的存在，不是曹植诗作或者《楚辞》中高尚而抽象、不食人间烟火的美人。我们也不能把萧纲的诗视为皇子或储君对贤臣的期待，也正是因为诗中的女子太具体、太性感。[1]同样，萧子显同题乐府中的"美女"是一位"朝沽成都酒，暝数河间钱"的当垆女，我们很难想象这是萧子显的自我写照。[2]

传统论者推崇那些可以对之进行"香草美人"诠释的文学作品，认为这样的作品更富有情感的真实性，更有精神性，因此也就更有价值；实际上，这样的解读十分狭窄，忽视了人性的另外方面，把所有的道德价值和社会价值都归之于政治野心（或曰政治理想）的实现，也把作品中的女性形象一概视为男性作家的自喻，可以说是性别自恋的典型行为。而对"香草美人"解读的抵制，可以部分解释为什么传

---

[1] 我的博士论文有一节专门探讨萧纲及其他梁朝宫廷诗人关于"美女"的诗篇如何抵制"香草美人"的解读模式。见 *Configuring the Feminine*, pp. 169-184. 吴伏生（Wu Fusheng）在其著作 *The Poetics of Decadence* 中发表了类似的观点，见 pp. 53-55. 但是，我不同意他认为萧纲诗把女性"物化"的结论，因为我们必须把一篇文学作品放在具体的历史文化语境里进行评价。比起曹植歌咏美女的诗，萧纲的诗实际上把女性还原为有血有肉的真人，而不仅仅是一个象喻和男性诗人借以言志的工具。
[2] 《先秦汉魏晋南北朝诗·梁诗》卷二十，第 1908 页；卷十五，第 1816—1817 页。

统评论家对萧纲的批评格外严厉：他关于女性的诗篇以及以女性口吻所写的诗篇，比其臣僚所写的相同题材作品更加不可原谅，正是因为他作为储君的身份阻止了后代论者把这些诗解读为具有"真情实感"的政治寓言。《玉台新咏》中有一系列诗作表达了男性的欲望，但是它们的风格和内容让人不可能把它们当成政治寓言。比如说，刘孝威于行旅之中见到一位织布女，于是写了一首长诗寄给妻子（《都县遇见人织率尔寄妇》）。在诗中，诗人和妻子开了一个小小的玩笑，他先是盛赞织布女郎的美貌，之后笔锋一转，告诉妻子无论织布女郎多么美丽动人，他对妻子的爱情都不会动摇（"直为闺中人，守故不要新"）。事实上，他日夜想念妻子，相思的泪水把枕头都湿透了。最后，他想象妻子在家也一定很想念他，以至于无心化妆打扮：

> 罗襦久应罢，花钗堪更治。
> 新妆莫点黛，余还自画眉。[1]

从这几句诗推测的口气以及对妻子"新妆莫点黛"的要求，我们可以看出，诗人对妻子在家是否同样想念盼望他，是每天盛装梳洗还是发如飞蓬，感到一丝隐隐的焦虑。而他之所以盛赞织布女的美貌，也无非是为了挑起妻子的嫉妒，使妻子对他更加关怀和想念。这首诗从出门在外的男子的角度，

---

[1]《先秦汉魏晋南北朝诗·梁诗》卷十八，第1877—1879页。

为我们呈现了一出夫妇之间真实的心理纠葛和感情戏剧，在整个中国古典诗歌尤其是早期诗歌中实在是难得之作。而在这样真实具体的男女关系的戏剧化书写里，"香草美人"的政治和道德解读根本没有位置，我们看到的，只是人间的情怀、人性的表现。

《玉台新咏》还收录了不少女诗人的作品。沈满愿，沈约的孙女，写了一首诗赠给一位萧氏女郎，善意地调笑萧氏女郎的浪漫关系。刘令娴在孀居之后，曾写过一首诗赠给某位唐氏女郎，在这首诗里，刘令娴感谢这位素未谋面的唐氏女郎送给她七夕所做的穿针，因为寡居之后不再穿戴绮罗，所以"揽赠自伤嗟"。[1]这些女性之间的赠答作品表现了女性之间的友谊，不能被纳入以男性社会关系为核心的所谓"男子社会性同性恋"的阅读框架。同时，因为这些诗的存在，我们也不能把《玉台新咏》简单地当成一部女性在其中被物化并完全成为男性诗人色情目光凝视之下的被动对象的诗歌选集。

《玉台新咏》收录的诗作各式各样，丰富多彩。如果我们只把视线对准那些以孤独憔悴的思妇或者闲散慵懒的后宫女性为主题的诗作，那么我们作为读者就未免辜负了一部收录了600多首诗的诗集对女性形象或者男女关系的复杂刻画，而这只反映了我们作为现代读者的偏视偏听。把整个

---

[1]《戏萧娘诗》,《答唐娘七夕所穿针诗》,《先秦汉魏晋南北朝诗·梁诗》卷二十八，第 2134、2131 页。

古代中国社会视为男性中心的父权社会，这一观点本身没有错，但是容易使我们把古代妇女一概视为父权社会的牺牲品和弱者而缺乏更加细致的区分，因此也就容易忽略社会现实中权力运作的复杂性。当我们相信某种阅读传统是唯一的模式，那么是我们，而不是梁代诗人，排除了一批反传统的文学作品的任何其他解读可能。

一旦我们接受《玉台新咏》如徐陵所说是为女性读者编撰的，而不再去寻找编者的潜藏动机和目的，我们就会产生更多的问题。比方说，我们可以问一问：在一部为皇族以及其他社会上层女性读者编辑的诗集中收录关于私情和幽会的诗作，到底意味着什么？一个六世纪的贵族女性读者该会如何看待那些表达了男性的欲望、焦虑、嫉妒和求告的诗篇？《玉台新咏》的编者又如何期待他的女性读者接受一首描写娈童之美的诗？更重要的是，为女性读者编辑诗集帮助她们打发多余的时间，有什么样的文化与文学意义？在序言结尾处，徐陵表示希望这部诗集可以分享众姬的"弃日"（"娈彼诸姬，聊同弃日"），"弃日"（被抛弃的闲日）这一优雅的表达来自司马相如的《子虚赋》，在"酒中乐酣"之际，天子说："嗟乎，此大奢侈！朕以览听余闲，无事弃日，顺天道以杀伐，时休息于此。恐后叶靡丽，遂往而不返，非所以为继嗣创业垂统也。"有意思的是，徐陵不仅给予诗歌一个不同的空间，也就是和男性的公共空间分离的"后宫"，而且把诗歌放在一个不同的、"多余"的时间框架中；然而，这些诗歌却包括了皇帝和皇太子的作品。在一个总是把诗歌的政治与道德功用放在首位、强调君王言谈话语之重要性的传统中,这一定被人视为《玉台新咏》编者的一种富有颠覆性的手势。

近年来,越来越多的中国学者开始接受《玉台新咏》确实是为女性读者编撰的。[1]《玉台新咏》在进入流通之后,我们当然不应该排除男性读者也阅读和欣赏它的可能,但《玉台新咏》至少在编撰的时候是专门以女性为读者对象的。忽视徐陵的序言,在其中寻找深藏的动机和目的,很像是在阅读一首关于女性和爱情的诗的时候,总把这样的诗视为男性作者对皇恩的希求或者对失去皇恩的哀怨。认为这样的希求和哀怨更"严肃",更有情感的真实性,因此也就更值得赞赏。这反映了一种仍然基本建立于父权文化传统之上、接受父权社会价值观念的阅读模式。

《玉台新咏》是公元五六世纪无数文学选集中幸存下来的一部为女性读者编撰的诗选。它并不是一部宫体诗的"代表性选集"。这也部分解释了为什么宫体诗的创始者和重要作家徐摛的作品不见于《玉台新咏》。《玉台新咏》的编纂有可能是得到萧纲默许的,但是序言既然提到后宫,这部选集也同样有可能是梁武帝本人授意编纂的,因为梁武帝曾经命人为后宫编纂类书。我们甚至可以猜测这部选集是梁代某一位富有文才的公主下令编纂的。因为没有文

---

[1] 参见沈玉成,《宫体诗与〈玉台新咏〉》,第63页。也见徐玉如,《近二十年〈玉台新咏〉研究》,第226页;张蕾,《〈玉台新咏〉研究述要》,第74页。

本证据，这些都只能是猜测而已。但是，必须强调的是，默许不等于干涉具体的编辑过程。皇帝、皇太子或者公主同意为宫人编纂诗选，和在诗选中灌输个人的意识形态十分不同。

无论如何，要想更为具体地描写以"新变"为特色的宫体诗，我们必须检视诗作本身，也检视产生这些诗作的文化语境。这是本书下一章的内容。在此，让我们记住，虽然梁朝文士的基本文学观念和传统价值系统并不相左，但梁朝毕竟是充满了"新变"的时代。如果我们仔细看一看当代的文坛，我们就会注意到与过去相比，时人在很多方面都有所创新。

春花飘落始自何时？

时至今日，落花已经是中国诗歌中至为常见的意象和主题，任何读者都会立刻把落花和春晚、时光流逝以及青春短暂联系起来。从唐代诗人杜甫的"一片花飞减却春"（《曲江》二首其一），到《红楼梦》里的黛玉葬花，落花的意象具有悠久的传统和丰富的文本回声。春天的落花被视为大自然对人类珍惜时光、及时行乐的催促。然而，是不是"一直"都是如此呢？

只要我们稍微留心一下中国的文学传统，我们就会发现实际并非如此。在早期中国文学中，花朵总是只有在秋天才凋谢，而且，除了菊花之外，这些文学中的花朵几乎从来不坠落。事实上，只有到了南朝，春花才开始飘零。[1]陶渊明在《桃花源记》中提到桃树"落英缤纷"，这一篇文字写于对"净土"的信仰在东晋士族阶层特别是在陶渊明居住的庐山地区开始流行的时代。[2]在佛经对净土的夸张描写里，地上的落花深达四寸，每过几个小时就会有一阵天风把花瓣吹得干干净净。但是在诗歌传统中，对落花的最早描写直到五世纪才开始出现，谢灵运、沈约、谢朓都写过落花。最有名的例子恐怕是谢朓《游东田》中的诗句：

鱼戏新荷动，鸟散余花落。

在这两句诗中，大自然的循环不休（余花—新荷）暗示了人类经历的不可重复性；自然界万事万物之间的密切与和谐，与人的孤独和侵入（因"鸟散"而透露消息）形成了对比。

春花的坠落是中国文学史上一个重要的时刻。在最简单的层次上，它宣告了春与秋、盛与衰两极对立修辞结构的结束，给作为文化符号的"春天"增添了新的意义。在一个

---

[1] 乐府诗《董娇娆》被系于东汉"宋子侯"名下，这首诗提到落花，但是这里的落花不是自然飘落而是被人采折的。而且，这首诗的最早资料来源是六世纪的《玉台新咏》。

[2] 学界对陶渊明是否受到佛教影响争论不休。在这里，与其把佛教作为宗教的因素，还不如将其作为文化因素。佛教是东晋士族生活特别是庐山地区陶渊明知交圈子里的人士的生活非常重要的组成部分，也是东晋思想文化氛围的重要成分，一个人哪怕不相信佛教，也还是不能生活于真空当中。从这种角度看，桃花源和佛教净土、道教洞天之间的关系是显而易见的。

生命最旺盛的季节,春日落花暗示了死亡与衰朽的存在,提醒人们大自然对人类的感情和欲望在根本上的漠然。同时,对凋谢的春花感到哀伤,虽然不是一种新的情感,但是描写这种情感却构成了一种前所未有的新的话语。在萧纲的作品中,它和我们称为"惆怅"的情绪相互契合。下面是从萧纲《序愁赋》中截取的一段:

> 情无所治,志无所求。
> 不怀伤而忽恨,无惊猜而自愁。
> 玩飞花之入户,看斜晖之度寮。
> 虽复玉觞浮碗,赵瑟含娇,
> 未足以
> 祛斯耿耿,息此长谣。[1]

传统中国诗学认为一个人对外在世界(无论是大自然的变化还是政治风云)的情感回应是诗的源头。《礼记·乐记》说:"凡音之起,由人心生也。人心之动物使之然也。"在列举六种感情之后,《乐记》宣称:"六者非性也,感于物而后动。"[2] 此前的文学作品在描写哀愁的时候,总是给出非常具体的原因;[3] 但是在萧纲赋中,忧愁的原因却并不是外

---

[1] 《全上古三代秦汉三国六朝文·全梁文》卷八,第2995页。
[2] 《礼记注疏》卷三十七,第663页。
[3] 比如曹植的《叙愁赋》称言为被汉皇帝聘为贵人的两个妹妹而作,抒发骨肉分离的愁思。《释愁文》把忧愁归结为"大道既隐,子生(转下页)

在的。作者明确告诉我们：他"情无所治，志无所求"，处于自足的状态，没有对外界的不满或者需要。但是忧愁毫无理由地忽然而起，"不怀伤而忽恨，无惊猜而自愁"。忧愁的形态也引人注目：以前的作品总是把忧愁描写为淹没一切的情感，以至于"加之以粉饰不泽，饮之以兼肴不肥，温之以火石不消，摩之以神膏不稀，受之以巧笑不悦，乐之以丝竹增悲"。然而在萧纲的赋里，作者的忧愁却似乎有很多的余地。"玩"是一个很有意思的字，它意味着观赏、欣赏、消遣、把玩；它具有时间性，不代表迅速和即时的动作，而是暗示了时间的流逝。作者与外物的接触，是闲适的、慵懒的，然而也是充满沉思的：

玩飞花之入户，[1]看斜晖之度寮。

花瓣的飘落是倾斜的，落日的光线也是一样。微小、脆弱、在风中凌乱飘零的花瓣，和巨大、缓慢以及方向确定

（接上页）末季，沈溺流俗，眩惑名位"。江淹的《恨赋》列举各种致"恨"的人生情境。曹丕的乐府《善哉行》曾说："忧来无方，人莫之知。"但是诗一开始就感叹"薄暮苦饥"和远离故乡，所以作者的忧愁显然还是有其根源的。

[1] "飞花"这个词在后代十分常见，但在文学作品中首次使用是在五六世纪。裴子野和庾肩吾都曾用这个词描写雪花。见《先秦汉魏晋南北朝诗·梁诗》卷十四，第1790页；卷二十三，第1997页。萧纲似乎特别喜欢用这个词，他在《筝赋》里写道："白日蹉跎，时淹乐久。玩飞花之度窗，看春风之入柳。"《全上古三代秦汉三国六朝文·全梁文》卷八，第2996页。

的落日形成对照；然而二者同样要进入黑暗与遗忘。它们短暂的得救，是因为一个安静的观察者，用文字的对仗为它们建立起微妙的平衡，使它们永远停留于这一静止的瞬间。当萧纲把视线转向入户的飞花和度窗的斜晖，他把缺乏感知的自然界事物的运动变成了一种目的明确、充满方向感的行进，就好像落花和斜晖主动地进入室内来访问他。一切都是内向的：无论是大自然逾越了人为的界限进入室内的空间，还是人心中悄然升起的不足与不安，这份不足与不安没有任何外在的原因，所以也就更令人难以排遣：

> 虽复玉觞浮碗，赵瑟含娇，
> 未足以
> 祛斯耿耿，息此长谣。

在这几句话里，萧纲暗示"长谣"是由心中的"耿耿"而引起的，这符合传统"诗言志"的说法，但是，这里的"志"不是寻常的"志"，它没有政治方面和社会方面的"严肃"意义，也没有任何外在事物的刺激与启发。[1] 这是一种"多余"的情绪，一份情感的"奢侈品"。在后代，这份情绪

---

[1] 我们可以把"玩飞花之入户"二句与《哀时命》中的"廓落寂而无友兮，谁可与玩此遗芳"相比较。这两句又与《远游》"谁可与玩斯遗芳兮"相类。见《楚辞补注》卷十四，第261页；卷五，第165页。在《楚辞》中，遗芳指经过秋霜的芳草，不是春天的落花；而且，《哀时命》和《远游》的调子都充满激愤，对"遗芳"的闲适玩赏以反问出之，不是现实。

被称为"闲愁"。它是一个敏感多思的人,在外界一切事物皆和谐自足的状态下,对"生命"本身感到疑问和不满的表象。萧纲是第一个描写这份情绪的作家。但是,因为这份情绪没有"实际"的原因,在一个重视实际与实用、把"哀民生之多艰"视为最高理想的文化价值系统中,属于一个令人不安的多余的空间。

断桥与六尘

"飞花"在佛教经典中是一个熟悉的意象。佛陀说法时,天花会纷纷坠落。一些现代学者注意到梁朝皇族的佛教信仰和写作感性诗篇之间的矛盾,把这种情况或者归结为文学的独立发展,或者归结为佛教的世俗化,或者归结为佛教的"灵活"性。[1] 这些观点固然各有其道理,但是,却没有接触到最根本的问题,也就是佛教的基本教义:空即是色,色即是空。佛教也称为"像教",形象总是物质和感性的,但是它们所传达的真理是空与幻。

萧纲在雍州刺史任上曾下令雍州佛寺应该每天陈设佛像,不应该只是在佛教节日比如佛陀生日的时候才把存放在橱柜里的佛像拿出来展示。他的教令强调偶像的重要性:[2]

---

[1] 参见马积高,《论宫体与佛教》;陆永峰,《佛教与艳诗》。
[2] 《全上古三代秦汉三国六朝文·全梁文》卷九,第3001页。

此土之寺，止乎应生之日，则暂列形像，自斯已后，封以箧笥。乃至弃服离身，寻炎去顶。或十尊五圣，[1] 共处一厨；或大士如来，俱藏一柜。信可谓心与事背，貌是情非，增上意多，精进心少……夫以画像追陈，尚使吏民识敬；镕金图范，终令越主怀思。[2] 匹以龙阿，尚能跃鞘；方之虎儿，犹称出柙。况复最大圆慈，无上善聚，闻名去烦，见形入道，而可慢此雕香，蕴斯木榴，缄匿玉毫，[3] 封印金掌？

这段话的关键是"见形入道"。形象起到一种具有悖论性质的作用：它们是"道"的重要载体，而"道"则意味着一切形象的本质是"空"。这和庄子对语言的观点在逻辑上有相似之处：语言是获得意义的手段，一旦得意，就可以忘言了。但同时也存在着深刻的不同：在佛教教义里，形象不仅仅和语言一样，指向自身之外的东西，而且这个"自身之外的东西"就是形象本身的虚空本质。在这一意义上，形象是摧毁自身的手段。在我们阅读梁朝宫廷诗歌的时候，我们必须记住"形象"在佛教语境中的双刃诠释：既意义重大又毫无意义，既重要又多余。

---

[1] 十尊指佛陀十大弟子；五圣可能是指代表五种智慧的五位菩萨，经常列于佛陀左侧。
[2] 范蠡隐居之后，据说越王特意命人铸造范蠡的铜像向之致敬，表示怀思。《国语》卷二十一，第659页。
[3] 玉毫指佛陀双眉之间的白毫，可以发光普照所有世界。

如果佛教是像教，宫体诗就是"像诗"，而且宫体诗中的意象往往是不寻常的。很多宫体诗描写的是虚幻、缥缈、捉摸不定的意象，比如水中倒影、尘土、阴影、清凉，或者烛光。这些诗，还有那些关于谬误官感印象的诗篇，描写出了一个光影与形状不断发生移动变化的感官世界的虚幻不实。比如萧纲的这首《水中楼影》诗：[1]

  水底罘罳出，萍间反宇浮。
  风生色不坏，浪去影恒留。

这首绝句是对佛教词"影事"的最佳写照。所谓影事，也就是说一切事物都只是缺乏实在的影子。水中楼影是影子的影子，空中之空。它给人留下一种虚假的印象，似乎楼的色相尽管风吹浪打而常住不坏，但是这样的印象建立在虚无的幻象和倒影之上，不是真实的存在。

在南朝，"大乘十喻"成为诗人喜爱的意象和题材。大乘十喻以十种短暂虚幻的物象——比如水中月影、回声、梦、镜像等——说明物质世界的不实。以这些物象为题材的诗必须放在佛教的语境中进行检视。萧绎的诗《望江中月影》是一个好例：[2]

---

[1]《先秦汉魏晋南北朝诗·梁诗》卷二十二，第 1976 页。
[2]《先秦汉魏晋南北朝诗·梁诗》卷二十五，第 2045 页。《艺文类聚》卷一（第 8 页）、《初学记》卷一（第 10 页）作萧绎；《文苑英华》卷一百五十二（第 707 页）作萧纲。

> 澄江涵皓月，水影若浮天。
> 风来如可泛，流急不成圆。
> 秦镜断复接，和璧碎还联。[1]
> 裂纨依岸草，斜桂逐行船。
> 即此春江上，无俟百枝然。

在这里，一系列隐喻把月亮写为秦镜、赵璧、撕裂的纨扇、倾斜的桂枝。虽然流动的江水从《论语》时候起就已经成为时间流逝的象征，但是在这里，风波的摇荡引起月影的不断变幻，就好像月亮本身在一个月之内的不断变化一样。有一忽儿，诗人的眼睛几乎产生幻觉："水影若浮天。"各种形象交替变化的速度如此之快，既说明了物质世界的变动不居，也暗示人类感官知觉容易发生错误。一切都在变动之中。

庾肩吾的诗《奉和春夜应令》描写了一次春日宴会一直延续到深夜。[2]在这首诗里，各种感官印象和错觉交织在一起，没有任何确定的知识：

> 春牖对芳洲，珠帘新上钩。

---

[1] 这里我选择《初学记》的异文"秦镜"而非"秦钩"，因为这首诗写的是满月，不是新月。据说秦始皇有一宝镜，可以照彻人的身体。见《西京杂记》，第103页。和璧指和氏璧，见《史记》卷八十一，第2440页。
[2] 《先秦汉魏晋南北朝诗·梁诗》卷二十三，第1992页。

> 烧香知夜漏,刻烛验更筹。
> 天禽下北阁,织女入西楼。[1]
> 月皎疑非夜,林疏似更秋。
> 水光悬荡壁,山翠下添流。
> 讵假西园燕,无劳飞盖游。[2]

这首诗不仅描写春天,而且描写的是早春,这从"林疏"二字可以判断出来。全诗充满了对时间的执着关怀:从第二行到第四行,诗人连续列举了数种计时方式:从烧香、刻烛,检验漏壶、更筹,到观看星宿。然而时间从更次、点筹这样细微的单位到日夜的更替、季节的转移,无不扭曲变形到不可辨认的程度。虽然星移斗转、时光流逝,开宴为欢者无不希望春夜永驻,而在强烈的希冀与纵情酣饮的影响下,短暂的春宵一刻也的确好像可以永存。在瞬间的迷乱中,诗人几乎以为黑夜乃是白昼,春天乃是秋天。除了时间上的扭曲迷乱,还有空间的错觉:宫墙上水影摇荡,让诗人误以为是宫墙在摇动;山翠倒映在水中,好像给池水增添了流量。

佛经说,小孩子看到水中月影,伸手去捉月,被成年

---

[1] 天禽,一作"天鸡",天鸡是星宿的名字,据说"主侯时",见《晋书》卷十一,第296、300页。织女即织女星。
[2] 曹植《公宴诗》:"清夜游西园,飞盖相追随。"《先秦汉魏晋南北朝诗·魏诗》卷七,第449页。

人看到，会笑话孩子的痴心，因为成年人知道水中捞月的本能，反映了对"我见"的执着，以为自身是实体，却不知"我身"由"五蕴"（色、受、想、行、识）组成，是短暂和虚幻的。了解这一点，再看萧纲下面的这首诗——《咏单凫》，就带上了更为复杂的意义。[1] 孤独的野鸭痴迷于自己的倒影，是"我执"的最好说明：

衔苔入浅水，刷羽向沙洲。
孤飞本欲去，得影更淹留。

最后一句诗充满了不可解决的张力：诗人告诉我们野鸭看到自己的影子后淹留不去，但正是它的淹留不去使它的影子可以一直伴随它。拥有伴侣的幻觉造成了痴迷和执着，然而痴迷本身就是造成和维持幻影的根源。"因"与"果"在这里纠结在一起难解难分。

沈满愿的《映水曲》描写了一个女子的倒影：[2]

轻鬟学浮云，双蛾拟初月。
水澄正落钗，萍开理垂发。

这首诗描写了，而且本身就是一个转瞬即逝的片刻。浮云和初

---

[1]《先秦汉魏晋南北朝诗·梁诗》卷二十二，第1973页。
[2]《先秦汉魏晋南北朝诗·梁诗》卷二十八，第2133页。

月都是短暂的,就好像美丽可爱的轻鬓和双蛾一样。诗人没有解释为什么钗落发垂,但我们怀疑是因为夏日午后的一场小睡,是激情的结果。映在水中的倒影只是表面,但我们已经学会推测掩藏在表面之下的信息。

梁代宫廷诗人沉迷于事物的外表,特别是那些转瞬即逝的、脆弱的、多余的事物。也许对这样一位诗人最合适的描述是把他比作一个收藏家,因为收藏家"在其语境之外'引用'某物,以这种方式摧毁了物在其中得到价值和意义的秩序系统",然而同时也"把物从它们的实用性之奴役当中解放出来,以'真实'的名义为它们在收藏里找到一席合法的地位"。[1]这样的描述,的确完全适合下面萧纲的这首诗——《咏坏桥》:

> 虹飞亘林际,星度断山隅。
> 斜梁悬水迹,画柱脱轻朱。[2]

桥梁连接起被水分开的陆地。就连天上星侣——牛郎和织女——也需要桥梁帮助他们渡过银河。但这是一道坏桥:完全无用、无益,被剥夺了它的实际功能。木质的桥身原本来自山林,现在还原为它的本来状态:一块闲置的木头。"画柱"的人工雕饰现在被大自然的水迹所代替。坏桥

---

[1] Agamben, *The Man Without Content*, p. 105.
[2] 《先秦汉魏晋南北朝诗·梁诗》卷二十二,第1975页。徐摛有同题之作,见卷十九,第1892页。

悬在水畔，行人不得渡（度），对桥，对人，都是一种非此非彼的中间状态，永远的炼狱、等待、折磨。

徐摛曾如是描写帘尘：

> 朝逐珠胎卷，夜傍玉钩垂。
> 恒教罗袖拂，不分秋风吹。[1]

就像坏桥一样，帘尘是一个不寻常的题材，在六朝以前无人以此作为诗题，而在梁朝的文化语境中，它具有不可否认的佛教意义：佛教徒总是要小心真如自性受到"六尘"也即色、声、香、味、触、法的蒙蔽。但是徐摛也利用了文学传统：谢朓《咏席》诗的结句是"但愿罗衣拂，无使素尘弥"，只不过在徐摛诗中，渴望被罗衣轻拂的是尘土自己。

萧纲的《梁尘》在某种意义上说是对徐摛诗的回应：

> 依帷蒙重翠，带日聚轻红。
> 定为歌声起，非关团扇风。[2]

末句暗指班婕妤的团扇诗，团扇希望秋风不起，自己可以长伴佳人。

尘土与歌人的主题，让人想到刘孝绰的《和咏歌人偏

---

[1]《赋得帘尘》，《先秦汉魏晋南北朝诗·梁诗》卷十九，第1892页。
[2]《先秦汉魏晋南北朝诗·梁诗》卷二十二，第1971页。

得日照》：

> 独明花里翠，偏光粉上津。
> 屡将歌罢扇，回拂影中尘。[1]

团扇作为歌人的表演道具，在宇文所安的眼里，是歌唱之后"完成了它的主要使命的扇子"。[2]但是扇子的原始功能是生风驱热；当它被用作歌人的道具，它已经失去了原来的用处与意义，从而成为一把美学意义上的扇子。

尘土代表了人间的驳杂不洁。它含蓄地提醒我们人类秩序的脆弱，以及人与自然之间的缺乏和谐。因此，尘土是很不受人欢迎的负担。也正因此，断桥与帘尘为宫体诗提供了两个合适的象喻：从它的实际功能中被解放出来，它是完全的"无用"，是文化的富余。然而，对一个爱诗的人来说，我们恰恰正需要一种诗歌打开一个"多余"的空间，在这里，我们不必苦苦寻找文学的文学性，文学就在那里，一块安然的人生的"余地"。

隋文帝开皇四年，也就是公元584年，隋文帝杨坚颁布了一道诏书，命令"公私文翰，并宜实录"。其年九月，"泗州刺史司马幼之文表华艳，付所司治罪"。[3]在中国历

---

[1]《先秦汉魏晋南北朝诗·梁诗》卷十六，第1843页。
[2]《他山的石头记》，第295页。
[3]《隋书》卷六十六，第1545页。

史上，我们还是第一次看到一个作者不是因为他书写的内容遭到惩罚，而是因为书写的风格。司马幼之是文风的罪人。

大约八百年后，元朝至正二十六年（公元1366年），陶宗仪完成了他的《南村辍耕录》。在这部书里，他记载了一则有关本朝皇族的逸事：

> 忽一日，帝师来启太子母后曰："向者太子学佛法，顿觉开悟。今乃使习孔子之教，恐损太子真性。"后曰："我虽居于深宫，不明道德，尝闻自古及今，治天下者须用孔子之道。舍此他求，即为异端。佛法虽好，乃余事耳，不可以治天下。安可使太子不读书？"帝师赧服而退。[1]

就和《玉台新咏》序所赞美的女性读者一样"居于深宫"的皇后，宣称儒家之道是唯一的正道，把佛教斥为"余事"。佛法虽"好"，却缺乏实际的用处，也就是说不能拿来治国，因此并不重要。皇后在道德说教之后反问太子的师傅："安可使太子不读书？"这里，显然只有儒家经典才能算是"书"。但是，故事里的皇太子却没有得到"治天下"的机会。陶宗仪写完《南村辍耕录》的第二年，元朝就灭亡了。

---

[1]《南村辍耕录》卷二，第21页。

* * *

梁朝宫体诗人在中国文学史上开辟了一个新纪元。这些诗人沉浸于文字的乐趣，找到了一种新的方式来描写和理解物质世界，我们会在下一章里对此进行详细讨论。没有这些诗人，我们不可能有今天的中国诗歌经典。但是这些诗人自己却一直被排除在经典之外——除了庾信，被视为文学史上的"回头浪子"而得到学者、批评家的勉强认同。从古至今，中国文学和文化史话语的核心焦虑是文学之"用"。人们对任何"多余"的、孤立的，缺乏合适归属，不能被分门别类、登记在小卡片上的事物，感到永远的不安和怀疑。

然而，梁朝宫体诗的"多余"正是由古代诗歌经典所造成的，因为经典的存在完全依赖于被排除在外的作品，即庄子所谓的"余地"。同理，刘肃需要梁太宗萧纲和他的大臣徐陵作为"昏君佞臣"构成唐太宗李世民及其大臣虞世南这一对"明君贤臣"的反衬。换句话说，萧纲不需要李世民，但李世民需要萧纲。

在重视政教与实用的价值系统里，宫体诗的位置是早已规定好了的。但是我们需要认识到的是，重视政教与实用的价值系统不是唯一的价值系统，而且，也不是最合法合理的价值系统。同理，受到父权意识影响的论者采取各种阅读策略贬低一部为女性读者编辑的选集，包括推测这一选集别有编辑动机，借以抹杀女性读者的历史存在。我们不仅应该质疑这样的阅读策略，而且，更应该借此机会反思与之相关的一系列价值观念，比如说，同是描写女性，那些可以对之进行"香草美人"解读的诗篇比那些不可以进行象征性解读的诗篇更"严肃"和"重要"，更具有"情感的真实性"和更有感召力。不是说不可以拥有这样的价值观念，只是我们不应该把它视为唯一的真理，而是应该意识到这样的价值观是带有历史性、阶级性和性别偏见的。

事实上，初唐诗歌（主要是宫廷诗歌）完全是梁朝宫体诗的延续；唐代类书中，南人作品在数量上占有压倒性的主要地位，远远多于北人的诗文；《玉台新咏》是除了《文选》之外，在众多的文学选集当中唯一幸存下来的唐前诗歌选集，在读者传抄属于主要传播手段的手抄本文化时代，这说明了一部书受到读者欢迎和珍爱的程度。北人尽可以占领、征服、做出道德裁判，但是南人自有他们的报复手段。

同样，建康城尽可以被侯景军队的铁蹄所践踏，被隋文帝的诏令夷为平地，但是梁简文帝萧纲和他的宫臣们却实现了"文字的凯旋"。从长远看，这比一个帝国的兴亡重要得多。

第五章 幻与照
六世纪新兴的观照诗学

在二十世纪,宫体诗常常被误解为专门歌咏女性和艳情的诗歌。但是,正如现代学者胡念贻早在二十世纪六十年代所指出的,宫体诗的题材其实涵括贵族生活的各个方面,歌咏女性与艳情的诗只是宫体诗的一小部分而已。[1]在上一章我们谈到宫体的"体"代表了一种文体和形式,与内

---

[1] 见《论宫体》一文,第168—169页。据胡念贻统计:艳情诗占萧纲全部现存诗作的三分之一,萧绎现存诗作的四分之一,庾肩吾现存诗作的十分之一,而萧纲、萧绎、庾肩吾都被视为主要的宫体诗人。胡念贻的文章发表于1964年,在文章里,他建议把宫体诗作为文学史现象进行研究,不要仅仅把它视为"反动"诗歌。这一篇文章受到曹道衡、郭预衡和周勋初从政治观点出发所作的激烈批评,见曹道衡《"批判继承"还是"兼收并蓄":和胡念贻同志商榷》、郭预衡《能够无批判地"兼收并蓄"吗?:和胡念贻同志商榷》、周勋初《关于宫体诗的若干问题》诸文。胡念贻的观点被完全驳倒。后来,周勋初对当年从政治角度出发所写的批判文章表示遗憾,见《魏晋南北朝文学论丛》,第303页。

容没有关系。在这一章里,我们希望不仅从内容更从形式方面考虑宫体诗的定义,而且在考虑形式因素的时候,不应该限于对仗的工整或者声律的严格。我们必须看到,宫体诗的所谓新变,有远远超越了对仗、声律和语言技巧之处。梁朝的宫廷诗人毫无疑问深受在声律方面多所创新的永明诗人的影响,但在公元六世纪三四十年代,他们所写的是完全不同的诗歌。一种理解宫体诗的新方式,是检视这些宫廷诗人是如何观看物质世界的。在梁朝,诗歌不仅仅显示了新的诗律;在这一诗歌的核心,我们看到诗人对现象界有全新的感知——这是一个意义非常重大的变化。

这一章将要分析的是一组关于蜡烛与烛光的宫廷诗歌。之所以选择这一组诗歌,是因为宫体诗深受佛教的影响,而这一影响远远不止于意象、主题等表面化的方面,而是在更深刻的层次上与宣传幻象、观照、聚精会神进行禅修冥想的佛教教义息息相关。[1] 本章探讨的这一组诗歌文本描写的是一些特别的时刻与瞬间,这些瞬间在蜡烛创造出来的光与影中得到最好的表现,诗人专注地凝视这些光与影,为之感到深深的魅惑。这些关于烛光以及神秘烛影的诗篇最好地代表了宫体诗的精髓,最清楚不过地展示了一种关于观看的新诗学。

---

[1] 近年来出现了不少文章探讨佛教对宫体诗的影响。如蒋述卓,《齐梁浮艳文风与佛》;汪春泓,《论佛教与梁代宫体诗的产生》;张伯伟,《禅与诗学》,第268—276页,许云和,《欲色异相与梁代宫体诗》,第153页,以及普慧,《南朝佛教与文学》,第209页。但是这些文章的出发点都是宫体诗乃是关于女性与艳情的诗歌这一看法,在探讨佛教对宫体诗的影响时,也基本上专注于佛经中对女性从心理到身体的繁复描绘。

蜡烛小传

对一个历史时期的物质文化有所了解，可以帮助我们更好地想象一个和今天完全不同的世界，这个世界由烛光所照亮，构成了梁代宫廷文学的背景。

现代人看到"烛"这个字的时候通常会想到蜡烛，但是在上古中国，烛是用芦苇或麻秆等枯干的植物捆绑起来再涂上动物油脂做成的火炬。[1] 除了火炬之外，人们也用灯照明，制灯材料包括陶、青铜和玉石。与烛炬不同，灯可以存留下来，现存最早的灯是战国时期制作的。[2] 实际上最早的灯可能只是对"豆"——一种高脚浅盘的食器的"误用"。根据制作材料的不同，这样的器具有不同的称呼：木制称"豆"，陶制称"登"，金属制作则称为"镫"，因为用于照明，后来常常被写成"火"字旁的"灯"，简写为"灯"。

早期的灯通常使用动物脂肪（"脂"或"膏"）。但是动物脂肪燃烧起来气味十分难闻，因此人们往往在其中加入从植物中提炼出来的香料。从东汉起，人们开始从植物中提炼灯油。近年来，从东汉晚期的坟墓出土了很多灯盏，这些灯

---

[1] 如《山海经》卷二（第32页）说："烛者，百草之未灰。"这样做成的火炬也叫蒸或蒸烛。烛一般持在手中，有所谓的"坟烛"，也就是"大烛"；至于插在地上的火炬则叫作"燎"，如果插在门内，则称为"庭燎"。孔颖达说："古者未有蜡烛，呼火炬为烛也。"见《礼记注疏》卷二，第36页。

[2] 参见高丰、孙建君，《中国灯具简史》，第10—15页；孔晨、李燕，《古灯饰鉴赏与收藏》，第6—18页。

盏显然是为一种细长的烛制作的,这使一些学者认为蜡烛早在公元二世纪末期就开始使用了。[1]

蜡烛首次见于文字资料是在六朝时期。约公元三世纪末,西晋作家范坚的《蜡灯赋》似乎描述了一种在浅盘中燃烧照明的蜡饼,而不是后来所习见的那种细长的蜡烛。[2]最早明确提到蜡烛的是五世纪初成书的《世说新语》,其中记载了石崇(249—300)把蜡烛拿来当柴烧这样奢侈炫耀的行为。[3]与石崇同时稍后的周嵩(?—324)曾经拿起一支燃烧的"蜡烛"掷向哥哥周𫖮。[4]这样的发脾气,只有在贵族家庭才有可能,因为在这时蜡烛还属于贵重的稀罕物,一般的平民百姓是无缘得用的。从晋朝开始,直到整个南北朝末期,当重要的朝臣去世之后,在皇帝赐给死者家庭的物品中,除了朝服、布、钱之外,最常见的礼品就是蜡。譬如谢安去世以后,他的家庭得到朝服一袭、钱百万、蜡五百斤以及其他赠赙。南齐的柳世隆(442—491)去世后,他的家庭得到"蜡三百斤"。[5]这一习俗一直延续到梁朝,但在六世纪后期就开始渐渐减少,直至中止,隋唐史中都再也看不到这样的记载,凡提到朝廷的赠赙物,一般只是绢布、米粟而已,由此可见蜡已经不再是昂贵的消费品了。

---

[1] 参见唐玄之、刘兴林,《中国古代灯烛原始》,第61页。
[2] 《全上古三代秦汉三国六朝文·全晋文》卷一百二十四,第2173页。
[3] 《世说新语》卷三十,第878页;《晋书》卷三十三,第1007页。
[4] 《世说新语》卷六,第363页;《晋书》卷六十九,第1851页。
[5] 《晋书》卷七十九,第2076页;《南齐书》卷二十三,第430页。

第五章 幻与照:六世纪新兴的观照诗学

梁前关于灯烛的诗文

现存最早描写灯的文学作品,是西汉刘歆《灯赋》的残篇,它描写了一盏仙鹤形状的灯:

> 惟兹苍鹤,修丽以奇。
> 身体剺削,头颈委蛇。
> 负斯明烛,躬含冰池。
> 明无不见,照察纤微。
> 以夜继昼,烈者所依。[1]

"躬含冰池",指灯座中空,用以盛水。刘歆所描述的,显然是所谓的"缸灯"。缸灯分为两部分:一部分呈缸状,一部分包括灯盘和灯罩,或者一个带有开口的容器。连接这两部分的是一到两根管子,充当烟道,烟经底盘水过滤之后,就会有烟无尘,减少煤炱污染。从河北满城中山王后窦绾墓中出土的著名的长信宫灯就是这样的一盏钉灯,执灯宫女的右臂便是烟道。在刘歆的赋里,盛油的灯盘很可能安装在鹤背上,"委蛇"的鹤颈回弯向背,烟通过鹤嘴进入鹤腹,被底盘水过滤。"负斯明烛"的明烛,很可能是动物脂肪制成的灯油。

刘歆《灯赋》强调灯烛可以照亮一切,而"明无不见,照察纤微"正是君主或圣人的特征。君主应该像日月一样普

---

[1]《全上古三代秦汉三国六朝文·全汉文》卷四十,第 346 页。

照百姓，同时又应该像日月一样无私，就像《礼记》所说的那样："日月无私照。"[1]然而，只有在亲眼看到出土实物之后，我们才能了解作者的描述是多么准确入微。[2]

西晋作家夏侯湛（243—291）的《缸灯赋》也为这种特别的灯具做出了精确的描绘：

> 珠珍宝器，奇像妙工，
> 取光藏烟，致巧金铜，
> 融冶甄流，陶形定容，
> 尔乃
> 隐以金翳，疏以华笼，
> 融素膏于回盘，发朱耀于绮窗，
> 宣耀兰堂，腾明广宇，
> 焰煜燨于茵筵，焕照晰乎屏组。[3]

一盏从西汉公主墓中出土的青铜缸灯有两只小铜盘，可以任意闭合，以控制灯光的亮度；"隐以金翳"的"金翳"恐怕就是指这样的装置。[4]"华笼"指灯盘上的灯罩，起到

---

[1]《礼记注疏》卷五十一，第861页。
[2] 一座西汉墓出土的凤凰灯可以作为刘歆《灯赋》的图解，参见孔晨、李燕，《古灯饰的鉴赏与收藏》，第27—28页。在五六世纪的诗赋中，"巧似"是重要的批评术语。参看孙康宜，《六朝早期诗歌中对山水的描绘》，*The Vitality of the Lyric Voice*, pp. 109-110.
[3]《全上古三代秦汉三国六朝文·全晋文》卷六十八，第1851页。
[4] 这盏灯现藏南京大学历史系博物馆。见《古灯饰的鉴赏与收藏》，第20—24页。

使烟回流的作用。这盏灯以及长信宫灯上的灯盘都是可以旋转的，因此称为"回盘"。

李尤（约一至二世纪）曾经写过一篇《金羊灯铭》。[1] 铭文措辞直白朴素，强调灯的道德作用，也即协助贤哲之人夜以继日的勤勉工作：

> 贤哲勉务，惟日不足。
> 金羊载耀，作明以续。

傅玄（217—278）为灯和烛分别作过铭文。《烛铭》是这样的：

> 煌煌丹烛，焰焰飞光。
> 取则龙景，拟象扶桑。
> 照彼玄夜，炳若朝阳。
> 焚刑监世，无隐不彰。[2]

第三句的"龙"应指传说中的"烛龙"，据说烛龙人首蛇身，张目为昼，闭目为夜，或云口中衔烛，故名烛龙。[3] 这篇铭文恰似一篇咏物小赋，描写了烛的物质特征，把它的起源追溯到上古神话时代（咏物赋常常采取这种手法来抬高

---

[1] 《全上古三代秦汉三国六朝文·全后汉文》卷五十，第752页。
[2] 《全上古三代秦汉三国六朝文·全晋文》卷四十六，第1725页。
[3] 见《山海经》卷十二，第438页；卷四，第260页。扶桑为日出之处。

歌咏的对象），并叙述了它的作用：焚烧自己的形体来照亮世界（焚刑/形监世），"无隐不彰"。[1]

傅玄的儿子傅咸也写了一首《烛赋》。从现存残篇中我们可以看到，这首赋和其他同题作品颇有不同，因为作者侧重于描写燃烛的情境而不是烛之本身。序言讲述了傅咸作赋的机缘："余治狱至长安，在远多怀，与同行夜饮以忘愁，顾帷烛之自焚以致用，亦犹杀身以成仁矣。"[2]在这首赋里，作者深夜无寐，起身燃烛，但是烛的影子更增添了愁烦，于是他召来朋友，夜饮以忘忧。烛"自焚以致用"，在歌颂物品用途的咏物赋里十分常见，而作者在自己冒着冬日严寒为公事远行和帷烛"杀身以成仁"之间所做的对照也是十分明显的。

公元三世纪末，殷巨写了一首《鲸鱼灯赋》，赋里的鲸鱼灯来自遥远的异国——大秦，也就是罗马帝国。[3]在这篇赋里，殷巨赞美工匠制作鲸鱼灯的巧艺，但是结语强调他的真正兴趣在于灯之"用"，不在于灯之饰。然而，在提到灯的作用之前，全赋很多篇幅都是描写灯之形状的。殷巨似乎

---

[1] 万光治在《汉代颂赞铭箴与同体异用》一文中认为汉代铭文实际上应该被视为咏物短赋，并指出汉代铭、赋没有严格的文体界限。确实，刘歆的《灯赋》读起来就好似一篇铭文。李士彪在《魏晋南北朝文体学》（第8—14页）中也指出在汉代"赋"的覆盖范围十分宽广，不像后代那么狭窄。
[2] "杀身成仁"来自《论语》卷十五，第138页。
[3] 殷巨还作了一篇《奇布赋》，描写来自大秦的火浣布，据他的序文，时为太康十年也即公元281年。另一西晋作家孙惠（265—311）写过一首《百枝灯赋》，但仅存二句。见《全上古三代秦汉三国六朝文·全晋文》卷一百一十五，第2119页。

在物品的使用价值和美学价值之间感到进退两难:

> 横海之鱼,厥号为鲸。
> 普彼鳞族,莫之与京。
> 大秦美焉,乃观乃详。
> 写载其形,托于金灯。
> 隆脊矜尾,鬐甲舒张。
> 垂首俯视,蟠于华房。
> 状欣欣以竦峙,若将飞而未翔。
> 怀兰膏于胸臆,明制节之谨度。
> 伊工巧之奇密,莫尚美于斯器。
> 因绮丽以致用,设机变而罔匮。
> 匪雕文之足玮,羌利事之为贵。
> 永作式于将来,跨千载而弗坠。[1]

从前文提到的范坚《蜡灯赋》到江淹的《灯赋》之间,没有任何关于灯烛的赋存留下来。江淹的《灯赋》假借淮南王和小山的对话,并以《风赋》(系于宋玉名下,但多半是西汉作品)作为范式,对比王者之灯和庶人之灯,最后以淮南王称赞小山作结。

同样值得我们注意的是习凿齿(?—383)描写风烛的残诗。习凿齿博学多才,深受佛教影响,和东晋名僧释道安

---

[1]《全上古三代秦汉三国六朝文·全晋文》卷八十一,第1928页。

交好；而风中之烛是佛经对人生短暂、现象界空虚不实的常用比喻。[1] 在习凿齿的残诗中，烛火随风摇曳，烛的光焰似乎给了无形的风以一种可见的形状：

煌煌闲夜灯，修修树间亮。
灯随风炜烨，风与灯升降。[2]

在五世纪后期，咏物诗十分流行，谢朓有专门咏灯烛的诗作。正如孙康宜所说，谢朓的咏物诗是创作于宴会或其他沙龙场合的社会性诗歌。[3] 这些咏物诗常常描写室内的日用器物。

灯[4]

发翠斜汉里，蓄宝宕山峰。[5]

---

[1] 风中烛是佛经里常见的比喻，如鸠摩罗什（344—413）所译《大智度论》云："世间转坏如风中灯。"（《大藏经》第二十五册卷二十三，第229页）但是，因为佛教传播依靠僧人口头宣讲，不完全依靠书面文字，所以早在佛教传入中国的一二世纪，人们对风烛的比喻很可能就已经耳熟能详了。建安七子之一的刘桢（？—217）曾在一首无题残诗中用到这一比喻（《先秦汉魏晋南北朝诗·魏诗》卷三，第373页）。一首题为《怨诗行》的乐府（创作日期不详）把人生比作"风吹烛"，鼓励人们及时行乐。也见乐府《西门行》和"古诗十九首"第十五首。《先秦汉魏晋南北朝诗·汉诗》卷九，第275、269页；卷十二，第333页。
[2] 诗无题目，见《艺文类聚》卷八十，第1368页；《先秦汉魏晋南北朝诗·晋诗》卷十四，第922页。
[3] Kang-i Sun Chang, *Six Dynasties Poetry*, p. 122.
[4] 《先秦汉魏晋南北朝诗·齐诗》卷四，第1452—1453页。
[5] 斜汉，一作"斜溪"，指银河。蓄宝，一作"蓄实"。宕山见于刘向（公元前79—公元8年）《列仙传》，据说出产丹砂。当地太守封山之后，宕山"沙流之，飞如火"。《列仙传》，第114页。

> 抽茎类仙掌,衔光似烛龙。[1]
> 飞蛾再三绕,轻花四五重。
> 孤对相思夕,空照舞衣缝。[2]

这首标准的咏物诗好似一首微型赋,列举了一系列歌咏对象的物质特征,如陈美丽所言显示了咏物诗中常见的"意象之迭换"。[3] 诗作首先描述灯不同寻常的传奇性起源,随后把灯比作神话中的烛龙或者汉武帝的金人。诗的第三联开始减低修辞的夸张效果,为结尾做出准备:一个孤独的夜晚,满怀无法排遣的欲望。这样的结尾把诗带回熟悉的咏物诗文的范畴:被歌咏的对象不再是具有超级神奇色彩的物体,而被赋予了某种人类的感情——无论是孤独、欲望,还是对时间流逝、季节更改、自身使用价值开始降低的忐忑不安。

《烛》是另一首典型的咏物之作:[4]

> 杏梁宾未散,桂宫明欲沈。[5]

---

[1] 仙掌,仙人的手掌,指汉武帝下令铸造的承露铜人向天伸出的手掌。烛龙见前文。
[2] 舞衣一作无衣,见《初学记》卷二十五,第616页。
[3] Cynthia Chennault, "Odes on Objects," p. 334. 关于咏物赋对咏物诗的影响,参见 Kang-i Sun Chang, *Six Dynasties Poetry*, p. 93;廖国栋,《魏晋咏物赋》,第544—548页。
[4] 《先秦汉魏晋南北朝诗·齐诗》卷四,第1453页。
[5] "杏梁"原本出自司马相如《长门赋》:"饰文杏以为梁。"到这时已经成为对一切豪华住宅的代称,如沈约《霜来悲落桐》:"文杏堪(转下页)

暧色轻帏里，低光照宝琴。
徘徊云鬓影，灼烁绮疏金。[1]
恨君秋月夜，遗我洞房阴。

诗的开始描写了一场夜筵：虽然夜色已深，连月亮也快要落了，可是客人还没有离去。这是燃烛的最佳时候。下一联离开夜筵，转向闺阁：在这里，鲜艳的色彩被暗淡的烛光所压抑，投射在帷幕上的影子给我们看到一个孤独的女性先是抚琴自娱，后来在帐内不安地徘徊。诗的末尾二句把蜡烛和女性的形象结合在一起。"洞房阴"本来是最合适于蜡烛的处所，因为照明是它的用途。但是在这首诗里，它却试图逃避这样的前景，因为它预见到在无人照拂的空房里它将逐渐暗淡与熄灭的命运。

以上所讨论的关于灯烛的诗赋都具有相似的结构：从灯烛的起源和特征，写到它们的作用和价值。下面所引梁武帝的一首咏烛绝句也没有太大的差别。虽然梁武帝的写作生涯持续到六世纪四十年代，但是他和谢朓、沈约属于一代人，他的诗风更接近永明诗人，而不是他的儿子萧纲和萧绎。

（接上页）作梁。"桂宫是汉代宫殿，建于公元前101年，在未央宫北面。汉成帝还是太子时曾居住于此，后来也是数位汉朝皇后如汉哀帝的皇后的寝宫。《汉书》卷十，第301页；卷十二，第347页。
[1] 灼，一作"的"。

咏烛[1]

堂中绮罗人,席上歌舞儿。
待我光泛滟,为君照参差。

值得注意的是,这首绝句强调了蜡烛"照"的能力。烛光把暗淡的空间转化成了复杂的空间,使人看到物的"参差"不齐。在一个佛教的时代,烛照很容易在一个佛教的语境和皇家的语境中取得更为重大的意义,因为它既代表了一位君王所应具备的特质,也象征了一个人获得最高觉悟的智慧。

洞察现象界的真谛:佛教的"观照"

我们观看周围世界的方式,是以我们的知识和信仰系统为前提的。在原籍康居的东晋僧人支昙谛(347—411)所写的《灯赞》里,灯在中国文学史上首次作为助人开悟的工具出现,因为人们可以"见形悦景,悟旨测妙":[2]

既明远理,亦弘近教。
千灯同辉,百枝并曜。[3]

---

[1]《先秦汉魏晋南北朝诗·梁诗》卷一,第1536页。
[2]《释迦文佛像赞》,《全上古三代秦汉三国六朝文·全晋文》卷一百六十五,第2425页。
[3] 百枝灯见前文。"千灯"对佛教徒来说应该是一个熟悉的意象。公元二至三世纪译成汉语的《大方便佛报恩经》中记述了一个虔诚的国王在身体上刺穿千洞燃灯报佛的故事。也见于公元445年译成汉语(转下页)

飞烟清夜，流光洞照。
见形悦景，悟旨测妙。

灯是对佛陀的六种供养之一。佛经还说从生死此岸到涅槃彼岸有六种超度的方式，也就是"六度"或"六波罗蜜"：布施、持戒、忍辱、精进、禅定和智慧。这样，灯成为对智慧（"般若"）的完美象征，代表了一个人脱离愚昧黑暗、洞察宇宙神秘的能力。东晋名僧支遁（313？—366）就曾把佛的智慧比作照亮暗途的火炬："煌煌慧炬，烛我宵征。"[1] 在南朝，"慧炬"或"智慧灯"是一个常见的词语。[2] 在公元五世纪初，著名的道士陆修静曾制定出一套称为"灯仪"的道教仪式，他的《燃灯礼祝威仪》虽然佚失了，但是这篇礼仪文中的三首《明灯赞》却保留在南宋道士留用光（？—1225）和弟子蒋叔舆（1162—1223）传下来的《无上

（接上页）的《贤愚经》。这个故事收录在梁代佛教类书《经律异相》中。见《大藏经》第三册卷二，第133—135页；第四册卷一，第349—350页；第五十三册卷二十四，第131—132页，卷二十五，第136页。

[1]《全上古三代秦汉三国六朝文·全晋文》卷一百五十七，第2369页。
[2] 习凿齿在写给道安的一封信中提到"明哲之灯"。《全上古三代秦汉三国六朝文·全晋文》卷一百三十四，第2230页。虔诚的佛教徒竟陵王萧子良在一封信中使用"慧炬"一词。《全上古三代秦汉三国六朝文·全齐文》卷七，第2829页。慧炬也是梁宫廷诗人王筠的法名。《全上古三代秦汉三国六朝文·全梁文》卷六十五，第3337页。梁武帝在其《摩诃般若忏文》中使用"智慧灯"一词。《全上古三代秦汉三国六朝文·全梁文》卷六，第2987页。

黄箓大斋立成仪》里。[1]这些五言赞文把身体比作燃烧的灯盏，可以通过"舍形"而"灭苦根"。

灯烛放出光芒，使人在黑暗中得以看见周围的世界。但是，视觉是具有欺骗性的。根据佛教教义，"眼识"本身并不真实，肉眼看到的物质不过是幻影而已。它们属于色的世界，"色"是眼识的对象，有待于种种因缘才得以存在，其存在因为不能持久，所以虚幻不实。在宣讲禅修的时候，天台宗的创始人智𫖮大师（538—597）明确地把智慧和"观"（vipaśyanā）等同起来，这当然不是一般肉眼视力所及的观看，而是指对现象界不带任何幻觉的清晰的洞察，穿透其五光十色的外表，一直看到现象界短暂、相对、不断变化、虚幻不实的本质。但是，如何才能做到这样具有穿透力的观看呢？智𫖮用了一个惊人优美的比喻。他把禅定（dhyāna）比作一个密封的房间，把"观"比作一盏明灯："若能修定，如密室中灯，能破巨暗。"[2]

"定"与"止"（śamatha），所指相同，是一种常常被音译为"三昧"（samādhi）的禅修深沉的境界。到南朝时期，修行三昧在中国已有很长的传统。最早在汉地传播佛经的安息国僧人安世高所翻译的《大安般守意经》，就教人吐

---

[1] 《道藏》卷九，第584页。这些赞文没有收录在严可均的《全上古三代秦汉三国六朝文》里。陆修静的《洞玄灵宝斋说光烛戒罚灯祝愿仪》保存了下来，在其中他使用了"法烛"一词，并设立"侍灯"一职。见《道藏》卷九，第822、825页。

[2] 《大藏经》第四十六册卷五，第57页。

纳呼吸的技术助人达到禅定状态。在东晋，三昧获得了新的重要性。公元四五世纪，驻锡庐山的名僧慧远极力宣传阿弥陀佛净土信仰，吸引了一大批士族成员。[1] 阿弥陀佛也就是无量寿佛和无量光佛，居住在西方净土。所谓的"净土三部经"——《无量寿经》（公元三世纪译出）、《观无量寿经》和《阿弥陀经》（公元五世纪译出）——都对西方净土进行了至为详尽的描写。根据这些佛经，有数种方法可以使人往生净土，包括称名念佛（也即借助念诵佛的名号以冥想佛陀）和观想念佛（也即借助想象佛的形象以冥想佛陀）。[2]

公元402年9月11日，慧远聚集了123位僧俗信徒，在庐山阿弥陀佛像前发誓往生净土。他和其他净土信仰者还写了一组题为《念佛三昧》的诗，慧远亲自为这组诗作序。[3] 除了王齐之的四首四言诗之外，这组诗歌已经佚失，但是慧远的序却保存了下来。在这篇序里，慧远强调写这些诗不仅仅只是文学想象力的发挥，而具有更深层的意义。

---

[1] 关于阿弥陀净土信仰在六朝的流传，详见王青，《魏晋南北朝时期的佛教信仰与神话》。

[2] 还有第三种方式，"实相念佛"，也就是冥想佛陀真实不变的本质。在这几种冥想修行方式中，"实相念佛"最为抽象，因此也就没有像其他两种方式那样在大众中间流传开来。"称名念佛"则是最方便也是最流行的念佛方式，以至时至今日，原本意为"冥想佛陀"的"念佛"一词已经转化为"念诵佛陀名号"的意义了。

[3] 《念佛三昧诗集序》，见《全上古三代秦汉三国六朝文·全晋文》卷一百六十二，第2402页。关于慧远的阿弥陀信仰，参见 Zürcher, *The Buddhist Conquest of China*, p. 219-223；方立天，《慧远及其佛学》，第108—143页。

> 夫称三昧者何？专思寂想之谓也。思专则志一不分，想寂则气虚神朗；气虚则智恬其照，神朗则无幽不彻。斯二者，自然之元符，会一而致用也。

序文开始，解释了"三昧"的概念和它的重要性。三昧也就是"专思寂想"，凝聚神思，使种种思想和妄念渐渐静止下来。当一个人的思想和妄念逐渐停止，就会感到"气虚神朗"。气虚，就无所用其智；神朗，则洞烛一切幽暗。气与神是自然的神秘展示，它们会合在一起，起到应有的作用。"无幽不彻"让人想到刘歆《灯赋》和傅玄《灯铭》里的措辞（"明无不见""无隐不彰"）。

慧远进一步解释为什么在各种修行三昧的方法中，"念佛"（冥想佛陀）是最值得称颂的：

> 又诸三昧其名甚众，功高易进，念佛为先。何者？穷元极寂，尊号如来，体神合变，应不以方。故令入斯定者，昧然忘知，即所缘以成鉴，鉴明则内照交映，而万像生焉；非耳目之所暨，而闻见行焉。于是睹夫渊凝虚镜之体，而悟相湛一，清明自然；察夫元音之叩心听，则尘累每消，滞情融朗。非天下之至妙，孰能与于此哉？

在这段话里，慧远对"冥想静修"（meditation）的经验进行了详细的描述。慧远所宣传的静修方法是视觉化的"观照冥想"，也就是说以心眼想象和观看佛陀或者净土。佛经对净土有大量描写，为净土冥想提供了丰富的形象资料，比如珠光耀眼的七宝树，或者大如车轮的莲花。慧远认为，因为佛像无定形，所以每个修习冥想的人都可以"即所缘以成鉴"。"所缘"是一个佛教术语，意即"感知的对象"。在这里，它意味着"冥想的对象"。慧远是说，冥想的对象就好比一面镜子，因为冥想的对象只是一个形象，没有实体，这就好像明镜本身是一片虚空，可以清楚地反映外物一样。不过，这面冥想之镜不仅反映万象的表面，而且，更重要的，是它可以反映万象的实体，因为镜子的光明（也就是说，光明的冥想对象——无论是佛陀还是净土）和冥想主体的内照交相辉映，照亮头脑中的万象，于是不用凭借肉体的耳目就可以听到和看到万物的真实本质。在慧远的描述中，冥想主体和对象终于在空虚明镜的形象中合而为一。这对慧远来说，是实现涅槃最有效的方式。

为了使冥想对象以及冥想主体最终成为一面照彻万象的明镜，冥想者必须进行静修，练习"专思"。在这里，"念"成为一个至关重要的概念。在汉语里，"念"这个字有多重含义：唱诵或念诵；专注凝思（梵文的 smṛti）；一个瞬间（梵文的 Kṣaṇa，汉语音译为刹那）；一个念头。"念"常常等同于"一念"，也就是说，一个转瞬即逝的念头和产生这样一个念头的瞬间。

"念"的多重意义，在沈约的一篇题为《形神论》的文章里起到了重要的作用。这篇思辨清晰而犀利的文章，结合了老庄思想和释氏教义，可以说是对早期中古时代关于形神关系开展的论争的进一步发挥，而且，当我们回顾这一时期的文学史，我们发现它还为梁代宫廷文学中一种观看现象界的新方式提供了理论框架。

> 凡人一念之时，七尺不复关所念之地。凡人一念，圣人则无念不尽。圣人无己，七尺本自若空。以若空之七尺，总无不尽之万念，故能与凡夫异也。[1]

这段话是说，凡人在专心凝思的一念之间，不再感到七尺身躯的存在。凡人只能在一念之间做到这一点，圣人却可以无念不尽。圣人没有自我，他的身体本来就好像是空虚的。用好似空虚的身体，汇总专注凝思的万念，这就是圣人与凡人的根本区别。对沈约来说，圣人和凡人的区别不在于能够专心凝思以至忘怀外物（包括自己的身体），而在于专注凝思的持久力，也就是一念和万念的区别。圣人可以穷尽每一个瞬间的潜力，他的精神永远处于清醒和凝聚的状态。

需要指出的是，在《庄子·逍遥游》以及其他篇章中，

---

[1] 此文收录在唐释道宣的《广弘明集》中。《大藏经》第五十二册卷二十二，第253页；《全上古三代秦汉三国六朝文·全梁文》卷二十九，第3120页。马瑞志（Richard Mather）*The Poet Shen Yüeh* 一书和 Whalen Lai, "Beyond the Debate on 'The Immortality of the Soul'：Recovering an Essay by Shen Yüeh" 一文都有所探讨并提供了英文翻译，我对这篇文章的理解有一些地方和二位学者不尽相同，对这些歧异之处，我在英文版的译文脚注中做了更详尽的解释。

"至人无己"是一个反复出现的主题。在道家思想的语境里，它意味着超越自我，超越肉身及其他物质条件造成的局限，达到最终"天人合一"的精神自由。佛教则认为，不是只有圣人也即佛陀才"无己"，每一个人都是"无己"的。因为"己"由所谓四大元素（地、水、火、风）结合而成，不能离缘独存，因此是虚空不实的。换句话说，也就是没有一个本质的"自我"。沈约强调圣人之"无己"，也就意味着他相信凡人之"有己"，这显示他是在老庄哲学的意义上而不是在佛教的意义上运用"己"的概念。

在下一段论述中，沈约进一步发挥"凡人可以做到片刻的忘我，圣人的忘我却是常态"这一观点：

> 凡人一念，忘彼七尺之时，则目废于视，足废于践。当其忘目忘足，与大无目无足，亦何异哉？凡人之暂无，本实有，无未转瞬，有已随之。念与形乖则暂忘，念与心谢则复合。念在七尺之一处，则他处与异人同，则与非我不异。

这段话说，凡人一念忘身，也就忘记观看和行路，忘记自己的目和足，也就和无目无足没有区别。但是，凡人只是"暂无"而已（能够做到"常无"的只有圣人）。如果心念专注于身体的一部分，则身体的其他部分也就好像属于别人，而这也就和"非我"无异。换句话说，沈约认为念念专一、万念持续不断，是圣人得以维持"非我"的根本原因。

"非我"本是大乘佛教概念，沈约把它和老庄哲学的"无己"以及"忘我"联系在一起（或者说混淆在一起），这可以说是一种创造性的概念"误用"。最后，沈约提出，"非我"是在专心凝思的一瞬间忘怀了自身存在的结果。

> 但凡人之暂无其无，其无甚促；圣人长无其无，其无甚远。[1]凡之与圣，其路本同。一念而暂忘，则是凡品；万念而都忘，则是大圣。[2]以此为言，则形神几乎惑人。[3]

在这段话里，沈约反复强调凡圣之别在于持续不断地专心凝思、忘怀自我。凡人只能做到专注于"一念"，圣人却可以做到专注于"万念"。在这种情况下，简直没有必要纠缠于形、神的问题，因为在专心致志的凝思中，身体的存

---

[1] 这里我依据的是《大藏经》版本。四库全书版所用的明代版本作："但凡人之暂无其无，其无甚促；圣人长无其无，其无甚远。"
[2] 这里的"一念而暂忘""万念而都忘"不是说"忘记一念或万念"，而是说，每一念都专心致志，忘记外物；凡人只能做到一念，圣人却能念念相续，以至于万念。
[3] 这里我依从四库全书本的异文与断句。《大藏经》本"惑"作"或"，断句也有所不同："以此为言，则形神几乎。或人疑因果相主，毫分不爽。"Lai 和 Mather 在译文中，都把"几乎"理解为"接近于"，但如此一来，势必增字以足其意（如"形神问题接近于得到理解或者得到解决"）；而且，在文言文中，如果要表述"有的人"这一意思，用"或"则不必用"人"，用"人"则不必用"或"，"或人疑"云云当然也说得通，却未免有重复之嫌。不过，如果把"几乎"的"几"理解为"隐微、微妙"，则也可讲得通："以此为言，形神的问题实在是很微妙的。"

在变得不再重要，自我的意识也自然而然地消失了。

在另一篇文章《神不灭论》中，沈约详细论述了专注凝思的运作机制，因为他相信这是达到"正觉"的唯一途径：

> 情灵浅弱，心虑杂扰，一念而兼，无由可至；既不能兼，纷纠递袭。一念未成，他端互起；互起众端，复同前矣。不相兼之由，由于浅惑。惑浅为病，病于滞有。不浅不惑，出于兼忘。以此兼忘，得此兼照。自凡夫至于正觉。

这是六朝论说文的最佳样板：清晰，精确，犀利。马瑞志十分正确地指出这段话具有庄子哲学的意味，但是沈约层层递进、简洁精准的论辩倒更令人想到佛教论说文，而不是庄子的汪洋泓肆。

这段话提出，对情灵浅弱者而言，纷扰的忧烦使人不能专心致志，如果"一念"可以占据一个人的身心，这些忧烦就无法影响其心智；如果无法做到这一点，则种种妄念纷至沓来，一念未成，他念又起。在沈约看来，问题的症结在于"浅惑"，而浅惑又无非是因为执着于"有"。沈约认为，根治浅惑，必须用"兼忘"，也就是彻底地忘怀世界与自身；只有完全的忘怀，才能达到完全的觉悟，也就是所谓"兼照"。这样一来，哪怕一个人始自凡夫，最终也可以修成正觉。

沈约理论的背景，是南朝时代对冥想静修的特别推崇。

在完成于公元 501 年的《观世音应验记》里,三位作者都极力强调一心一意思想观世音的重要性。陆杲记述的一个故事详细描绘了一个虔诚的佛教徒如何专心念想观世音菩萨,并因此得到救助。[1]他用来描述专心念想的词正是"念念相续"。

观照的诗学

沈约对佛教的理解,虽然充斥着"无己""兼忘"这样的老庄哲学概念,但是这样的驳杂与融合正是当时士人思想的特点,而且,他对"定"与"照"的基本观点和慧远具有相通之处。慧远和沈约都相信定力可以使人达到最终的觉悟。沈约的独特贡献,在于他对"念"的阐释做了富有创造性的发挥。他把时间之流分解为"万念",要求我们专注于其中的每一念,每一个瞬间。这一观点和梁朝的宫体诗直接相关:宫体诗的定义,不应该是"关于女性和艳情的诗歌",而应该是关于定力、关于注意力、关于凝神观看物质世界的新方式的诗歌。

宫体诗也是非常具有视觉性的诗歌。这里所说的视觉性,不是说这些诗如何充满具有图画效果的意象,而是说它们是关于"观看"的诗歌,不仅关于观看什么,而且关于如何观看。魏晋时期也就是公元三四世纪的诗,常常使用缺乏

---

[1]《观世音应验记三种译注》,第 121 页。

具体所指的普遍化、类型化词汇。就连大诗人谢灵运也不免陷入对自然景物的零割描写，在一联之内，一行写山而一行写水。不过，这些诗旨在表现山水的整体性，它们令人想到另一种文体也就是赋，在描写物象、地方或者经验时，总是试图展现这一物象、地方或者经验的全貌，涵盖各个不同的方面。相比之下，梁朝宫体诗继承了谢朓、沈约和何逊的传统，体现出不同的写作机制。宫体诗在读者和现象界之间创造了一种新的关系；它引导读者在一个至为具体、至为特殊的时空层次上观察物象。一首宫体诗所呈现的不是由各种不同的物象拼凑而成的版图，而是具有一个中心，诗中的一切因素都围绕着这个中心运作。诗人的视线专一、凝聚，因此也就可以烛照诗人所观看的对象，于是他开始注意到蝴蝶的翅膀在花瓣上留下的粉迹，也注意到毛毛雨中鸟儿比往常较为缓慢而沉重的飞翔。一首诗由此成为一个洞烛幽隐的揭示行为：在暗淡的背景下，物象逐渐呈现出明亮的轮廓。这里不仅有一双善于观察的眼睛，更显示出一个意想不到的观察角度。"暗淡的背景"不仅仅是装饰性的修辞，它一方面指物象在被诗人至为专注的视线所照亮以前的幽暗状态，另一方面也指佛教广大严肃的思想背景，这一思想背景在不断提醒诗人和读者，他们眼中所见的一切，无论多么鲜艳和丰富，都是短暂不实的幻象，不能脱离它们的暗淡背景而单独存在。

宫体诗中所见的物象存在于一个在时间上极为具体的层次。这和以前有些学者认为宫体诗乃是"乏味的静物画"

这一观点正好相反。[1]这种观点值得一驳，因为当我们认识到这些诗不是"乏味的静物画"，我们才会对这些诗到底是什么获得更为清楚的概念。

在静物画里，物象确实是"静止"的，因为它们被画家从生命之流中取出来。一幅关于龙虾与水果的静物画不会显示时间与地点，水果和龙虾也缺乏任何特殊性，它们是其物类的代表，具有柏拉图的理念的色彩，存在于真实的时间之外。与此相反，梁朝宫体诗，简单地说，是"念"（thought-instant）：瞬间的心念。这个"念"，既意味着时间上转瞬即逝的片刻，也意味着在这转瞬即逝的片刻所生发的心念。每一首宫体诗都是"一念"。它们常常成功地表现处于一个鲜活的瞬间的物象。[2]瞬间被文字留住，凝固而又流动，因为文字远比图画更具有生动的时间性，更具有活力和动感。

在梁朝宫体诗里，在一行诗的字句之间，还有在一联诗的上下两句之间，常常存在着一种丰富的张力，是早先的诗歌所不具备的。很难把这种张力仅仅归结为"更精致的对

---

[1] 这是马约翰（John Marney）对梁朝宫廷咏物诗的描述，见引于陈美丽"Odes on Objects"一文第392页。
[2] 早有学者指出，五六世纪的诗歌形式渐趋短小精悍。形式的短小，一部分是由保存这些诗歌的资料造成的：类书常常截取诗文片段，不录全篇，因此很多诗只是断片。不过，在这一时期，短小的诗作显然比以前盛行。绝句成为一种流行的形式。一些学者以为这是受南朝乐府的影响，这有其道理。不过，我们更应该考虑相反的可能：乐府歌之所以在宫廷和上层社会里流行，正因为贵族们喜爱绝句的形式。

仗"，虽然对仗的确在创造这种张力的过程中起到了重要的作用。所谓"张力"，是指字词之间以及诗句之间的交互作用。这种交互作用把宫体诗的对仗和早先诗歌通常比较简单直接的对仗区别开来。

让我们且来看一下萧纲一首诗的残篇，《秋晚》：

> 浮云出东岭，落日下西江。
> 促阴横隐壁，长晖斜度窗。
> 乱霞圆绿水，细叶影飞缸。[1]

诗中描写的是黄昏时分，一个暧昧的、分界的时刻，白日已经不再，但夜色尚未完全降临。西边太阳落山，东边却看不到月亮，只有不断涌出山岭的浮云。黑暗渐渐从四周包围了诗人。阴影占了优势。萧纲的诗，总是沉迷于光与影的互动。在这里，墙壁在暗影里隐没，而落日余照斜穿过窗子，界限被逾越。

诗的最后两句，令人低徊不已。在萧纲之前，很少有诗人在一句五言诗第三个字的位置，一般来说也是动词的位置，把"圆"这个字作为动词来使用。汉语的语法结构让人一开始以为诗人是说乱霞把绿水变成圆形，但我们随即意识到事实正好相反，也就是说，"乱霞圆于绿水"：因为水池是

---

[1] 细叶，一作"红叶"。《先秦汉魏晋南北朝诗·梁诗》卷二十一，第1947页。

圆形的，所以原本是"乱"霞的倒影如今受到形式的局限，被赋予一种形状，而且，还是一种代表了"完美"的形状（在佛教教义里，"圆"用来描述佛法的完美，或是一个人的彻悟）。在落日余晖的映照下，云霞则给了池水瞬间的灿烂。这是自然界最后的光线。在下一句诗里，水中的光辉被转移到枝头悬挂的缸灯：点燃的灯烛显示了时间的流逝和愈来愈浓重的黑暗。诗人注意到树叶的轮廓被灯光勾勒出来。在一个界限开始崩溃、物象逐渐没入阴影的世界里，诗人专注的视线描出微明闪烁的图案与形状，在大自然的侵逼下，肯定了人力所创造的秩序。

这只是一首诗的断简残篇，我们不知道诗是如何继续下去的，最后到底变得平淡，还是转入另一个方向。但是这些诗句已经足以向我们展示诗人对世界所进行的一种独特的观看，以及诗歌运作的一种独特方式。如果我们把这首诗和前代大家的诗句略作比较，比如说曹植的

　　　　树木发春华，清池激长流。[1]

或者谢灵运的

　　　　林壑敛暝色，云霞收夕霏。[2]

---

[1]《赠王粲》，《先秦汉魏晋南北朝诗·魏诗》卷七，第451页。
[2]《石壁精舍还湖中作》，《先秦汉魏晋南北朝诗·宋诗》卷二，第1165页。

我们就会看到，这些早先的诗作表现出完全不同的境界。当然不是说它们"不如"萧纲的诗，但毫无疑问，它们属于不同的时代，它们的对仗更为直接，发展也更具有直线性。在萧纲的三联诗里，即使是最为直白简单的第一联也需要读者回环阅读才能够得其真谛。也就是说，我们只有在读到"落日下西江"这一句诗的时候，才会明白第一句诗"浮云出东岭"的含义，因为我们突然意识到，诗人是被黑暗所包围了。这样一来，我们发现，这两句诗不仅仅只是对偶句，而且具有复杂的互动关系，在上下两句之间创造出一种张力。

在一个可见度逐渐减低的时候，视线集中在自然界最微细的变化上，这首诗就描写了这样的一个瞬间。诗人专注的视线照亮了现象界，就好像灯光在黑暗中勾勒出细叶的明亮轮廓一样。梁朝宫体诗不是像静物画那样仅仅是来自诗人的视力，而是来自诗人的经验。

萧纲残诗的最后一句，碰巧提到"飞缸"——悬挂在树间的缸灯（我们想到习凿齿的诗）。如果我们记得当时的佛教语境，我们就会开始理解为什么梁朝诗人如此喜欢灯烛这一题材。灯烛是对光明与视界的最好象征；它们显示了专注、集中而又涵括一切的视线的洞照力，同时，也显示了光与影的互动如何欺骗人类官能的感性认识，创造幻象与神秘。

前一章曾经提到，后代批评家不喜欢梁朝宫体诗的部分原因，在于它抵制了寓言解读。但是，如果我们暂时放弃严肃／轻浮的二元对立，而且，也质问一下什么构成了"严肃"，又是谁规定了什么是"严肃"，我们就会意识到宫体诗最大的优点之一,正是它抵制寓言性解读的能力,从而给诗歌,给文学,也给一个人的人生选择提供了一条另类道路。如果宫体诗里也存在寓言,那么,这种寓言不是政治的,而是宗教和哲学的。我们在宫体诗里看到的,是佛教关于一切物象、人事和情感本质的寓言。佛经还告诉我们,人类的官能感知充满了幻觉和迷误,现象与本质是两回事情。梁朝的宫廷诗人,在他们对物质世界持久而专注的凝视里,为我们呈献了一种带有悲色的观照,就好似在风中摇曳的烛焰。

水,火,风:体验幻象

宫廷诗人刘孝威留下两首关于烛光的诗。这里是第一首:

和帘里烛[1]
开关帘影出,参差风焰斜。
浮光烛绮带,凝滴污垂花。

这首诗,与其说是关于物象,还不如说是关于一个瞬间的。一扇门被打开,清风入室,吹起门帘,烛焰在风中闪烁,投下参差的影子,同时也照亮了某个人的在场。我们可以不提作者写这首诗的本来用意(intended meaning),但还是可以对这首小诗本身可能具有的意义(significance)做出

---

[1]《先秦汉魏晋南北朝诗·梁诗》卷十八,第1884页。

很多诠释。比如说,我们可以把这首诗视为对佛教"风烛"比喻的阐发;我们也可以由此想到秉烛夜游、及时行乐的诗歌主题;我们还可以像传统论者那样批评这首诗不过是轻浮的应酬之作,因此不具备真情实感,毫无意义,缺乏道德严肃性。但事实上这首小诗所表现的,不过是一个"观照"的瞬间。它显示了诗人对日常生活细节的关注,展现了一种体验物质世界的新方式。

这首诗里最引人注目的是衣服的质地:罗绮的腰带,松垂拖地的长袍上刺绣的花朵,其物质性因为沾染了一滴蜡泪而更加突出。这一切都被无意之间透露的烛光所照亮。而这正是梁代宫廷诗人观看世界的典型方式:专注的凝视,使得物象在一个短暂、宝贵的瞬间凸现轮廓。这一瞬间处于动态,从一个局部的景观向一个更为微小的细节移转,而这个细节微小到让人难以分清它到底是真实的还是想象出来的,虽然哪怕是想象,也建筑在真实的可能性上,比如蝴蝶的翅膀在花瓣上留下的粉痕。

萧绎的《古意咏烛》和刘孝威的诗有异曲同工之处:

> 花中烛,
> 焰焰动帘风。
> 不见来人影,
> 回光持向空。[1]

---

[1]《先秦汉魏晋南北朝诗·梁诗》卷二十五,第2058页。

在南朝时期，陶瓷制品的流行装饰是莲花纹。[1]因此，"花中烛"应指饰有莲花图案的烛台。诗的第二句值得注意，因为它的句法容易给读者造成错觉，好像是蜡烛的火焰在摇动帘风，而不是相反。习凿齿的诗也写到风中的烛焰，但是萧绎的表达更为成熟。"焰焰"读起来又好像是描写风的量词，就和在习凿齿的诗里一样，烛火给了风一种形状。

萧绎的这首诗描写孤独以及孤独所催生的幻觉。风吹帘动，烛火摇曳，持烛者以为有人进来，于是迅速转过身来，但是房间里却寂无人影。烛光照亮了一片空虚。这里的空，既是空气的空，也是空寂的空，更是佛教概念"色即是空"的空。我们想到一首六朝的乐府诗：

> 夜长不得眠，明月何灼灼。
> 想闻散唤声，虚应空中诺。[2]

萧涤非以为只有亲身体验才能产生这样的诗句。[3]不过，佛教文本常常用幻视与幻听来比喻一个人对虚幻不实的物质世界的痴迷执着。

萧纲就萧绎的诗写了一首和诗：

---

[1] 参见林士民，《青瓷与越窑》，第39页。
[2] 《子夜歌》第三十三首，《先秦汉魏晋南北朝诗·晋诗》卷十九，第1042页。
[3] 《萧涤非说乐府》，第62页。

> 花中烛,
> 似将人意同。
> 忆啼流滕上,
> 烛焰落花中。[1]

在这首诗里,人的感情被转移到了蜡烛上,蜡烛在落泪,就好像它也分享了人的悲哀。在诗的最后一行,烛花溅落在装饰着莲花图案的烛台上,激情的火焰销蚀了蜡烛,预示了黑暗就要来临。

生活在电灯光明亮如昼的时代里,我们很难想象一个充满了暧昧光影和暗淡角落的古代世界,在摇曳烛焰的映照下,巨大变形的影子投射在墙上、房梁上。而这正是为梁朝宫体诗提供了物质背景的世界。沈约的一首诗——《夜夜曲》,因为利用了这一点而创造出新奇的效果:

> 北斗阑干去,夜夜心独伤。
> 月辉横射枕,灯光半隐床。[2]

在这首诗里,因为烛光投下阴影,所以床一半儿明,一半儿暗,光与影的对照,更使得床里的人强烈地感觉到另一边的空虚。

---

[1]《和湘东王古意咏烛》,《先秦汉魏晋南北朝诗·梁诗》卷二十二,第1977页。
[2]《先秦汉魏晋南北朝诗·梁诗》卷六,第1622页。

对梁朝宫廷诗人来说,阴影就和光明一样重要,因为他们深知后者依赖于前者。影子是短暂不实的,有赖于因缘和合,它本身即是幻象,同时又产生幻象。我们一定都体验过这样的情境:一张熟悉的面孔,或者日常生活中某样平常的器物,在黄昏半明半暗的光线中变得神秘、静默、意味深长。在中国历史上,利用灯烛创造幻象的最著名的故事,恐怕就是方士为汉武帝所宠爱的李夫人召魂的故事。方士设立一处帷帐,在帐中点燃灯烛,请皇帝坐在另一处帐幕中。不多久,"遥望好女如李夫人之貌,还幄坐而步,又不得就视。上愈益相思悲感,为作诗曰:'是邪,非邪?立而望之,偏何姗姗其来迟!'"。[1]

《汉书》作者班固不是佛教徒,但是,作为儒家信徒,他一心要揭示浪漫爱情的虚幻性质,把武帝对李夫人的迷恋写成对幻影的追求。[2] 很多宫体诗都描写烛光映照下的激情,在这些诗里,我们可以听到李夫人故事的回声。我们在萧绎的诗里已经看到得不到满足的欲望导致幻象;或者,就像王僧孺的《夜愁示诸宾》这首诗的最后四句所写的:

孤帐闭不开,寒膏尽复续。

---

[1]《汉书》卷九十七,第3952页。
[2] 参见宇文所安《一见》对《李夫人传》的分析。《他山的石头记》,第114—129页。

谁知心眼乱,看朱忽成碧。[1]

但是,在有些诗里,李夫人的故事被颠覆,诗人得以近前就观。诗人感到最大兴趣的,往往是女子的面庞从黑暗中显露,其惊人的美丽被烛光照亮的时刻。物象的真实在这一瞬间得到呈现,又好比压抑的情感不由自主地流露。沈约在《丽人赋》里描写了这样一个瞬间:

> 响罗衣而不进,隐明灯而未前。
> 中步檐而一息,顺长廊而回归。
> 池翻荷而纳影,风动竹而吹衣。
> 薄暮延伫,宵分乃至。
> 出暗入光,含羞隐媚。[2]

刘孝绰《咏姬人未肯出》则描写女子出现之前充满期待的时刻:

> 帷开见钗影,帘动闻钏声。
> 徘徊定不出,常羞华烛明。[3]

---

[1] 《先秦汉魏晋南北朝诗·梁诗》卷十二,第1766页。值得注意的是,在《玉台新咏》中这首诗的题目作《夜愁》,"示诸宾"三字被删落,这很容易给读者造成一种错误的印象,好像诗中"夜愁"的是一位女性。
[2] 《全上古三代秦汉三国六朝文·全梁文》卷二十五,第3097页。
[3] 《先秦汉魏晋南北朝诗·梁诗》卷十六,第1843页。

在这首诗里，女子的在场就好像李夫人的幽灵，只有钗环投射的影子、叮当的钏声，显示她的存在。然而，就在男性诗人向帘内张望的时候，她也在帘幕后面窥视外面的人，这里的观望是相互的，不存在单纯的观望对象。值得一提的是诗人在自觉地欣赏和回味这个时刻，以一首绝句凝固了一个高潮到来之前充满暗示性、充满动感的瞬间。

萧纲的《乌栖曲》，把观望的焦点对准一个女子被烛光照亮的面孔。

> 织成屏风银屈膝，朱唇玉面灯前出。
> 相看气息望君怜，谁能含羞不自前？

诗中的女子从屏风后面出来，与她的情人脉脉对视。他们站得很近，可以听到彼此的呼吸。但是这对情侣所渴望的拥抱，在诗中被置换为最后一句的反问："谁能含羞不自前？"我们意识到，这一置换，在真实的时间里只是短暂片刻而已，但在诗歌的时间里却是永久的。这首诗呈现给读者的，是激情迸发之前一个永恒的定格，就好像济慈所歌咏的希腊古瓮上的爱情画面，在进入生与爱与死的循环之前，欲望被永远地延宕，因此，也被永远地保持。[1]

---

[1] 宇文所安认为这首诗里的女子是画在屏风上的（《迷楼》，第210—211页）。这当然是一种解读可能。如果是这样，诗的第二行就变得更为戏剧化，而诗的结尾则带上一层喜剧色彩，让人想到《经律异相》中收录的佛经故事：木匠与画工以巧夺天工的技艺互相欺骗，画工（转下页）

萧纲还写了一篇《对烛赋》。[1]其中有数行文字是中国文学里对烛光最优美的描写之一。

  渐觉流珠走，熟视绛花多。
  宵深色丽，焰动风过。

这段话描写了一个人因为对烛火凝视太久而产生的恍惚状态。在如此专注的凝视中，诗人对物质世界中哪怕最细微的变化，无论是时间的流逝，还是一丝清风，都是通过蜡烛的变化体会到的。"绛花"可以指烛花，也可以指眼花。佛经用"空花"描述视觉的错乱，并用以揭示物质世界的虚幻不实。

赋的全文读起来犹如一首叙事诗。故事情节十分熟悉：在一个寒冷的秋夜，已经持续得太长的宴会终于结束了，男子和女子双双回到寝室，分享一个亲密的瞬间。在整个过程中，一直伴随着他们的是放在雕金烛盘里的同心烛，装饰着龙与凤的图案。

  云母窗中合花毡，茱萸幔里铺锦筵。
  照夜明珠且莫取，金羊灯火不须然。

（接上页）爱上木匠制作的偶人，木匠看到画工自缢的画像而魂飞天外，以为画工真的自杀了。《大藏经》第五十三册卷四十四，第229页。在另一首诗《咏美人看画》里，萧纲描写宫中美人观看一幅美人的肖像，二者难以分清真假。《先秦汉魏晋南北朝诗·梁诗》卷二十二，第1953页。

[1]《全上古三代秦汉三国六朝文·全梁文》卷八，第2997页。萧绎、庾信均有同题作品，篇幅所限，不在此讨论。

下弦三更未有月,中夜繁星徒依天。
于是,
摇同心之明烛,施雕金之丽盘。
眠龙傍绕,倒凤双安。
转辟邪而取正,推棂窗而畏宽。
绿炬怀翠,朱蜡含丹。
豹脂宜火,牛膟耐寒。
铜芝抱带复缠柯,金藕相萦共吐荷。
视横芒之昭曜,见蜜泪之蹉跎。
渐觉流珠走,熟视绛花多。
宵深色丽,焰动风过。
夜久惟烦铗,天寒不畏蛾。
菖蒲传酒座欲阑,碧玉舞罢罗衣单。
影度临长枕,烟生向果盘。
回照金屏里,脉脉两相看。

正如在《乌栖曲》里一样,赋在男女脉脉对视的瞬间戛然而止,因为含蓄和收敛,也就更加意味深长。诗人对接下来将要发生的一切保持沉默,而这也是应该的,因为这已经和赋的题目不再相关,蜡烛就快要熄灭了。

* * *

法国画家拉图尔(Goerges de la Tour,1593—1652)以

画烛光而著名。他最有名的画作之一是《玛格达伦与两支蜡烛》。画中，玛格达伦坐在桌前，侧转身体，双手放在一个骷髅头骨上。桌上有一支燃烧的蜡烛，蜡烛前面有一面镜子，这样一来，蜡烛和它的镜像就构成了画作题目里的"两支蜡烛"。

玛格达伦是《圣经》中悔过的妓女，在这幅画里，她在沉思人生的短暂，准备从此献身宗教。画家对镜中烛影的选择，很奇妙地，和梁朝宫廷诗人对水中烛影的迷恋不谋而合。也许，这就像艺术批评家约翰·伯格（John Berger）所说："当某一物象重复出现时，就很难决定到底每一个都是真实的，还是说一个是另一个的梦幻投影。每一个被照亮的形体，都可能只是幻象。"[1]事实上，镜像乃是佛教大乘十喻之一，梁武帝和萧纲都写过关于大乘十喻的诗作。[2]

镜子里的烛火，象征了红尘世界的虚幻。水比镜子更不可靠：它流动、荡漾，稍有微风吹拂就出现层层波纹，扭曲和破坏一切映像。烛光永远无法穿透水面，只留下闪烁的涟漪。萧绎写过一首《咏水中烛影》：

鱼灯且灭烬，鹤焰暂停辉。
自有衔龙烛，青火入朱扉。

---

[1] *About Looking*, p. 116.
[2] 武帝《十喻诗》现存五首，见《先秦汉魏晋南北朝诗·梁诗》卷一，第1532页。萧纲《十空诗》现存六首，见《先秦汉魏晋南北朝诗·梁诗》卷二十一，第1937页。

> 映水疑三烛，翻池类九微。
> 入林如磷影，度渚若萤飞。
> 河低扇月落，雾上珠星稀。
> 章华终宴所，飞盖且相追。

这首诗一开始所用的修辞手法有点像是古希腊诗歌中所谓的 priamel，也就是说列举三样美好的事物，但最后举出第四样最好的。诗人声称鱼灯（我们想到殷巨笔下的鲸鱼灯）和鹤焰（我们想到刘歆的鹤灯）都可以熄灭了，因为"自有衔龙烛，青火入朱扉"。这里的衔龙烛暗示神话中的烛龙，但是龙与凤也都是烛台上常见的装饰图案。接下来，诗人做出一系列的比喻：从超自然的"三烛"（据说汉武帝在祭祀后土之神以后，"见光集于灵坛，一夜三烛"[1]），到人工制作的"九微"（一种九支灯）、磷火和萤火虫的影子。同时，诗也标识了宴会的进程和时间的进程：宴饮者进入朱门，在水边盘桓，进入树林，登舟度渚；月落、雾起，都意味着夜色越来越深。因为宴饮作乐直到深夜，感官也就更容易产生幻觉。在"河低扇月落"一句中，水中的烛影似乎把光焰摇曳的池塘变成了天上的银河，人间也似乎变成了仙境。歌女和舞姬疲倦了，放下手中的团扇，就好像很多小月亮都落下来了。夜雾的弥漫更增加了感官的迷惑：宫女佩戴的珍珠和星星一样变得稀疏起来，因为人已渐渐散去。诗的后半，诗人不再使用

---

[1]《汉书》卷六，第 195 页。

"疑""类""如""若"这些字样,于是,诗的理性程度好像也随着夜深酣饮而减低,比喻和现实之间的界限变得模糊起来。

刘孝威的七言绝句写在三月三日,这是一个庆祝春来的节日,在这一天,人们往往流觞曲水,宴饮为欢。刘孝威的诗题为《禊饮嘉乐殿咏曲水中烛影》:[1]

火浣花心犹未长,金枝密焰已流芳。
芙蓉池畔涵停影,桃花水脉引行光。

第一句的"火浣"指火浣布,在王嘉(约公元四世纪)的《拾遗记》里有一则关于用火浣布作灯芯的记载。[2]"花心"在这里指灯芯,如果灯芯是用火浣布做的,那么它不但不会在燃烧中消耗掉,反而还会因为蜡烛在消耗而显得越来越长了。诗的第二句融合了视觉、味觉和嗅觉一系列感知和感受:"金枝"指百枝灯一类的灯盏,"密"通"蜜",指蜜蜡。诗的最后两句描写了止水和流水中的两种烛影:烛光在芙蓉池中的倒影是静止的,但是"桃花水"才是曲水流觞的所在。桃花水原本指春潮,因为河水在桃花开放的时候上涨;但是,它也让人想到陶渊明笔下飘坠着桃花的流水。在这首诗里,映照着烛光的曲水一片红艳,而且,随着水的流动,光焰似乎也在流动,"桃花水"也由此取得了新的含义。

---

[1]《先秦汉魏晋南北朝诗·梁诗》卷十八,第1884页。
[2]《拾遗记》,第225页。

庾肩吾有一首同题作品《三日侍宴咏曲水中烛影》。我们不确定这两首诗是否同时所作,但是它们的主题都是幻影和无常:

> 重焰垂花比芳树,风吹水动俱难住。
> 春枝拂岸影上来,还杯绕客光中度。[1]

燃烧的蜡烛被比作春天开花的芳树,它辉煌的花朵,就和烛影一样是转瞬即逝的。蜡烛受到风吹,光焰摇曳,就连它的倒影也因为层层波纹而起了褶皱。刘孝威诗里的"金枝",这里变成"春枝",也许是诗人一语双关,既指柳条在风中摇动,拂乱了水中的倒影;也指百枝灯的"枝条",影子映在岸边。曲水上的酒杯,本身就盛满了光焰,在闪烁的河水上漂流。这首诗好像从时间之流截取下来的一个片段,它本身并不静止,而是一个流动的瞬间。

萧纲的诗,《夜遣内人还后舟》,为"水中烛影"的题材增添了一点新的色彩:

> 锦幔扶船列,兰桡拂浪浮。
> 去烛犹文水,余香尚满舟。

一位宫人乘船离去,层层锦幔使得好奇的眼睛无法对

---

[1]《先秦汉魏晋南北朝诗·梁诗》卷二十三,第 2004 页。

她进行偷窥。她虽然已经离开，但是她的缺席却十分地"在场"，充满了整个空间：她留下的香味飘满船舱，她渐渐远去的船、船上的灯烛，给原本平静的水面增添了微光闪烁的涟漪。视觉和嗅觉所感知到的都是极为缥缈和转瞬即逝的，"犹"和"尚"这两个字，更是突出了短暂的时间感；但是，这首小诗却留住了她：千载之下，她的余香仍然飘浮不去，她船上的烛光留下的光明的水纹，变成了诗人笔下的文字。这首诗是对"色"与"空"这一对互为表里的概念的优美阐述，是一个被凝固在文字里的活生生的瞬间。

烛光下的棋盘

著名宫廷诗人刘孝绰有一首关于烛光的诗，虽然仓促写就，仍不失为具有功力的公众表演，而在这种意义上，它可以被视为一般南朝社交诗的代表。不过，这首诗选取了一个可以产生丰富联想的主题，因此，当我们把它放在它的历史语境中进行检视，它也就获得了一份和它的起源颇不成比例的重量。有鉴于此，我们用这首诗作为本章的结束：

赋得照棋烛诗刻五分成[1]
南皮弦吹罢，终奕且留宾。[2]

---

[1] 《先秦汉魏晋南北朝诗·梁诗》卷十六，第1840页。
[2] 南皮是曹丕年轻时和他的朋友一起游宴的地方。见《与吴质书》，《全上古三代秦汉三国六朝文·全三国文》卷七，第1089页。

> 日下房栊暗，华烛命佳人。
> 侧光全照局，回花半隐身。
> 不辞纤手倦，羞令夜向晨。

这首诗的"诗眼"在于第三联：棋盘，众人注意力的中心，被烛光照亮，虽然四周是一片黑暗。手持烛台站立一旁的女子也在观看棋局，她的身体和面孔半藏在阴影里。光与影的互动，衬托出棋局的紧张激烈。就连持烛的侍女也深深沉浸于棋盘上的厮杀，只担心黎明即将来临，蜡烛变得多余，她也不能继续旁观了。

当时在场的读者，会对刘孝绰的这首诗作何反应呢？我们可以想象，他们首先会赞叹诗人的敏捷。诗题记叙"刻五分成"，表示这是诗人显示自己捷才的机会，它起到的作用就和《世说新语》里记载的那些机敏的对答一样。

诗人的同时代人可能还会在诗里听到一首流行乐府歌曲的回声，熟悉南朝文学的后代读者也可以分享同样的联想：

> 今日已欢别，合会在何时。
> 明灯照空局，悠然未有期。[1]

明灯与空局，是这支歌的关键，不仅因为它们创造出

---

[1]《子夜歌》第九首。《先秦汉魏晋南北朝诗·齐诗》卷十九，第1040页。《读曲歌》第六十二首的歌辞除了第一句的两个字之外，几乎与此全同。《先秦汉魏晋南北朝诗·宋诗》卷十一，第1344页。

孤独和缺席的氛围，而且因为"悠然"与"油燃"，"期"与"棋"的谐音双关。棋盘本来是角逐争胜的战场；没有棋子的棋盘，刻入了浪漫的意义。

刘诗的最后一行，用了《诗经·庭燎》一诗里面的成句。按照传统的诠释，这首诗描写了一位唯恐耽误早朝的君王不断询问侍臣到底是什么时候了。诗的最后一节是这样的：

> 夜如何其，夜向晨。
> 庭燎有辉，君子至止，言观其旂。[1]

早期中古时代的读者对这首诗的政治解读可以在西晋诗人傅玄一首诗的残篇中得到证明。傅玄的诗也题为《庭燎》，描写了万国使者在上元日朝见天子的盛况："枝灯若火树，庭燎继天光。"[2] 思想正统的读者也许会在刘孝绰的诗里读出某种政治讽谏意味，但如果我们以为刘孝绰意在告诫君主不要在雕虫小技上浪费时间，那就未免犯了"过度阅读"的错误。更何况"夜向晨"很有可能已经成为当代文学常用语汇的一部分，不再具有"典故"的重量。

那么，对于我们现代读者来说，我们应该在何种意义上阅读刘孝绰的诗呢？我们的阅读，就和刘孝绰同时代人一样，也是受到历史语境限制的。如果"后见之明"可以带来

---

[1]《毛诗正义》卷十一，第 375 页。
[2]《先秦汉魏晋南北朝诗·晋诗》卷一，第 571 页。

任何好处的话，那一定就是赋诗现场的读者所不可能具有的一种视角：也就是说，我们意识到这首诗是一个"幸存者"。它经历了它的作者所不可能想象得到的巨大历史灾难：建康在围城、饥荒、瘟疫和屠杀中遭到的毁坏；导致了梁帝国分崩离析和梁王朝最终覆灭的侯景之乱；建康和江陵的皇家图书馆数以万卷藏书的焚毁。当刘孝绰在他的君王、他的兄弟和他的朋友面前潇洒地挥笔赋诗的时候，他一定万万不会预料到这场对弈的结局。

在各种各样的娱乐活动里，围棋恐怕是最和战争杀伐紧密相关的。行棋常常被比喻为作战，棋盘上的胜负被视为战场胜负的镜像。正如陈祖言所说：围棋"在本质上是一种好似战争的竞技游戏，完全受到战术战略方面技巧的控制"。[1] 从刘向、马融（79—166）、蔡洪（约三世纪）、曹摅（？—308）直到武帝自己所写的一系列《围棋赋》里，都可以看到围棋和战事之间的明确对比。武帝本人是围棋爱好者和高明的棋手，我们在前面已经谈到过他和大臣下棋常常通宵达旦的记载，据《梁书》说他"棋登逸品"。[2] 南北朝的政治史，除了宫廷内部的权力斗争之外，充满了南北之间连年不断的争战：北朝的力量有时削弱，有时增强，但是它的阴影却永远存在着。

对后人来说，弈棋已是六朝形象不可分割的一部分，一

---

[1] "The Art of Black and White", p. 645.
[2]《梁书》卷三，第96页。

半是因为这一时期政治方面的缺乏稳定和军事方面的战乱不休，一半也是因为对弈在这一时期的文化生活和文学作品中占据着重要地位，特别是它在一场历史性的战争中扮演的显著角色。谢安，东晋王朝的大臣，是围棋的爱好者。公元383年，前秦的统治者苻坚带领着据说百万大军入侵江南，意在一举消灭东晋，统一中国。在这一背景下，谢安和他的侄儿谢玄（343—388），也就是当时兵卒不满八万的东晋军队的主帅，以谢玄的别墅作为赌注，下了一场棋。史书告诉我们，谢玄的棋艺向来远胜谢安，但是，在那一天，他和首都建康城里所有的人一样，对压境的敌军感到紧张焦虑，无法把注意力集中在面前的棋盘上，因此惨败给了一个平静如常的谢安。一局终了，谢安转身告诉自己素所爱重的外甥羊昙："我把这所别墅送给你了。"然后，他出外行游，直到夜半时分才回到家中，处理等待决策的军务。后来，当胜利的消息传到谢安那儿的时候，他又在下棋，这一次是和一个来访的客人。在读了谢玄的来信之后，他把信放在一边继续下棋，直到充满焦虑的客人追问他，他才漫然答道："哦，小孩子们已经击败了敌军。"[1]

---

[1]《世说新语》卷六，第373页。刘孝标注引《续晋阳秋》，也称谢安破贼后无喜容。《晋书·谢安传》却在故事之后加上了一个尾巴，称客人离开后谢安回房间，因为心中大喜，过门槛时连折断了屐齿都不觉得，"其矫情镇物如此"（卷七十九，第2075页）。这段话颇有可疑之处，因为"矫情镇物"自有客人传播和作证，建康公众也都可以看到谢安在得胜后平静如常，毫无战胜者骄傲自得的浅薄样子；至于客人离开后，谢安"心喜甚，不觉屐齿之折"，则何人见来？何人说来？无论（转下页）

在所有关于六朝风流的故事里,这也许可以说是一个最具有代表性的时刻。谢安在百万大军压境的情况下表现出来的涵养和冷静,成为后代诗人喜爱歌咏的主题。其中最有名的一篇作品,恐怕就是温庭筠的《谢公墅歌》。[1] 这首诗生动地勾勒出了谢安与谢玄的对弈场面:

> 朱雀航南绕香陌,谢郎东墅连春碧。
> 鸠眠高柳日方融,绮榭飘飘紫庭客。
> 文楸方罫花参差,心阵未成星满池。
> 四座无喧梧竹静,金蝉玉柄俱持颐。
> 对局含情见千里,都城已得长蛇尾。
> 江南王气系疏襟,未许符坚过淮水。

谢安的故事有两点值得我们注意,它们和前面所引的刘孝绰诗直接相关。第一点是这局棋的赌注。温庭筠意识到了谢玄别墅易主的重要性,这反映在诗的第二句"谢郎东

(接上页)"心喜",还是"不觉"屐齿之折,是史臣在"客观"记事时搀入心理分析的典型例子。在史传中,常常可以看到这种把史臣有时自己也明言无有他者在场、无有他人得知的所谓隐私场合刻画入微的段落,读者只要略用头脑就会知道这些叙事属于"合情理"而"未必然"的范围,多半是史臣在具有可能性的范畴之内进行艺术加工以达到某种叙事目的的结果。我们读历史,需要时时记得撰写者的立场和视角。公元七世纪的《晋书》作者们,在意识形态上和公元五世纪晋史以及《世说新语》的作者们,定然是不一样的。

[1]《全唐诗》卷五千一百七十六,第 6702 页。罗泽对此诗做过精彩的分析,见 *Writing Another's Dream*, pp. 130-131.

墅"和诗题"谢公墅"的对比中；而这一对比之所以重要，是因为它强调了谢安是赢家的事实。如果谢安没有赢这局棋，那么他下棋时无论多么冷静和潇洒，都不会被人视为冷静和潇洒。同样地，在一场以东晋王朝的安危作为赌注的对弈中，谢安的全面胜利，乃是谢安人格风流的决定性语境：没有最后的胜利，谢安的潇洒也就不成其为潇洒，而只会被后人视为愚蠢和无能。

那么，谢安又到底是如何赢得胜利的呢？他的棋艺毕竟远远不如谢玄，就好像东晋的兵力远远不如前秦一样。而这正是故事给我们的第二个重要教训：谢安之所以胜利，是因为他能够做到全神贯注，而他的对手却不能。

温庭筠再次意识到问题的关键。在他对谢安的描述里，深蹙的双眉，疏散的衣襟，都暗示谢安深深地沉浸于面前的棋局，就连苻坚的大军都无法使他分神。

然而，江南的王气终究无法永远地维持下去。在将近半个世纪的时间里，梁武帝繁荣和平的统治使得整个王国忘记了战争的威胁，但是这一切都随着侯景之乱的爆发而终结了。当我们回顾历史，我们对刘孝绰《照棋烛诗》的感受，和他的同时代人想必有所不同。当然了，这首诗所描写的棋局，和谢安在淝水之战前夕与侄儿谢玄的对弈不能相提并论：这只是在皇宫里或者在诸王府邸中的晚宴之后，主人与客人下的一场无足轻重的棋而已。谢安的对弈以辉煌胜利为背景，刘孝绰的诗却是以王朝的覆灭为背景的。因此，它也就注定不能获得谢安和谢安的六朝所获得的"风流"称号；

相反，它在后人眼中获得的是轻飘的分量，甚至轻浮。

下棋和赢棋需要注意力的高度集中。在梁朝宫廷诗人看来，对每一个瞬间之思绪也就是"一念"的全神贯注，都可以具体化为精工细刻的诗篇，而每一首诗都代表了诗人对物象之色与空的聚精会神的观照。那么，是不是真的像是严厉的唐代史臣或者宋代儒生所宣判的那样，梁朝的覆灭乃是由君臣上下错置的注意力所造成的呢？在我看来，这只是一个神话，这一神话之所以产生，是由于道学先生总是在每一个历史事件中寻找"道德教训"。他们的目标是教导当前的王朝不要重蹈覆辙，以求千秋万代地维持王朝的统治。毫无疑问，如果一个人有意寻找某样东西，他总是会找到他所寻找的，只不过寻找得太热情了，这份热情常常会扭曲手头的证据和最后的结论。

谢玄统率下的军队所取得的辉煌胜利具有沉甸甸的分量，只有这种分量才使谢安的轻描淡写变得可能。尽管负担着历史的沉重，刘孝绰的小诗也一直都是轻飘飘的：它没有重大的意义，没有厚重的效果，好像蜡烛的一点轻微的光焰，在这点光焰的四周，房间渐渐黑暗下来。

我们习惯上总觉得一样东西"有分量"才有价值，但是归根结底，文学无非是人类用来抵御卡尔维诺所谓"人世之沉重、惰性和混浊"的一系列努力，如此而已。[1]刘孝绰的小诗之轻，还有这一章里所有关于灯烛的宫体诗之轻，借

---

[1] Italo Calvino, *Six Memos*, p. 4.

用另一位意大利作家,十三世纪的吉多·加尔康蒂的话来说,属于"无风时的雪花"之轻。[1]这也就是说,它们的轻盈,并不是混乱四散、缺乏方向的,而是一种缓慢、专注、凝聚之轻,是由锐利、专一的凝视以及万物皆空的佛教信仰所造成的。因为诗人对物象全神贯注的凝视,现象界中向来隐藏不见的图案、规律与模式得到揭示,万物在诗人的观照之下,逐渐变得光明起来。

---

[1] Guido Cavalcanti, "Biltà di donna"(《一位女性的美丽》)一诗。深受加尔康蒂之影响的但丁,在《神曲·地狱篇》中也有类似的诗句:"……大朵大朵的火焰慢慢落下,好像深山中无风时的雪花。"

第六章

明夷
皇子诗人萧纲

因为萧纲向来被视为"宫体作家",而宫体又向来被视为对闺阁生活或者浪漫爱情的歌咏,当现代学者研究萧纲作品时,他们一般来说只注意到萧纲描写闺阁与艳情的诗篇。但是,正如胡念贻在二十世纪六十年代所指出的那样,三分之二以上的萧纲作品和艳情毫不相干。[1] 胡念贻所没有指出的是,即使是那三分之一和艳情有关的作品,它们也主要是通过《玉台新咏》得以保留下来的,而《玉台新咏》是专门为了女性读者编写的诗歌总集。换句话说,《玉台新咏》的存留是历史的偶然事件,因为它保留了大量萧纲的诗,会导致后代读者对萧纲的作品产生一种偏颇的印象,似乎萧纲作

---

[1]《论宫体》,第169页。

品以艳情为主，但却没有想到这其实是由《玉台新咏》作为女性读本的性质所决定的。这样的偏颇印象巩固了萧纲的传统形象，而这一形象是被选本扭曲了的。

事实上，就是在探讨萧纲的宫体艳情诗时，学者们也往往只把目光集中在寥寥几个涉嫌"颓废"的例子上，比如说《咏内人昼眠》、《咏娈童》或者《名士悦倾城》（这首诗也有可能是萧统写的），而不去注意另外一些呈现了更为主动的女性主体形象或者戏剧化情境的作品，比如《和人爱妾换马》、《春闺情》、《雪里觅梅花》、《采桑》或者《紫骝马》，更是忽略了一些清新可喜的爱情诗，比如《杂咏》或者《从顿还城南》。纵观很多文学史和论文对宫体诗的探讨，我们甚至会觉得，为了使宫体诗符合先入为主的成见，研究者们有意识地把注意力集中在那些把女性"物化"的诗篇上，而完全忽视了那些对女性心理做出更为复杂刻画的作品。有时候我们不由得要问：在现有的萧纲研究者中，到底有多少人从头到尾细细阅读过萧纲的诗文全集？又有多少人在引用萧纲作品时，仅仅只是从前人论文引用的例证里加以抄写，根本没有去查看过原始资料？那就难怪很多论文，从例证到结论，都和前人的论文大同而无异了。

在公元六世纪中国古典诗歌的转型过程中，萧纲因其才华、爱好与地位，成为最为重要的人物，他也是中国文学史上最优秀的诗人之一。然而，他的生命在四十八岁那一年猝然中止，他的成就也被埋没了。在551年冬天被杀之前的短短一个多月里，萧纲创作了几百首诗文。囚禁当中没有纸,他就把诗文写在墙上或者屏风上。这些诗文被侯景手下的人涂抹殆尽,只有几首通过记忆得以幸存。萧纲长达百卷的文集也大多散佚,现存的诗文都是依靠类书或者选本才保留下来,那些收录在类书中的作品多非全貌,只是碎片。据说侯景之乱之后,他的文集只有一部抄本传世,在江陵失陷之后被运往北方,保存在西魏的皇家图书馆里。萧纲的幼子萧大圜直到六世纪六十年代初期在北周朝廷担任麟趾殿学士时,才有机会看到他的父亲和祖父的作品全集。他亲自动手抄写,花了一年时间才抄写完毕。[1]

但是,萧纲现存诗作的总数超过二百五十首,还是远远超过了其他任何一位六朝作家的诗作总数。这一相对而言非常丰富的传世诗作数量不应仅仅看成是幸运的偶然,也不应完全归结于作者的多产,而应该视为后人对萧纲作品具有强烈兴趣的标志。正如杜德桥所说:"文本流传不是一个纯粹偶然与随意的过程。"[2]

萧纲是诗人中的诗人。而且,由于中古宫廷诗歌的性质,由于其传世作品往往已非全貌,一个执意在诗中寻找某种"信息"或者诗人生平事迹的读者也许会感到失望。萧纲当然也创作了很多公宴诗、送别诗,但即使是这些社交诗也往往能够反映出萧纲最突出的成就:他对诗歌语言本身的注意。在萧纲之前,很少有诗人(也许除了鲍照之外)对字词如此敏感,又具有如此大胆的创新精神。

---

[1]《周书》卷四十二,第757页。
[2] Glen Dudbridge, *Lost Books of Medieval China*, p. 27.

萧纲诗歌的一个重要关怀是"短暂"——这不是说他喜欢以人生短暂作为诗歌主题，而是说他对"时刻"有着强烈的关注。他的诗捕捉到时间之流中飞逝的瞬间，把它们凝固在纸上。正因为对世界采取了这样的视角，萧纲笔下的世界显得既脆弱又鲜活。这也许是他为什么会对光影如此感兴趣的原因：物体投射的影子，总是标志了一天当中某一特定的时间，某一特定的时刻。

很多文学评论者都认为萧纲的诗过于精致纤微，这样的特点在父权话语中常常和所谓的"阴柔"联系在一起，如果表现在君王身上，就更是受到非议。这样的观点，其实是把敏锐的观察力误认为纤细。归根结底，精致纤微的并不是萧纲的诗，而是诗里描写的那个短暂、鲜活、充满生机的世界。

少年时代

萧纲在梁武帝诸子中排行第三，和萧统一样，也是丁令光夫人所生。[1] 萧纲于公元503年12月2日出生于显阳殿，506年2月26日被封为晋安王。

萧纲早慧，五岁（按照中国传统计算岁数的方式是六岁）就会赋诗。梁武帝听说后不相信，于是亲自考校，据说

---

[1] 武帝次子萧综出生于公元502年，母亲吴淑媛（据《洛阳伽蓝记》记载名景晖）曾服侍南齐东昏侯，七月生综，宫中多疑之。谣言虽然没有得到证实，但对萧综的心理造成很大压力，对梁武帝感情逐渐疏远，终于在公元525年奔魏，病死于529年或530年。见《梁书》卷五十五，第824页；《南史》卷五十三，第1318页；《魏书》卷五十九，第1326页。

萧纲援笔即成。因为是皇太子的弟弟,他自然得到了"吾家东阿"的称号。[1]

509年,萧纲接受了他的第一个职位:他被封为云麾将军,负责镇守石头城,这是他的父亲曾经在495年到497年间担任过的职务。萧纲开始拥有自己的属吏。后来对萧纲产生巨大影响的徐摛,就是在这时被任命为萧纲的侍读的。徐摛和年幼的皇子逐渐建立了深厚的感情。萧纲成年以后,曾经说自己从六岁开始"有诗癖",这正是徐摛开始成为萧纲侍读的那一年,可能不是偶然的巧合。萧纲属吏中另一位著名的作家是张率。张率跟随萧纲长达十年之久,也深为年轻的皇子尊重和喜爱。[2]

大约过了一年之后,公元510年1月27日,萧纲被任命为南兖州刺史。南兖州的州府在广陵,也即今天的扬州,就在扬子江对岸,和都城建康相距不远。但这仍是萧纲初次离开建康。这期间他曾回到建康,完成大婚仪式。萧纲的妻子王灵宾(505—549)是琅邪王氏之女,她的祖父就是南齐著名的首相王俭。王灵宾在512年嫁给萧纲,生了二子一女,后来死于549年围城之中。

513年,萧纲转任丹阳尹,也就是京畿地区的长官。当时仅仅十岁的萧纲,据说在丹阳尹任上开始亲自问政务。一年之后,他被任命为荆州刺史,少年皇子首次远离家人,

---

[1]《梁书》卷四,第109页;《南史》卷八,第232页。
[2]《梁书》卷三十三,第478页。

心中充满眷恋，在残存的《述羁赋》中，他描写这份依依不舍的情怀：

> 奉明后之沾渥，将远述于荆楚。
> 叹云霞之窅漫，对江山之遥阻。
> 是时孟夏首节，雄风吹甸，
> 晚解缆乎乡津，涕泫泫其若霰。
> 舟飘飘而转远，顾帝都而裁见。
> 远山碧，暮水红。
> 日既晏，谁与同。
> 云嵯峨而出岫，江摇漾而生风。
> 奉玺言而遄迈，改余玉于江隈。
> 遵阳涂而中正，轸悲心其若颓。
> 引领京邑，瞻望弗远。
> 恋逐云飞，思随蓬卷。
> 观江水之寂寥，愿从流而东返。

515 年 6 月 12 日，萧纲调任江州刺史，此前他曾经暂时回到京师。[1] 皇太子萧统赠给他一首用七言楚辞诗体写的

---

[1] 萧统在 521 年写给萧纲的诗《赠徐州弟》里回顾兄弟二人聚散过程时提到这一经历："济河之隔，载离寒暑。甫旋皇邑，遽临荆楚。分手澄江，中心多绪。形反桂宫，情留兰渚。"下一段云："有命自天，亦徂梦菀。欣此同席，欢焉忘饭。九派仍临，三江未反。滔滔不归，悠悠斯远。"《昭明太子集》的笺注者俞绍初以为"有命自天，亦徂梦菀"是指萧统奉皇命前往江州省视萧纲（第 27 页），然而这是极不可（转下页）

第六章 明夷：皇子诗人萧纲

诗，题为《示云麾弟》，萧纲同样用七言楚辞诗体写了一首答诗。[1] 根据萧统接到萧纲答诗后写的回信，我们知道萧纲的信与诗是在515年6月25日寄给萧统的，当时是萧纲接到调任命令的十二天之后。[2] 江州属于楚地，因此萧统很可能有意选择了这一诗体：

> 白云飞兮江上阻，北流分兮山风举。

萧统赠诗的开头两句令人想到系于汉武帝名下的《秋风辞》，这首诗就保存在萧统主编的《文选》里，第一句是"秋风起兮白云飞"。[3] 萧统原封不动地保留了"白云飞"的词句，不合季节的"秋风起"在此被转化为"山风举"。萧纲答诗呼应了白云的意象，但是转换了用典的方向：

（接上页）能的事情，因为皇太子的行动高度仪式化和规则化，在这一时期的史料中，我们从未看到过皇太子离开京师前往某一遥远省份的记载，无论是公干还是游玩。秋按：以为萧统曾经前往江州的解读，当是因为训"亦"为"也"，把"亦徂梦菀"理解为"[我]也去了云梦泽"，但这里"亦"应训为发语助词，无义，如《诗经》四言诗中常见用法："亦既见止，亦既觏止，我心则降。"联合萧统诗前一段，我们看到萧统追叙萧纲任丹阳尹（甫旋皇邑），前往荆州（遽临荆楚），此次又奉命前往江州（亦徂梦菀，九派仍临）。但是在荆州、江州二任之间，萧纲必曾回京述职，所以兄弟俩得以暂享"同席"之乐。

[1]《先秦汉魏晋南北朝诗·梁诗》卷十四，第1801页；卷二十二，第1978页。
[2] 萧统的信《答晋安王书》见《全上古三代秦汉三国六朝文·全梁文》卷二十，第3064页。
[3]《文选》卷四十五，第2025页。

> 蠡浦急兮川路长，[1]白云重兮出帝乡。

第二句诗暗用《庄子》"乘彼白云至于帝乡"之语，但萧纲巧妙地变化了原文：这里的白云把他带出"帝乡"，并且遮住了他的视线。萧纲用《庄子》典也许不完全是一个文学性的选择，而是因为他接触到的书籍不如皇太子萧统之多，东宫藏书量在当时是首屈一指的。[2]

萧统的诗想象弟弟上任之地，全诗充满楚辞的回声，结尾处表示对弟弟的思念：

> 白云飞兮江上阻，北流分兮山风举。

---

[1] 蠡浦，《汉语大词典》释为江苏无锡的"蠡湖"，但我以为这里应该解为彭蠡湖，位于江西省境内，这才和萧纲任地江州吻合。彭蠡湖虽然是内陆湖泊，但是风涛出名的险恶，因此萧纲有"蠡浦急"之语，后人也有很多吟咏彭蠡湖风波险恶的诗句。

[2] 在《先秦汉魏晋南北朝诗》中，逯钦立对《秋风辞》的出处感到奇怪，因为"此辞《御览》数引皆曰《汉书》，《合璧事类》且谓出正本《汉书》"，但是今本《汉书》中并无此诗，"殊怪"。见《先秦汉魏晋南北朝诗·汉诗》卷一，第95页。有意思的是，在公元510年，萧琛曾经从一位北来僧人那里得到"真本"《汉书》，后来此本被献给萧统（参见本书第二章）。萧统命数位学者，包括刘之遴、张缵、到溉、陆襄参校异同，刘之遴"录其异状数十事"（《南史》卷十八，第506页；卷五十，第1251页），《梁书》作"异状十事"（卷四十，第573页）。也许萧统见到的《汉书》版本之一录有《秋风辞》。康达维以为《文选》有可能是从六朝时流行的《汉武故事》中录取此诗的，这也十分可能。如果这首诗采自《汉武故事》，那就更难怪《汉书》中没有收取，而且也可以解释为什么歌中的季节是错的：因为据说汉武帝是在汾河上创作此歌的，但是根据《汉书》记载，汉武帝数次去汾河都不是在秋天。问题在于，如果我们了解抄本文化的特质，我们就会理解后代资料也会窜入前代历史，而每次抄写都会产生差异。

> 山万仞兮多高峰，流九派兮饶江渚。
> 山岧峣兮乃逼天，云微蒙兮后兴雨。
> 实览历兮此名地，故遨游兮兹胜所。
> 尔登陟兮一长望，理化顾兮忽忆予。
> 想玉颜兮在目中，徒踟蹰兮增延伫。

萧纲答诗处处呼应萧统，也在结尾处表示对京都和亲人的思念之情：

> 蠡浦急兮川路长，白云重兮出帝乡。
> 平原忽兮远极目，江甸阻兮羁心伤。
> 树庐岳兮高且峻，瞻派水兮去泱泱。
> 远烟生兮含山势，风散花兮传馨香。
> 临清波兮望石镜，瞻鹤岭兮睇仙庄。
> 望邦畿兮千里旷，悲遥夜兮九回肠。
> 顾龙楼兮不可见，徒送目兮泪沾裳。

细味二诗，萧统的诗似乎对弟弟亲身游历"名地""胜所"流露出隐隐的羡慕。萧统对楚地的描写，用的是一些模糊概括的词汇，比如"九派""高峰"之类；至于山逼天、云兴雨，则令人不仅想到《九歌》，也想到《高唐赋》《神女赋》。相比之下，萧纲则提到一系列非常具体的地名：彭蠡湖，庐山，谢灵运在《入彭蠡湖口》一诗中提到过的石镜峰，还有仙人缥缈的鹤岭。这些景致都在江州州府寻阳地区。虽然远离文化发达的首都来到外省，萧纲却得以亲身游观外面的世界。在接到弟弟的信与诗之后，萧统的回信明白地透露了同样也是少年的皇太子由于自己特殊的身份而"被困"皇宫的复杂心情。在夸奖了弟弟的诗之后，萧统谈到自己"暇日"的活动，不外乎"觳核坟史、渔猎词林"，对于这种"卧游"，他感到进行辩护的必要："不出户庭，触地丘壑。天游不能隐，山林在目中。冷泉、石镜，一见何必胜于传闻？松坞、杏林，知之恐有逾吾就。"〔1〕然而，无论是萧纲诗里对自己的游览天真的炫耀，还是萧统信中微感受伤的辩护，都是非常自然的：两位皇子毕竟都还只是十几岁的少年。

公元518年，萧纲被召回京师，再次受命镇守石头城。这一次，钟嵘被任命为他的记室，我们可以想象萧纲读到过钟嵘大概前不久所完成的《诗品》。司马褧，一位深通三礼的学者，被任命为萧纲的长史。司马褧去世后，萧纲命庾肩吾把他的文集编为十卷。看来，这时的萧纲已经开始流露出对文学活动的强烈兴趣。

萧纲回到京师后，得以充分地参加东宫的各种文学和宗教活动，而这时的东宫已经成为一个文化中心。大约是在这个时候，萧统开始编纂《古今诗苑英华》。萧统一定对自己的两个爱好文学的弟弟，萧纲和萧绎，产生了深刻的影响。518年秋天，萧统在东宫玄圃针对佛教"二谛"和"法

---

〔1〕《答晋安王书》，《全上古三代秦汉三国六朝文·全梁文》卷二十，第3064页。

身"的概念开讲,并且回答听众提出的各种问题。[1]这在当时一定是引起极大轰动的洋洋盛会,萧统自己作诗一首以资纪念,萧子云(487—549)为之作赋,十五岁的萧纲也作了一首《玄圃园讲颂》献给兄长,并附了一封充满赞美之词的信。[2]萧统回信对弟弟极尽嘉奖之至:"首尾可观,殊成佳作。辞典文艳,既温且雅。岂直斐然有意,可谓卓尔不群。"并特别摘出"银草金云"之句,称其"殊得物色之美"。[3]

公元523年对于萧纲是特别重要的一年。虽然才刚刚年满二十岁,但他已经有了很多行政经验,长子萧大器(523—551)也在这一年出生,萧纲在很多意义上都可以算是成人了。武帝已经为他做出安排:他被任命为雍州刺史,并且掌握七州军权。这是一个至关紧要的职务:雍州处在梁、魏边界的军事要塞,是萧梁王朝的大本营,二十五年前,梁武帝自己就曾担任过雍州刺史,并从雍州的首府襄阳起义夺得天下。萧纲的母亲丁贵嫔,就是襄阳本地人。在梁武帝统治期间,雍州刺史的职位一直都由皇族近亲担任,但萧纲是第一个任期长达六年的刺史。

---

[1]《解二谛义》和《解法身义》都保存在《广弘明集》里。萧纲就"二谛"提出了五个问题。
[2] 萧纲信《上皇太子玄圃园讲颂启》见《全上古三代秦汉三国六朝文·全梁文》卷十,第3004页;《颂》见《全上古三代秦汉三国六朝文·全梁文》卷十二,第3020页。萧子云赋见《全上古三代秦汉三国六朝文·全梁文》卷二十三,第3088页。萧统《玄圃讲诗》见《先秦汉魏晋南北朝诗·梁诗》卷十四,第1797页。
[3]《全上古三代秦汉三国六朝文·全梁文》卷十九,第3060页。萧纲文中之句为"日映金云,风摇银草"。

萧纲大约写于这一时期的一首诗,《经琵琶峡》,值得全文抄录。[1] 琵琶峡在扬子江上,位于江陵和寻阳之间。在地方上任职的几年当中,萧纲应该有不止一次机会经过琵琶峡:514年从建康到江陵途中,515年从江陵到寻阳途中,或者523年从建康到襄阳途中。从第一句"由来历山川"来看,似乎应以523年最为可能。虽然不是萧纲的上乘之作,这首早期作品显示了年轻的诗人向前人学习然而又能独辟蹊径的创新能力:

> 由来历山川,此地独回邅。
> 百岭相纤蔽,千崖共隐天。
> 横峰时碍水,斜岸或通川。[2]
> 还瞻已迷向,直去复疑前。
> 夕波照孤月,山枝敛夜烟。
> 此时愁绪密,□□魂九迁。

刘绘,著名诗人刘孝绰的父亲,曾经赠诗给谢朓,题为《入琵琶峡望积布矶》,这首诗和谢朓的答诗都存留至今。[3] 萧纲诗的开头两句显然模仿刘绘诗的首联:"江山信多美,此地最为神。"但是,刘绘和谢朓的诗尽管也强调琵琶峡之险,却主要是在歌颂山川之秀丽。刘绘为我们呈现了一幅诱人的画面:"照烂虹霓杂,交错锦绣陈。"谢朓在答诗

---

[1] 《先秦汉魏晋南北朝诗·梁诗》卷二十一,第1934页。
[2] 斜岸,一作"断岸"。
[3] 见《先秦汉魏晋南北朝诗·齐诗》卷五,第1468页;卷四,第1443页。

第六章 明夷:皇子诗人萧纲

中和刘绘遥相呼应:"赪紫共彬驳,云锦相凌乱。"相比之下,萧纲则把春阳烂漫的琵琶峡转化成了阴森压抑的夜景,令人联想到《楚辞》中神秘幽森的气氛。现代学者林大志指出萧纲诗受到《楚辞·涉江》的影响是很有见地的:[1]

> 入溆浦余邅回兮,迷不知吾之所如。
> 深林杳以冥冥兮,乃猿狖之所居。
> 山峻高以蔽日兮,下幽晦以多雨。

但我们不应忘记萧纲的前辈诗人谢灵运,他笔下险峻幽暗的山林,可能也是年轻皇子诗人的灵感源泉。刘绘虽然也描写到山川之险,但他对各种鲜亮色彩的运用造成了和《涉江》截然不同的效果。萧纲的诗却进一步加强了《涉江》的幽暗与压抑情调:"百岭""千崖"不但妨碍舟行,阻挡日光,甚至遮蔽了整个天空。

刘绘诗中有句云:"却瞻了非向,前观复已新。"这两句诗描写了诗人对不断变幻的风景感到的惊讶与喜悦。萧纲袭取了这联诗句,但是对之进行巧妙的变化,借以传达迷困与失落,一种和前人完全不同的感受:"还瞻已迷向,直去复疑前。"

萧纲诗的下一联格外精彩:"夕波照孤月,山枝敛夜烟。"水面上闪烁不定的一点孤光,和收敛在山树枝条中的

---

[1]《梁简文帝》,第68页。

团团烟雾形成了鲜明的对比。[1]对光与影的兴趣，对倒影和感官迷错的兴趣，构成了萧纲诗作的特点。

年轻的雍州刺史

年已弱冠的萧纲，一定在地方行政决策中扮演了比以往更为重要的角色。同时，他也显示出年轻人对军事的典型热衷。据《梁书》本纪记载：萧纲"在襄阳拜表北伐，遣长史柳津、司马董当门、壮武将军杜怀宝、振远将军曹义宗等众军进讨，克平南阳、新野等郡。魏南荆州刺史李志据安昌城降，拓地千余里"。[2]北伐发生于525年；李志于528年夏投降梁朝。萧纲致李志的劝降信保存在唐代选集《文馆词林》里。[3]529年，为了嘉奖萧纲的军政成就，武帝特地颁赐萧纲一部鼓吹。

在写给妹夫张缵的信中（见本书第三章），萧纲谈到军营生活给他带来的诗歌灵感。萧纲写有一系列反映边塞生活

---

[1] 何逊有两句著名的诗："薄云岩际出，初月波中上。"（《先秦汉魏晋南北朝诗·梁诗》卷八，第1864页）历代评论者注意到这两句诗对杜甫的影响："薄云岩际宿，孤月浪中翻。"（《宿江边阁》，《全唐诗》卷二百二十九，第2495页）然而，在波浪中不安地翻动的孤月，也令人想到萧纲的诗句。

[2] 《梁书》卷四，第109页。

[3] 许敬宗（592—672）编成于638年的《文馆词林》还保存了一系列萧纲北伐期间写给属下的教令，多数未曾收入严可均《全上古三代秦汉三国六朝文·全梁文》。见罗国威，《日藏弘仁本文馆词林校证》，第454—455，474—475页。

的诗篇，成为后人所谓"边塞诗"的重要奠基人之一，我们将在本书下一章进行详细讨论。萧纲的很多边塞诗都描写了军旅生活的辛苦和将士的雄心壮志，但有时他也会抒发军旅暂归和所爱之人重聚的喜悦，难得地流露出细腻柔情。比如下面这首题为《从顿还城南》的绝句：[1]

> 暂别两成疑，开帘生旧忆。
> 都如未有情，更似新相识。

这首小诗的聚焦点，是帘幕拉开、小别重聚的情人初初相见的瞬间。在分别的时日里，他们都曾担心对方的变心或者情感的冷淡，现在再次聚首，在旧日的回忆和激情被重新唤醒之前，有那么短短一瞬间的犹豫，甚至羞涩，似乎分离把他们变得陌生了，需要一点时间重新点燃往日的情焰。短短二十个字，从形式上象征了重相见的片刻，但是，从这二十个字里，却传达出来一对情侣的复杂心情，这需要高超的诗艺。虽然小诗写在一千五百年前，但是诗中的情愫却既新鲜又熟悉，好像是昨天才写下的。

有意思的是，萧纲还写过一首题为《从顿暂还城》的诗，这首诗表现的是常见的武勇粗豪之气："持此横行去，谁念守空床！"当时随从萧纲的刘遵也写有《从顿还城应令》诗，称："神游不停驾，日暮返连营。宁顾空房里，阶

---

[1]《先秦汉魏晋南北朝诗·梁诗》卷二十二，第1969页。

下绿苔生。"[1]当然萧纲的两首诗未必是同一时所作,但就是同一时所作也未尝不可:我们看到一个复杂的人不同的侧面,而这些不同侧面又是和写作的机缘联系在一起的。和侍从唱和,需要强调"男性情谊",对女性情爱表达蔑视成为把男子和男子联结在一起的手段,蔑视是暂时性和社会性的,人的情感和社会条件的改变密切相关。

虽然投身于政务和军事,萧纲并没有忽略文学活动。他聚集了一批学者:徐摛,庾肩吾,刘孝威,鲍至,江伯摇,孔敬通,申子悦,徐防,王囿,孔铄,"抄撰众籍,丰其果馔,号高斋学士"。[2]但早在唐代,人们已经把萧纲和他的兄长萧统混为一谈,八世纪初吴从政编写的《襄沔记》即称昭明太子在"高斋"编撰《文选》,王象之(1195年进士)《舆地纪胜》、王士性(1577年进士)《广志绎》皆沿袭此误。公元十二世纪,襄阳甚至建造了所谓的"文选楼",此楼在后代屡经修复,一直到1990年,襄阳人还在"文选楼"旧址盖起一座"昭明台"。萧纲的名字和记忆被完全埋没了。

然而,当年文武兼资的青年雍州刺史,想必是众位皇子藩王的典范。一首写于这一期间的诗,《汉高庙赛神》,向我们展示了萧纲在雍州六年中日臻成熟的文才。雍州位于汉

---

[1]《先秦汉魏晋南北朝诗·梁诗》卷二十一,第1940页;卷十五,第1810页。
[2]《南史》卷五十,第1246页。据《太平御览》,高斋学士包括徐陵而非徐摛,但我们未必一定如此执着于"十个人",徐陵想来也曾参与其事。《太平御览》卷一百八十五,第1026b页。江伯摇一作江伯操,申子悦一作惠子悦。

中地区，汉中是汉高祖刘邦身为汉王时的封地，襄阳因此有汉高庙。作为地方总督和梁朝皇室成员的萧纲，有责任出席地方上的公共仪式庆典，而此次参加汉高庙的赛神仪式，一方面确认梁朝上承汉统，另一方面顺应地方风俗。[1]当时，至少有五位侍从（王台卿、刘遵、刘孝仪、庾肩吾、徐陵）应教作诗，萧纲的诗最好地捕捉到了赛神活动中汉王朝昔日光荣若存若亡、灵氛缥缈的奇异感受：

> 玉轪朝行动，阊阖旦应开。
> 白云苍梧上，丹霞咸阳来。
> 日正山无影，城斜汉屡回。
> 瞻流如地脉，望岭匹天台。
> 欲祛九秋恨，聊举十千杯。

诗的第一联把生者和死者紧紧联系在了一起：青年刺史的车驾在清晨做好前往汉高祖庙进行祭拜的准备，与此同时，他想象神灵感应，天门开启，汉高祖的车驾应该也已

---

[1] 王谠《唐语林》称襄阳有"汉皋庙"，乃纪念郑交甫在汉水之滨遇到两位神女，后来讹为"汉高庙"。《唐语林》卷八，第286页。据郦道元《水经注》，襄阳地区的万山一称汉皋。直至今日，襄阳地区仍有"穿天节"习俗，乃汉水神女崇拜的流风余韵。但是，因为和汉朝的历史渊源，汉中地区对汉朝君臣立庙祭祀的活动在古代中国十分昌盛，明清二代犹然。见张伟然《湖北历史地理研究》；及张晓虹《明清时期陕西民间信仰的区域差异》一文，发表于《中国历史地理论丛》2000年第一期。

出发，到下界接受祭祀。这里的"行"训为"将要"，和下句的虚词"应"相对，"应"字表达诗人的猜度，诉诸灵界缥缈不定的特质。其他诗人同题之作往往使用"灵驾""仙车""霓裳"等字样描写汉高祖的车马侍从，这些具体而形象的细节反而削减了灵氛。与此相比，萧纲的诗表现汉高祖的神灵仅用"苍梧白云、咸阳丹霞"两个意象：苍梧是舜下葬之处，白云遥指帝乡，已见前文；咸阳是秦朝首都，刘邦的军队当年在众路兵马中是最早进入咸阳的，刘邦是"赤帝子"，旗帜尚赤，又据说刘邦还是平民的时候，所在之处常有五色云气笼罩，因此他的妻子总是可以轻易地找到他。[1]萧纲诗的第二联是说，虽然汉高祖在苍梧上仙，他的神灵不泯，依然会来汉水之滨接受祭祀。云霞的指称越发使全诗处在真与幻、可见与不可见的边界，给全诗造成了一种神秘的尊崇感，格外适合庙宇中举行的祭拜仪典。

全诗的"诗眼"是中间一联：

日正山无影，城斜汉屡回。

第二句十分巧妙：在现实生活中，我们都知道城墙是依照河水的流势而建造的，但诗人却暗示说，襄阳城墙的回环盘绕，似乎把汉水变得屈曲往复。诗人把视界的重点给了襄阳城，突出了人事的威严。如果说这句诗还不过只是巧妙而已，

---

[1]《史记》卷一，第44页；卷八，第348页。

上一句则纯粹是神来之笔：时间在流逝，太阳升到中天，重叠的山岭直接曝露在白日照射之下，这刚好是正午时分，一个转瞬即逝的时刻，在这一瞬间，大地全是光，没有一丝一毫的阴影，天人互相感应，世界似乎充满了肃穆的神明。

我们知道，赛神的季节是秋天，庾肩吾同题诗作提到"林高叶早残"，在萧纲的诗里，山峰就好像深秋的树木一样，纷纷脱掉它们的影子，完全裸露在正午的日光下。然而，这一光明的瞬间一旦过去，日子就将向黄昏滑落，祭典将要结束，人散庙空，世界慢慢进入寒冬，和大汉皇帝的灵魂那样，重归于黑暗的忘川。庾肩吾描写了仪式结束之后的景象："尘飞远骑没，日徙半峰寒。"

萧纲诗的结句再次把生者与死者的世界联系在一起：在祭典仪式上，回顾大汉帝国旧日的光荣，发出英雄终归黄土的感喟，"聊举十千杯"的，不知道到底是追悼昔人的年轻皇子，还是汉高祖来享的灵魂。

在雍州期间，萧纲遭受数次家庭惨变。525年，他的二兄萧综叛逃北魏；529年7月，他的弟弟，武帝第四子萧绩英年早逝，年仅二十四岁。这给萧纲兄弟们带来相当的震动，萧统、萧纲、萧绎都有书信来往，相互安慰。但是给萧纲带来最大感情创痛的当是525年冬天他的母亲丁贵嫔之死。据史书记载，萧纲哀痛至深，在服丧期间"哀毁骨立，昼夜号泣不绝声，所坐之席，沾湿尽烂"。[1]他上书武帝，

---

[1]《梁书》卷四，第109页。

要求解职留在京师，武帝不许。于是，丁贵嫔丧事之后，萧纲又在雍州继续任职三年。

在雍州的最后几年，萧纲似乎对外省生活开始感到厌倦。一首题为《春日想上林》的诗清楚地表达了他在襄阳著名的风景胜地习家池畔对"香车云母幰，驶马黄金羁"的京都生活的怀念。[1] 他还写作了一首《阻归赋》表述思乡之情，刘杳后来为此赋作注，可见全文甚长，而且有很多雍州故实，可惜现在只有片段存留。萧纲终于再次上表陈情，以羸疾为言（萧纲一生中曾不止一次患有似乎相当严重的疾病）请求解职还朝。现存表文虽然没有明言日期，但提到"逝将已立"，可见此时萧纲已经将近三十岁。[2] 530年春天，萧纲被任命为扬州刺史，从此回到建康地区。

人生的转折点

530年，武帝中大通二年，萧纲被征入朝，终于回到了阔别将近七年的京师。这时的萧纲，已经是完全意义上的成年人了。据史书记载，萧纲的外貌十分引人注目：他"方颐丰下，须鬓如画"，肤色白皙，以至"手执玉如意，不相分辨"，两道浓眉之下眼神锐利，"眄睐则目光烛人"。史家赞他："器宇宽弘，未尝见喜愠色，尊严若神。"[3]

---

[1]《先秦汉魏晋南北朝诗·梁诗》卷二十一，第1944页。
[2]《全上古三代秦汉三国六朝文·全梁文》卷九，第3002页。
[3]《梁书》卷四，第109页；《南史》卷八，第232页。

《南史》称萧统在萧纲入朝之前曾做一梦,在梦里他和萧纲对弈,并以班剑相授。[1]班剑是带有纹饰的剑,从晋朝起以木制作,天子以赐功臣。果然,萧纲回京之后,被晋封为骠骑大将军。但梦兆似乎还有更多的含义。即使是最简单的心理学分析也会告诉我们梦见和兄弟对弈暗示了一种竞争感,而授以班剑则似乎表示权力的转移。在梦里,皇太子窃取了不属于他的权力(只有皇帝才可以颁赐臣下这样的荣誉),但与此同时也失去了这份权力。

历史上对皇太子萧统英年早逝有很多传言。根据《南史》记载,531年4月,萧统在后池"乘雕文舸摘芙蓉",姬人荡舟以致倾覆,萧统落水伤股。为避免父亲惦念,他一直不许手下人如实报告病情。531年5月7日,他的病势急转直下,等到武帝闻讯亲自前往探望,萧统已经去世了。[2]

当时,宫禁流传着很多谣言。据《南史》说,525年丁贵嫔死后,某道士以为墓地不利长子,萧统听信了道士的话,在丁贵嫔墓旁埋下蜡鹅等物作为禳厌。后来,宫监鲍邈之因失宠怨恨,密告武帝太子有厌祷之事。武帝遣人查究,果然发掘出蜡鹅等物,"大惊,将穷其事,徐勉固谏得止,于是唯诛道士"。这件事在父子关系上投下了一道阴影,《南史》称"太子迄终以此惭慨,故其嗣不立"。[3]直到今天,学者仍然在为蜡鹅事件是否真实以及是否影响到武帝立嗣的选择而争

---

[1]《南史》卷八,第229页。
[2]《南史》卷五十三,第1311页。
[3]《南史》卷五十三,第1312—1313页。

论不休。[1]萧统的长子萧欢在萧统死后被召回京都，但是武帝在皇位继承人问题上久久犹豫不决。531年6月21日，萧统遗体下葬。直到六天之后，武帝才终于下了决心，于6月27日宣布立萧纲为皇太子。后来，鲍邈之因事犯法，虽然罪不至死，但萧纲想到昭明太子被谗之事，"挥泪诛之"。鲍邈之有侄僧隆在东宫当差，萧纲得知以后，即日驱出之。[2]

《南史》推测武帝没有立萧欢为嗣是因为"蜡鹅事件"，但是，即使父子之间真有嫌隙，也应该止于萧统其身，未必一定影响到武帝对长孙的态度，这不符合武帝对子侄一贯宽大为怀、不计前嫌的作风；更不用说立嗣是如此大事，武帝又是何等老谋深算之人。选择萧纲为嗣的真正原因，恐怕还是因为武帝认为"不可以少主主大业"。[3]萧统去世那年，武帝已经六十七岁了，在人的平均寿命不超过五六十岁的时代，六十七岁可算高龄，正如曹道衡所说，武帝不可能预见到自己还要继续统治天下近二十年之久。[4]武帝年轻时，曾经亲眼目睹萧齐王朝以少主临朝带来的祸患：文惠太子先齐武帝而死，他的儿子即位不到一年就被年长的族人萧鸾废掉；萧鸾自己的儿子东昏侯则是另外一个可资借鉴的前例。武帝对前车之鉴至为敏感，他经历过那些混乱黑暗的年代，绝不打算重蹈覆辙。

---

[1] 见穆克宏，《萧统研究》，第15—17页。
[2] 《南史》卷五十三，第1313页。
[3] 《南史》卷五十三，第1313页。
[4] 曹道衡，《昭明太子》，第53页。

第六章 明夷：皇子诗人萧纲

然而，武帝反传统的大胆决定（这不是武帝第一次抗拒成规了）使朝野大为震惊。我们可以想象这是当时最热门的话题。萧纲此时的态度是非常值得回味的。早先，当武帝颁赐鼓吹或者授予他扬州刺史这一清贵官职时，萧纲都会按照礼节习俗的要求上表推辞。但是，当武帝宣布立他为皇太子时，我们却在萧纲集中看不到类似的奏表；相反，我们只看到一封谢表，在表中，萧纲感谢父皇交付给自己如此重任，并对自己是否能够胜任感到惶恐不安。

也许萧纲的确写过一封辞谢东宫之位的奏表，而奏表没有保存下来，这不是没有可能的。但是我相信这样的奏表并不存在，因为萧纲理解当时的政治局势。如果皇帝赐予他的只是一部鼓吹或者一份显赫的官职，他尽可以按照社会礼节再三谦让；但是，当攸关得失的是王朝的未来、国家的命运，任何客气谦辞都是对父皇的决定的一种侮辱，因为萧纲深知武帝的决定不是轻易做出的。多年以后，侯景的手下逼迫萧纲抄写他们为他准备好的退位诏书，当他写到以下句子的时候——"先皇念神器之重，思社稷之固，越升非次，遂主震方"——萧纲情不自禁泪下失声。[1]

531年8月5日，萧纲临轩策拜。因为东宫正在修缮，萧纲暂时移居东府。短短一个夏天，萧纲经历了巨大的人生变故：他素所敬爱的兄长英年猝死，他自己则意想不到地成为皇位继承人。很多朝臣对武帝的决定深为不满，萧统诸子

---

[1]《梁书》卷五十六，第857页；《南史》卷八，第232页。

也心怀怨恨。这一切都使萧纲的心情沉重多于兴奋。这一年秋天,萧纲在华林园受菩萨戒,他就此写下一首长诗《蒙华林园戒》,透露了他在这一期间的复杂感情:

> 庸夫耽世乐,俗士重虚名。
> 三空既难了,八风恒易倾。

三空,指我空、法空、空空。八风,指利、衰、毁、誉、称、讥、苦、乐。

> 伊余久齐物,本自一枯荣。
> 弱龄爱箕颍,由来重伯成。
> 非为乐肥遁,特是厌逢迎。

许由隐居箕山,在颍水之滨。伯成子高也是古时隐士(见《庄子》卷五,第423页)。这一段讲自己受到"齐物"观的影响,对荣枯之事看得淡漠,从幼年起就向往箕山颍水,崇敬伯成子高式的人物,这倒不是说因为特别喜爱隐居,只不过厌倦社交逢迎而已。

> 执珪守藩国,主器作元贞。
> 昔日书银字,久自忝宗英。
> 斯焉佩金玺,何由广德声。
> 居高常虑缺,持满每忧盈。

>　　兹言信非矫，丹心良可明。

此段是说：昔日执珪守藩，已经在宗室英杰面前感到惭愧；何况今天佩戴太子金印，更是满怀居高持盈之忧，渴望进德修业，广树惠声。这番话是内心至言，并非矫情。

>　　舟航奉睿训，接引降皇情。
>　　心灯朗暗室，牢舟出爱瀛。

这几句诗，交代受戒乃是奉武帝之命。

>　　是节高秋晚，沈寥天气清。
>　　交门光景丽，祈年云雾生。

交门是汉代宫殿名，汉武帝曾在此祭神并作《交门之歌》。祈年殿为梁武帝所建。

>　　红蕖间青琐，紫露湿丹楹。
>　　叶疏行迳出，泉溜绕山鸣。
>　　绿衿依浦戍，绛颡拂林征。

绿衿、绛颡，都描写鸟类。

>　　庶蒙八解益，方使六尘轻。

脱闻时可去，非吝舍重城。

八解，又称八解脱。

在这首诗里，萧纲表示出对宁静生活的喜爱，这倒不是因为他想离群索居，而是因为他厌倦了社交逢迎。现在被立为皇太子，他感到更多的压力，531年秋天的受戒仪式，给他带来了某种精神上的安慰。在最后两句诗里，他表示：如果能够获得心灵的解脱，他会毫不吝惜地舍弃数座城池。

一封在这期间写给当时任荆州刺史的弟弟萧绎的信，更清楚地反映了萧纲的心境。他抱怨行动失去自由，不能尽情和昔日的属下盘桓，而且必须花很多时间熟悉宫廷的各种繁文缛节。"吾自至都已来，意志忽恍，虽开口而笑，不得真乐，不复饮酒垂二十旬。"只有在入宝云寺祈祷时，他才感到"身心快乐，得未曾有"。他诙谐地告诉萧绎，在受菩萨戒进行象征性的剃顶时，真恨不得把全部头发"一并剪落"，变成真正的出家人："无疑马援遭虱之谈，不辞应氏赤壶之讽。"[1]马援，东汉将军，曾经把剪除山树以暴露盗贼比喻为剃光孩童的头发以捕捉虮虱。应氏指三世纪的诗人应璩，在他的《百一诗》里，他曾写下过"秃顶赤如壶"的句子。[2]

萧纲一直和爱好文学的弟弟萧绎保持着密切的通信联系。立为皇太子之后，大概是531年冬天，他写下著名的

---

[1]《全上古三代秦汉三国六朝文·全梁文》卷十一，第3012页。
[2]《全上古三代秦汉三国六朝文·全后汉文》卷十七，第562页；《先秦汉魏晋南北朝诗·魏诗》卷八，第470页。

《与湘东王书》，批评建康文风："比见京师文体，懦钝殊常，竞学浮疏，争为阐缓。"[1]他在信中强烈反对那些认识不到文学价值的独立性、一意模仿古板平典儒家经书文体的作者。萧纲列举了一系列经典作家，诸如"杨马曹王、潘陆颜谢"作为例证，因为"观其遣辞用心，了不相似"。这样的观点并不意味着萧纲意在提倡机械地模拟这些经典作家，他不过是想要说明，既然过去的伟大作家并不一意模仿古人，而总是在推陈出新，现代作家也应该学习他们的这种创新精神。

萧纲也批评那些盲目模仿谢灵运的诗作。他认为，"谢客吐言天拔，出于自然，时有不拘，是其糟粕"。谢灵运的天才不能靠模仿学来，因此谢灵运的模仿者没有得到谢灵运的精华，"但得其冗长"。这颇让我们想到萧子显对这一类作者的批评："启心闲绎，托辞华旷，虽存巧绮，终致迂回。宜登公宴，本非准的；而疏慢阐缓，膏肓之病。典正可采，酷不入情。"

萧纲认为另一类模仿裴子野诗风的作者也误入歧途，因为裴子野"乃是良史之才，了无篇什之美"。萧纲简洁地总结了他的观点："谢故巧不可阶，裴亦质不宜慕。"

接下来，萧纲列举了他视为典范的作家："近世谢朓沈约之诗，任昉陆倕之笔，斯实文章之冠冕，述作之楷模。张士简之赋，周升逸之辩，亦成佳手，难可复遇。"[2]萧纲不仅

---

[1]《全上古三代秦汉三国六朝文·全梁文》卷十一，第3011页。
[2] 张率的《舞马赋》特别得到武帝奖赏；周据说"辞理逋逸"，"名为口辩"。《梁书》卷三十三，第475—478页；卷二十五，第375页。

专门为诗开辟独特的园地，而且也暗示作家各有专长。值得注意的是，被萧纲挑选出来作为典范的都是近当代作家，在这一点上，萧纲和刘勰、钟嵘的态度很不一样。

最后，萧纲鼓励萧绎领导新的一代文风："文章未坠，必有英绝。领袖之者，非弟而谁？"他希望和萧绎一起商量文艺，"辨兹清浊，使如泾渭。论兹月旦，类彼汝南。朱丹既定，雌黄有别"。但是，萧纲作为皇太子，远比镇守藩镇的萧绎具有更多的影响力，也更适合做文坛领袖。"宫体"之称，即因"东宫"而起，不数年之间，东宫"新变"之体不仅受到贵游子弟们的纷纷仿效，而且也逐渐统治了整个文坛。以他特殊的地位和超人的才力，萧纲确实改变了一代文风。虽然萧纲没有留下很多专门的文论，但是，从他写给湘东王的信里我们可以看出，他对自己的文学活动具有强烈的自觉，深知他和萧绎以及他的文学侍从们在写作一种不仅与前人不同，也和很多时人完全不同的诗歌。

春宫岁月

史书中的萧纲本纪，无不从532年径直转写到他即皇帝位的549年。这中间十七年的漫长岁月，史臣仅以一笔带过：

> 及居监抚，多所弘宥。文案簿领，纤豪必察。弘纳文学之士，赏接无倦。尝于玄圃述武帝所制五经讲

疏，听者倾朝野。[1]

武帝日益年迈，萧纲想必接管了越来越多的日常行政工作，但是，他的权力是有限的，因为在重要国事上，武帝仍然是最后决策人。在京都的头几年对萧纲来说并不容易。虽然当他身在外省的时候，萧纲渴望返回京城；但是现在成为太子，行动失去自由，他似乎常常怀念当年的藩镇生活。531年到534年之间，萧纲敬爱的老师徐摛在外任职，萧纲在写给他的信里，对自己的处境流露出一丝怏然情绪：

> 山涛有言：东宫养德而已。但今与古殊。时有监抚之务，竟不能黜邪进善、少助国章、献可替不、仰裨圣政，以此惭惶，无忘夕惕。

对武帝的政策和手下所用的官员，萧纲想必有自己的意见，而这些意见未必都能打动武帝，甚至未必能够轻易出口。萧纲信中的牢骚似乎是有的而发，不是泛泛之谈。在同一封信里，萧纲更对一些缺乏地方行政经验、不识细民疾苦，而又养尊处优、志得意满、自以为是的朝廷官员表示出强烈的轻蔑和不满：

> 驱驰五岭，在戎十年，险阻艰难，备更之矣。观

---

[1]《南史》卷八，第232—233页。

> 夫全躯具臣、刀笔小吏，未尝识山川之形势，介胄之勤劳，细民之疾苦，风俗之嗜好，高阁之间可来，高门之地徒重。玉馔罗前，黄金在握，泥訾粟斯，容与自喜，亦复言轩羲以来，一人而已。使人见此，良足长叹。[1]

萧纲作为皇太子时时体会到的无能为力感，在535年听到旧日雍州僚属刘遵去世的消息之后写给刘孝仪的一封慰问信里表露无遗：

> 比在春坊，载获申晤，博望无通宾之务，司成多节文之科。所赖故人，时相媲偶。而此子溘然，实可嗟痛……吾昨欲为志铭，并为撰集。吾之劣薄，其生也不能揄扬吹嘘，使得骋其才用，今者为铭为集，何益既往？故为痛惜之情，不能已已耳。[2]

"博望"是汉武帝为太子建造的宫室；司成是主管世子品德教育的官员。这几句话，叙述了皇太子身为储君在行动方面受到的各种限制，也表示了老朋友给自己带来的慰藉。

然而在东宫十七年，萧纲并没有枉度岁月。他积极主持文学与学术活动，我们在本书第三章谈到他建立了文德待

---

[1]《全上古三代秦汉三国六朝文·全梁文》卷十一，第3010页。
[2]《梁书》卷四十一，第593—594页。

诏省，其中包括很多后辈英才，如庾信、徐陵、张长公等人。531年，萧纲聚集一批学者，开始编撰《长春殿义记》，徐陵为之作序。《长春殿义记》长达百卷，记述了武帝在长春殿主持的天文学等方面的讨论。[1]另一个重大的编撰项目是在雍州时开始的佛教类书《法宝联璧》，到534年终于宣告结束。在这期间，萧纲著述甚丰，包括儒家经典评注，谢灵运选集（《谢客文泾渭》三卷，可能曾经笺注），《玉简》五十卷，《光明符》十二卷，《易林》十七卷，《沐浴经》三卷，《马槊谱》一卷，《棋品》五卷，《弹棋谱》一卷，《新增白泽图》五卷，以及医书《如意方》十卷，等等。[2]当然，其中最引人注目的还是他自己的一百卷文集。

萧纲的一些诗作可以判断出是在这一时期写的。仅存片段的《玄圃纳凉》就是其中之一。[3]玄圃在台城东北，是太子东宫的一部分。在五世纪末，齐文惠太子曾对玄圃进行扩建和修缮，增加了很多奇花异石和亭台楼阁。

> 登山想剑阁，逗浦忆辰阳。
> 飞流如冻雨，夜月似秋霜。
> 萤翻竞晚热，虫思引秋凉。
> 鸣波如碍石，暗草别兰香。

---

[1]《梁书》卷四十，第579页；《陈书》卷二十六，第326页。
[2]《南史》卷八，第233页。这些作品都已散佚，只有《马槊谱》和《弹棋谱》序言尚存。
[3]《先秦汉魏晋南北朝诗·梁诗》卷二十二，第1957页。

在这首诗里,萧纲在感官所及之外构造出一个想象空间。剑阁在四川,以险峻闻名;辰阳在湖南,这一句用《楚辞·涉江》的典故:"朝发枉渚兮,夕宿辰阳。"后来,诗人常常用"辰阳"的典故来表达旅客思乡之情。[1]但在这里,萧纲对原典做出颠覆:在其他诗里,辰阳是旅客暂时逗留、满怀乡思之地,在萧纲诗里,辰阳却被移置于记忆和想象之中,成为诗人怀念的对象。萧统曾经向萧纲强调神游未必不胜过身临其境,现在萧纲也和萧统一样被限制在东宫苑囿,他会不会想到十几年前他的兄长对他说过的话呢?如果萧统对神游的积极论述从一方面强调了静守家园的重要性,萧纲的诗句则传达出了对行动和远游的隐隐渴望。

下一联触及诗题"纳凉",同时继续描述想象中的境界。"冻雨"也带有《楚辞》的回声,但在南中国方言里,它也指夏天的暴风雨。在下一句,诗人用了一个新奇的比喻:月光好似秋霜。这一比喻,后来被李白转化为著名诗句:"床前明月光,疑是地上霜。"

这首诗的出奇之处,在于诗人不断把暑热郁蒸的夏夜现实和对秋凉的比喻性书写进行交叉对照。当萤火虫在夜间翻飞闪烁,即使是这么细小的光芒似乎也增加了炎热。只有保持绝对安静,诗人才能感觉到些许凉意。与此同时,他的听力和嗅觉这两种官能都因为身体的静止和越来越深沉的夜

---

[1] 江淹《还故园》:"汉臣泣长沙,楚客悲辰阳。"《先秦汉魏晋南北朝诗·梁诗》卷三,第1560页。刘孝绰《夕逗繁昌浦》:"疑是辰阳宿,于此逗孤舟。"《先秦汉魏晋南北朝诗·梁诗》卷十六,第1832页。

色而变得格外敏锐。他所听到的声音，他所嗅到的气味，都开始呈露幽黑夜色中他的目力所不能企及的东西，包括溪流中的石块和隐藏在茂盛草木中的香兰。最后一句诗是对萧纲所特别爱好的诗人陶渊明的引用：

> 幽兰生前庭，含薰待清风。
> 清风脱然至，见别萧艾中。[1]

不过，陶渊明在他的诗中直接陈述的情景，在萧纲诗中仅仅出以暗示，也就是说，一丝清风使诗人在黑夜里闻到兰花的清香。在这样一个炎热的夏夜里，这一丝清风一定大受欢迎，然而，清风又是这么微弱，诗人仅仅因为嗅到飘浮而来的兰香才注意到它。这实在是一种极为特别的通感。

夏日纳凉似乎是萧纲特别喜欢的题目。在很多层面上，这一题目都涉及身体的静止，同时，因为身体的静止，诗人反而可以更好地观察周围的世界。一首《纳凉》诗是这样开头的：[2]

> 斜日晚骎骎，池塘生半阴。
> 避暑高梧侧，轻风时入襟。
> 落花还就影，惊蝉乍失林。

---

[1]《饮酒》（其十七），《先秦汉魏晋南北朝诗·晋诗》卷十七，第 1000 页。
[2]《先秦汉魏晋南北朝诗·梁诗》卷二十一，第 1946 页。

"落花就影、惊蝉失林"是何等精妙的句子。也许，因为诗人来到梧桐树下避暑，鸣蝉受惊，甚至一时失去把握而从树枝上坠落。原本喧闹异常的炎热，现在突然沉寂下来，在鸣蝉的沉默中，诗人失去了一座树林。

更为引人注目的是落花的行程。到树荫下避暑的诗人，对自然界产生了瞬间的同情，因为好像就连花瓣也在寻求阴凉，因此一意追求它自己的影子。但是，它不知道自己是在追求一个幻影：一旦捕捉到，影子就消失了，这就好比欲望一旦得到满足，欲望就死去了。

"苦热"在六朝已是传统悠久的诗歌主题，但在梁朝，我们看到大量描写"纳凉"的诗作（虽然同写炎夏，但二者着重点很不一样）。萧纲现存诗作中有一首题为《晚景纳凉》。[1] 诗平平而起：

> 日移凉气散，怀抱信悠哉。
> 珠帘影空卷，桂户向池开。

和同题诗作不一样的是，这首诗只在头一行点题，然后全部描写夜景，"凉意"隐含在身体的静止与环境的静谧之中。

> 乌栖星欲见，河净月应来。
> 横阶入细笋，蔽地湿轻苔。

---

[1]《先秦汉魏晋南北朝诗·梁诗》卷二十一，第1947页。

这是一个黑暗的时刻：太阳已落，月亮未出（"应"），星星"欲"见。随着夜色加深（乌栖和露降告诉我们这一点），周围环境越来越安静，诗人的感官也变得越来越敏锐，甚至到了官觉扭曲和超现实体验的地步：

> 草化飞为火，蚊声合似雷。

萤火虫据说是从腐草变来，故云"草化飞为火"。在完全沉浸于深沉夜色的诗人的视听中，细小的萤火虫被夸张为飞扬的火团，蚊子嗡嗡细鸣也放大为雷霆之声。安静的夏夜突然充满了"喧哗与骚动"，但诗人笔锋一转，一切戛然而止，复归于"静"：

> 于兹静闻见，自此歇氛埃。

萧纲"蚊声似雷"的比喻用的是《列子》里面"焦螟"的典故。焦螟至小，可以集于蚊睫之上而蚊不觉，就连视力和听力最好的人也没有办法看到和听到它们的动静，只有黄帝和容成子，在经过三个月的斋戒修炼以后，"心死形废，徐以神视，块然见之，若嵩山之阿；徐以气听，砰然闻之，若雷霆之声"。[1] 换句话说，只有在泯灭身体的感知（"静闻

---

[1]《列子古注今译》卷五，第418页。值得一提的是，萧纲关于萤火、蚊声的夸张描写也令人想到"大言诗"和"小言诗"，这些诗用极度夸张的语言谈论大与小的事物。萧统还是孩子的时候，曾命数位下属（转下页）

见")之后,才能对物质世界产生真正的知识和了解,达到心灵的平静,而这样一种境界,正是萧纲诗的最后两句所暗示给读者的。

萧纲的诗句一方面夸大了蚊子的声音,一方面也缩小了听者,因为他被包裹在浓黑的夜色里,觉察到细笋生过横阶,夜露湿透青苔。如雷的蚊声,更加深了夏夜的静谧。我们不要忘记萧纲所极为喜爱的同时代诗人王藉的诗句:

> 蝉噪林逾静,鸟鸣山更幽。[1]

据颜之推说,萧纲常常吟咏这两句诗,"不能忘之"。[2]

感知与再现

萧纲的很多诗作,我们今天已经无法判断其写作年代。这些诗作往往涉及诗人对物质事物的感知和对这些感知的诗歌再现。《登城》就是这样一首关于"写诗"的诗,或者更确切地讲,是一首关于"写不出诗"的诗。假如我们对最后

(接上页)就二题为诗,包括沈约、王锡、王规(492—536)、张缵、殷钧等。王锡在512年被任命为东宫官属,沈约于513年去世,因此这一事件想必发生在512年至513年间。诸诗皆存,见《先秦汉魏晋南北朝诗·梁诗》。

[1]《先秦汉魏晋南北朝诗·梁诗》卷十七,第1854页。
[2]《颜氏家训集解》卷四文章第九,第273页。

一行做出某种特定的理解,这首诗也质疑了诗歌捕捉人类复杂感情变化的能力。从某种意义上来看,这首诗几乎是对陆机《文赋》的改写,而这种改写,不消说,带有鲜明的萧纲特色:

> 日影半东檐,靖念空杼轴。
> 小堂倦缥书,华池厌修竹。
> 寂寞既寡惊,登城望原陆。
> 遥山半吐云,严飚时响谷。
> 靡靡见虚烟,森森视寒木。
> 落霞乍续断,晚浪时回复。
> 远瞩既濡翰,徒自劳心目。
> 短歌虽可裁,缘情非雾縠。[1]

诗以"日影"开始。日影标识了一天当中一个特定的时间,在这首诗里,也就是半上午的时候("半东檐")。第二句中的杼轴,是用纺织的比喻描写创作(陆机《文赋》也用了同样比喻:"虽杼轴于予怀,恐他人之我先")。这句诗隐含着一个巧妙的双关语:纺织必用"丝","丝""思"谐音,这里的"念"是"思"的同义词。"靖念",是指聚精会神,专心于手头的工作,这令我们想到陆机《文赋》开始时的描写:

---

[1]《先秦汉魏晋南北朝诗·梁诗》卷二十一,第 1932 页。

> 其始也，皆收视反听，耽思傍讯，精骛八极，心游万仞。

陆机在此所描写的，如宇文所安指出的，是"创作行为开始之前沉思冥想的过程"。[1] 但在思索的过程开始之前，作者又必须先阅读前人典籍："颐情志于典坟""游文章之林府"；观察自然世界："遵四时以叹逝，瞻万物而思纷。"这两种活动，旨在帮助诗人进行创作的准备，然而它们正是被萧纲所拒绝和排斥的：

> 小堂倦缥书，华池厌修竹。

诗人随即登上城头，希望找到创作灵感。时间流逝，又到黄昏时分（"落霞""晚浪"），诗人的努力成为徒劳：

> 远瞩既濡翰，徒自劳心目。

"濡翰"再次令人想到《文赋》里的语句，但是萧纲颠覆了陆机的原文：

> 始踟蹰于燥吻，终流离于濡翰。

---

[1] *Readings in Chinese Literary Thought*, p. 96.

起始的干燥荒芜，经过作者的努力，继之以"流离"的湿润和丰富。但是萧纲却没有这么幸运，因为

> 短歌虽可裁，缘情非雾縠。

若要理解这两句诗，我们必须再次引用《文赋》——萧纲及其同时代人一定都非常熟悉的经典名篇。陆机对诗歌的文体特点是这样描写的："诗缘情而绮靡。"缘情，也就是发自情感；"绮"，本义是有花纹的丝织品。萧纲诗句中的"缘情"指诗歌，"雾縠"则隐指扬雄《法言》中对"赋"的描述。[1] 在《法言》里，扬雄后悔少年时代对赋的热情，斥之为"壮夫不为"。这时一个想象的对话者为赋辩护说：赋像雾縠那么美丽。扬雄对此反驳道：雾縠不过是"女工之蠹"。[2] 萧纲诗的题目"登城"，更强化了"雾縠"和"赋"这一文体的联系，因为"登高能赋，可为大夫"可以说是人人皆知的俗语。[3] 这样一来，我们看到，萧纲这首诗的最后两句实际上为我们勾勒出了"诗"与"赋"的对比。萧纲意在告诉我们：他的情感可以通过诗歌进行表达，特别是这种缘情而发的"短歌"，但是，却不能用更铺张扬厉的"赋"

---

[1] 我感谢康达维教授提醒我注意到此点。
[2] 这一说法和淮南王刘安在《淮南子》中的说法如出一辙："锦绣纂组，害女工者也。"（《淮南子》卷十一，第376页）而汉景帝公元前142年发布的诏书用了和《淮南子》中一模一样的说法，可见这是西汉时的一种常见说法。《资治通鉴》卷十六，第544页。
[3] 《汉书》卷三十，第1755页。

加以传达。丝织品的暗喻贯穿全诗。

陆机在《文赋》结尾处承认，他并非总是知道如何解决创作灵感枯涸的问题。相比之下，萧纲不仅对"灵感枯涸"做出优美描述，而且，似乎还借此机缘看到了诗歌（特别是抒情短诗）的文体特性。诗中对自然界的描写也起到了特殊作用：和多数诗歌风景不同，这首诗中的自然风景并不对诗人构成"感兴"，诗人对外物也没有做出"感应"。最终他还是拿起笔来写下诗句，但是他的诗句却描写了标准灵感源泉（书籍和自然）的失败，抒发了诗人对创作灵感干涸所体会到的烦恼。这种烦恼不是一般意义上的"悲""喜"（这种"悲""喜"是传统上的诗歌创作动机），而是一种郁闷无聊的心理状态。这种心理状态，萧纲发现，只能由诗歌这一文体（而且是"短歌"）进行表达。

另一首诗，题为《晚日后堂》，也触及诗歌创作问题，但在这里，创作的过程被错置到诗歌文本之进程本身：[1]

> 幔阴通碧砌，日影度城隅。
> 岸柳垂长叶，窗桃落细跗。
> 花留蛱蝶粉，竹翳蜻蜓珠。
> 赏心无与共，染翰独踟蹰。

这首诗再次以阴影的意象开始，"影"连接起两个在现实世

---

[1]《先秦汉魏晋南北朝诗·梁诗》卷二十二，第 1955 页。

界当中相隔甚远的空间：一是诗人眼中所见的碧砌，一是遥远的"城隅"。诗人看到幔阴渐渐移动，笼罩了又离开了屋外的碧玉台阶，遂想象日影一定也度过了城墙一角。界限从此变得模糊。诗人的视线在自然界最微小的细节上徘徊，渐渐不能辨别到底何为想象，何为真实。江岸上的柳树，一个远景，和窗外的红桃，一个近景，相互交叉。诗人和桃花如此接近，他甚至宣称自己看见桃花上的细小萼房落下来。这一联诗提醒我们，日影渐阑，时光流逝，柳叶越来越浓密，桃花将衰，春天很快就要结束了。

下一联，给我们看到萧纲运用对仗的高超功力。据张华《博物志》："五月五日，埋蜻蜓头于西窗下，三日不食，化为青珠。"[1] 如果蝴蝶翅膀上的确有轻粉，"蜻蜓珠"却显然是虚无缥缈的传说，就连相信神鬼仙灵之存在的中世纪人也会视为神话的。诗人巧妙地宣称，蜻蜓珠被生长迅速的竹子所"翳"，这样一来，诗人在创造出这一意象的同时，否定了这一意象。诗人读书得来的想象之物（"蜻蜓珠"），和客观现实世界中确然存在之物（"蛱蝶粉"），被对仗的原则联系在一起，而虚无的"蜻蜓珠"也因此而获得了某种现实感。

可是，我们不由要问：蛱蝶留粉在花瓣上，这样细微的一点痕迹，又真的是人类视力所能够察觉得到的么？这一联中的描写，似乎更多来自诗人奔放的想象，而不是来自哪怕最细微最敏感的观察。在这一意义上，诗歌创作的过程被

---

[1] 张华，《博物志》卷四，第 50 页。

镶嵌在诗歌文本的进程内:观看与看见的行为,和幻想与创造的行为合而为一,于是,感知和再现变得难解难分。正因如此,诗人无法找到"赏心"分享他的视界,因为他在用心眼,而非肉眼,观看这个世界。他所"看到"的东西,无论是被竹子遮蔽的蜻蜓珠,还是花瓣上留下的星星蝶粉,都是肉眼所不能企及的。谢灵运曾说:良辰美景,赏心乐事,四者难并。后堂独坐,日落春逝,人可以"踟躇",时光却不为他淹留。萧纲意识到他唯一能做的,不过援笔写诗。

萧纲所感知与再现的世界,由飞逝的时刻构成,这特别体现于他的咏物诗上。陈美丽曾写道:"南齐咏物诗的新倾向,是描写偶然具有使用价值的细小装饰物,比如乐器、食具、化妆品等等;而不是描写自然界中独立之物。"[1]然而,萧纲的咏物诗,只有百分之二十是描写器物的。萧纲对自然景象或者有生命的事物,无论是动物、昆虫,还是植物,兴趣要强烈得多。而且,这些自然之物不是被当成静止不动、缺乏生命、具有普遍性与概括性的物类来描写的,而是特定、具体、脆弱的,难以抵御时间的摧残。比如下面这首《咏藤》:[2]

纤条寄乔木,弱影掣风斜。
标春抽晓翠,出雾挂悬花。

---

[1] Cynthia Chennault, "Ode on Objects," p. 332.
[2] 《先秦汉魏晋南北朝诗·梁诗》卷二十二,第 1973 页。

诗人选择描写的，是初春早晨雾气尚未全部散去时候的藤。然而微风吹拂，阳光透射，藤在地上投下影子。虽然在现实世界里，是风掣藤斜，但诗的第二句以语言造成幻觉，似乎藤掣风斜，这使得诗人笔下的藤显得充满生命。一系列动词的使用强调了藤的纤弱，然而也突出了藤的韧性。

萧纲对物理世界的特别现象而不是抽象特质更感兴趣，因此，他格外注重光与影的变幻。比如《咏蔷薇》：[1]

> 燕来枝益软，风飘花转光。
> 氲氲不肯去，还来阶上香。

诗人描写的，是一棵处在特定时刻和特定情境下的蔷薇：风中的蔷薇。风吹花翻卷，使花朵完全向日，显得更加光艳四射。我们知道，是风把花香吹上台阶，然而在诗里，花香被赋予生命和主动性，飘上台阶，流连不舍，似乎希望进入诗人室中。

《咏栀子花》似乎仅余片断。[2] 与其说它描写的是花，还不如说是花影更为允当：

> 素华偏可憙，的的半临池。
> 疑为霜裹叶，复类雪封枝。

---

[1]《先秦汉魏晋南北朝诗·梁诗》卷二十二，第 1972—1973 页。
[2]《先秦汉魏晋南北朝诗·梁诗》卷二十二，第 1965—1966 页。

> 日斜光隐见,风还影合离。

在一个著名的故事里,东晋诗人谢道蕴把冬天雪花飞舞的景色化为一片暖春气象。萧纲在这首诗里所做的正好相反,把洁白的栀子花比作霜和雪,而无论霜、雪,在日光的照射下都会反射强烈的光线,虽然它们也会很快被日光消融。在这首诗里,只有栀子花的枝与叶具有某种实质,堆满枝头的花朵被化为一片灿烂的白光,因为阴影的反衬而显得更加耀目。

这一时期的很多咏物诗,诗人未必亲眼看到歌咏之物,尽可以堆砌有关事典,以为炫耀学问的机会。萧纲比较成功的咏物之作,却从不机械地累积典故和事物特征,而是展示了诗人对周围世界的敏感和高超的语言能力。比如下面描写细雨的诗句:

> 渍花枝觉重,湿鸟羽飞迟。

我们在杜甫的《春夜喜雨》里听到萧纲诗句的回声:"晓看红湿处,花重锦官城。"

《咏云》描写了物质世界的易朽与脆弱,是萧纲最好的咏物诗之一:

> 浮云舒五色,玛瑙映霜天。
> 玉叶散秋影,金风飘紫烟。

这首诗展示了萧纲对文学传统的熟悉和他创新的能力。陆机在《浮云赋》里，把浮云比作芙蓉、蕣华、玛瑙、车渠，又比作金柯上的玉叶。[1]我们注意到萧纲在诗里没有选取诸如芙蓉和蕣华这些有机物的比喻，而是选取了玛瑙和玉，这两种矿物质地坚硬，和浮云变幻的形状正好构成了强烈的对比。一方面，诗人用了很多飘忽不定的字样，动词如舒、浮、散、飘，名词则有云、影、风、烟；另一方面，他却又突出了矿物如玛瑙、玉、金的坚实。"天"是"霜天"，更加强了冷与硬的感觉。

诗中的云是特定季节里的云：它们是秋天的云。植物的叶子在秋天会凋落、枯萎和腐烂，但是"玉叶"不会。然而，在"金风"的吹拂下，就连玉叶也飘零四散，最终化为空虚的烟雾。

佛教的净土乐园，被描绘为一个镶嵌金刚石与七宝的华严境界，所谓七宝，便包括金、玉、玛瑙、车渠。在这个境界里，就连树木也是珠宝生成，譬如琉璃、水晶与珍珠。对有些读者来说，珠宝似乎显示了"人工"的豪华与奢侈，缺乏"天然"的美感；但是，细思之，无论金、玉、琉璃、水晶还是珍珠、玛瑙，它们不是自然之物又是什么呢？这些矿物质，它们和植物界的树木唯一的分别就在于它们是不朽的，超越了生与死，永不凋零。佛经用大量浪漫笔墨铺张描

---

[1]《全上古三代秦汉三国六朝文·全晋文》卷九十六，第2008页。陆机对云的描写令人想到应邵《风俗通义》（佚文）："黄帝战蚩尤于涿鹿，常有五色云气金枝玉叶止于帝上。"《风俗通义校释》，第407页。

写的庄严华丽的净土,一定给梁朝的皇子、贵族和平民留下深刻的印象。在他的另一首诗《西斋行马》中,萧纲再次化用净土的描写:

> 云开玛瑙叶,水净琉璃波。

而萧纲的咏云诗,如果放在佛教语境中来看,就变得格外富有深意。当金风乍起,把玉叶吹散,化为紫烟,坚固长生的金刚境界,与人世的脆弱不实,形成了令人心哀的反差。

萧纲有很多诗,都渗透了佛教的影响。《咏美人看画》勾勒出物质世界的虚幻:[1]

> 殿上图神女,宫里出佳人。
> 可怜俱是画,谁能辨伪真。
> 分明净眉眼,一种细腰身。
> 所可持为异,长有好精神。

这是一首带有幽默感的诗。萧纲指出画中人和画外人"俱是画",暗示宫里佳人浓重的红粉妆。最后一联,如孙康宜所言,宣示了"艺术的永久价值":只有画中人才是"长有"好精神的。[2] 现代读者可以指责萧纲把真实的女子和艺

---

[1]《先秦汉魏晋南北朝诗·梁诗》卷二十二,第 1953 页。
[2] Kang-i Sun Chang, *Six Dynasties Poetry*, p. 156.

术品一样相提并论是对女性的"物化",然而,正是在这一联诗句里,我们最清楚不过地看到人世的无穷活力与无限脆弱:和画中人不同,画外的佳人会生病、衰老、发怒和悲伤,从此轻易地失去她的"好精神",而这才是生命,才是人间。更何况,对于经常前往寺院聆听高僧说法的梁朝人士来说,"长有好精神"这句诗本身就是一种暗含反讽的说法。萧纲的诗令人想到一则著名的佛经故事,在故事里,木匠造出一尊逼真的美女雕像,画师不知就里,爱上了木雕,发现受骗后决意报复,遂画自己上吊情形;木匠见画大骇,奔过去准备切断绳索,这才发现是画而大惭。木匠和画师由此醒悟人世虚幻本质而共同出家。[1] 在佛经里,绘画是世象虚幻的最常用比喻之一:画似真而非真,此外,画作难免受到水、火、虫蠹和时间的损害,其"长久"也无非是幻象而已。

《照流看落钗》借梁代诗人所喜爱的诗歌主题之一,水中倒影,写人世浮幻:[2]

> 相随照绿水,意欲重凉风。
> 流摇妆影坏,钗落鬓华空。
> 佳期在何许,徒伤心不同。

---

[1] 出自《杂譬喻经》,收录于武帝敕修的《经律异相》。《大藏经》第五十三册卷四十四,第229页。
[2] 《先秦汉魏晋南北朝诗·梁诗》卷二十二,第1964页。梁代诗人汤僧济又有《咏渫井得金钗》诗,见《先秦汉魏晋南北朝诗·梁诗》卷二十八,第2119页。这两首诗构成杜甫《铜瓶》诗的原型。

"坏""空",都是佛教词语。坏指一切无常事物的毁灭和破坏,"坏苦"是"三苦"之一,对心爱的事物遭到毁灭与破坏感到的哀痛。

在本书第四章里,我们曾经谈到萧纲咏单凫诗。萧纲集中尚有其他类似诗篇,如《洲闻独鹤》和《夜望单飞雁》。[1]后者是一首七言绝句,这在梁朝还是一种相当新颖的体裁:

> 天霜河白夜星稀,一雁声嘶何处归。
> 早知半路应相失,不如从来本独飞。

诗的情感力量源于首句的寒冷清澈,以及最后两句的单纯与直接。我们情不自禁要想知道:为什么在这样一个霜寒星稀的深夜,银河已经在黎明的光线中渐渐发白,诗人却还和孤零的失群雁一样彻夜未眠。

末 年

整整十七年,生活在一位年纪日益老迈然而精力不衰的皇帝父亲的阴影下,对于一个成年男子来说,不是一种让人羡慕的处境。但萧纲总是尽力而为。他协助武帝处理日常

---

[1]《先秦汉魏晋南北朝诗·梁诗》卷二十二,第1960、1978页。前首诗的题目,据《艺文类聚》卷九十,第1566页。

政务，同时贡献很多时间精力给文化与学术活动。547年初夏，"神马出，皇太子献《宝马颂》"，[1]对王朝的和平昌盛与皇帝的圣明统治极尽赞美，然而，就在那一年初，武帝被统一南北的野心所推动，不顾数位朝臣的反对，做出一个致命的错误决定，接受了侯景的投降：这是梁朝没落的开端。

同一年，萧纲在东宫开讲《老》《庄》。据说前宰相何敬容曾私下对此表示担忧，以为清谈玄虚曾经导致西晋沦陷，恐怕当今重蹈覆辙。[2]这样的话，在和平年代里，说过也就被人遗忘了，但是，有"后见之明"作支柱，史臣把它当成预言记载下来。

把王朝的覆灭怪到老庄或佛教上面，其实无非是文化神话。侯景之乱的直接动因，是侯景的野心和反复无常的本性，以及梁朝君臣做出的一系列错误决定。公元548年9月，侯景宣布起兵清除君侧奸臣。他得到武帝侄儿萧正德的暗中支持，和谋臣王伟一起设计了一个极为大胆的计划，带兵直捣首都建康。一路上，叛军几乎没有受到任何抵抗。在仅仅两个月时间里，侯景和他的八千人马已经来到建康城下。548年12月7日晚上，建康宣布戒严。百姓陷入恐慌，城中到处发生劫乱，御街堵塞，不复通行。

---

[1]《南史》卷七，第219页。文见《全上古三代秦汉三国六朝文·全梁文》卷十二，第3020页。《文苑英华》作《马宝颂》，马宝是佛教语，为转轮王七宝之一，作马宝是。

[2]《梁书》卷三十七，第533页。

萧纲见情势危急，戎装入见武帝，请求全权指挥。武帝答道："此自汝事，何更问为。"当时，萧纲还不知萧正德的背叛，遂命萧正德守卫朱雀门。萧纲长子萧大器负责都城防御，以忠诚而智勇的将军羊侃为副。南浦候萧推负责守卫台城东南的东府城。

12月9日，侯景军队到达秦淮河上的朱雀桥。庾信受命断桥，但看到侯景军队便即退却了。台城之西，萧纲第六子萧大春（530—551）自石头城撤退；北面，谢禧（509—？）和元贞弃白下而走。建康防线于是三面崩溃。建康城内，萧纲命王质（511—570）援助庾信，但是王质遇敌即退。至此，没有一兵一卒真正和侯景正面交锋。如果当时梁军表现出后来守卫台城的英勇，历史可能还有机会重写；然而，在最初面对侯景叛军的时候，都城上下似乎只有一片混乱与荒悚。

马约翰，萧纲传记作者，认为这是萧纲用人不当造成的后果。[1]然而实际的情形是梁朝承平日久，对这样的危机完全没有准备。武帝至为信任的大臣朱异擅长处理内政，但毫无军事谋略，对侯景的疯狂绝望程度缺乏判断力。最早投降侯景的梁臣之一，历阳太守庄铁（？—550），曾经告诉侯景："国家承平岁久，人不习战，闻大王举兵，内外震骇，宜乘此际，速趋建康，可兵不血刃而成大功。若使朝廷徐得为备，内外小安，遣羸兵千人直据采石，大王虽有精甲

---

[1] John Marney, *Liang Chien-wen Ti*, p. 142.

百万，不得济矣。"[1] 就这样，由一个因感到后无退路而格外胆勇的叛臣和他的参谋设下的孤注一掷计策——带领八千士兵和几百匹马直逼梁朝的心脏——居然得到成功。庄铁唯一没有说中的是"兵不血刃"：虽然开始的时候充满畏怯，建康军民在台城之围中却表现得顽强不屈，围城长达数月，充满了血腥。

在这期间，既出现了很多可歌可泣的忠勇行为，也有怯懦和背叛。材官将军宋嶷降贼后为侯景献计，引玄武湖水灌台城，宫阙之前的御街顿时成为一片汪洋洪波。在城中，很多人死于饥饿与瘟疫，包括萧纲的妻子王灵宾夫人。与此同时，大批援军虽然相继来到，却因为内部不和以及坏运气终于劳而无功。549年4月24日，在将近五个月的顽强抵抗之后，台城陷落了。

这时，唯一为梁朝的皇帝和皇太子挽救了体面的，是他们在大难之中完全的冷静与镇定。武帝和太子接见侯景时毫无惧容，反倒是侯景表现得紧张惶恐，居然不能回答武帝的问话，不得不由手下人王伟代答。梁朝皇帝和太子的尊严给一个年轻人留下了深刻的印象，这个年轻人就是袁宪，因聪明博学，十七岁即解褐入仕，并娶萧纲的女儿南沙公主为妻。四十年后，当隋朝军队进入陈宫，袁宪劝说陈后主效法梁武帝，在正殿接见隋朝将士。然而，陈后主不顾袁宪的竭力劝阻，带着两位宠爱的妃子下枯井躲避，终于被隋兵发

---

[1]《资治通鉴》卷一百六十一，第4983页。

现，把他们一一从井里拉了上来。武帝和太子的尊严与度量，陈后主的委琐懦怯，是梁与陈的文化分水岭。南朝几百年风流，随着梁朝的覆灭而永远结束了。

6月12日，梁武帝逝世。7月7日，侯景宣布武帝死讯，萧纲被立为皇帝，在侯景势力之下，开始了两年半的傀儡统治。萧纲对年号的选择，颇能说明他当时的心境。他本来准备使用"文明"，取自《周易》中"明夷"一卦，"明夷"意味着光明受到掩抑，表示在困境中应保持坚贞："明入地中，明夷。内文明而外柔顺，以蒙大难。文王以之。"[1]但是最终萧纲放弃了这一年号，因为恐怕被侯景手下的参谋探测到个中含义。他选择了"大宝"，取自《周易·系辞传》："圣人之大宝曰位。"

萧纲即位初期，外表上的宫廷体面被多少维持下来，虽则内里秩序全无。550年4月6日，侯景邀请萧纲按照惯例在乐游苑主持禊宴。其时，侯景已经逼娶萧纲的小女儿溧阳公主，溧阳公主年少美丽，深得侯景宠爱，"翌日向晨，简文还宫。景拜伏苦请，简文不从。及发，景即与溧阳主共据御床，南面并坐，群臣文武列坐侍宴"。[2] 5月28日，侯景又邀请萧纲和溧阳公主的生母范淑妃一同前往西州赴宴。萧纲素服而至，从者四百余人，侯景随从多达数千，且尽带铁甲。宴席之间，"奏梁所常用乐"，萧纲闻乐而凄然

---

[1]《周易正义》卷四，第88页。文王即周文王，曾被商纣王监禁数年。
[2]《南史》卷八十，第2008页。

下泪。[1]

在这段艰难的岁月里，萧纲借披阅坟史、谈讲道义排除郁闷。系于萧纲名下的《秀林山铭》，作于550年4月16日的一次出游。[2] 铭文措辞温美，没有任何迹象显示作者的难堪处境。文学传统和成规帮助作者维持了梁朝宫廷的优雅风度和雍容外表，这篇铭文昭示了萧纲对年号的最初选择："外柔顺而内文明。"

这一年的下半年，萧纲的侄儿萧会理（519—550）企图刺杀侯景而没有成功。侯景从此对萧纲产生猜忌。此前，王克、殷不害（505—589）和萧谘因文弱而被允许单独接近萧纲。[3] 自此之后，王克和殷不害惧祸而自动和萧纲保持距离，唯有萧谘仍然天天觐见。侯景终于觅人暗杀了萧谘。萧纲得知后，知道自己的结局也已不远，他指着自己居住的宫殿告诉殷不害："庞涓当死此下。"[4]

551年春，侯景手下将领任约与湘东王军队作战失利，侯景亲自赴援，也遭挫败，直到夏末才回到建康。侯景向来对南人不屑一顾，认为他们容易征服，因此打算平定江南之后才实行登基。现在屡次失利，他加快了夺位的步伐。551年10月2日，萧纲被废。萧统之孙萧栋被立为帝。众多萧梁皇室子孙在这一期间被杀。萧纲的长子，皇太子萧大器，

---

[1]《南史》卷八十，第2009页；《隋书》卷十三，第304页。
[2]《全上古三代秦汉三国六朝文·全梁文》卷十三，第3025页。
[3]《南史》卷五十二，第1298页。
[4]《梁书》卷五十六，第858页；《南史》卷八，第123页。

曾放弃了逃走到北方的机会和父亲留在一起，也在此时遇害。那一天，萧大器正讲《老子》，"刑人掩至。太子颜色不变，徐曰：'久知此事，嗟其晚耳。'刑者欲以衣带绞之。太子曰：'此不能见杀。'乃指系帐竿下绳，命取绞之而绝"。在此之前，有人曾问他为何对侯景之辈毫无惧怕之情、屈服之意，太子回答说：如果不到时候，哪怕对贼党厉声呵斥，他们也不会见杀；如果时候已到，百拜求哀也不会免于一死。又有人问他为什么处在如此险恶的环境里每天还能容貌怡然，太子说："自度死必在贼前。若诸叔外来，平夷羯寇，必前见杀，然后就死。若其遂开拓上流，必先见杀，后取富贵。何能以无益之愁，横忧必死之命。"[1]其明智、冷静、尊严，可谓有其父必有其子了。

退位之后，萧纲被软禁，没有纸张，就在墙上以及殿柱之间的板壁上写下几百首诗文。11月15日晚上，王伟带着两个手下彭儁、王修纂，带来酒食，声称侯景派他们来为陛下上寿。萧纲微笑道：既然已经退位，为何还称陛下？所谓寿酒，恐怕也就寿尽于此了吧。但他仍然痛饮尽欢，甚至引述《论语》，略带嘲讽地评论彭儁在一柄曲颈琵琶上弹奏出来的乐曲："不图为乐一至于斯！"那天夜里，彭儁、王修纂用一只装满泥土的布袋窒死了萧纲。他的尸体被留在城北的一个酒库里。第二天，王伟带人来检视萧纲的住处，看到墙壁上到处留下的诗文，"恶其辞切"，命人全部刮去。有人暗暗记

---

[1]《梁书》卷八，第172页；《南史》卷五十四，第1338页。

诵下来三首连珠、四首诗、五首绝句,"文并凄怆"。[1]

《梁书》萧纲本纪保存了一篇遗文的残片：

> 有梁正士兰陵萧世赞,立身行道,终始如一。风雨如晦,鸡鸣不已。弗欺暗室,岂况三光?数至于此,命也如何。

"风雨如晦,鸡鸣不已",是来自《诗经》中的篇章。对这首诗的传统诠释是："风雨,思君子也。乱世,则思君子不改其度焉。"[2]

萧纲在幽絷期间写下的一首诗,有赖于佛教文选《广弘明集》而保存下来：

> 恍忽烟霞散,飕飗松柏阴。
> 幽山白杨古,野路黄尘深。
> 终无千月命,安用九丹金。
> 阙里长芜没,苍天空照心。[3]

阙里是孔子的故里。松柏、白杨,都是种植在坟墓边上的树。第三联暗用郭璞："在世无千月,命如秋叶蒂。"九丹可以炼成黄金,服用后无论成仙还是留在人世,都不会再

---

[1]《梁书》卷四,第108页;《南史》卷八,第233—234页。
[2]《毛诗正义》卷四,第179页。
[3]《先秦汉魏晋南北朝诗·梁诗》卷二十二,第1979页。

受任何伤害。

王夫之曾经评论这首诗:"当此殊哀,音节不乱。沉郁慷慨,动人千年之下。风雨如晦,鸡鸣不已:自道不诬矣。具此襟期,自非百六,讵不称君人之度?"[1]的确,我们在这首诗里,可以最清楚不过地看到萧纲惊人的自制力,艺术的把握,和从孩童时代就已开始的个人修养。诗的第一联,概括了这位皇子诗人的一生:仿佛烟霞一样灿烂,然而缥缈不实,转眼之间,已被金风吹散,露出空青一片的苍天,然而,松柏投下愈来愈浓重的阴影,很快就是黄昏了。

552年4月30日,萧绎手下的将军王僧辩,在收复建康之后,送萧纲的灵柩还朝,带领文武官员按照礼节进行祭拜。按照现代日历计算,这一天,正好是梁王朝建立的五十周年。5月26日,侯景在逃往北方的路上被杀,尸体运回建康,在街头示众,据说很快就被仇恨他的建康百姓剐为碎片,啖之殆尽。

552年6月5日,萧纲与妻子王灵宾合葬于庄陵。萧绎把侯景手下给予萧纲的谥号"明帝"改为"简文"。萧纲在绝命诗中描写的情景——幽山、野路、白杨、黄尘——和现实相去并不远。今天,在南京郊外,我们仍然能看到庄陵最后的遗迹:野田之中矗立着巨大石兽,然而是不完整的、残缺的。

---

[1]《古诗评选》,第303页。

* * *

在对《诗经·墓门》的评语中，萧纲曾经对诗歌下过一个定义。他如是解说"歌以讯之"这句诗：

> 诗者，思也，辞也。发虑在心谓之思；言，见其怀抱者也。在辞为诗，在乐为歌，其本一也。故云：作好歌以讯之。[1]

这段文字，既响应了传统诗学，又超越了传统诗学。"思"和"情""志"不同，强调了理性思维的运作。萧纲把"诗"等同于"思"，更等同于"辞"，这一点也不容忽视，因为它强调了语言的重要性。在对诗歌的传统定义里，诗是"志之所之"，也就是心中念念不忘的东西；然而，在萧纲的定义里，一首诗也可以仅仅只是"言辞"。言辞可以"见其怀抱"，但是言辞不等于"怀抱"，"怀抱"必须有待于"言辞"才能表现。与传统相比，这是一个重要的转折点，这一定义的革新之处在于，不再把诗歌视为直接传达思想感情的透明媒介，而是思维与语言的艺术。换句话说，诗歌不是情感的"表现"，而是"再现"。这一诗学到公元九世纪成为文学传统中一种重要的"另类声音"，[2] 但是萧纲对诗歌的定义

---

[1] 萧纲著有《毛诗十五国风义》，现仅存残篇，保存在成伯玙《毛诗指说》中。见马国翰《玉函山房辑佚书》卷十六，第 48a 页。

[2] Stephen Owen, *The End of the Chinese "Middle Ages"*, pp. 107-129.

在公元六世纪显得过于前卫。充满自由精神的梁朝宫廷是一个受到保护的世界,但是,一旦离开这一语境,他的诗歌就轻易地成为后世批评者的靶子,一个对文学具有创新想法的皇太子,在他们眼里不值得太多同情。

王夫之是极少数欣赏南朝诗歌的传统批评家之一。在评价萧纲的两句诗时,他曾说:

> 唯杜子美早年足构此句,太白、摩诘时差参近之。余子望风而靡久矣。[1]

然而,萧纲的辉煌诗才已经被长久湮没在误解和误读之中。只有当我们细读他的诗的时候,才会看到一个纤细、敏感、光明的世界。在前面,我们已经谈到过他喜欢描写影子,但是,影子的出现,是因为光受到阻挡,这正好从反面证明了光的存在。

---

[1]《古诗评点》,第301页。

第七章 "南""北"观念的文化建构

在中国文化想象中,"南方"与"北方"的形象已经相当固定了:北方通常被视为粗犷、豪放、严峻,南方则温柔、旖旎、充满感性。这两组特质不难和传统所规定的性别特征联系起来,把南北之别等同于男女之别。本章旨在说明这些形象并非"客观现实的反映",而是在南北朝时期开始形成的文化建构。这一建构过程到公元六世纪已基本成熟,在南北统一的隋唐时代最后定型。

在进入讨论之前,有几点内容需要澄清。首先要指出,中国文化想象中的"北方"与"南方"没有一个固定、明确的地理界限,只是和实际的地理环境大致相当;就连这种"大致相当",在不同的历史时期也有不同的体现。换句话说,"南方"与"北方"是内涵模糊的文化概念,引起的是具有高度概括性的联想。如果我们一定要给"南方"划出疆域，长江也许可以算是某种界线，因此"南方"又称江南，泛指长江以南的地区。但是，长江以南的地区相当广大，而在关于"南方"或"江南"的文化想象中，岭南和蜀地扮演的角色都不能说十分突出。因此，我们对"江南"的文化幻想，可以说是以长江三角洲地区为中心的。这里重要的是历史感：也就是说，意识到"南/北"的概念随着华夏帝国实际疆域的变化而变化。对一个现代中国人来说，东三省当然包括在"北方"之内，但在公元五世纪，"北方"主要指北魏政权控制下的地区。

因为长江在芜湖与南京之间呈南北流向，又出现了"江东"的说法，这一说法在三国时期扩大为对整个孙吴政权统治下地区的称呼。自东晋以来，"江左"一词也很常用，不过，在四世纪到六世纪之间，"江左"不见于诗，只见于文，诗歌通常不取"江左"而取"江南"。尤为值得注意的是，"江南"一词是在梁代诗歌中才开始频频出现的，而梁朝正是浪漫化的"南方"形象逐渐成形之时。

其次要澄清"南"与"北"这两个概念在南北朝时期的使用范围。南北对峙三百年间，南北之间的边界常常发生变动。但无论实际地理疆域如何，这种政治局面造成了强烈的"南/北"意识。在这一时期，北人/北士、南人/南士的说法日益常见。当然我们必须注意这些说法的使用语境。在南方，"南人/南士"可以指相对于北方移民来说的南方本土人士。又如五世纪末江淹的《待罪江南思北归赋》，"江南"指福建，"北归"指回到都城建康。但与此同时，无可否认地，也出现了意义更广大的"南方"与"北方"在政治与文化上的双重对立。在五六世纪，人们常常有意识地进行南北对比，这种比较在六世纪末颜之推的《颜氏家训》里得到集中体现。归根结底，南与北这两个概念是相对的，不仅相对于彼此而成立，而且其本身的内涵也决定了它们的相对性。本文谈到的"南北"，是公元五六世纪作为对立的政治与文化中心的南北，它们取决于政治疆域而非地理疆域，并最终成为纯粹的文化概念，直至今天仍然操纵着我们的文化想象。

最后需要说明的是，虽然在《诗经》《楚辞》中已经存在着"南方话语"，但它和南北朝时期形成的"南方话语"具有重要的不同：早期文化语境中的"南方"不是相对于"北方"存在的，而是相对于"中原"存在的。换句话说，在六朝以前，南方从来都没有成为汉文化的中心。"南方"与"北方"作为文化概念的构筑始于南北朝时期。只有在这时，特别是到了五世纪以后，尽管它们各以正统自居，相互蔑视与诋毁，南方与北方才在政治与文化上首次处于对等的地位。

* * *

本章分为六节。第一节简述南北之争，第二节探讨隋唐时期在保存、传播、评价南北朝文学过程中扮演的中介角色。在其余四节中，我们将分别讨论一系列对南北形象的生成起到关键作用的文本。第一组文本是所谓的"边塞诗"。在边塞诗里，"边塞"专指中国的极北或西北，既和南北朝时代南北之间的实际地理边界毫无关系，也和南朝的南疆或西南边陲全不相干。早期边塞诗都是由从未到过边塞的南方诗人创作的，它既是文学体裁内在发展的结果，也体现了南朝诗人建构"文化他者"的企图。第二组文本是所谓的"北朝乐府"。这些乐府诗被认为代表了强健豪迈的北方特色，但它们绝大多数都是由梁朝乐师演奏和保存下来的。这些乐府诗与其说代表了北方特色，还不如说代表了南方人眼中的北方，南方人出于一己动机所着力塑造的北方。

在本章的最后两节，我们将分别讨论采莲诗和南朝乐府诗。虽然逯钦立在《先秦汉魏晋南北朝诗》里把大多数南方乐府归置于《晋诗》，我们却常常无从分辨这些诗的创作时间，而且，乐曲和曲辞也未必是同时产生的。很多现代学者都认为这些热烈的乐府诗出自社会下层的女子之口，然而，仔细检视之下，我们会发现这些诗更多代表了贵族的想象，而且，歌者的性别也往往是模糊的。是什么导致了这种"女性"解读，这样的解读又服务于什么样的目的？这将是我们在本章中探讨的问题。

南北之争

狭义上的江南，通常指吴越地区。在先秦时代，吴越两国远离中原文化区，但吴自称是周王室的后代，越自称是夏禹的后代。六朝时期，很多南方大族也都宣称拥有显赫的中原祖先，这样便可在保持南方文化身份的同时，以正统汉文化的传人自居。

南方的经济在汉代一直有所发展，但是直到三世纪吴国定都建康，才算真正拥有独立于中原文化的朝廷和文化中心。西晋灭吴后，很多南士入洛，与北人产生文化冲突。这种冲突在晋廷南渡后变得更加明显。晋元帝虽然在王导帮助下取得了南方大族的支持，还是强烈地感到"寄人国土，心常怀惭"。

南北分裂期间，所谓南北冲突是两重的。一方面，在南方存在着本土南人与北来移民在政治和经济利益上的矛盾；另一方面，南朝与北朝政权不仅在军事上也在文化上彼此争强。文化竞争有时体现在外交场合。自五世纪中期以来，南北外交使节来往变得日益频繁。无论出使人员还是接待使节的主客，都以学问、文采与口才作为入选标准。譬如徐陵出使北齐，受到魏收的嘲讽，魏收却终因无法回答徐陵的反唇相讥而被高澄关进监狱。

这一时期流传下来的故事对南方与北方所作的描述基本取决于故事记述者的视角和动机。在《洛阳伽蓝记》里，北魏作者杨衒之详细记录了北魏大臣杨元慎在著名的梁朝将领陈庆之（484—539）面前对南人习俗所做的攻击，最后的结论是："自此后，吴儿更不敢解语。"陈庆之北征回来后，据说对北人态度大变，尊敬有加。但我们从他的一句话里还是可以看出一般南人对北人的态度："自晋宋以来，号洛阳为荒土；此中谓长江以北，尽是夷狄。"

南朝君主自视为正统汉文化的维护者，萧梁王朝取得的文化业绩就连北人也要折服。高欢（495—547）曾说：

"江东复有一吴儿老翁萧衍者，专事衣冠礼乐，中原士大夫望之以为正朔所在。我若急作法网，不相饶借，恐督将尽投黑獭（宇文泰，507—556），士子悉奔萧衍，则人物流散，何以为国？"但是文化的辉煌不能保证政权的正统性。对隋唐君臣来说，天命是从东晋到北魏，又到西魏、北周，最终到隋唐，这样一脉相承的。这种观点直到北宋才得到改变。

从某种程度上说，是在隋唐这两个大一统的朝代，北方与南方才被作为两种对等的文化可能性进行比较，而不再是或不再仅仅是"我们"与"他们"这样的敌对关系。侯景之乱以后，越来越多的南人入北，南北混合促进了更深的相互了解，也加强了人们对南北文化身份差异的意识。颜之推在《颜氏家训》里不断谈到南北风俗与观念的不同。他举了一个著名的例子：萧悫的诗句受到南方人的欣赏，北士却对之不以为然。北方诗人邢劭在萧悫诗集序言里写道："自汉逮晋，情赏犹自不谐；江北江南，意制本应相诡。"然而，邢劭的话恐怕只代表对某个具体诗人的评判，也是北人维护本土身份意识的体现。我们将会看到，南朝宫廷文风其实在北方产生了巨大的影响。

征服者的文学观

隋唐都是北人王朝，这对我们理解六朝文学意义重大。隋唐官方话语对南朝宫廷文学特别是梁朝宫体诗批评十分严厉，这样的批评态度一直持续到二十世纪。但是，如果我们看一些统计数字，会得到完全不同的印象。

初唐史官为《南史·文学传》所写的前言，长度仅仅是《北史·文苑传》前言的十分之一，这相当有力地说明北方文学被赋予更加重要的地位。然而，从现存的文学作品数量看来，这一情况完全颠倒了过来：现存北方诗文数量极少，除去《水经注》《洛阳伽蓝记》《魏书》之外，如果不是有庾信、王褒、颜之推以及其他一些由南入北的作家留下的作品，北方文学作品数量还要更少。在现存作品中，所谓的"北地三才"邢劭、温子升、魏收，全都生活于六世纪，而且深受梁朝宫廷文学的影响：邢邵服膺沈约，魏收则渴慕任昉。[1]温子升现存诗歌11首（包括残篇在内），邢劭9首，魏收16首。然而，这并不等于说他们不是多产作家：温子升有文集39卷，邢劭31卷，魏收68卷。[2]

这些数字告诉我们很多东西。我们看到，初唐编写的史籍对南北朝文学的评判，与初唐类书如《艺文类聚》《初学记》（二者都是唐前文学的重要资料来源）的编辑方针十分不同，"理论"与"实践"之间存在着巨大的鸿沟。萧纲的作品就是一个典型例子：唐代官方话语对萧纲的宫体作品持严厉的批判态度，但是《艺文类聚》中却收录了萧纲的大量诗文。萧纲存留到今天的诗作约250首，这对于作品保留下来极少的唐前作家来说，实在不是一个小数目。

相比之下，通过检点佚书，我们意识到北方并非文化

---

[1]《颜氏家训集解》卷四文章第九，第254页。
[2] 据《隋书·经籍志》卷三十五，第1079页。

沙漠，北方作家创作了大量作品，然而，因为不符合七世纪初期的文学趣味，只有极少量得以存留下来，而且，就连这一小部分还有赖于魏收的《魏书》——魏收本人善属文，因此似乎特别喜欢在史书中收录文学作品。但这又导致后代学者另外一种错误印象：史传中收录的作品多以章表檄文等政治性文件为主，而在收录个人文学作品时，赋的比例又远远大于诗歌的比例，于是后代学者往往认为北朝文学多实用性，而且作赋多于作诗，这其实是没有考虑到文学资料来源的性质而得出的偏颇结论。

初唐类书对北方文学表示出强烈的偏见，这让我们想到当时流传的一则逸闻。据八世纪的刘餗在《隋唐嘉话》中记载，徐陵使北，魏收托他把自己的文集带到南方去。徐陵在南归途中把魏收的文集投入长江。从者问他何故如此，他回答："吾为魏公藏拙。"[1]这则故事不知可靠性如何，但它很可以拿来作为北方文学命运的象征：连一个流传的机会都没有得到就被埋没了，因此，后人根本无法对其总体情况做出准确的评估和判断。张彝（461—519）曾向北魏皇帝献上七卷他做地方官时"采风"收集到的诗歌，现在这些诗歌已经全部佚失，只有献诗上表还存留下来（保存在《魏书》卷六十四的张彝本传里）。然而，在书写文学史的时候，我们必须把这些佚书考虑在内，也必须考虑文学作品的资料来源。

---

[1]《隋唐嘉话》卷三。类似的故事还有不少，比如张鷟（658—730）在《朝野佥载》里记载庾信除了对温子升、薛道衡、卢思道略加赞许之外，对其他北方作家一概嗤之以鼻。《朝野佥载》卷六。

主编《艺文类聚》的欧阳询（557—641）是南人，但《艺文类聚》的编者包括不少北人，如裴矩、赵弘智、令狐德棻皆是，令狐德棻还是太宗信任的史臣之一。因此，《艺文类聚》对北方作品的排斥不能说是南人的合谋，只能说显示了占主导地位的文学口味压倒了意识形态的判断。初唐诗风如很多学者已经指出的，是对梁陈宫廷诗风的延续。

但无论具体实践如何，初唐史臣对南朝文学做出的评判对"南方"与"北方"的文化形象建构具有关键作用。《隋书·文学传》序言和《北史·文苑传》序言中表示出来的意见，为后人对南北文学的判断奠定了基调：

> 江左宫商发越，贵于清绮；河朔词义贞刚，重乎气质。气质则理胜其词，清绮则文过其意，理深者便于时用，文华者宜于咏歌，此其南北词人得失之大较也。

"绮"与"刚"很容易被纳入传统的性别分类：被征服的南方柔靡而女性化，征服者的北方孔武刚健。史臣理想中的诗是南北的结合：

> 若能掇彼清音，简兹累句，各去所短，合其两长，则文质斌斌，尽善尽美矣。

结合文与质不是什么新鲜的观点，但放在初唐语境中来看，这一想象中的结合显然代表了统一帝国的新诗学。把南方等同于"文"、北方等同于"质"是较为特别的做法,但当我们把这种描述和一系列文本进行对照的时候,我们就会发现实际情形比这种简单的二元结构所显示的要复杂得多。

想象北方:边塞诗的诞生

中国文学理论向来重视对实际经验的表现,但是,边塞诗的诞生和实际经验毫不相干。宇文所安在《盛唐诗》中谈道:"诗歌中的中亚主要是一种文学题材:与这一题材联系的风格,构成边塞景象的各种要素,以及恰当的反应,这些都产生自漫长的诗歌传统,出自从未靠近边塞的诗人之手。"[1]换句话说,边塞诗的始作俑者,是南北朝时期的南方诗人。

需要强调的是,边塞诗中的"边塞"有具体所指:中国的极北或者西北地区。[2]南疆从历史上来看征战不断,却从未成为边塞诗的主题。边塞诗可以追溯到鲍照,[3]但是到了梁朝才开始真正兴盛。在鲍照之前,虽然有一小部分关于征战的诗篇,边塞诗的传统并未建立,"边塞"也还没有等

---

[1]《盛唐诗》,第205页。阎采平也指出边塞诗缺乏"现实"基础。见阎采平,《梁陈边塞乐府论》,第45页。
[2] 谭优学的《边塞诗泛论》认为边塞主要指长城一带和河西、陇右(今甘肃省)地区。见《唐代边塞诗研究论文选粹》,第2页。不过,辽西和燕地(今辽宁、河北)也在边塞诗中占有一席之地。
[3] 鲍照的同时代人已经认识到鲍照对边塞征战题材的爱好。稍后江淹在写作《杂体三十首》时,选择模拟鲍照的诗题就是《戎行》。

同于一个特别的地理区域。相比之下，鲍照的边塞诗主要描写极北边塞气候的严寒和战争的艰苦，也常常选择汉朝作为这些诗篇的时代背景，如《代出自蓟北门行》《代陈思王白马篇》即是。对鲍照来说，"边塞"不仅属于另一空间，也属于另一时间。

现代学者王文进在《南朝边塞诗新论》一书中把这一情形归结为南朝诗人对中原的留恋和恢复北地的愿望。[1]但我以为更重要的是认识到，边塞诗是对遥远浪漫的"异地"的构筑。对于南朝诗人来说，写作边塞诗的乐趣在于对北地苦寒富有想象力的铺张描写，对他们只在史籍中读到过的边远地名进行一一列举：这是典型的对"文化他者"的建构，而这种对于文化他者的建构反过来是加强自我文化身份的手段。在后文我们将看到，写作和欣赏南方乐府，体现了同样的身份建构欲望。

我们可以通过乐府《从军行》的写作历史来说明这一观点。最早的《从军行》仅存片段，系于公元三世纪的宫廷

---

[1] 王文进，《南朝边塞诗新论》，第84页。阎采平在《梁陈边塞乐府论》一文中，刘汉初在《梁陈边塞诗小论》一文中，都曾试图分析边塞诗盛行于南朝的原因。阎认为这和北朝乐府的影响有关。但是这一论点缺乏有力的文本证据，因为梁陈边塞诗和现存所谓的"北朝乐府"绝不相似，而且，很多五六世纪南方诗人采取的乐府诗题来自汉魏旧曲，这些汉魏旧曲在南方也多有保留。至于边塞诗中多用北方地名，更不足以说明受到乐府影响，因为这些地名在史籍和早先的文学作品中俯拾皆是。刘汉初则强调梁朝诗人多在社交场合下集体赋诗，"以文为戏"。但问题是这种情形本身并不足以说明为什么梁朝诗人特别喜欢写作边塞题材。见《魏晋南北朝文学论集》，第81页。

乐师左延年名下,首句为:"苦哉边地人。"西晋诗人陆机《从军行》的首句袭用了这一开头:

> 苦哉远征人,飘飘穷西河。
> 南陟五岭巅,北戍长城阿。
> 深谷邈无底,崇山郁嵯峨。
> 奋臂攀乔木,振迹涉流沙。
> 隆暑固已惨,凉风严且苛。
> 夏条焦鲜藻,寒冰结冲波。
> 胡马如云屯,越旗亦星罗。
> 飞锋无绝影,鸣镝自相和。
> 朝食不免胄,夕息常负戈。
> 苦哉远征人,抚心悲如何。

陆机对军旅生活的描述包括了南与北、夏与冬、山与水。这清楚表明,诗人的目的在于囊括士兵经验的整体。

到了五世纪,颜延之和沈约分别写作《从军行》,和陆机一样以简笔勾勒南北征战。相比之下,吴均(469—520)的《从军行》显示了重要的区别:

> 男儿亦可怜,立功在北边。
> 阵头横却月,马腹带连钱。
> 怀戈发陇坻,乘冻至辽川。
> 微诚君不爱,终自直如弦。

传统因素历历皆在：战马、武器、寒冷，富有浪漫色彩的遥远地名如陇坻、辽川。即如首句，也是对传统《从军行》首句的呼应。但吴诗篇幅较短，不像陆、颜、沈约等那样用辞高华，显然自觉地使用了通常和歌谣词曲联系在一起的直言风格（"男儿亦可怜"与梁代乐府中的"男儿可怜虫"呼应；"直如弦"是对东汉童谣"直如弦，死道边"的引用），这一特征使他在当时得到"有古气"的名声。[1] 最重要的是，和先前的《从军行》相比，吴诗通篇只写"北边"。

梁朝边塞诗描写"北边"已基本定型。何逊（？—518）想象中的北方边塞出以工整的对句："阵云横塞起，赤日下城圆。"（《学古》）云之浓密，令人想到军容；云之横亘，又与夕阳之垂直下落形成对照。何逊的诗句显然影响了王维《使至塞上》："大漠孤烟直，长河落日圆。"晚唐诗人李贺更是在《雁门太守行》（这一乐府诗题是在梁朝才初次和边塞联系起来）中把云与日的意象锻炼成名句："黑云压城城欲摧，甲光向日金鳞开。"

何逊的后辈诗人萧纲在其《从军行》中对压抑的黑云做了新的处理：

> 云中亭障羽檄惊，甘泉烽火通夜明。
> 贰师将军新筑营，嫖姚校尉初出征。
> 复有山西将，绝世爱雄名。

---

[1]《梁书》卷四十九，第698页。

三门应遁甲，五垒学神兵。
白云随阵色，苍山答鼓声。
逦迤观鹅翼，参差睹雁行。
先平小月阵，却灭大宛城。
善马还长乐，黄金付水衡。
小妇赵人能鼓瑟，侍婢初笄解郑声。
庭前柳絮飞欲合，必应红妆起见迎。

萧纲的诗杂用五七言句，展现了一条清楚的叙事脉络，结果是一首节奏明快而意气昂扬的诗篇。现实地理中毫不相属的地方在诗中交织在一起，强调"经验真实性"的论者如颜之推也许会不以为然，[1]但这也正说明了边塞诗中的地名不过是符号而已，它们来自前人的作品和史籍，构成了一幅文学的版图。

萧纲的诗以征人还家的情景结束。把"闺怨"题材纳入"边塞"诗，既不说明"宫体"主将必然笔涉闺情，也未必像有些学者所说的，仅仅是出于审美需要而已。[2]我们需

---

[1] 颜之推在《颜氏家训》中强调"文章地理，必须惬当"，并挑出萧纲《雁门太守行》中四句诗"鹅军攻日逐，燕骑荡康居。大宛归善马，小月送降书"加以褒贬。王利器以为这是褚翔（505—548）诗，非简文帝诗，并举《乐府诗集》为证。不过《乐府诗集》所录褚翔全诗有一部分出现在《艺文类聚》卷四十二"乐府"中，正作简文帝诗。手抄本文化中一诗分署不同作者之名乃是常事，然则此首《雁门太守行》正不必遽定为褚翔所作。
[2] 见王文进，《南朝边塞诗新论》，第98—121页。

要看到：对家园或者女性空间的描述可以说是边塞诗一个必要的组成部分，因为它突出了远在边塞的男性空间。这个男性空间是对平凡单调家庭生活的逃避和脱离，男性的行动自由与女性窄小拘束的行为空间不仅形成鲜明的对照，而且前者也是只有相对于后者才成立的。南方男性诗人的边塞诗，通过描写家中的妻子，旨在向读者表明男性在这两个不同的空间里都是主人；但与此同时，这样的写法也在无意之中加深了北方与南方的"性别分裂"。

萧纲的《从军行》显然给年轻一代的北方诗人卢思道（535—586）留下了深刻印象。卢思道的同题作品，与其说展现了作者对北方实地的经验，还不如说表现了他对文学传统的熟悉。虽然有些学者坚持认为"现实生活的经验"使得北方诗人的边塞诗鲜明生动，这些诗却往往只是边塞诗传统因素的拼盘，而且实在不见得比南方诗人的作品更有感染力。文学传统的力量远远超过了现实生活。

> 朔方烽火照甘泉，长安飞将出祁连。
> 犀渠玉剑良家子，白马金羁侠少年。
> 平明偃月屯右地，薄暮鱼丽逐左贤。
> 谷中石虎经衔箭，山上金人曾祭天。
> 天涯一去无穷已，蓟门迢递三千里。
> 朝见马岭黄沙合，夕望龙城阵云起。
> 庭中奇树已堪攀，塞外征人殊未还。
> 白雪初下天山外，浮云直上五原间。

> 关山万里不可越，谁能坐对芳菲月。
> 流水本自断人肠，坚冰旧来伤马骨。
> 边庭节物与华异，冬霰秋霜春不歇。
> 长风萧萧渡水来，归雁连连映天没。
> 从军行，军行万里出龙庭。
> 单于渭桥今已拜，将军何处觅功名。

我们注意到卢诗的开头与萧诗开头何其相似：两位诗人都选择了一个戏剧化的开场画面，把笔力集中在烽火的意象上。[1] 卢思道的技巧表现在他把边塞诗中常见的地名、意象、典故巧妙地结合在一起，虽然拼凑补缀，全诗却浑然一体，保持了明快流畅的节奏。

时至梁朝，边塞诗的传统已经稳固地建立起来，因此，几乎没有任何关于南疆的诗篇。在梁朝苏子卿一首题为《南征》的诗里，我们发现诗人只能以否定形式描写南方边塞，譬如说寒冷气候的缺乏：

> 一朝游桂水，万里别长安。
> 故乡梦中近，边愁酒上宽。
> 剑锋但须利，戎衣不畏单。
> 南中地气暖，少妇莫愁寒。

---

[1] 北周赵王宇文招（？—580）所作《从军行》残篇，首句完全是萧、卢二诗首句的翻版："辽东烽火照甘泉。"

隋朝诗人薛道衡的《豫章行》写到南征，但是除了开头三联之外，余下的二十八行诗全部都在描写征人妻子，因此与其说是边塞诗，还不如说是闺怨诗更恰当。我们在诗中也根本找不到南方边塞的意象。一个比较有意思的例外是另一隋朝诗人孙万寿的《远戍江南寄京邑亲友》。孙万寿曾"坐衣冠不整，配防江南"，在军中任职，郁郁不乐，遂作此诗抒发牢骚。全诗约八十行，可谓长篇，但诗人用了大量篇幅描写思乡情绪，而且，诗人笔下的"江南边塞"仍然充满了文学传统的回声，开篇即指出那是属于屈原、贾谊的南方，并把南朝诗人谢朓的"江南佳丽地"讽刺性地改写为"江南瘴疠地"。这样的颠覆反而构成了对传统的强调。

到了六世纪后期，北朝不断出兵江南。明余庆（？—618？），一个由南入北的诗人，为"南征"提供了一个独特的视角：

> 三边烽乱惊，十万且横行。
> 风卷常山阵，笳喧细柳营。
> 剑花寒不落，弓月晓逾明。
> 会取淮南地，持作朔方城。

因为是在描写边塞征战，诗人情不自禁要谈到寒冷，但是诗中唯一寒冷的是"剑花"——剑锋的寒光。朔方是汉代的北方边镇。在南北朝时期，从一个北方人眼中看来，南方自然是真正的边塞，然而诗人却不得不用一个北方的地名——在边塞诗传统中常见的地名——来传达他对南方的距离感和陌生感。[1]

南朝诗人对遥远北地的想象充分显示了建构文化他者的欲望，而这种欲望和南朝诗人建立自己独特的文化身份息息相关。最后就连北方诗人也接受了南方边塞诗的意象和语汇，而南方边塞诗对北方的想象对中国文化中"北方"形象的塑造形成了深远的影响。北人征服了南方，但是南人却言说了北方。

王褒（513？—576）在江陵创作《燕歌行》，"妙尽关塞寒苦之状"。梁元帝萧绎等人纷纷继作，后来江陵沦陷于西魏军队，王褒等人也被擒获到北方。史臣称王诗"至此方验"。[2] 看来，在不止一种意义上，现实是对艺术的模仿。

造作的雄健："北朝"乐府

北方的雄健形象，在一组所谓"北朝民歌"中得到加强。这些歌诗其实属于梁"鼓角横吹曲"，收入僧人智匠（约六世纪中后期）的《古今乐录》，保存在《乐府诗集》中。鼓角横吹曲乃"军中之乐"，在朝廷仪式中，或者作为皇家仪仗队的一部分，由宫廷乐师在马上演奏。鼓吹有时也

---

[1] 在十六世纪冯惟讷辑录的《古诗纪》（卷一百三十六）中，"淮南"一作"河西"，但是《文苑英华》（卷一百九十九）和《乐府诗集》（卷三十二）两种较早的资料均作"淮南"而无异词。

[2] 《周书》卷四十一，第731页。

作为高级荣誉赏赐给诸侯王或大臣。

现代学者往往继承传统说法，极力强调这些乐歌的"北方性"，把它们视为北方特质以及北方少数民族精神的反映，与南方温柔细腻的汉文化形成对比。[1]这种二元对立观却没有考虑到这些乐府诗的音乐分类在歌辞的选择中起到的作用。换句话说，"鼓角横吹曲"既是军乐，自然一定要歌咏战争、武勇和对兵器的热爱，因此，被包括在"鼓角横吹曲"中的乐府也就不宜被视为"典型北方音乐"的代表。

在我们详细分析这组乐府诗之前，需要强调两点。第一，对很多歌诗的来源我们不能确知（有些很有可能的确来自北方），也不打算勉强论证这些乐歌"实际上"都是由南方乐师创作的。本节的重点，在于探讨南人在选择、演奏、保存和传播这些乐府的过程中扮演的角色。也就是说，我们不能简单地把这些乐府当成"北歌"处理，而必须认真考虑南人的中介作用，这在传统文学史叙事中是一个被忽视了的问题。归根结底，我们不应该追问这些歌到底是北歌还是南歌，而应该问为什么南方人要选择在南方的宫廷演奏这些歌。第二，音乐和歌辞的问题应该区别对待：即使这些歌诗的音乐可能来自北方，歌辞本身却不一定来自北方。在大多数情况下，我们没有确定不疑的文本依据证实这些乐府的来源。

---

[1] 略举数例：李开元、管芙蓉，《北魏文学简史》，第78—80页；王运熙，《乐府诗述论》，第472—473页；周建江，《北魏文学史》，第217页；曹道衡，《南朝文学与北朝文学研究》，第267页；谭润生有关北朝乐府的专著《北朝民歌》，第316—334页。

因为梁鼓角横吹曲充满北方地名，有些学者试图以此来证明这些乐府来自北方。[1]但是前文对边塞诗的讨论已经告诉我们在诗中运用北方地名不能证明任何东西，从未去过北方的南方人照样可以写出以北地为背景的诗篇。"我是虏家儿，不解汉儿歌"常常被人用来当作鼓角横吹曲源自北方的证据，但这两句诗引发了很多问题。在南北朝时期，没有哪个北方人会以"虏"自称，因为这是汉族对非汉族、南人对北人的蔑称。有的学者以为这首诗是从鲜卑语翻译成汉语的，汉语翻译者因此选择了一个贬义词来翻译鲜卑歌者的自称。这一解释不是完全没道理，但是只引发了更多问题。为什么一个鲜卑歌手要唱出这样的句子？这首歌的基调是对自己民族身份的自豪和对汉儿的蔑视，还是对自己"不解汉儿歌"感到自卑与焦虑，还是遥望洛阳的孟津河，看到"郁婆娑"的杨柳，与北地家园形成对比，从而产生望乡情结？[2]我们可以为这首歌设想出很多种语境，但是没有一个标准答案。最重要的是问一问：在众多北歌中，梁朝乐师为什么特地选择这首歌为梁朝贵族演奏？南方人为什么喜欢听到"虏家儿""不解汉儿歌"的宣言？如果梁人把这首歌理解为鲜卑歌手自豪的宣言，为什么还要把它包括在梁朝的军乐里？

---

[1] 见萧涤非，《汉魏六朝乐府文学史》，第272页。
[2] 萧涤非认为"汉儿"是贬义词（《汉魏六朝乐府文学史》，第280页），这缺乏说服力，因为第一，"汉儿"与"虏"不同，有时带贬义，有时是中性词，其语气是受到上下文语境限制的；第二，为何南朝乐师要为南朝汉人贵族演奏一首贬称汉人的歌曲？

有一点我们可以确定的是:"虏家儿"虽然不解"汉儿歌",汉儿却可以理解"虏儿歌",并从而感到一种文化优越性。这也许正是南人要把这首歌包括在鼓角横吹曲里的原因之一。归根结底,这些歌是否"来自"北方并不重要,重要的是认识到它们是"关于"北方的:它们代表了梁朝人对北方的想象,对"典型北方人"的想象。

《古今乐录》编于568年,因此568年是这些乐府的创作下限。但除此之外我们对这些乐府的创作年代一无所知,唯一可以基本确定创作年限的是《高阳乐人歌》——如果我们可以相信"高阳"乃是智匠所说的北魏高阳王元雍(?—528)的话。汉代宫廷乐师李延年据说曾经受到西域"胡曲"的影响,"更造新声二十八解"以为"武乐",时至魏晋,仍有十首流传。[1] 其中《折杨柳》和《陇头》二题都出现在梁鼓角横吹曲中。无论如何,我们在阅读这些乐府时应该记住,这些歌从曲到词,哪怕是同题歌词,都未必来自同一个历史时期或者出自同一个人之手。

下面,我们且来具体检视一下梁鼓角横吹曲中的一些曲辞,以见鼓角横吹曲的来源混杂,未可简单地以"北歌"一概而论之。

梁鼓角横吹曲的第一曲题为《企喻》,共四章。"企喻"通常被视为鲜卑语的音译,也曾出现在北魏宫廷乐《真人代

---

[1]《晋书》卷二十三,第715—716页。十曲为《黄鹄》《陇头》《出关》《入关》《出塞》《入塞》《折杨柳》《黄覃子》《赤之杨》《望行人》。

歌》里，只是我们不知道同题梁曲的歌辞是否与《代歌》重合。[1]《旧唐书·乐志》言："梁乐府鼓吹又有大白净皇太子、小白净皇太子、企喻等曲。隋鼓吹有白净皇太子曲。与北歌校之，其音皆异。"[2]"音异"可指音乐的改变，也可指歌辞的改变。

下一曲《琅琊王歌辞》共八曲，第八首云："谁能骑此马？唯有广平公。"《乐府诗集》卷二十五称广平公为姚弼（？—416），然考四至六世纪之间曾有数位广平公，未详孰是。[3]《琅琊王歌辞》第一首描写一个男子对其武器的热爱：

新买五尺刀，悬著中梁柱。
一日三摩娑，剧于十五女。

这种夸张的阳刚色彩，建立在对沉迷于醇酒妇人的"孱弱"男子形象进行颠覆的基础上，很容易就可以拿来代表南人想象中的"典型北人"。然而，我们同样不难想象，一个善于戏剧化地表现雄豪之气的南方诗人如吴均，可以轻而易举地写出这样的歌辞来。

---

[1]《魏书》卷一百零九，第2828页。《代歌》有五十三章流传至唐，其中只有六章"名目可解"，其中就包括《企喻》。现代学者田余庆认为梁曲中的《企喻》与《代歌》中的《企喻》无关。详见其《拓跋史探》，第219页。
[2]《旧唐书》卷二十九，第1072页。
[3] 包括石勒（274—333）、苻熙（四世纪）、张黎（五世纪）、游明根（419—499），以及一位北齐贵族高盛（？—536）。

在没有其他佐证的情况下，仅仅从文本上来看，我们往往很难分辨《琅琊王歌辞》的来源，比如第二首：

琅琊复琅琊，琅琊大道王。
阳春二三月，单衫绣裲裆。

"阳春二三月"的字样在南方乐府中极为常见，比如系于谢尚名下的《大道曲》就是以"阳春二三月"开始的。这让我们对《琅琊王》的曲名发出疑问。在东晋南朝，当人们听到或者看到"琅琊王"一词，最直接的联想恐怕不是别个，而是"琅琊王氏"。另一方面，"琅琊王"也可以指称诸侯王。虽然琅琊在江北，但是在南北朝时期，"琅琊王"引起的联想还是主要与南方相关。东晋诸帝，包括晋元帝在内，有六位在登基之前都曾被封为琅琊王，在这一时期，皇子被封为琅琊王可以说具有相当的政治重要性。[1] 所以，我们实在不必像有些学者所做的那样，努力在北朝寻找琅琊王的踪影，何况北方原本也找不到那么多的琅琊王。即如投奔北魏的司马楚之（？—464）被封琅琊王，还是因为他的晋朝宗室背景。北魏的另一位琅琊王元绰，是535年受封的；北齐的琅琊王高俨（557—571）则是569年受封的。从时间上来看，他们不太可能是梁鼓角横吹曲中《琅琊王》一曲的始作者。

---

[1] 这六位东晋皇帝分别是：元帝（317—322年在位）、康帝（343—345年在位）、哀帝（362—366年在位）、废帝（366—371年在位）、简文帝（371—373年在位）、恭帝（419—420年在位）。

下一曲《钜鹿公主歌辞》，题下三曲，每首两行七言，读起来比较像是一首歌的三节，而不是三首独立的乐歌。《旧唐书·乐志》没有解释它们为什么"似是"姚苌（330—394）时歌，但特别强调"其辞华音，与北歌不同"。

　　下两曲均题为《紫骝马》，但智匠称后曲"与前曲不同"。我们现在仅从曲辞上已经不大容易看得出两曲的差异（都是五言四句），只能推测说，差异大概表现在音乐或演奏方面。关于《紫骝马》有两点值得注意。一，前曲六章，后四章"十五从军征"云云读起来好似一首十六句的五言诗，有清楚的叙述脉络；[1]相比之下，后曲是一首简单的情歌，与无数南方乐府极为相似。二，《紫骝马》这一乐府诗题在梁朝开始出现于宫廷诗中。萧纲、萧绎兄弟都曾以此为题赋诗，萧纲的《紫骝马》乃《和湘东王横吹曲三首》之一。梁鼓角横吹曲中的《紫骝马》，从乐曲到曲辞，都未必起源于北方。

　　下一曲《黄淡思》，曲名意义难晓。智匠怀疑"黄淡思"源自"黄覃子"，李延年所造曲之一。《晋书》记载了一

---

[1] 智匠附注："'十五从军征'以下是古诗。"明人冯惟讷的《古诗纪》和张之象（1507—1587）的《古诗类苑》遂都把"十五从军征"以下十六句抽取出来，当成一首独立的"古诗"。现代学者逯钦立也同样把这十六句作为独立的一首诗放在《先秦汉魏晋南北朝诗·汉诗》中。虽然学者们习惯于视"古诗"为"汉诗"，我们必须记住，从四世纪到六世纪，"古诗"被用来指称那些作者与年代不详的诗，而这些诗可以创作于东汉，也可以创作于魏晋。

支四世纪时流传于荆州的乐曲，题为《黄昙子》。[1]《黄淡思歌》都是情歌；其中第三首则描写了一艘豪华的广州龙舟："江外何郁拂，龙洲［按：洲、舟在中古汉语里乃同音字］广州出。象牙作帆樯，绿丝作帏绰。"

《东平刘生歌》仅三句："东平刘生安东子，树木稀，屋里无人看阿谁。"据《乐府诗集》卷二十四：《乐府解题》云刘生不知何代人，齐梁已来为《刘生》辞者，皆称其任侠豪放，周游五陵三秦之地。或云抱剑专征，为符节官，所未详也。按《古今乐录》曰梁鼓角横吹曲有《东平刘生歌》，疑即此《刘生》也。"南朝乐府《西曲歌》中有《安东平》曲："东平刘生，复感人情。与郎相知，当解千龄。"（这里的"东平刘生"可以视为刘生其人其事，也可以视为曲名）"东平刘生安东子"和《安东平》曲分明有渊源关系，而且，从现存资料来看，对《刘生》这一乐府诗题的兴趣是从梁朝才开始的。谭润生因为《刘生》作者多为梁、陈人，又因为梁元帝《刘生》把刘生描写为长安游侠儿，所以断定此"刘生"非鼓角横吹曲中的"东平刘生"，实则东平刘生又何必不能周游长安，又何况所谓的东平刘生本来就可能是传说人物呢？《刘生》作者几乎全都是南方人，正好说明"东平刘生"本是南方诗歌题材。

梁鼓角横吹曲又有《折杨柳歌辞》五曲与《折杨柳枝歌》四曲，前文所引"我是虏家儿"即其中之一。其第一

---

[1]《晋书》卷二十八，第847页。

首,"上马不捉鞭,反折杨柳枝,蹀座吹长笛,愁杀行客儿",《旧唐书·乐志》记载略有不同,并云"歌辞元出北国"。[1]然而乐府旧题本有《折杨柳行》,可以上溯到公元二三世纪。《晋书》提到西晋太康(280—290)末年京洛流传《折杨柳》歌,"其曲始有兵革苦辛之辞,终以擒获斩截之事"。[2]南方乐府的《西曲歌》中《月节折杨柳歌十三首》,每首都有"折杨柳"的迭句;《读曲歌》中也可见到"折杨柳"字样。可见《折杨柳》恐怕只有在"源出中原"的意义上才能说是北曲。

《幽州马客行》可能是另一乐府旧题。保存在《艺文类聚》中的《陈武别传》提到休屠胡人陈武从其他牧羊儿那里学会了很多歌谣,如"太山梁父吟、幽州马客吟及行路难之属"。关于陈武的记载甚少,我们只知道他大约是四世纪人。诸葛亮(181—234)据说好为《梁父吟》;东晋时袁山松(?—401)则曾经润饰过"旧歌《行路难》曲"。[3]《幽州马客行》共五曲,其中第三、四、五首都是情歌。谭润生在《北朝民歌》一书中把这些歌定为北歌,但相信它们受到了"南方影响",因为其中有"郎着紫袴褶,女着彩夹裙""黄花郁金色,绿蛇衔朱丹"字样。谭氏以为这样"宛曲巧艳"的字句"已失率真之情",并因此断定"此歌辞曾受南方民

---

[1] "快马不须鞭,反插杨柳枝。下马吹横笛,愁杀路旁儿。"《旧唐书》卷九,第1075页。
[2] 《晋书》卷二十八,第844页。
[3] 《三国志》卷三十五,第911页;《晋书》卷八十三,第2169页。

歌之影响"。[1]这样的论点表明南方代表文化／北方代表自然这样的二元观已经在很大程度上左右了当代文化想象,以至于学者们想象出来的北方必定寒冷、荒凉、野蛮、单调,就连一点点色彩的存在都被视为南方的影响。这实在是一种无视历史事实的天真态度。

以上的分析向我们表明,梁鼓角横吹曲中包含的乐歌,从曲到辞来源都很复杂,往往难以辨别南北。但是,人们往往执着于传统观点,不去反省有些观点反映出来的文化、地域、民族与历史偏见。著名学者刘大杰的一段话很具有代表性:"北方的情感多是直线的说明的,没有南方那种隐曲象征的手法。北方人并不是不讲恋爱,他们不把恋爱看作是一种艺术,或是一种神秘的把戏。他们同吃饭穿衣一样,看作是一件简单的事体,毫没有那种矫羞隐藏的态度。"刘氏又引梁启超论"北歌"的话作为佐证:"他们[按:指北人]生活异常简单,思想异常简单,心直口直,有一句说一句。"[2]事实上,不是北人"思想异常简单",倒是这样的观点显得"异常简单",也把复杂的社会现实与文学现象简单化了。

还有时,南朝乐府与北朝乐府之间的"差异"被理解为民族差异:学者一方面夸张了鲜卑民族的单纯、天真、"缺乏文化",一方面把汉民族想象为羞涩、含蓄和扭捏。这样的环境决定论和民族决定论观点实际上充满了不自觉的民族偏见

---

[1]《北朝民歌》,第66—67页。
[2]《中国文学发展史》,第343页。

和文化偏见。要是我们能够抛开先入为主的成见，对现存的文本进行检视，我们就会发现这些观点缺乏足够的证据。

即如《幽州马客行》的第三首：

> 南山自言高，只与北山齐。
> 女儿自言好，故入郎君怀。

谭润生根据诗的第一、二句，即断定这是北歌，[1]不解何故，大概是因为看到"南山""北山"的字样，联想到了南方与北方；但这种联想，只能说明是"南方"＝"女儿"／"北方"＝"郎君"的传统文化想象在作祟。再说，如果北山／南山代表了北人／南人，北人歌手又何必称南山"与北山齐"呢？南人又何必认同"只与北山齐"并把这样的歌收在他们的军乐里呢？

如果说歌中情愫热烈奔放，代表了"典型"北方女子的声口，则我们可以拿这首歌比较一下系于东晋著名作家孙绰（314—371）名下的《碧玉歌》：

> 碧玉破瓜时，相为情颠倒。
> 感郎不羞难，回身就郎抱。

或者南朝乐府中的《孟珠》：

---

[1]《北朝民歌》，第66页。

> 望欢四五年，实情将懊恼。
> 愿得无人处，回身与郎抱。

或者《前溪歌》：

> 黄葛生烂熳，谁能断葛根？
> 宁断娇儿乳，不断郎殷勤。

这最后一首歌似乎歌咏的是发生于婚姻之外的两性关系：女子向情郎发誓，哪怕离弃娇儿，也不离弃情人的爱宠。这样的歌辞，其直率热烈，是丝毫不逊色于"南山自言高"一曲的。

与此形成鲜明对比的，是一首系于北魏胡太后（？—528）名下的《杨白华歌》，据说是胡太后为了她叛北入南的情人而作，歌辞充满了缠绵温存：

> 阳春二三月，杨柳齐作花。
> 春风一夜入闺闼，杨花飘荡落南家。
> 含情出户脚无力，拾得杨花泪沾臆。
> 秋去春还双燕子，愿衔杨花入窠里。

很多学者因为觉得这不符合北方女子"直爽坚强"的传统形象，遂不得不强作解释说这是受到了南方文化的影响。然而，这种"北人必定如何，南人又必定如何"的笼统概括其实是过于简单化的思维方式。我们需要认识到，"南/北"

的文化形象在南北朝、隋唐时期逐步建构，渐渐深入人心，现代学者和读者对"南／北"所作的文化联想，无不承自这一时期。

在南北朝时期，南人出于政治需要，把北方的形象塑造为蛮荒、朴野、自然，这些价值观本身即存在褒贬暧昧之处。南人之本意，在于强调北人之疏野，以求突出南人之文明，可以正统汉文化的传人自居。南人自视等同于"文化／文明"（culture）的代表，置北人于"自然"（nature）的地位，这正与南方贵族把南方本土社会身份低下的女子（"小家碧玉"）塑造为热情洋溢的"自然"形象遥相呼应。在这一公式里，我们可以说：

北方鲜卑＝"低级"文化＝"自然"＝南方平民女性

南方汉人＝"先进"文化＝"文明"＝南方贵族男子

但是"自然"（nature）本是一个意义暧昧、可褒可贬的范畴：从否定方面来看是粗疏野蛮，从肯定方面来看是质朴天然。因此，在初唐时期，作为征服者的北人接受了"自然"的定义，但着力消解其"荒蛮"的一面，强调其"质"的一面，这样一来，虽然继续把南人置于"文"的地位，文／质的二元对立却产生了新的意义，在"质"映照之下的"文"，已经不再是完全积极的"特权概念"了。

采莲:建构"江南"

上文所引《从军行》的作者明余庆是梁朝著名学者明山宾(443—527)的裔孙,他的父亲明克让(525—594)在梁亡之后入北,相继在周、隋二代任职。因此,明余庆虽然和南方颇有渊源,但是在北方成长,感情上可能更认同于北方王朝,更何况明氏家族是在466年淮北入魏之后才来到南方的,属于晚期移民。明氏家族的经历是东晋以来很多北方移民家族命运的缩影:南朝贵族有很大一部分并非南方本土人士,他们是殖民者,来到一块相对于"中原"地区被视为"边地"或者"瘴疠地"的土地,进行改造和征服。这种改造和征服既是政治和军事的,也更是社会和文化的。他们必须把这块边地改造为一个具有文化意义的空间和正统汉文明的中心,这种文化需要和他们的政治需要相辅相成,不可或缺。这是北方殖民者在渡江之后面临的重要责任。如何实现这一复杂的目标?一个诗歌意象成为重要的环节。这一诗歌意象就是莲花。

在南方乐府中,莲提供了丰富的情爱双关语:莲与怜,莲子与怜子,藕与偶,丝与思。但在中古时代,莲首先是佛教之花。它出污泥而不染,象征了纯洁和开悟。在阿弥陀净土,"男女各化育于莲花之中,无有胎孕之秽"。[1] 南朝时代

---

[1] 见支遁,《阿弥陀佛像赞》,《全上古三代秦汉三国六朝文·全晋文》卷一百五十七,第2369页。

最有影响力的佛经之一是《法华经》。东晋释僧睿在其后序中写道:"诸华之中,莲华最胜。华而未敷,名屈摩罗;敷而将落,名迦摩罗;处中盛时,名分陀利。未敷喻二道;将落譬泥洹;荣曜独足,以喻斯典。"[1] 以莲花命名佛经既显示了此经在佛典中的特殊地位,也赋予了莲花独特的象征价值。

莲在佛经中频频出现,是当时佛教寺庙和世俗用具的常见装饰。东昏侯命宠妃潘玉儿在金莲花上行走,目之为"步步生莲花",从宗教角度来看是对佛的亵渎,因为是在模仿释迦牟尼降生之后足迹所践地涌莲花的故事。[2] 在佛经中,莲是常见的女性名字,数则故事讲述名为莲花色的女子如何看破红尘而皈依佛教。[3] 在这些故事里,莲花色的名字显然是富有象征意义的。

对于梁朝人来说,具有种种丰富宗教和世俗意义的莲花想必代表了佛教最基本的教义:色即是空,空即是色。因此,莲花不仅代表了感官的欲望,也代表了对这些欲望的超越。系于梁武帝名下的一首乐府反映了莲花的这种两面性:

---

[1]《全上古三代秦汉三国六朝文·全晋文》卷一百六十,第2386页。"二道"可指多种佛教概念,如"难行道"和"易行道"。
[2]《南史》卷五,第154页。中国文学史上最恶名昭彰的女性角色潘金莲,其姓名即从潘玉儿步步生金莲的故事演变而来。但其实历史上的潘妃非常烈性,梁武帝将其赐给手下的将军,潘妃不肯受辱而自杀身死。见《南史》卷五十五,第1352页。
[3] 这些故事收入梁代佛教类书《经律异相》。《大藏经》第五十三册卷二十三,第123页。

> 艳艳金楼女,心如玉池莲。
> 持底报郎恩,俱期游梵天。[1]

三界之中,梵天处于色界,虽然仍有物理色相,但是远离欲界,清净美好。

然而,在南北朝时期,佛教的影响遍及南北,宗教的因素不能完全说明莲花在江南文化话语建构中的特殊地位。尽管在《楚辞》中芙蓉象征了道德的纯洁,深入江南士人想象的乃是另外一个文本,也即首次记载于沈约《宋书·乐志》的乐府《江南》:

> 江南可采莲,莲叶何田田。
> 鱼戏莲叶间,鱼戏莲叶东,
> 鱼戏莲叶西,鱼戏莲叶南,
> 鱼戏莲叶北。

这首乐府语言简单明了,但是"田田"这一复合词却相当不寻常。它曾作为象声词出现于《礼记·问丧》中,所谓"殷殷田田,如坏墙然",这几乎是仅此一见的例子,而且与《江南》不同,和荷叶毫无关系。值得我们注意的是,

---

[1]《先秦汉魏晋南北朝诗·梁诗》卷一,第1518页。类似主题也可见《月节折杨柳歌十三曲》:"芙蓉始怀莲。何处结同心?俱生世尊前。折杨柳。捻香散名花,志得长相取。"《先秦汉魏晋南北朝诗·晋诗》卷十九,第1067页。

这一复合词被用来描写荷叶，恰好就在公元五世纪末，沈约编撰《宋书》之时，而且这些最早用"田田"描写荷叶的文人又碰巧都与沈约有交游往还，比如谢朓、陆厥和王筠。[1]这一现象颇为耐人寻味。

沈约《乐记》中很多乐府诗的材料来源已不可考。即如《江南》，有可能得自宫廷乐师，或者宫廷藏书中的旧写本。他称此诗为"古词"，并模糊说是"汉世街陌谣讴"。[2]数百年后的北宋《乐府诗集》下注："魏、晋乐所奏。"[3]我们不知道这一说法有多可靠，但是有一点可以确定，那就是这首歌在公元五世纪很少被演奏；[4]沈约交游圈里的诗人最早开始用"田田"描写荷叶，似乎说明他们是通过沈约《宋书》才得知这首乐府的。如果这一假设是正确的，那么这可以帮助我们解释为什么在公元五世纪后期突然出现了很多采莲诗。需要特别指出的是采莲诗和咏莲诗、赋不同：后者属于静止的"咏物"一类，前者的重心在于采莲的行为，

---

[1] 见谢朓，《江上曲》《思归赋》《游后园赋》；陆厥，《奉答内兄希叔》；王筠，《北寺寅上人房望远岫玩前池诗》。陆厥又有《南郡歌》，以"江南可采莲"发端。
[2] 《宋书》卷十九，第549页。
[3] 《乐府诗集》卷二十六，第384页。
[4] 西晋诗人傅玄有一首诗的残篇曰："渡江南，采莲花。"《先秦汉魏晋南北朝诗·晋诗》卷一，第568页。这和"江南可采莲"相似。但是我们既然不能确定《江南》的创作年代，也就无从讨论诗歌文本的"回声"或者"影响"。实际上傅玄的诗和《古诗十九首》其六《涉江采芙蓉》倒十分相近，至少傅玄的同时代人陆机肯定知道这首诗，因有陆机拟作可以作为证明。

第七章 "南""北"观念的文化建构

人与莲的互动。其实,《江南》是否为"汉"歌谣无关紧要(对此点我们只能而且必须存疑),重要的是沈约及时人相信《江南》真的就是汉代歌谣。汉王朝在南朝人心目中具有神话般的文化地位,如果他们看到一首"汉世谣讴"把"江南"和"采莲"如此明确地联系在一起,这对南方诗人来说无疑具有极大的吸引力。

采莲赠所欢是《古诗十九首》其六的主题,但是恐怕只有梁代诗人才会机智地把采莲和边塞叙事联系起来。在吴均《采莲曲》中,莲花被界定为"江南莲",赠给远戍东北边地的所欢:

> 锦带杂花钿,罗衣垂绿川。
> 问子今何去,出采江南莲。
> 辽西三千里,欲寄无因缘。
> 愿君早旋反,及此荷花鲜。

写诗以"有古气"出名的吴均,是唯一把"古诗"题材与"采莲曲"结合起来的梁代诗人。梁朝其他采莲诗,和吴均风格相对直白的《采莲曲》比较起来,辞藻华严,具有强烈的感性。

能够确定年代的"采莲曲"以梁武帝造于512年至513年之间的《江南弄·采莲曲》为最早的作品:

> 游戏五湖采莲归。
> 发花田叶芳袭衣。

> 为君侬歌世所希。
> 世所希,有如玉。
> 江南弄,采莲曲。

"田叶"显然来自"莲叶何田田",而"东西南北中"五方游戏的鱼则被游戏于"五湖"的采莲女所取代,但其中的情爱寓意俨然仍在。第三行的"侬歌"用吴语表述方式加强地方特色。这首歌不仅咏唱江南,更咏唱了歌颂江南的词曲。这样的自我指称性(self-reflexivity)指向对江南形象有意识的塑造。

湘东王萧绎幕府中的一位知名诗人刘缓写过一首《江南可采莲》,把江南描写为一块浪漫的国土:

> 春初北岸涸,夏月南湖通。
> 卷荷舒欲倚,芙蓉生即红。
> 楫小宜回径,船轻好入丛。
> 钗光逐影乱,衣香随逆风。
> 江南少许地,年年情不穷。[1]

当此南北分张的时代,"北岸涸"与"南湖通"似乎也带上了一层特别的色彩。诗的最后一联,"江南少许地",用的是汉代长沙王的典故:汉景帝曾命诸王起舞,长沙王唯"张袖

---

[1]《先秦汉魏晋南北朝诗·梁诗》卷十七,第 1847—1848 页。

小举手",景帝怪而问之,王答:"臣国小地狭,不足回旋。"江南名相王导之孙王珣(350—401)曾说:"江左地促,不如中国。"但这正是为了反衬他的祖父对建康所做的城市规划是多么明智:建康街道设计得迂曲萦回,于是城市显得深不可测,否则就会一览无余。同理,刘缓的诗强调江南虽小,但是"年年情不穷",是一块精致幽微、充满深情蜜意的土地。

萧纲的《采莲赋》最清楚不过地揭示了莲的象征意义。[1] 起首两句先是呈现了江南远景,随即镜头拉近——

> 望江南兮清且空,对荷华兮丹复红。

"望"暗示诗人放眼一片辽阔的土地,但是"对"则是眼前之景物。江南既蕴含了六朝士族价值概念"清",也包括了佛教观念之"空",其广大清空成为背景,衬托出近在眼前的"色"——一池"丹复红"的荷花。茂盛纠结的植物世界从此代替了首句中开阔的山水,象征了诗人逐渐由空入色,为最终由色入空进行准备。

> 卧莲叶而覆水,乱高房而出丛。
> 楚王暇日之欢,丽人妖艳之质。
> 且弃垂钓之鱼,未论芳萍之实。

---

[1]《全上古三代秦汉三国六朝文·全梁文》卷八,第2998页。

> 唯欲回渡轻船,共采新莲。
> 傍斜山而屡转,乘横流而不前。
> 于是素腕举,红袖长,
> 回巧笑,堕明珰。
> 荷稠刺密,亟牵衣而绾裳,
> 人喧水溅,惜亏朱而坏妆。

这些在曲水上行舟的仕女逐渐进入了一个富有魔力的世界。红袖与红莲遥相呼应,高擎的素腕好像出丛的莲茎。船的静止(乘横流而不前)与一系列动感画面构成对比。当生长丰茸的植物世界对人的侵入进行抵制,表层开始发生裂痕,混乱就此产生。衣裳被牵挽,红妆被水溅湿,肌肤被暴露。然而,"坏妆"的"坏"字乃是佛经用语,特指物色世界虚幻不实而遭到毁灭。诗人虽然徘徊流连,希望光景常住,但是终于也不得不屈服于大自然的力量:

> 物色虽晚,徘徊未反。
> 畏风多而榜危,惊舟移而花远。

至此,赋的首句中的特写镜头被颠覆,舟楫乍移,花朵远离,消失在夜色中。这时,黑暗中传来隐隐的女子歌声:

> 歌曰,

第七章 "南""北"观念的文化建构

> 常闻蕖可爱，采撷欲为裙。
> 叶滑不留绽，心忙无假薰。
> 千春谁与乐，唯有妾随君。

用荷叶造裙令人联想到《楚辞》中以荷为衣的高尚君子，但是在六朝志怪中，荷叶衣裳往往是化身为美丽女子诱惑凡间男子的妖物所披服的。萧纲《采莲赋》结尾处的歌仿佛是塞壬的呼唤，招人进入一个物色感性的梦幻世界。"千春相随"的许诺，虽然令人欣慰，却是不真实也不现实的空言。

　　萧纲的赋为读者呈现了一幅江南胜景，莲花是其中的中心意象。赋的关键，是"物色"与"清空"的同时并存。物色与清空成为江南形象的基本因素，它们相互界定，彼此缺一不可。江南不仅是感性娱乐的国土，同时也召唤人们看清楚这种感性娱乐的空虚本质。对于后人来说，江南之"空"因为种种历史事件的发生而不再仅仅是一个比喻性说法，因为我们知道南朝终于覆灭，江南被蹂躏践踏。如果对于萧纲和他的同时代人来说，江南是一个近在眼前的世界，江南予人的快乐是真实可感的，然而，他们塑造出来的江南形象到了后世，却因为我们的历史知识而带上了一层哀婉感伤的色彩。

　　在公元六世纪，采莲已经成为北人心目中的江南形象的一个固定成分。北人羊侃在529年降梁之后制作了两首歌曲，分别命名为《采莲》和《棹歌》，这恐怕不是偶然巧合。[1]随着采莲意象流入北方文学传统，北朝诗人创作的《采莲曲》和南朝诗人创作的《采莲曲》在风格、意象、语言方面都极为相似，几乎难解难分。卢思道的《采莲曲》可以说是对萧纲《采莲赋》以诗歌形式进行的改写：

> 曲浦戏妖姬，轻盈不自持。
> 擎荷爱圆水，折藕弄长丝。
> 佩动裙风入，妆销粉汗滋。
> 菱歌惜不唱，须待暝归时。

我们看到在曲水采莲的女子，受到风吹水溅而裙裾飘动，红妆销减，而且，直到傍晚归家时才唱起菱歌，让人想起《采莲赋》结尾处从黑暗中传来的歌声。

对于江南陷落之后入北的南方诗人来说，《采莲曲》唤起的不仅是一片失去的国土，更是一个失去的时代。连仕梁、陈二朝的江总在陈亡之后被带到长安，在589年和593年之间，他曾和两位北方诗人，元行恭和薛道衡，一起游昆明池并写下诗篇纪游：

> 玄沼萧条望，游人意绪多。
> 终南云影落，渭北雨声过。

---

[1]《梁书》卷三十九，第561页。

> 蝉噪金堤柳，鹭饮石鲸波。[1]
> 珠来照似月，织处写成河。
> 此时临水叹，非复采莲歌。[2]

两位北方诗人的诗都明确提到荷叶上的水珠（元"欹荷泻圆露"，薛"荷心宜露泫"），但江总的诗只是模糊地出之以"珠月"的意象。此外，在江诗里，荷花不是真实的存在，只是"采莲歌"的一部分，而且还是不复存在的"采莲歌"。虽然我们从元、薛二人的诗里得知昆明池确实有荷花开放，但在江总的诗里荷花只指向丧失与缺席。在这里，现实世界中的荷花无论开得多么美丽都无关紧要，要紧的是一首歌，一种情绪，一个地方的"灵氛"（aura）。

到了后代，诗人们继续在诗歌中描写荷花、采莲，以及江南。但是，自从南朝之后，没有人再能够真正占据江南了，因为江南已经成为一块属于过去的国土。萧纲和他的同时代人可以既在文学作品中赞美和创造江南，也同时在现实生活中经历与体验江南，但是，对于后代诗人来说，已经不可能看到一个采莲女而不想起那个感性诱人然而永远失落的六朝江南。

---

[1] 金堤见张衡《西京赋》："周以金堤，树以柳杞。"又据说汉武帝在昆明池畔刻石鲸，但凡有风雨，鲸鱼则鳞甲俱动。汉武帝又在昆明池畔设牛郎织女像，见江诗下联。

[2] 《秋日游昆明池诗》，见《全隋诗》卷一，第2631页。元、薛二人曾仕北齐，北齐577年灭亡之后入长安。他们的同题之作也保存下来，分别见于《全隋诗》卷二，第2654页；卷四，第2683页。

正因为这个采莲女不是任何具体的个人而是一个抽象的存在，她可以长生不老，存在于任何时代。即使在二十世纪一位社会主义诗人笔下的公社姑娘的形象里，我们仍然可以看到六朝采莲女的影子，虽然诗人为她的归程增添了一笔特别现代的色彩："别担心荷叶遮住了归路，公社的红旗正在飘动。"[1] 她的影响一直延续到二十一世纪，在后现代的世界里，我们依稀可以辨认她的身影——低徊于江南某城市景点为旅游者种植的塑料荷花。

表演女性：吴声与西曲

对江南的文化建构所进行的探讨，必须涉及一组乐府诗，不仅因为这些乐府诗在南朝宫廷对南方本土平民的想象建构中起到关键作用，而且因为在二十世纪，围绕着这些歌生成了一个诠释传统，这个诠释传统继续影响着我们在当代文化中对"南""北"观念的建构。

南方乐府分为两大部分：吴声和西曲。吴声歌约330首，是扬子江下游建康地区的产品；西曲歌据说源于长江中游的江陵、襄阳地区，约140首。这些歌基本都是五言四句，以歌咏浪漫爱情为主，喜用谐音双关语。

现代学者基本认为这些歌是所谓"民歌"，大抵出自女子之口，传达了社会下层女性自然真挚的感情，没有被男性

---

[1] 见严阵（1931—）诗集《江南曲》中的《采莲曲》。

贵族"玩弄女性"的态度所"污染",也没有受到宫廷艳诗华丽风格的浸润。在二十世纪初期,因为提倡"平民文学",贬低"贵族文学",学者们竞相把南朝乐府视为六朝文学的一朵奇葩,甚至以为代表了六朝文学最光辉灿烂的成就。[1]这一观点逐渐发展为一个微型阐释传统,这一传统本身需要重新检视。我们首先要问的就是:这些歌必然"大抵出自女子之口"么?

最经常被用来说明这些歌乃是"女儿之歌"的文本内证,是这些乐府中常见的人称代词"侬"和"欢"。很多学者以为"侬"是女性自称,而"欢"则指代男性情人。[2]然而,这一观点是经不起考验的。我们可以找到很多例证,来说明"侬"是男女通用的吴语第一人称代词,比如东晋时的司马道子曾说:"侬知侬知",也即"我知道了,我知道了"。[3]有时"侬"前加"阿",显得更为口语化。唐代杜佑《通典》对"欢"的定义是:"江南谓情人曰欢。"[4]但是并未规定情人一定是男性。事实上"所欢"在文人诗歌中屡有出现,可以指女也可以指男。最有力的反证是宋朝的吴曾居然认为在吴声歌里,"欢"指女而"侬"指男,并举了一系列例子来证明这一论点。[5]吴曾的观点清楚显示:南朝乐府具

---

[1] 如郑振铎,《插图本中国文学史》,第196页:"六朝文学的最大光荣者乃是'新乐府辞'。"
[2] 如葛晓音,《八代诗史》,第164页。
[3] 《晋书》卷六十四,第1733页。
[4] 《通典》卷一百四十五,第3705页。
[5] 《能改斋漫录》卷三,第2997页。

有极大的性别模糊性，在很多情况下，我们难以辨别这些歌到底出自男子还是女子之口；而且，在中国文学传统中，它们并非总是被读者视为"女儿之歌"。

很多南朝乐府是以男女"对歌"的形式创作的。最著名的例子是《子夜歌》第一、二首：

> 落日出前门，瞻瞩见子度。
> 冶容多姿鬓，芳香已盈路。

> 芳是香所为，冶容不敢当。
> 天不夺人愿，故使侬见郎。

但这样的例子还有很多，有时不被学者所注意。有时如果我们不把两首歌放在一起读，就无法清楚解释答歌的意旨。比如：

> 寡妇哭城颓，此情非虚假。
> 相乐不相得，抱恨黄泉下。

> 内心百际起，外形空殷勤。
> 既就颓城感，敢言浮花言。[1]

---

[1]《先秦汉魏晋南北朝诗·晋诗》卷十九，第1057页。

这里的第一首歌称引杞梁殖的寡妇哭城颓后自杀的故事,以此表示自己的强烈感情。答歌则说:既然你以杞梁妻自誓,我又怎么敢再用一般的花言巧语来欺骗你呢。这里两首歌衔接紧密,相互对应。

> 侬心常慊慊,欢行由豫情。
> 雾露隐芙蓉,见莲讵分明?
>
> 非欢独慊慊,侬意亦驱驱。
> 双灯俱时尽,奈许两无由。[1]

这里第一首歌对于情人"见莲/怜不分明"表露埋怨。答歌则曰:并不是只有你一个人情意绵绵,我亦同样深情,只是无由聚会,无可奈何。

　　这些对歌都是清楚不过的例子,向我们表明男子的声音在南朝乐府中同样十分显著。更有大量乐府,虽然不是对歌,歌辞却具有性别模糊性,演唱者可男可女。正如《子夜歌》第三十一首所唱的:"郎歌妙意曲,侬亦吐芳词。"这里的"郎歌妙意曲"告诉我们,很多乐府都可以出自男子之口。比如下面这首《西乌夜飞》:

> 暂请半日给,徒倚娘店前。

---

[1]《先秦汉魏晋南北朝诗·宋诗》卷十一,第1343页。

>目作宴瞋饱，腹作宛恼饥。[1]

在这首歌里，男子暂时请了半天的假，来到女子所开的店铺前徘徊不去，只是"眼饱腹中饥"，虽然看了个够，却无缘亲近。这让我们想到《幽明录》中著名的"卖胡粉女"的故事，在故事里，一个男子爱上了卖胡粉的女子，于是每天来买一包胡粉。上面的乐府简直可以视为对这则故事的补充。

在"卖胡粉女"的故事里，女子终于起了疑心，盘问男子，男子于是说出实情。女子十分感动，许诺夜间来见男子。这里值得注意的是，不是男子去女子家赴约，而是女子来男子家。很多南朝乐府都描写了定约、赴约和负约，等待情人，或者黎明分手时的悲哀。这里的问题是：如果这些乐府并没有一个清楚确定的性别标志，演唱者可男可女，那么，为什么现代学者总是把它们当成"女儿之歌"呢？

现在看来，似乎有一系列特定的感情总是被有意识无意识地当成乐府诗的内在性别标志。这些特定感情包括悲哀、渴望、怨怒和对背叛的恐惧。这些感情总是被归于女性。父权社会中男女在社会、经济和政治方面的不平等被内化为男女两性之间的本质差别，而感情上的背叛——情人的变心——也被视为性别压迫的标志之一。学者们对于南朝乐府的解读，变成了服务于现代意识形态的工具，而这反而使

---

[1]《先秦汉魏晋南北朝诗·宋诗》卷十一，第1349页。

学者陷于一个怪圈。换句话说,学者们以为很多南朝乐府出自女子之口,是因为这些歌表现了一系列被视为属于女性特有的感情和行为,比如哭泣和抱怨。然而,这些所谓女性化的感情和行为出于文化、历史和社会的建构。也就是说,没有什么感情或行为是本质上属于男性或者女性的,所谓"女性情感"是社会文化在特定历史阶段所构造出来的。然而,当现代学者把这些所谓"女儿之歌"当成女性受到男性压迫的证据,它们就加强了这样的观点:女性不仅在政治经济方面受到压迫,就连在感情上也是被剥削的弱者。这样一种解读表面看来是女性主义解读,实际上是一种倒置的性别歧视,因为它不承认权力运作的复杂性,不承认女性在父权社会中所具有的潜在权力。如果六朝时男子也敷粉,如果在分别时下泪是南朝社会文化所规定的行为,那么很多被我们现代人视为"女性化"的行为都必须放在它们的社会历史文化语境中重新检视。

五世纪末有关吴歌演唱的一则故事可以很好地说明这些乐府所带来的"性别麻烦"。朱硕仙是南齐宫廷著名的歌手,有一次齐武帝前往钟山探望他所宠爱的何美人的坟墓。武帝命朱硕仙当场献歌一首,朱硕仙遂唱道:

> 一忆所欢时,缘山破荺茌。
> 山神感侬意,盘石锐锋动。

齐武帝听了这首歌十分不悦,道:"小人不逊,弄我!"这时另外一个歌手朱子尚唱了下面的歌：

> 暧暧日欲冥，欢骑立踟蹰。
> 太阳犹尚可，且愿停须臾。

齐武帝于是大喜，并厚赏两个歌手。[1]

　　皇帝当然有权利喜怒无常。但是我们还是不禁要问：到底是什么使得齐武帝对这两首歌做出如此不同的反应？回答是：这和两首歌采取的口吻紧密相关。第一首歌采取的明显是皇帝的口吻，齐武帝思念所欢，不顾险阻来探望她的坟墓。第二首歌则采取了何美人的口吻，她表达出希望皇帝多作停留的愿望。这样一来，第一首歌里面的男子痴情追逐所欢，第二首歌则颠覆了这一情形，让女子进行求告，使男子显得充满主动。齐武帝不再依赖山神恩典，甚至超越了生死界的限制，他可以自由决定是否满足女子的愿望。有意思的是，成为女子的欲望对象反而把男子放在一个权力位置。

　　对齐武帝来说，宫廷歌手是"小人"，这个词语在六朝等级社会具有丰富的内涵。一个出身微贱的"小人"居然假托皇帝的口吻是"不逊"的，甚至是具有颠覆性的。阶级问

---

[1] 见《乐府诗集》卷四十六，第671页；《先秦汉魏晋南北朝诗·齐诗》卷六，第1475页。萧绎《金楼子》也记述了这则故事，但是版本略有不同：朱子尚的名字在此版本中作陈尚，而且没有提到朱硕仙。萧绎并称陈尚的歌是"吴声郦曲"。

题，而不是性别问题，是这里的关键。为了弥补对社会秩序的颠覆，朱子尚必须从一个女性的臣服地位向皇帝发言，这创造出两支彼此呼应的对歌，恢复了权力的平衡、皇帝的尊严。

第二首歌里的女性声音是出于取悦贵族男性——这里甚至就是皇帝本人——的目的而创造出来的。南朝乐府不可以被视为单纯的"民歌"。吴声西曲中很多歌曲都是皇帝、诸王或者贵族所作。[1] 就连那些表面看来出自民间的歌曲，我们也必须记得它们是为了娱乐贵族而表演的，而且也是因为贵族的兴趣而保留下来的。因此，与其把这些乐府视为女儿之歌，不如探讨它们在象征意义上的"女性化"，这一女性化之所以是象征意义上的，是因为它们被边缘化，被视为与"雅乐"相对的"俗乐"；因为它们曾经被当成南方平民文化的代表，直到今天犹然。如果在父权社会结构中"女性"或"阴性"总是被边缘化，那么这些歌

---

[1] 南朝乐府虽然表面看来文字单纯，但是常常用到文学典故，也有不少歌文辞华美，非"民"歌所能办，比如《子夜四时歌》就是典型例子。关于这一点，曹道衡有所论述，见《谈南朝乐府民歌》，《中古文学史论文集续编》，第298—299页。如果我们承认南朝乐府有许多明显出于贵族或皇族之手，而且是通过宫廷乐师保存下来的，实在没有理由统称之为"民"歌，造成"山歌野调"的错误印象。就是歌颂商旅生活的乐府，也来自纸醉金迷的城市生活，不是来自一般人心目中的"民歌"发源地，也即田野山村。而且，有些南朝皇帝喜欢扮演商贩角色，我们也知道刘宋时诸王从事商业活动（当然是由手下人进行实际的经营；见《宋书》卷八十二，第2104页），如果这样，歌颂商旅生活的乐府也就代表了贵族想象中的商旅生活。

就构成了一个"女性"或"阴性"的空间,被[男性]文化精英阶层出于种种目的加以利用。[1]如宇文所安所说,"(东晋南朝)贵族移民在社会和政治层面依赖于南方本土人士,同时,他们还需要一个想象的南方平民的文化世界,这种想象是构成他们自己文化身份和文化整体的关键环节"。[2]换句话说,这些乐府构成了这些北方贵族移民的文化剧场,他们可以在其中满足自己对南方本土平民的想象,在这种想象里,这些南方本土平民更"原始",更"自然",更充满激情和纯真。

对这些乐府歌的创作和演唱,事实上与南方贵族阶层写作边塞诗并且扮演雄健的军人角色同出一辙,都是出于界定自己文化身份的欲望。因此,当有些南朝皇帝在禁苑开设店铺扮演商贩的角色,[3]这不是因为南朝宫廷变得庸俗化或者商业化,而是因为想象与扮演社会他者是建构和确定自己社会文化身份的有力手段。

---

[1] 比如谢尚曾进行"阶级化装",坐在集市佛寺门楼的胡床上弹琵琶唱《大道曲》,无人知道他是"三公"。富有讽刺意味的是,他唱的歌曲内容就正是关于微服私行之乐趣的("车马不相识,音落黄埃中")。见《裴启语林》,第91页。另外一个"利用"乐府的例子是南齐的王仲雄,在明帝面前唱《懊侬曲》,以男女关系象征君臣关系,这样一来,就把王仲雄放入一个充满怨情的女子角色。见《南齐书》卷二十六,第485页;《南史》卷四十五,第1131页。
[2] 宇文所安,《来南:关于东晋平民的幻想》,哈佛大学2005年5月东晋工作坊论文。
[3] 见《晋书》卷六十四,第1734页;《宋书》卷四,第66页;《南史》卷五,第155页。

* * *

需要强调指出的是,南/北的二元结构最早在南北朝时期形成,直到今天还统治着我们的文化想象和文学话语。南北对立从原本是政治与地理上的分裂很快转化为文化上的隔阂,北方与南方政权都在积极地、有意识地建构自己的文化身份,对抗现实中的政治敌手和想象出来的文化"他者"。一方面,我们看到南朝政权,特别是在梁武帝长期和平的统治下,致力于"文"的建设,使自己区别于也优越于被他们蔑称为"虏"的北方王朝;另一方面,北人也在极力强调自己作为中原汉文化继承者的正统地位,孜孜矻矻于经学的研究,并把他们的南朝对手藐称为"夷"。隋唐统一中国之后,南人所一力推行的"南文/北武"被"南文/北质"的二元结构所代换。文/质这对概念在中国文化传统中已有很长的历史。"质"被视为基本的范畴,是"文"的基础;但是,人们也充分认识到"文"的重要性:如果没有"文","质"会显得粗野,甚或更糟糕,会失去自己的独特身份。就像《论语·颜渊》中子贡回答棘子成的那样:"文犹质也,质犹文也。虎豹之鞟,犹犬羊之鞟。"选择"文/质"这一对概念代表南/北,使初唐史官处在两难之境:在歌颂北方之"质"的同时,他们对南方之"文"的态度未免显得暧昧不清。

到了后代,在南北朝时期逐渐成型的"南/北"形象不仅成为人们对南方与北方先入为主的认知方式,而且进一步塑造了社会现实。文本所建构的形象成为社会生活中人们做出价值判断的标准，构成了人们的期待视野，而这反过来又会影响与决定人们的行为。我们不应该执着于"文学作品反映社会现实"的单向信仰，而应该考虑一下"文化"如何在多种意义上生产"自然"。我们的思维必须跳出"南／北＝文化／自然"的二元结构，转而去检视这一结构是如何生成的。

第八章 分道扬镳

公元548年12月9日,是一个让庾信终生难忘的日子。侯景叛军在逼近首都建康。皇太子萧纲命当时三十五岁的建康尹庾信率千余人镇守台城之南的朱雀航。萧纲本来下令切断浮桥,但是梁武帝的侄儿萧正德反对说,如果现在就切断浮桥,会惊扰建康百姓,使建康陷入混乱,不如姑且少安毋躁。萧纲这时还不知道萧正德已经和侯景阴谋勾结,接受了萧正德的建议。因此,庾信带领手下的将士守卫在桥旁,暂时按兵不动。

秦淮河水在十二月的寒冷阳光里闪烁着。庾信骑马立在桥头,咀嚼着一节甘蔗。甘蔗和槟榔一样,是江南人喜爱的零食,认为甘蔗可以"解烦析酲"。[1]个头高大、身材健

---

[1] 见《资治通鉴》注,卷一百六十一,第4986页。

壮的庾信（《周书》本传称庾信"身长八尺、腰带十围"），根本不是一般人印象里沈郎腰瘦型的南方文人。他对战争，或者至少战术，也不能说是完全陌生：542年江州爆发叛乱，他曾和当时任江州刺史的湘东王萧绎讨论水战。叛乱在两个月内得到平定，据说梁武帝特别嘉奖了庾信。[1]萧纲显然对庾信阻止侯景渡河的能力十分信任，庾信自己大概也是充满自信的。

侯景的军队一旦来到秦淮南岸，庾信立即下令切断浮桥。但是刚撤一舫，侯景的将士已经完全出现在视野之中。见到身穿深绿色战袍的叛军士卒个个头戴铁面具，庾信统率的一干人众不由撤退到朱雀门旁。没想到一箭飞来，正中庾信身旁的门柱，庾信手中的甘蔗应弦震落在地。在这当儿，庾信掉转马头开始逃跑，他手下的军队随之溃退，秦淮河的防线彻底瓦解了。

北岸守军既已崩溃，萧正德派人重新接起浮桥，侯景不费丝毫气力就渡过了秦淮。萧正德手下将士本来穿着红面绿里战袍，现在全部把袍子翻转过来，和侯景的军队联合在一起。他们向台城之南的宣阳门进军，一路畅通无阻。从此，开始了长达五个月的围城。

建康陷落以后，庾信逃到江陵投奔萧绎。萧绎553年

---

[1] 宇文逌，《庾信集》序："于时江路有贼，梁先主使信与湘东王论中流水战事，丑徒闻其名德，遂即奔散，深为梁主所赏。"恐怕是溢美之言，但"论兵于江汉之君"（庾信《哀江南赋》）应该是有的。《全上古三代秦汉三国六朝文·全后周文》卷四，第3902页。

即位，次年夏初派庾信出使西魏长安。五个月后，西魏大举进攻江陵。555年1月，江陵失陷，萧绎被杀。庾信被羁留在长安，再也没有回到江南。

庾信和他的父亲庾肩吾，徐陵和他的父亲徐摛，是萧纲文学沙龙最重要的成员，宫体甚至又称为"徐庾体"。徐摛和庾肩吾在侯景之乱爆发后相继去世，但是庾信和徐陵的命运却好像是一首对仗工整的诗联，相互对照，相互映衬，相互生发。徐陵在548年夏天出使东魏，侯景叛变后，他被扣留在北方不得回乡。555年，东魏皇帝逊位给权相高洋（529—559），高洋建立北齐。徐陵屡次向北齐政府的当权者求告，希望被遣返回南。在写给尚书仆射杨愔的一封信里，他描述自己的感情状态："朝千悲而下泣，夕万绪以回肠，不自知其为生，不自知其为死也。"[1] 但是杨愔对徐陵的请求置之不理。直到555年，也就是徐陵离开建康的七年之后，他才终于获准回南。梁亡后，徐陵任职陈朝，于581年去世。

就这样，徐陵和庾信，梁朝两个地位显著的文学家庭的后裔，在战乱中分道扬镳：一个回到饱受战争摧残的江南，一个留在北方。在江南宫廷，徐陵被尊为一代辞宗，然而，是留在北方的庾信把人生和艺术更紧密地结合在一起。庾信是一个复杂的人，终其一生似乎都被负疚感、悔恨、羞耻和思乡情绪所折磨。这不仅在他的鸿篇巨制《哀江南赋》中有所反映，而且也可以从其他篇幅短小的诗赋中见出端倪。也

---

[1]《全上古三代秦汉三国六朝文·全陈文》卷七，第3440页。

许,正因为庾信在北方度过余生,和南朝隔着一段时空的距离,他才得以反省梁朝的败亡,也可以比徐陵更为清楚地看到江南已经注定的最终结局。庾信和徐陵之死相差不过两年,二人都没有能够活到南北统一的那一天,但是如果徐陵还有可能维持江南长期偏安的幻觉,庾信却终于和北人对面相逢了,这一次,没有铁面阻挡他的视线,他见识了北人持久不衰的决心和顽强的意志。在庾信晚年最后写下的诗篇里,他预见了南朝的覆灭,没有自我欺骗,也没有任何自我安慰。现在变得很时髦的一句话,是说如何讲述自己的一生比如何度过自己的一生更重要;但是,这话其实并不对,因为如何度过自己的一生,最终影响了一个人如何讲述自己的一生。

庾信不是唯一为自己的时代作见证的人。公元589年,陈朝灭亡之后,皇帝、皇室成员和大臣全部被带到隋朝的首都长安,据说战俘的队伍绵延不绝,长达五百里。[1]很多陈朝大臣都是在梁朝开始仕宦生涯的,虽然他们侥幸逃过侯景之乱,却终于没有能够避免流离江北的命运。在这一章里,我们检视六世纪中后期离散的江南作家留下的诗文,在诗文里,这些作者再三哀叹也再三反省家国的覆灭,为江南社会与文化秩序被摧毁提供了一种诠释结构。在这一背景下,庾信的诗歌作品异常突出,这不仅因为它们的情感力量由于受到严格的艺术形式控制而变得更加强烈,更因为时间和空间的双重距离引发的理性反思加深了诗中蕴含的创痛。

---

[1]《南史》卷十,第309页。

幸存者的回忆录之一：颜之推

公元555年1月，江陵陷落之后，曾经陪伴萧纲到生命最后一刻的殷不害，在混乱中和他的老母亲失散了。当时天气奇冷，雨雪交加，街上到处横躺着僵冷的尸体。殷不害为了寻找母亲而行遍全城，甚至亲自下到沟渠之中，在尸体堆中一一翻检，直到七天之后，才终于找到母亲的遗体。[1]

在江陵，很多人死在西魏军人的剑下。当时有兄弟三人苦苦哀求西魏士兵，希望替代兄弟而死，结果最后全部被杀。[2] 一批幸存者，据说将近十万人，被作为战俘带到长安。因为天气严寒，待遇恶劣，这些人十分之二三死在路上；其他人则除了高级官员及其家庭成员之外都成了奴仆。只有少数人最终获释回到南方。[3] 在这些战俘里，有一个姓刘的士人，他的家人在侯景之乱中死亡殆尽，只剩下一个最小的儿子和他在一起。姓刘的士人抱着小儿子步行跋涉，因为道路泥泞，行进速度十分缓慢。一个名叫梁元晖的西魏将领逼他放弃孩子，虽然姓刘的士人苦苦哀求，但梁元晖还是命令手下人把孩子从他臂抱中夺走，丢弃在雪中。姓刘的士人被士兵强行拖走，他一步一回头，哭叫着孩子的名字。因为遭到士兵的鞭打，再加上体力乏困和悲伤过度，这位士人几天之后就死去了。

---

〔1〕《陈书》卷三十二，第424—425页。
〔2〕《颜氏家训集解》卷一序致第一，第44—45页。
〔3〕 因为梁朝官员庚季才（515—603）的进谏，西魏权相宇文泰释放了几千名士族成员。《北史》卷八十九，第2948页。

这件事，被战俘队伍中的另一名成员记载进一部题为《冤魂志》的书中。这名成员就是颜之推，著名的作家、学者和虔诚的佛教徒。颜之推补充说，梁元晖夜夜看见姓刘的士人向他索讨孩子的命，从此一病不起，死于一年以后。[1]

颜之推的记述是为了宣扬佛教果报，但同时也为我们保存下来一个悲哀的故事，为战争与毁灭的巨幅历史画面增添了一个生动的细节。历史充满了这样的个人悲剧，但是我们的注意力常常为大幅度和大规模的社会与文化变迁所占据，而忽略了一个普通人或者一个普通家庭的悲欢离合。颜之推和他的家人，也在踏着泥泞道路向北行进的战俘队伍中，不过他属于少数的幸运者之一：他的文才受到西魏将军李穆（510—586）的赏识，被派遣到弘农，在李穆之兄阳平公李远手下任职。公元555年，北齐朝廷送梁武帝的侄儿萧渊明回南即帝位，很多羁留在北的南士，包括徐陵在内，也被遣回。颜之推听到这个消息，以为如果身在北齐，回南的可能性就会比较大，于是趁黄河水涨，带着家人上船逃往北齐。不幸的是，颜之推入齐不久，南方的政治局势发生了巨变：陈霸先（503—559）杀死支持萧渊明的将军王僧辩，逼迫萧渊明退位，立萧绎少子为帝。齐、梁从此进入敌对状态。557年，陈霸先篡梁，建立陈朝。无家可归的颜之推只好长期留在北齐。二十年后，在北齐覆灭前夕，颜之推劝后主高纬（565—576年在位）逃往江南，这一建议虽然颇得后主青睐，却受到北人朝臣的强烈反对。颜之推

---

[1]《冤魂志》，第88—89页。

错过了回南的最后一次机会。北齐灭亡后,他再次作为战俘被带到长安,几年后遇赦,在北周朝廷做了一名小官。

此时的颜之推已经人到中年。他写了一篇《观我生赋》,对自己多灾多难的一生做了自传性的总结。[1] 为了突出赋的自传性,他亲自为赋作注,这些注解不但记叙了作者的个人经历,也详细介绍了历史背景。很明显,颜之推写作的时候,心目中有一群想象读者,他担心这些读者不熟悉发生在江南的历史事件,所以才感到解释的必要。颜之推也许是为同时代的北人着想,不过,他更有可能想到的是未来的时代。

就像庾信的《哀江南赋》一样,颜之推在《观我生赋》里试图为梁朝的灭亡找到理性的解释。他一一缕述梁武帝犯下的错误,但这并非愤怒的指责,而是出于叹惋与失望。在工整华美的文字表面下,我们可以听到和庾信,和同时代许多人一样痛心疾首的质询:"这一切到底是怎么发生的?"在下面的段落里,颜之推回顾了侯景之乱前后的历史事件,括号中的文字是颜之推自注:

> 养傅翼之飞兽,
>
> (梁武帝纳亡人侯景,授其命,遂为反叛之基。)
>
> 子贪心之野狼。

---

[1] 赋的结尾处,颜之推感叹"一生而三化",指侯景之乱、梁元帝之死和北齐的灭亡。我们因此可以推断,赋是在公元 581 年北周被隋推翻之前写下的。赋的全文见《北齐书》卷四十五,第 618—628 页;《全隋文》卷十三,第 4088—4090 页。丁爱博曾把赋译为英文,见参考文献。

(武帝初养临川王子正德为嗣,生昭明后,正德还本,特封临贺王。犹怀怨恨。经叛入北而还,积财养士,每有异志也。)

初召祸于绝域,

重发衅于萧墙。

(正德求征侯景,至新林,叛投景,景立为主,以攻台城。)

虽万里而作限,

聊一苇而可航。

指金阙以长铩,

向王路而蹶张。

勤王逾于十万,

曾不解其扼吭。

嗟将相之骨鲠,

皆屈体于犬羊。

(台城陷,援军并问讯二宫,致敬于侯景也。)

武皇忽以厌世,

白日黯而无光。

既飨国而五十,

何克终之弗康。

嗣君听于巨猾,

每凛然而负芒。

自东晋之违难,

寓礼乐于江湘。

迄此几于三百,

左衽浃于四方。

咏苦胡而永叹,
吟微管而增伤。[1]

颜之推接下来描写江陵的陷落:

民百万而囚虏,
书千两而烟炀。
溥天之下,
斯文尽丧。

(北于坟籍少于江东三分之一,梁氏剥乱,散逸湮亡。唯孝元鸠合,通重十余万,史籍以来,未之有也。兵败悉焚之,海内无复书府。)

怜婴孺之何辜,
矜老疾之无状。
夺诸怀而弃草,
踣于涂而受掠。

颜之推在赋的后半对于北齐灭亡的描写,远远比不上此处对梁朝灭亡的描写这样沉痛。对他来说,梁朝之亡绝对不仅仅是一个王朝的覆灭,而是象征了文明本身的凋丧,给他带来的震动难以衡量:

---

[1] "苦胡"指系于东汉末年女作家蔡琰名下的两首诗,见《后汉书》卷八十四,第2801页。"微管"指孔子对齐相管仲的评价:"微管仲,吾其被发左衽矣。"《论语注疏》卷十四,第127页。

> 若乃五牛之旌,九龙之路。[1]
> 土圭测影,璇玑审度。
> 或先圣之规模,乍前王之典故。
> 与神鼎而偕没,切仙弓之永慕。

神鼎是皇权的象征,在治世出现,在乱世隐没。仙弓则用黄帝乘龙登天,弓坠于地的典故,写梁朝君主的弃世。值得注意的是,诸如五牛之旌、九龙之车、土圭、璇玑这些"先圣之规模,前王之典故",不仅代表了君主的合法权力,而且更象征了文化的传承,因此,当它们随着梁朝灭亡而消失的时候,也就使作者感到更为深切的思慕。

颜之推随即叙述他踏上北朝土地的感受。以前仅仅在史书中读到的地方,现在一一呈现眼前,但是,尽管山川依旧,"风教"却不同了。在这里,书本知识和实际经验之间出现了差距,作者无法把他眼中所见的北国和他在书里认识到的华夏文明源头的形象统一起来:

> 尔其十六国之风教,七十代之州壤,
> 接耳目而不通,咏图书而可想。
> 何黎氓之匪昔,徒山川之犹囊。

---

[1] 晋武帝平吴,造五色旗,以木牛承之。见《晋书》卷二十五,第754页。九龙指传说中汉文帝的九匹骏马。《西京杂记》,第52页。王利器认为路即辂,九龙是天子辂车的装饰,也可通。见《颜氏家训集解》,附录二《颜之推传》,第610页。

颜之推考虑过退隐，但是担心会招惹麻烦；虽然出仕北朝，却一直心悬故乡：

> 每结思于江湖，将取弊于罗网。
> 聆代竹之哀怨，听出塞之嘹朗。
> 对皓月以增愁，临芳樽而无赏。

在《颜氏家训》里，颜之推更加详细地解释了他和他的两个哥哥颜之仪（523—591）、颜之善为什么决定出仕北朝："计吾兄弟不当仕进，但以门衰，骨肉单弱，五服之内傍无一人，播越他乡，无复资荫，使汝等沈沦厮役，以为先世之耻，故腼冒人间，不敢坠失。兼以北方政教严切，全无隐退者故也。"[1]这段话透露出来的信息，是一个士人对自己的家庭和家族所负的责任，超越了他对王朝的责任。这在后代自然不免受到儒家道学先生的批判，但是这样的心态却很能代表六朝的社会现实。

在《观我生赋》的结尾，颜之推清醒地反省了他一生的经历。他没有怨天尤人，而是归咎于自己——这是他为自己遭受到的颠沛流离找出合理解释的最后一次企图。从某种意义上说，也许对颜之推和其他侯景之乱的幸存者而言，把江南的灾难归结为人祸而非天意是更具有安慰性的，因为失误可以分析和诠释，属于理性的领域，"偶然事故"或者"巧

---

[1]《颜氏家训集解》卷七终制第二十，第534页。

合"却超出了人类可以控制的范围,令人感到困惑和恐慌。

> 予一生而三化,备荼苦而蓼辛。
>
> (在扬都值侯景杀简文而篡位,于江陵逢孝元覆灭,至此而三为亡国之人。)
>
> 鸟焚林而铩翮,鱼夺水而暴鳞。
>
> 嗟宇宙之辽旷,愧无所而容身。
>
> ……
>
> 向使潜于草茅之下,甘为畎亩之人。
>
> 无读书而学剑,莫抵掌以膏身。
>
> 委明珠而乐贱,辞白璧以安贫。
>
> 尧舜不能荣其素朴,桀纣无以污其清尘。
>
> 此穷何由而至,兹辱安所自臻。
>
> 而今而后,不敢怨天而泣麟也。

虽然在这里颜之推表示也许还是愚昧无知可以保全身命,在他的另一部著作《颜氏家训》里,他还是劝勉自己的儿子们努力向学。研究者们尽可以为此找到种种原因,比如说思想的转变,或者认为《观我生赋》里的话是出于一时的愤懑,等等,但我们需要注意的是,在很多时候,是文章的性质决定了文章的内容。换句话说,在一篇题为"观我生"的自传性文字里,作者必须为他一生中遭受到的不幸找到某种理性的解释;然而,在写作"家训"的时候,他则必须扮演一个负责的父亲的角色,为子孙的教育和前途做出最好的打算。

《颜氏家训》的写作时间很漫长，从六世纪七十年代直到八十年代末期。[1] 在这部书里，颜之推为他的子孙规定了一系列行为准则。这些流畅清通的文字，为我们提供了一幅至为生动而复杂的人物肖像。在很多方面，颜之推都可以说代表了六朝的典型宫臣：他是渊博的学者、文笔清丽的作家，然而，他却又缺乏庾信的文学天才，也不具备徐陵的文采风流；他承认自己对老庄玄言不感兴趣——[2]相反，他在《家训》中展示出来的，是一种脚踏实地的人生哲学。《家训》涉及的题目从教子到再婚，从诗文写作到学术研究，从身体健康到各种道德规范，展现了一个具有代表性的六世纪士人对世界、社会、人生的看法，一个流离异乡的江南人对南方和北方清醒、自觉的比较。从这一方面来说，《家训》是传统子书的变形。[3] 最重要的是它给我们看到作者在危险重重、变动不居的乱世里，当一切熟悉的事物、熟悉的制度都纷纷土崩瓦解时，如何努力寻求一种既体面又安全的生活方式，建立并维护一个可以长期存在的价值系统。

---

[1] 颜之推在《颜氏家训》止足第十三中提到："吾近为黄门郎。"被封为黄门郎发生在572年。在最后一章里他又提到"今虽混一"，这已经至少在589年或其后。见《颜氏家训集解》卷五止足第十三，第319页；卷七终制第二十，第534页。
[2] 《颜氏家训集解》卷一序致第一，第179页。
[3] 关于《颜氏家训》是子书之变形的观点，详见《诸子的黄昏：中国中古时代的子书》一文。中文版刊登于《中国文化》2008年春季号（总第27期），第64—75页。

从南到北，颜之推亲眼目睹了许多江南士人家族的凌夷衰落，许多"小人"社会地位的崛起，这种社会秩序、社会结构的大变动，如果不是因为侯景之乱，对一个江南士人来说是根本不可思议、不可想象的。从抽象原则来说，从社会阶层的角度来看，这并不值得我们的悲叹感慨，但是，我们还是不能不对士族阶层碰巧生活在这一时代转折点的个体成员——其震惊、痛苦、困惑、茫然无措——感到同情。在《勉学》篇里，颜之推说："自荒乱已来，诸见俘虏，虽百世小人，知读《论语》《孝经》者，尚为人师；虽千载冠冕，不晓书记者，莫不耕田养马。以此观之，安可不自勉耶？"因此，他鼓励他的儿子们习一艺以自资，而"技之易习而可贵者，无过读书也"。[1]

颜之推的祖父曾经在梁武帝代齐时不食而死，但是颜之推对改朝换代却表示出一种截然不同的态度：

> 不屈二姓，夷、齐之节也；何事非君，伊、箕之义也。自春秋已来，家有奔亡，国有吞灭，君臣固无常分矣。

这样的议论，对后代的儒家道学先生来说一定十分大逆不道，甚至对一个思想正统的现代学者来说可能也觉得颇为刺耳，但是这样一种平实的态度却代表了六朝很多士人的心

---

[1]《颜氏家训集解》卷三勉学第八，第153页。

态。不过,接下来颜之推又告诫儿子,如果不幸遇到改朝换代的局面,应该避免对自己以前服事过的君主出恶言:"君子之交绝无恶声,一旦屈膝而事人,岂以存亡而改虑?"[1]就这样,颜之推不断"修正"与中和自己的议论,以达到最终的"中庸"效果,这种手法在一部《颜氏家训》中反复出现,它的目的是建立一种不极端、不过分,同时又可以保持个人的体面与尊严的生存模式,"稳妥"与"健全"是颜之推在《家训》中始终追求的目标。他对子孙的训诫总是从实际的角度出发,没有夸张的空话或者道貌岸然的口号,结果,这样一部洋洋洒洒的著作远远超出了传统"家训"的范畴,成为一份乱世中的"生存导言"。

可悲的是,"生存导言"往往只在和平时代才有用处;如果生逢乱世,哪怕再实际的处世规则都成了奢侈品,和生存的基本需要发生脱节。在写作这份"生存导言"的时候,颜之推不可能想象得到他的第二子愍楚遭遇到的黑暗命运。愍楚生在江陵陷落之后,他的名字,就像"哀郢"一样,是对江陵陷落的纪念。在隋朝宫廷,愍楚以学识闻名,曾经写过一部关于音辞学的著作《证俗音略》。617年,隋朝崩溃之后,他被一个残忍的叛军首领朱粲俘获。开始的时候,朱粲还待之以礼,但是当叛军缺粮,朱粲即命令手下将士以人为食,愍楚和他的家人都被朱粲的士兵吃掉了。[2]

---

[1]《颜氏家训集解》卷四文章第九,第240页。
[2]《旧唐书》卷四十六,第1985页;卷五十六,第2275页。

幸存者的回忆录之二：沈炯

颜愍楚的遭际悲惨而具有讽刺性。早知道他的儿子会落得如此下场，也许颜之推会觉得耕田养马是比致力于学问更好的选择。另一个和颜之推同时被带到北方的战俘，据说正是靠隐藏他的文才而得以还乡的。这个幸运的战俘是沈炯，在梁朝颇有名气的作家。

建康陷落后，侯景手下的一个将军，宋子仙，逼迫沈炯掌管书记，沈炯拒绝了，几乎被宋子仙杀头，"仅而获免"。后来，宋子仙为王僧辩所败，沈炯成为王僧辩的得力助手，羽檄军书全部出自沈炯之手，包括奏上萧绎的劝进表，《陈书》称"当时莫有逮者"。[1]沈炯的妻子和一个儿子被侯景杀害，侯景之乱平定后，萧绎怜悯沈炯的遭遇，特封原乡县侯，并征召沈炯、孔奂（514—583）去江陵，王僧辩"累表请留之"，但萧绎的一封手敕，"孔、沈二士，今且借公"，使王僧辩终于不得不忍痛割爱。[2]

555年江陵陷落，沈炯也在被带往长安的战俘队伍中。在长安，据说他唯恐魏人"爱其文才而留之，恒闭门洒扫，无所交游。时有文章，随即废毁，不令流布"。但是《陈书》本传节录了他路过汉武帝通天台写下的"奏表"，表中具陈自己思归之意，据说他当晚得一梦，梦中听到人说："甚不

---

[1]《陈书》卷十九，第253页。
[2]《南史》卷二十七，第729页。

惜放卿还。"其后不久，他就遇释回南了。[1]这个故事不一定真实，但是却很能说明当时稽留在北的江南战俘思乡的心情，以及因文才可用而不得遣返的现实。

沈炯于556年回到江南，又为陈朝服务了四年，五十八岁病逝。在返回建康的途中，他路过郢州（今湖北境内），写了一首题为《望郢州城》的诗：[2]

> 魂兮何处返，非死复非仙。
> 坐柯如昨日，合石未淹年。[3]
> 历阳顿成浦，[4]东海果为田。
> 空忆扶风咏，谁见岘山传。[5]
> 世变才良改，时移民物迁。

---

[1]《陈书》卷十九，第254页。
[2]《先秦汉魏晋南北朝诗·陈诗》卷一，第2445页。
[3] 坐柯用王质故事。据四世纪郑缉之《东阳记》，晋樵夫王质入山，见到四童子弹琴唱歌，他倚斧柯听之，等到离开时，发现斧柯已经烂掉了。他回家后，才知道已经过去了很多年，许多亲友都已经去世了。《太平御览》卷七百六十二，第3517页。"合石"具体所指不详，然宋人吴曾《能改斋漫录》曾记载一则郢州地区的传说，云一老兵尾随三位道士进入山洞，得到一块化为黄金的石头，老兵出洞后，洞口岩石随即合上了。这个故事本身未必很古老，但是故事类型和六朝时候盛行的桃花源之类故事是一致的，也就是说，无意进入洞穴得见仙人，离开之后再想复归却已经不可能了。
[4]《淮南子》卷二，第76页："夫历阳之都，一夕反而为湖。"
[5] "扶风咏"指刘琨（271—318）的《扶风歌》，抒发远离家乡的悲哀。见《先秦汉魏晋南北朝诗·晋诗》卷十一，第849—850页。晋将军杜预镇守襄阳，树立两块石碑铭记功勋，一块立在岘山之上，一块沉于万山之下的河水中，说："安知此后不为陵谷乎？"《晋书》卷三十四，第1031页。

> 悲哉孙骠骑，悠悠哭彼天。

诗的最后两句提到的骠骑将军孙秀，是吴大帝孙权的侄孙，吴国末代君主孙皓怀疑孙秀谋反，孙秀遂于 270 年逃往西晋，被封为骠骑将军。十年之后，西晋灭吴，孙秀称病不朝，拒绝向晋武帝称贺。他含泪说："昔讨逆〔按：即孙策〕弱冠以一校尉创业，今后主举江南而弃之，宗庙山陵，于此为墟。悠悠苍天，此何人哉！"[1]"悠悠苍天"是《诗经·黍离》中的句子，在传统诠释中被视为对周朝旧京遭到的破坏发出的悲叹。

诗的首句，"魂兮何处返"，让我们想到《楚辞》中《招魂》的最后一句："魂兮归来哀江南。"在《招魂》中，招魂者呼唤魂魄从四周的恐怖荒远边地回到安全美好的中心，而在沈炯的诗中，归来的魂魄面对的却是荒凉残破的旧地，因此产生了定向障碍，充满迷失感和困惑不安。在诗人看来，梁朝的太平世界仿佛超越了人间历史的山中仙境，无论从时间还是空间来说都属于另一境界，复归已经不再可能。在这种情况下，意图流传万世的石碑铭文即使还存在，也不如个人的记忆更可靠，能够更好地保存过去。于是，面对自己曾经熟悉的世界发生的剧烈变化，诗人诉诸自己的文本记忆：诗的最后一联使用了一个典故中的典故，也就是说借历史人物孙秀对过去文本的引用，在当前的时空断裂和变

---

[1]《吴书》卷五十一，第 1213 页。

化中勉力构筑出了一种历史的传承。这种传承当然是否定性的，换句话说，诗人告诉自己，历史上也曾经发生过王朝的覆灭和京城的毁坏，因此，当诗人所熟知的文化传统遭到破坏和断裂，可以引用前例，回顾前人体会过的悲痛，作为对自己的某种安慰。不过，沈炯未必预料到，结尾的两句诗不仅间接影写了邺州的破败、梁朝的衰亡，也隐隐地预兆了南朝的最终结局。

当沈炯行近建康时，他又写了一首诗，《长安还至方山怆然自伤》（方山是距建康不远的一座死火山）：

> 秦军坑赵卒，遂有一人生。
> 虽还旧乡里，危心曾未平。
> 淮源比桐柏，方山似削成。
> 犹疑屯虏骑，尚畏值胡兵。
> 空村余拱木，废邑有颓城。
> 旧识莫不尽，新知皆异名。
> 百年三万日，处处此伤情。

这首诗为我们展现了一个幸存者在生还故都时体会到的复杂心情。第三联中的淮源指秦淮河，秦淮河、方山都是建康近郊熟悉的地理标志。但是，"淮源"令我们想起另一个淮河，它的源头是现代河南与河北交界处的铜柏山。沈炯也许想到的是他家乡地区的铜柏山：就像沈约一样，沈炯出生于吴兴郡武康县（今属浙江），那里的铜柏山以风景优美的道教场地出名，被视为道家灵山。[1]方山则令诗人想到华山（《山海经》卷二有"太华之山，削成四方"之句），另外一座以其灵异和奇秀而出名的"仙山"。在这里，诗人很有可能一语双关：在建康东部，也有一座华山，秦淮河从此发源，而且在五六世纪，这座华山也是道教圣地之一，沈约的一首诗即题为《华山馆为国家营功德》。[2]沈炯作为历来笃信道教的吴兴沈氏家族的一员，很有可能在利用华山及铜柏

---

[1] 这里有一座著名道馆，号金庭馆。501年，沈约曾为之作碑铭，即《铜柏山金庭馆碑》（《全上古三代秦汉三国六朝文·全梁文》卷三十一，第3130页）。学者一般以为这一碑文作于498年，但这里我尊从赵明诚（1081—1129）《金石录》卷二和陈思（约1259年在世）《宝刻丛编》卷十三的纪年。还有的学者对碑文是否究为沈约所作表示怀疑，因为碑文是金庭馆道长的第一人称叙述，这和沈约生平事迹显然不合；还有学者以为这一金庭馆位于河南铜柏山。关于这些讨论，详见林家骊，《沈约研究》，第52—54页。我认为，碑义确为沈约所作，但他是以道士的口气写的。在数种宋代资料里（如孔延之，《会稽掇英总集》卷十六，第12a页；施宿，《嘉泰会稽志》卷二十，第7077页；高似孙，《剡录》卷五，第7228页），碑文中的一句话，"越以不才，首膺斯任"，都没有异文，但是在明代资料里却变成了"约以不才"云云。这很有可能是因为明代编者把"越"改为"约"以符合沈约的名字。"越"可能是金庭馆道士的名字，也有可能只是发语词，没有意义。沈约曾写过一首题为《游沈道士馆》的诗，就是记述他的金庭馆之游的（《先秦汉魏晋南北朝诗·梁诗》卷六，第1637页），这首诗在《会稽掇英总集》卷九、《嘉泰会稽志》卷二十以及《剡录》卷六里又题为《游沈道士金庭馆》。由此可见金庭馆的主管道士姓沈。《文选》的唐代笺注家称沈道士名沈恭，见六臣注《文选》卷二十二，第30a页（按：马瑞志在《永明时代》卷一中以为这个沈恭就是《南齐书》卷五十四中的沈俨之，但实际上沈俨之字士恭）。吴兴沈氏世代宗奉道教，而铜柏山离吴兴又很近，所以铜柏山金庭馆的沈道士很有可能就是吴兴沈氏家族的一员，而"铜柏山"对于吴兴沈氏也一定具有不同寻常的宗教意义。

[2] 《先秦汉魏晋南北朝诗·梁诗》卷七，第1660页。

山的道家联想,来表达自己回到故乡时体会到的狂喜:对他来说,回到江南就好像进入天堂乐园一样。他在同时所作的《归魂赋》中明确地表示:在回到梁朝宫廷的一刻,他感到如登仙境:"何神仙之足学,此即云衣而霓裳也!"[1]

但是在《方山》一诗里,沈炯回乡的欣喜是和残留的恐惧混合在一起的,在曾经一度沦为战俘的幸存者眼里,江南的山水似乎仍然危机四伏:

犹疑屯虏骑,尚畏值胡兵。

进入欲界仙都的感受很快就被眼前所见的现实所粉碎,诗人看到的是遭到战争和灾荒蹂躏的土地:

空村余拱木,废邑有颓城。

拱木之句,充满了沉痛,人已不在,只剩下多年老树而已;城墙既已颓败,城邑更是根本失去了防守。更令诗人感到震动的是他的社交圈子发生的变化:

旧识莫不尽,新知皆异名。

这些"异名"的新知,恐怕很多并非来自江南旧族,而是一

---

[1]《全上古三代秦汉三国六朝文·全陈文》卷十四,第3478页。

些新贵。到此时,诗人初归时的欢喜已经完全泯灭,变成了深刻的失落感和悲哀:

  百年三万日,处处此伤情。

  沈炯的《归魂赋》只残留片段,更为详尽地描述了他在侯景之乱前后的经历。因为沈炯不如庾信、颜之推那么有名,因而《归魂赋》不像《哀江南赋》《观我生赋》那样受到文学史家的重视,但是它描写了和庾、颜二人截然不同的返乡经历,是非常宝贵的"目击者实录"。在这篇赋里,最引人注目的是他对北上旅程的描写。在经过的地方里,雍州——萧梁皇族的权力基地——深深地触动了作者。这是梁武帝当初建立大业的地方,也是萧纲(赋中的太宗)在此对北魏军队取得数次胜利的地方。沈炯回顾梁朝君主昔日的丰功伟业,对军事力量的重要性感慨万千:

  余既长于克民,觉何从而掩泗。
  淯水兮深且清,宛水兮澄复明。
  昔南阳之穰县,今百雉之都城。
  我太宗之威武,遏宛淯而陈兵。
  百万之虏,俄成鱼鳖。
  千仞之阜,倏似沧瀛。
  虽德刑成于敕服,故蛮狄震乎雄名。

一路北行，北方的风土山水给沈炯留下了深刻印象，因为这些人文地理环境是他以前只在书中读到过的文本风景。值得注意的是，他在记叙自己的见闻时，选择的都是见于早期文本中的地名，以前不曾出现在历史典籍里的地方，在沈炯的赋中也就没有反映。我们因此可以说，沈炯的赋所记载的既是穿越空间的旅行，更是一次时间旅行，因为他在长安到处都看到秦、汉王朝的遗迹，他的书本知识现在终于得到亲身经历的检查和验证，也就是所谓的"观阡陌之遗踪，实不乖乎前史"：

> 访轵道之长组，拾蓝田之玙璠。[1]
> 无故老之可讯，并肸肸之空原。[2]
> 登未央之北阙，望长乐之基趾。[3]
> 伊太后之所居，筑旗亭而成市。[4]
> 槐路郁以三条，方涂坦而九轨。[5]
> 观阡陌之遗踪，实不乖乎前史。

---

[1] 轵道，是秦二世子婴颈系长组（投降和俘虏的标志）、呈皇帝印玺于刘邦的地方。见《史记》卷六，第275页。蓝田在长安附近，以产玉出名。
[2] 肸肸，是肥沃富饶的意思。
[3] 未央、长乐，都是汉代宫殿名。长乐宫是汉高祖之妻吕后曾经住过的地方。
[4] 这两句是说，太后曾经居住过的地方，现在变成了筑有旗亭的集市。旗亭是监察集市的处所，上立旗帜，故名。
[5] 每条通往长安城门的大道都分为三条车道，中间的车道专供皇帝车马行驶，左边车道供车马进城，右边车道供车马出城。即班固《西都赋》中所谓"披三条之广路"。又据《周礼·冬官考工记》，京城大道应该可以同时容纳九辆车子并驾驱驰。

有时，在作者眼里，这座古老都城的过去和现在纠结在一起，一时间竟难以分清：

> 傍直城而北转，临横门而左趋。[1]
> 南则董卓之坞，北则符坚所居。
> 即二贼之墟垒，为彼主之庭除。

董卓、苻坚，一是叛臣，一是所谓的夷狄之君，被沈炯视为"二贼"，他们的"墟垒"和当今的北朝皇宫——被沈炯轻蔑地称为"彼主之庭除"——重叠在一起。这样一来，沈炯在概念的层面，甚至在地理的层面，清楚地区分开了汉代的长安和董卓、苻坚的长安，并把当前的长安，西魏的都城，和"二贼"的长安合为一体。沈炯以语言修辞手段，造成了时间的分野，也造成了在实际地理上并不存在的空间的分野。

沈炯《归魂赋》的最后一部分描写了他的思乡情绪和回乡的旅程。如果说他对北上路程的描述充满具体化的细节，对回乡旅程的描述则被一系列衔接紧密的地名代替，基调显得轻快、急切，文体的选择反映了心情。

沈炯的赋在描写长安时，几乎完全不牵涉到任何现下的人事。在他的赋里，长安是一座充满了遗迹的历史之城。当作者在长安城里漫步，我们感到他似乎是为了减轻自己的

---

[1] 直城和横门都是长安的城门。

错置感而把长安城错置到过去,因为历史中的长安,一座文本城市,是他所知道的唯一的长安。

幸存者的回忆录之三:庾信

没有很多著名的古典诗人像庾信这样激起这么强烈的相反意见。杜甫,最伟大的中国诗人之一,深深地推崇庾信;十八世纪的清代历史学家全祖望称庾信是一个不知羞耻的人;现代学者鲁同群在他写的庾信评传里,竭力在庾信的诗文背后寻找最自私的动机,甚至认为《哀江南赋》隐藏了庾信向北朝求官的企图。[1] 让人们感到不安的,也许不是庾信改事异朝,而是庾信在诗文里不断抒发自己的负疚感和羞耻感。有时候,我们简直要怀疑,庾信会不会选择留在北方,这样才能在作品里描写和表现羁旅的情怀。

根据《周书》和《北史》,陈朝和周朝恢复外交关系之后,陈朝要求周朝归还王褒、庾信以及其他南臣,但是周武帝对王、庾二人惜而不遣,只放回了王克、殷不害等人。[2] 史书的叙述往往把事实和传说、真与非真混合在一起,如果我们检视史实,我们会发现王克是在公元555年遣返的,那时周武帝还没有即位;殷不害则直到575年才返回江南。在

---

[1]《庾信传论》,第160—161,356页。
[2]《周书》卷四十一,第734页;《北史》卷八十三,第2794页。

六世纪七十年代初期,陈宣帝(569—582年在位)倒确曾表示希望北周朝廷遣返王褒、庾信,但是他的要求立刻被北周使臣婉言拒绝了。[1]

事实上,我们没有理由怀疑庾信是被迫留在北方的,特别是在一开始,当他作为梁朝使节到达西魏宫廷的时候。但是,在多年以后,随着事态的发展变化,如果庾信果真决定留在北方,我们也还是可以理解他的心情,因为在很多意义上,他已经无家可归了。徐陵在北方的时候,他的父母妻子都还留在江南;庾信则不同:他的家人在江陵陷落之后即被带到长安。此后不久,梁朝就灭亡了,而在徐陵和沈炯回南的时候,梁朝至少还在名义上延续着。这里的关键在于,庾信不是梁朝一个普通的官员,甚至也不是像颜之推那样是受到萧梁皇子尊重的众多侍臣之一:当年,庾信出入东宫,是萧纲最亲近和信任的朝臣之一,和梁朝皇族的另一重要人物萧绎也有密切的交往。没有了萧纲与萧绎,江南对于庾信来说完全今非昔比,更不用说梁朝根本已经不存在了。没有家与国的召唤,就像庾信在《拟连珠》中所说的那样:

> 楚堑既填,游鱼无托。
> 吴宫已火,归燕何巢。

---

[1]《周书》卷三十九,第703页。

在同一作品中,他又写道:

> 乌江舣楫,知无路可归。
> 白雁抱书,定无家可寄。[1]

乌江用了项羽的典故,项羽被汉兵追到乌江,他拒绝过江,说:"天之亡我,我何渡为?且籍与江东子弟八千人渡江而西,今无一人还,纵江东父兄怜而王我,我何面目见之?纵彼不言,籍独不愧于心乎?"白雁则用苏武故事:据说汉使向匈奴索要苏武,匈奴谎称苏武已死,于是汉使以谎言回应谎言,称汉天子射下了一只白雁,雁脚上就系着一封苏武写的书信。匈奴人大惊,遂放苏武还朝。[2]

庾信不是项羽,更非苏武,但是他分享了项羽的羞耻感,和苏武对家乡的思念。《周书》称庾信虽然在北朝"位望通显",但"常有乡关之思"。[3]这句话引发了后代学者的很多评价,有人表示同情,有人视之为虚伪而表示蔑视。我们需要注意的是庾信的乡关之思和苏武或者一般人的乡关之思有所不同之处:对于庾信来说,江南不仅仅是一个地理空间,更在时间上隔着遥远的距离,是一块属于"过去"的国土。换句话说,庾信所失去的,所悲叹的,不仅仅是"江南",甚至也不仅仅是他的君主,而是整整一个时代,一种

---

[1]《全上古三代秦汉三国六朝文·全后周文》卷十一,第3938—3939页。
[2]《史记》卷七,第336页;《汉书》卷五十四,第2466页。
[3]《周书》卷四十一,第734页。

生活方式。这样的失落感,比普通的乡关之思更深刻,也更无望。

庾信的二十七首《拟咏怀诗》是后人特别是现代学者及选本编辑所喜爱的,因为它们明确地抒发了庾信对国破家亡感到的痛苦和对故乡的思念之情。[1]但是,它们既不是庾信最优秀的作品,也不是他最典型的作品。这些情绪激动的诗篇,正因为它们太充满忧愫,反而不能成功地转化为艺术精品。读者也许可以被诗人的痛苦情绪所打动,但是缺乏节制的表述往往既不能产生强烈的艺术效果,也因此不能产生最深刻的情感效果。[2]庾信最出色的时刻,是他保持住自己宫廷诗人特色的时刻,是他能够用梁朝宫廷诗人受过良好教养训练的优雅审慎"范围"住自己的强烈情感的时刻。比如下面这首诗,《郊行值雪》:[3]

> 风云俱惨惨,原野共茫茫。
> 雪花开六出,冰珠映九光。
> 还如驱玉马,暂似猎银獐。
> 阵云全不动,寒山无物香。

---

[1] 在西方汉学界,这组诗也受到格外重视。把《哀江南赋》译为英文的葛瑞汉曾把这组诗翻译成英文,海陶玮将其遗稿整理发表在《哈佛亚洲学报》,见参考书目。
[2] 论诗往往具有独到眼光的王夫之在《古诗评选》里对这组诗的评价值得玩味。他挑出组诗第二十一首加以称赞,并说"余篇非无好思理,要皆汗漫不可以诗论也"。《古诗评选》,第290页。
[3] 《先秦汉魏晋南北朝诗·北周诗》卷三,第2381页。

> 薛君一狐白，唐侯两骕骦。
> 寒关日欲暮，披雪上河梁。

这首诗一开始呈现了一幅天空布满阴霾、原野茫茫一片的肃杀景象，但很快这一景象就转化为魔术般的奇幻境界：雪花变成了皎洁的春花，冰凌好似九华灯映照下的珍珠。诗人回顾自身，发现自己和坐骑也已经变成银装素裹，在一瞬间似乎感到孩子般的快乐，想象自己是在骑着一匹玉马追逐银獐。

第六行诗的"暂"字十分重要，因为它揭示了这一奇妙仙境的非永久性。獐子奔跑的时候，会抖掉身上的雪而露出本色。只有天空中的阴云一动不动，好像意志铁定的士兵，构成了黑压压的战阵。童话世界的魔力突然消失了，雪不再让诗人想到春花，因为它们是冰冷的，也不散发出香气。诗人在茫茫原野上踯躅，天空和山脉都寒冷、广大、静止不动，造成一种压抑而充满威胁的气氛。在这一刻，他想到一样温暖的物事——

> 薛君一狐白。

薛君也就是战国时代的齐国公子孟尝君，他曾经为质秦国，被秦国扣留不遣。据说孟尝君派门客向秦王宠爱的妃子说项，妃子要求孟尝君用一袭狐白裘作为回报。不幸孟尝君已经把狐裘献给了秦王，于是他派另一个"能为狗盗者"的门客从秦宫库藏中偷出狐白裘送给妃子,妃子果然代孟尝君求情,孟尝君遂被释放。

寒冷的雪天,原野上的银獐,都令诗人渴望拥有那一袭传奇的狐白裘。但是,他毕竟不是孟尝君,而且,那袭狐白裘也是独一无二的。如果我们也像庾信的同时代人一样熟悉《史记》的文本,我们就会记得太史公的话:"孟尝君有一狐白裘,直千金,天下无双,入秦献之昭王,更无他裘。"[1] 原始文本中对"天下无双"和"更无他裘"的强调,使诗句中的"一"字获得了格外强烈的意义:孟尝君既然已经用掉这袭独一无二的白裘,为自己买到一条回乡路,诗人庾信对狐白裘的渴望则根本是徒劳无益的,对于他来说,回乡是不可能的了。

但是诗人的想象力已经被激发起来,他继续在雪中梦想——

  唐侯两骕骦。

据《左传》,楚国的权相子常垂涎唐侯的两匹霜色骏马,唐侯不肯把骏马送给子常,遂被子常扣留在楚,三年不返。后来,唐人偷出骏马,把它们献给了子常,子常这才遣返唐侯。[2] 而我们的诗人庾信,自然不能如唐侯那样幸运。

---

[1]《史记》卷七十五,第 2354 页。
[2]《左传》卷五十四,第 944 页。

第八章 分道扬镳

现实世界中的玉马银獐,和历史上的白狐与骈骊联系在一起。然而,玉马银獐是比喻,因此反而是不真实的(我们想到"如"和"似"的运用);存在于诗人脑海中的白狐与骈骊,反倒有其历史的真实性(尽管有可能是传奇之谈,但毕竟被视为史实记载于史册)。这些华美的白色野兽,因为毛色的稀奇而向来被视为佳瑞,被诗人的文字魔术从虚空中创造出来,但是诗人又立刻强调它们是多么独特,无论是"一"还是"两",这种精确的数字都凸显了白狐与骈骊的独特性、不可获得性,它们重又消失于白茫茫的原野中。

在诗的最后两句,我们听到对系于李陵名下的诗的回声。汉将军李陵与匈奴作战,战败后被俘投降,他的家人被汉武帝处死,李陵遂终生留在匈奴。据说他在送别汉使苏武的时候赋诗数首,这些诗基本可以断定是后人伪托,但重要的是很多六朝时人都似乎颇为相信李陵的作者身份,萧统《文选》卷二十九即收录了一组李陵苏武的赠答诗,包括庾信在此用到的一首,其中有句道:"携手上河梁,游子暮何之?"庾信对这两句诗做了重要的改写:

寒关日欲暮,披雪上河梁。

茫茫雪野,天色渐黑,诗人独自一人走上河梁,无人与他携手同行。原诗提出的问题:"游子暮何之?"在庾信诗中仅仅出之以暗示,但是正因为这种节制和压抑而感人至深。

在一首描写明媚春景的诗里，庾信同样有力地表现了他的孤独感，这首诗题为《见游春人》：[1]

> 长安有狭斜，金穴盛豪华。
> 连杯劝上马，乱果掷行车。[2]
> 深红莲子艳，细锦凤凰花。
> 那能学噗酒，无处似栾巴。

诗以"长安有狭斜"的古乐府成句开始，"金穴"则是东汉时人对郭皇后的兄弟郭况宅邸的称呼，这些指称无不唤起读者对长安的历史与文化回忆，虽然现下的长安已经时过事迁，但是长安城繁华依然。在这首诗里，诗人是以观察者的身份出现的：他观望游春的士女饮酒、掷果、轻浮调笑的场面，但是他自己却既没有加入这些欢乐的人群，也并不分享他们的轻松愉快心情。诗的第二联连用几个动作感强烈的词汇——劝上马，掷行车——来描写一系列动作，即如"连"字、"乱"字，也具有动感；相比之下，第三联突然呈现了一种引人注目的静止，两句诗完全没有动词，只有名词和形容词。我们看到一个艳丽而神秘的细节：自然界的莲子，从来都不是"深红"色的，那么，诗人是否因为看到了华艳的深红色而联想到了"莲子/怜子"之"艳"？这一联

---

[1] 《先秦汉魏晋南北朝诗·北周诗》卷四，第2386—2387页。
[2] 用西晋诗人潘岳故事。潘岳是美男子，据说每次出游，妇女都争相投掷水果到他的车里以示爱慕。《晋书》卷五十五，第1507页。

的下一句证实了诗人在讨论织品——某种织有凤凰图案的细锦。也许，是哪个游春人的春衣吸引了诗人的注意。无论如何，从第二联的繁华热闹到第三联的静止特写镜头，这其间的转折出人意料，造成了新奇的效果。在这一瞬间全神贯注的凝视中，诗人的心情似乎也经历了某种转折。

在庾信的大多数诗里，读者对诗人所引用的前代文本的熟悉程度是理解和欣赏全诗的关键。这首诗的最后一联用了栾巴的故事：据葛洪《神仙传》，栾巴是一个有道术的东汉官员，某次朝廷元日集会，"巴独后到，又饮酒西南噀之。有司奏巴不敬。有诏问巴，巴顿首谢曰：'臣本县成都市失火，臣故因酒为雨以灭火。臣不敢不敬。'诏即以驿书问成都，成都答言：'正旦大失火，食时有雨从东北来，火乃息，雨皆酒臭。'后忽一旦大风，天雾晦暝，对坐皆不相见，失巴所在。寻问之，云其日还成都，与亲故别也"。[1]在《神仙传》版本里，栾巴得道升仙，历史上的栾巴实际上却因为卷入政治党争而下狱自杀。

在诗的最后一联，庾信称他不能够像栾巴那样——虽然周围的人都在饮酒庆春，虽然他自己可能也在饮酒，但是他没有栾巴的能力化酒为雨，救助家乡的急难；他更不能像栾巴那样在大风晦雾中消失，回到家乡和亲故相见。这首诗尾联的情感力量，全在于前文的逐渐铺垫。沉溺于饮酒与调情的狂欢者，让诗人想到一样不合节气而且远不可及的物

---

[1]《后汉书》栾巴本传注，卷五十七，第1842页。

事——莲子,因为在江南,莲子充满了浪漫艳情的象征意义,而通过本书上一章的分析,我们看到没有什么可以比莲子更能唤起对江南的想象。第三联更是一个关键的转折点:这两句诗展现的,正是我们以前所谈到过的梁代宫廷诗歌的特征,也就是诗人对细节的关注与观照,没有这两句诗,《见游春人》一诗就会好像是狂欢的人群那样轻浮飘荡,缺乏重心和稳定。织有凤凰图案的深红细锦为诗人的渴望提供了一个静止的中心,同时,也成为他的痛苦的最佳象喻,因为强烈的情感被诗艺织入一幅美丽的图案,节制,均衡。

庾信的二子一女死于侯景之乱。他来到北方之后,一个已成年的女儿和一个外孙也相继辞世,他因此写了一篇《伤心赋》表示悲悼。然而,即使是在最无聊赖的生涯中,也总是会有一些小小的快乐。当庾信中年得子,他写了一首题为《有喜致醉》作为庆祝。庾信很幸运,没有看到这个儿子的结局。

有时候快乐伴随着苦涩,比如说他曾在北方看到江南人所特别爱吃的槟榔:

绿房千子熟,紫穗百花开。
莫言行万里,曾经相识来。[1]

除了最后一行之外,诗的每一行都用了一个数目字,这样的

---

[1] 诗题为《忽见槟榔》。《先秦汉魏晋南北朝诗·北周诗》卷四,第2408页。

叠进为诗的末句出乎意料的转折造成声势,增加了末句的情感力量。

有时候,诗人幻想自己仍然身在江南。比如下面的这首《望渭水》:

> 树似新亭岸,沙似龙尾湾。
> 犹言今暝浦,应有落帆还。[1]

新亭,龙尾湾,都是南方地名。新亭在建康近郊,对南朝人来说具有特别的意义。据《世说新语》,东晋士绅常常在此饮宴,一次周颛中坐而叹曰:"风景不殊,正自有山河之异。"[2]在座众人"皆相视流泪"。只有王导愀然变色,道:"当共戮力王室,克复神州,何至作楚囚相对?"庾信的诗句是对《世说》故事具有反讽性的颠倒:在置身北方的诗人眼里,江北风景看起来好像江南。

诗的后两句同样需要文化知识才可以解读。何逊的《宿南洲浦》一诗,描写行旅之艰难和诗人的思乡情绪,这首诗的第二联是庾信诗句的源头:

> 解缆及朝风,落帆依暝浦。

---

[1] 今,一作"吟"。《先秦汉魏晋南北朝诗·北周诗》卷四,第2406页。
[2] 《世说新语》卷二,第92页。西晋首都洛阳和东晋首都建康在地理面貌上有相似处,因为也是四面环山,中有河水经过,因此周颛说风景相似而山水不同。

庾信在他的诗里,想象在渐渐黑暗下来的河浦有船归来,这一瞬间他好像突然模糊了江南与江北,也模糊了过去、现在和未来。[1] 如果我们就像庾信的同时代人那样熟悉何逊的诗句,我们更会听到庾信诗的潜文本,何逊原作中的尾联:"夜泪坐淫淫,夕偏怀土。"

在长安,不时会见到来自江南的使者。这些使者包括庾信的旧识周弘正,也包括徐报。[2] 庾信曾托他们把下面的这首诗带给自己的老朋友徐陵:

> 故人倘思我,及此平生时。
> 莫待山阳路,空闻吹笛悲。[3]

向秀、嵇康、吕安,曾经隐居山阳,相互交好。后来,嵇康和吕安被司马氏处死,向秀被迫出仕。有一次,当他因公事经过山阳时,他听到邻人的笛声,思念已逝的好友,写下了著名的《思旧赋》。

随着岁月的流逝,庾信难免常常想到死亡。他自己的年纪越来越大,同时,作为当代最著名的作家,他经常受人

---

[1] 庾信诗的第三行一作"犹言吟暝浦"。如果选择这一异文,则是对前辈诗人何逊更为明确的指称。
[2] 据颜之推《观我生赋》,徐报曾和庾信一起参与江陵的校书工作。徐陵的长子徐俭和徐报一样也曾在萧绎朝廷中担任尚书金部郎中的职务,因此徐报、徐俭很可能是同一人,见《陈书》卷二十六,第335页。《南史》即以徐俭为徐报。《南史》卷六十二,第1525页。
[3] 《寄徐陵》,见《先秦汉魏晋南北朝诗·北周诗》卷四,第2400页。

请托（这些请托一般伴随着丰厚的酬金），为北朝的王侯将相写作墓志铭。这些墓志铭通常由两部分组成，第一部分是无韵散体的"志"，记叙死者的身份、家庭背景和成就。第二部分是四言押韵的"铭"，赞美死者的功德，表达生者的悲悼之情。和地上的碑铭不同，这些墓志铭通常埋在地下。文学史上值得一书的，是墓志铭作为一种文体受到重视的开始：我们可以把这一源头追溯到公元五世纪后期，是在这一时期，墓志铭开始被作者收录进自己的文集。这说明墓志铭开始被视为"文"的一部分。[1] 庾信撰写的墓志铭文字精美，充满了文学色彩浓厚的意象。[2]

有些墓志铭是为和他自己一样身份的南朝羁留者所作的，比如萧太（520—570），梁武帝的侄儿；柳遐（50？—572）；或者吴明彻（513—580）。为吴明彻所作的墓志铭特

---

[1] 据南齐王俭说，颜延之曾为王球（393—441）撰写墓志铭。《南齐书》卷十，第158页。这一墓志铭已经不存。宋孝武帝为他钟爱的兄弟建平王亲笔撰写了一篇墓志铭。《宋书》卷七十一，第1680页。这一墓志铭部分保存在《艺文类聚》卷四十八，第866页里。关于作为文体的墓志铭，可参看李士彪，《魏晋南北朝文体学》，第96—98页；关于墓志铭起源问题，可参看程章灿《墓志起源考》，《石学》，第1—12页。但程氏以为"墓志"这一名称最早出现在颜延之为王球撰写的墓志里，这一点值得怀疑，因为早期资料在引用王俭的话时总是称颜文为"石志"而非"墓志"。而且，古代中国在引文时多不一定为逐字逐句的精确引用。我以为，对于作为文体的墓志铭来说，最重要的时刻是它何时被收入作者文集，这标志着墓志铭被视为"文"的开始。

[2] 一个著名的例子是现代作家废名曾说没有第二个中国作家可以写得出的句子："霜随柳白，月逐坟圆。"见《周骠骑大将军开府侯莫陈道生墓志铭》。《全上古三代秦汉三国六朝文·全后周文》卷九，第3961页。

别值得一提。吴明彻是一位著名的陈朝将领,曾经在对北朝作战中多次取得胜利,但终于战败被擒,于578年被送到长安。在573年,他曾经击败并杀死了忠于萧梁王朝的将军王琳。王琳是庾信的朋友,据史书说,他处事优雅、公平,深得手下士卒和平民百姓的爱戴。[1]庾信对吴明彻的感情无疑是复杂的;身在北方,为一个被北朝军队击败的南朝将领撰写必须以称颂之词为主的墓志铭,也确实不是一件易事。在四言铭文里,庾信用相当直白的语言记叙了吴明彻被北周军队击败的经历,一点都不加以委婉的润饰,例如称他"负才矜智,乘危恃力";但是,另一方面,他又毕竟受到墓志铭作为歌颂文体的性质限制,而且,作为同样流离北土的南人,他情不自禁地对这位南方将军的败亡感到某种同情。在四言铭文的结尾处,庾信的尖锐终于让位给动人的悲悼之辞,他的措辞和通常比较官样的墓志铭文风相比,隐隐带有一份个人的,但或者也可以说更广大、更具有普遍性的伤痛:

> 壮志沈沦,雄图埋没。
> 西陇足抵,黄尘碎骨。
> 何处池台,谁家风月?
> 坟隧羁远,营魂流寓。

---

[1] 庾信集中一首诗就是赠给王琳的。见《先秦汉魏晋南北朝诗·北周诗》卷四,第2401页。

> 霸岸无封，平陵不树。
> 壮士之陇，将军之墓。
> 何代何年，还成武库？

樗里子（？—公元前300），秦惠王的弟弟，在死前预言，百年之后将有皇宫建筑在他的坟墓两旁。果然，到了汉代，未央宫建在樗里子坟墓以西，长乐宫建在他的坟墓以东，皇家武库则正对着他的坟墓。这是一个关于沧海桑田之巨变的故事。虽然庾信没有活着看到隋文帝征服江南，但他知道南朝的结局为时不远了。577年，周灭北齐；次年，北周军队对陈朝取得盛大的军事胜利，吴明彻被擒。南北的统一已经是天下大势所趋。[1]

但在天下统一之前，北周王朝经历了最后的曲折。578年夏天，雄才大略、野心勃勃的周武帝去世，他的儿子，周宣帝（559—580），是一个既残忍又毫无头脑的年轻人。他还是太子的时候就一直忌惮他的叔父，精明能干的齐王，所以即位之后所做的第一件事就是派人把齐王缢死。他把越来越多的权力交给他的岳父杨坚，并在579年6月命令其他几位叔父，包括滕王和赵王，庾信文章的忠实爱好者，离开京城前往封地。在封地，滕王编辑了二十卷的庾信文集。在一封表达感谢的回信中，庾信透露了他健康不佳的

---

[1] 史臣如此描述周武帝："破齐之后，遂欲穷兵极武，平突厥，定江南，一二年间，必使天下一统，此其志也。"《周书》卷六，第107页。

消息。[1]

就在这一年或者下一年,庾信决定退休。年纪衰老和健康状况只是其中的一个原因。更重要的原因可能是朝廷人事的变化。年轻的宣帝是个暴君,而且,他的全副心思都集中在一些轻浮的小节上,比如为他自己和他的四个皇后创造各种各样的名号,发明繁复的服饰仪典,建造豪华宫室。579 年 4 月 1 日,他宣布让位给襁褓中的儿子,自称"天元皇帝"。按照惯例,庾信上表庆贺,在贺表中庾信把宣帝的举动称为"非常之事"。[2] 除了宣帝之外的读者,恐怕都可以在这一表达中感觉到微微的讽刺。

这时的庾信,已是经过了许多次宫廷政变的老臣,对风雨欲来的政治局势,他一定感知得十分清楚。579 年 9 月,他作了一首诗,题为《同州还》,记叙了宣帝的一次同州之行。[3] 在这首诗里,庾信对灿烂耀目的皇家仪仗表面下潜伏

---

[1]《全上古三代秦汉三国六朝文·全后周文》卷十,第 3933 页。
[2]《贺传位于皇太子表》,《全上古三代秦汉三国六朝文·全后周文》卷九,第 3928 页。
[3] 同州是北周皇室的发祥地,也是宣帝出生的地方。北周的皇帝常常行幸同州。庾信此诗往往被系于公元 580 年,因为《周书》宣帝本纪在记叙宣帝 580 年 4 月 5 日至 14 日的同州之行时曾提到"赤岸泽"这一地名(卷七,第 123 页),而这个地名也出现在庾信的诗中。但问题是宣帝去过同州很多次,每次去同州都会经过赤岸泽,如果仅仅因为史书中在记叙某一次同州之行时提到赤岸泽,就认为庾信提到"赤岸泽"的诗必然也作于这一次同州之行,未免过于胶柱鼓瑟。按公元 579 年,宣帝曾两次前往同州,一次从 9 月 7 日至 19 日,一次从 12 月 14 日至 18 日。庾信的诗似乎应该作于 579 年 9 月,这个日期一方面与诗中提到的政治时事最为契合,另一方面,秋天也是狩猎的季节。

的危机表达了深刻的忧虑:

> 赤岸绕新村,青城临绮门。[1]
> 范雎新入相,穰侯始出蕃。
> 上林催猎响,河桥争渡喧。
> 窜雉飞横涧,藏狐入断原。
> 将军高宴晚,来过青竹园。

穰侯是秦昭王的舅父。新近被任命为首相的范雎劝说秦王削减穰侯的权力,秦王听信了范雎之言,命穰侯离京就藩。周宣帝在579年2月任命杨坚为四位首相之一,同年6月命诸位叔父离京就藩,庾信诗的第二联被认为是对这一事件的指称。但是,在这里,我们需要强调前面提到过的一个观点:能否在一个比较深的层面解读庾信诗文中的典故,有赖于读者对庾信引用文本的熟悉程度;只有对诗人引用的文本之上下文了若指掌,我们才能在最大程度上理解庾信诗文的潜台词。就以"穰侯、范雎"的典故而言,《史记》在记叙穰侯被免职和放归封地之后,太史公发表了下面的这段感慨:"穰侯,昭王亲舅也。而秦所以东益地,弱诸侯,尝称帝于天下,天下皆西向稽首者,穰侯之功也。

---

[1] 青城门是长安城门之一,也称青绮门。此门曾在577年无故崩塌,被视为不吉之兆。见《北史》卷十,第369页。《隋书》则称兆头应在当时的皇太子也即后来的宣帝身上,因为青色是春天的颜色,而皇太子宫邸传统上称为春宫。见《隋书》卷二十二,第632页。

及其贵极富溢，一夫开说，身折势夺而以忧死，况于羁旅之臣乎！"[1]太史公的这段话，是庾信诗句的"亚文本"。我们意识到在诗人对时事貌似十分客观的记述之下，掩藏着他对宣帝决策的深深不满；不仅如此，太史公议论的最后一句话，"况于羁旅之臣乎！"，更是了解诗人此时此刻心情的关键。当宣帝杀死齐王，又把欣赏和厚待庾信的滕王、赵王遣归封地，庾信不由得要担心自己的命运，因为他就正是一位"羁旅之臣"。畋猎本是北朝贵族生活的一部分，但是在这样的一种政治背景下，突然显得充满了威胁感，好像成了不祥的象喻。当野雉和狐狸四处奔窜、寻求庇护，诗人也在考虑退出公众生活。

诗的最后一联提到的青竹园指淇园，在旧日商朝的首都朝歌，以竹林闻名。东汉将领寇恂曾命手下士卒伐竹为箭，共造了百万支箭以防守河内。[2]青竹园的意象，因为"将军"的指称和淇园的文本联想而变得隐含杀气。虽然畋猎结束，高宴欢庆，但是将军显然没有忘记他的职责。的确，北周朝廷虽然内部充满危机，却从来没有放慢过征服江南、统一天下的步伐。579年12月，周军攻克三座陈朝的城池，其中包括和建康隔江相望的广陵。这一来，扬子江北的所有土地都归北朝所有了。

这一年冬天，庾信作了《寒园即目》：[3]

---

[1]《史记》卷七十二，第2329—2330页。
[2]《后汉书》卷十六，第621页。
[3]《先秦汉魏晋南北朝诗·北周诗》卷三，第2377页。

> 寒园星散居，摇落小村墟。
> 游仙半壁画，隐士一床书。
> 子月泉心动，阳爻地气舒。
> 雪花深数尺，冰床厚尺余。
> 苍鹰斜望雉，白鹭下看鱼。
> 更想东都外，群公别二疏。

《寒园即目》的题目具有欺骗性：诗人描述的不仅仅是"即目"所见，更写了肉眼所不能看见的事物：在数尺深的积雪与坚硬的冰床之下，"泉心"在律动，"地气"也在逐渐发舒。春天很快就要到来了。但是，这里的乐观情绪很快在下一联中消解：天空中一只苍鹰在盘旋，它飞得如此之低，诗人甚至注意到它在"斜望"；水边，白鹭也在徘徊观望，准备捕食河鱼。这些掠食的禽鸟在耐心地等待冰雪的融化，等待一个恣意袭击猎物的机会。诗人观察到这些禽鸟的行为，深知这意味着春天已经不远；他也知道随着春天的来到，将会有暴力和血腥。这时，诗人的思绪再次转向肉眼看不到的景色：在另一个时代，另一个地方，西汉的王公大臣们在长安城的东门外送别疏广和疏受，皇太子的师傅，他们叔侄二人在皇恩隆盛时宣布退隐，成为后人急流勇退的楷模。

就这样，诗人室内安宁温馨的乐趣——墙上的壁画，床上的书卷——被冬日寒冷萧疏的环境所包围；室外的世界充满了隐藏的危险，暗杀的阴谋，小小的死亡。大自然既不和平,也不和谐,到处都是杀手和猎物,掠食的猛禽和它们的牺牲品。和外面寒冷残酷的世界相比,诗人的屋宇温暖而安全,但他还是情不自禁地想到即将到来的春天:这实在是六朝诗中甚至迄今为止的全部中国古典诗歌中一个非常特别的时刻,因为诗人笔下的春天居然显得如此不祥,如此富有威胁感。在诗的最后一联里,自然与人事的区别在诗人脑海中模糊起来:庾信想到退隐,就和西汉的二疏一样退离危险重重的公众世界。诗人在寒园中,就好像野雉在雪里,鱼在冰下,既得到暂时的保护,也感到被困的烦忧。他急于为自己寻找一条出路。就在这一年,也许就在写作这首诗之后不久,庾信因病辞去了公职。

　　大概在次年初夏,庾信写了一首诗与颜之推的兄弟颜之仪唱和,题为《同颜大夫初晴》[1]:

　　　　夕阳含水气,反景照河堤。
　　　　湿花飞未远,阴云敛尚低。
　　　　燕燥还为石,龙残更是泥。[2]
　　　　香泉酌冷涧,小艇钓莲溪。
　　　　但使心齐物,何愁物不齐?

---

[1]《先秦汉魏晋南北朝诗·北周诗》卷三,第 2380 页。宣帝为太子时,颜之仪曾任太子的师傅,宣帝即位后封颜之仪为大夫。诗中描述的景色显然是初夏。诗里谈到天旱和祈雨仪式,有可能是指 580 年夏天的旱灾,宣帝在 5 月 23 日为禳灾而下诏大赦,并且在三天之后亲自祈雨,据说当天雨降。
[2] 据说每雨,零陵石燕即化为真燕,雨停,复为石。泥龙用于祈雨仪式。

如果这首诗果然是580年初夏写的，"龙残更是泥"的诗句有可能是诗人在对作态求雨的青年皇帝表示微微的讽刺。但是，燕化为石、龙残为泥，却成为对最后一联"齐物"观的绝妙铺垫。诗人似乎在暗示性情耿直、常常对宣帝"犯颜骤谏"的颜之仪放宽心怀、顺应物理，只不过他善意的劝谏被"何愁物不齐"的反问投射了一道阴影。在现实生活中，"物"并不"齐"，而这难免会影响到人的心情。

580年6月22日，宣帝去世，权力完全落到杨坚手里。赵王与滕王以谋反罪名被处死；次年，杨坚迫幼帝退位，建立了隋朝，是为隋文帝。几个月之后，文帝大规模出军江南，高颎被任命为主帅。庾信的朋友刘臻（？—598）随军主文翰。刘臻和庾信一样也曾出仕萧梁，他的父亲是曾经参与任昉"龙门之游"的刘显，刘臻自己深通《汉书》《后汉书》，在江陵陷落后来到北方。[1]在出兵之前，他与庾信唱和，庾信的绝句，《和刘仪同臻》，是我们现在知道庾信生前留下的最后一首诗：[2]

> 南登广陵岸，回首落星城。
> 不言临旧浦，烽火照江明。

在这首仅仅二十个字的诗里，出现了两个地名：广陵和落星

---

[1]《北史》卷八十三，第2809页。
[2]《先秦汉魏晋南北朝诗·北周诗》卷四，第2401页。

城。落星城在建康西面，广陵在扬子江北岸，已经在前一年被北周占领。庾信从来没有参加过任何一次南征。他对广陵和落星城的描写是为刘臻代言，是他从刘臻的立场上想象出来的景观。

诗的第一、二行直接套用王粲《七哀诗》的著名结句。公元192年，诗人王粲被迫逃离被战乱摧残的长安前往江南。在离京的路上，诗人再次回顾曾经一度繁华昌盛的都城：

南登霸陵岸，回首望长安。
悟彼下泉人，喟然伤心肝。

霸陵是汉文帝的陵寝，几个世纪以前的文景之治，和如今饱受战争蹂躏的长安形成了鲜明的对比。《下泉》是《诗经》中的一首诗，根据传统笺注家的解释，它表达了人们对治世的渴望：

洌彼下泉，浸彼苞稂。
忾我寤叹，念彼京周。

这样一来，庾信的诗好比是一个一层套一层的珠宝盒：一首诗指向另一首诗又指向另一首诗，一份怀念回应另一份怀念又回应另一份怀念。但是这些文学的回声对于庾信的同时代读者来说，或者对于任何一个在古代中国受过良好教育的读者来说，都是非常显而易见，因此意义是非常透明

第八章 分道扬镳　　435

的。曾经一度,在动身前往荒蛮的南方(他称之为"荆蛮")之前,王粲从霸陵回望长安,怀念汉朝的辉煌统治;庾信则身在长安,想象他的朋友如何登上广陵的江岸,眺望江南的落星城——那是梁朝军队曾经对侯景取得决定性胜利的地方。我们也意识到,建康俨然取得了旧日长安在人们心目中的地位,它是南朝诗人所热爱、向往和追忆的都城。就好比歌咏《下泉》的诗人忆念京周那样,庾信时时在怀念萧梁王朝。"不言临旧浦,烽火照江明"——谁能想到还会有朝一日生还故地,然而,只看到熊熊烽火照亮旧都?

在建康近郊的众多地名里,为什么庾信会挑选落星城?诗人是不是在承认历史循环的讽刺性:当年在落星城统帅梁军攻击侯景的不是别人,正是陈朝的开国皇帝陈霸先,现在陈朝却必须在落星城面对自己的死敌。也许,庾信选择落星城是为了避免直接指称建康;也许,只是因为落星的意象,和满江的烽火构成了一幅充满恐怖与悲剧之美的画面,在临近生命尽头的诗人心中,投射下最后的一道光明。

在很多意义上,建康城本身就是一颗流星,它的光辉虽然灿烂,但是短暂。六朝四百年的都城,曾经是"江南商业帝国皇冠上的明珠",[1]在梁武帝统治下,建康人口超过百万,达到了文化发展的巅峰。但是到六世纪后期,建康的光焰已经黯淡下去,在侯景之乱以后,建康再也没有能够达到以往的辉煌。庾信死后八年,隋军克陈,隋文帝下令把建

---

[1] 参看刘淑芬,《建康与商业帝国》,第35—36页。

康的城墙、宫室、宅邸一概夷为平地,以供耕垦。[1]庾信的绝句成为"诗谶":星辰已经坠落,烽火一旦熄灭,就是完全的黑暗。

从他554年离开建康,到他581年去世,将近三十年来,庾信从未再回过江南,更未曾接近过建康或者广陵。他的诗集里最后的一首诗,想象烽火与流星照亮故都沉沉的夜色,这份怆楚不仅来自对生地的眷恋,更由于一个帝国的没落,一个时代的终结。中国读者喜欢把一首诗放在诗人的生命语境里进行阅读;真的,如果我们不了解整整一个王朝的前因后果,我们永远都不会知道这首短短二十个字的绝句里蕴藏着多么深厚的情感,因为表达的节制而格外震撼人心。

也许可以把文学研究者分为两大类:一类通过阅读文学,了解国家、社会、历史、文化、政治、语言,等等;一类研究国家、社会、历史、文化、政治、语言,等等,为了更好地阅读文学。我愿意相信自己写这本题为《烽火与流星》的书,只是为了解读庾信的这首二十个字的诗。

尾声之一:杨柳歌

崔涂是一个生活在公元九世纪末期的江南人。据说他是下面这首《读庾信集》的作者:[2]

---

[1]《资治通鉴》卷一百七十七,第5516页。
[2]《全唐诗》卷六百七十九,第7785页。一作无名氏诗,见《全唐诗》卷七百八十五,第8863页。

> 四朝十帝尽风流，建业长安两醉游。
> 唯有一篇杨柳曲，江南江北为君愁。

把庾信在建康与长安的生活描写为"醉游"，似乎语带微讽；[1]但是唐朝诗人对庾信的态度可能比我们想象的稍为复杂一些，因为他从庾信诗集里专门挑出《杨柳歌》加以评说。庾信喜欢用树的意象，特别是半死的枯树，来表达他生意暗淡、汲汲无欢的心情。他的《枯树赋》也许是最著名的例子，而《杨柳歌》可以说是一篇用诗歌形式写下的"枯树赋"：

> 河边杨柳百丈枝，别有长条踠地垂。
> 河水冲激根株危，倏忽河中风浪吹。

《杨柳歌》一开始即为我们呈现了河边柳树的意象：虽然根株百丈，还是受到风浪的威胁而立身不牢。感叹草木托身不得其所，已经有一个很长的写作传统，我们想到三国时期繁钦的《咏蕙》："蕙草生山北，托身失所依。植根阴崖侧，夙夜惧危颓。寒泉浸我根，凄风常徘徊……"或者陶渊明的《拟古》其九："种桑长江边，三年望当采。枝条始欲茂，忽值山河改。柯叶自摧折，根株浮沧海。春蚕既无食，寒衣欲谁待。本不植高原，今日复何悔。"就好像陶渊明从

---

[1] 庾信在北方写的诗常常提到饮酒。在下面要谈到的《杨柳歌》里，他明言不如以醉销愁。

桑树的摧折联想到春蚕没有桑叶的饥饿，庾信从植根不牢的柳树转到托身于柳树的凤凰，再转到凤凰巢中的凤雏，因为柳枝摧折而流离失所。在这一系列的转折与联想中，我们不难看到萧梁王朝的崩溃和庾信个人家庭悲剧的影子：

可怜巢里凤凰儿，无故当年生别离。
流槎一去上天池，织女支机当见随。

据说汉使张骞在乘槎寻找黄河源头时，竟一路漂流到天河，获得了织女的支机石。[1]在这里，我们当然可以用庾信自己的生平事迹进行比附，以此作为他对自己出使西魏遭到扣留的影写，但是我们也大可不必如此执着，因为这首诗的独特之处，就在于浮槎的漂流带动了文本的"漂流"，诗从此也和诗人的身体、思想、感情一样动荡流离，成为一座由充满了回忆与痛苦的支离意象所组成的时空错乱的迷宫。但在一系列有意回环往复、令人眼花缭乱的典故、意象和比喻中，还是依稀可辨一条隐隐的叙事脉络：诗人在回忆他的青年时代，回忆萧梁的宫廷生活，回忆萧梁的皇子，特别是萧纲，庾信的知音。[2]

---

[1]《太平御览》卷五十一，第379页，引宗懔《荆楚岁时记》。
[2] 庾信《咏怀》其六，起始二句云："畴昔国士遇，生平知己恩。"当年，庾肩吾父子出入东宫，恩遇莫与比隆，国士遇、知己恩，非萧纲莫属。萧绎虽然也优待庾信，但他们的关系远远不如萧纲与庾信关系之密切。庾信对萧绎在侯景之乱前后骨肉相残的表现也多所不齿，在《哀江南赋》中有所表现。《咏怀》其六，全写庾信对萧纲的悲悼怀念和惭愧负疚。倪璠以为写萧绎，实在是错误的。

在这首诗里,萧纲的悲剧命运被凝聚在一个有力的诗歌意象里:一支珍贵而美好的白玉手板,落入盘踞的铜螭大张的巨口中。

> 谁信从来荫数国,直用东南一小枝。
> 昔日公子出南皮,何处相寻玄武陂。
> 骏马翩翩西北驰,左右弯弧仰月支。
> 连钱障泥渡水骑,白玉手板落盘螭。

诗人忠实于江南的文学传统,几乎每一联、每一句,都引用了某种典故,然而因为用得贴切,丰富了诗的情感内涵。孙绰在《孙子》里写道,山客告诉海人,邓林有木,围三万寻,直上千里,可以"荫数国"。[1] 这一联怀念柳树旧时的盛况,影写梁朝昔日的辉煌。接下来的四句诗杂用曹氏兄弟成句——曹丕曾在写给吴质的一封信里追忆南皮之游:"妙思六经,逍遥百氏;浮甘瓜于清泉,沈朱李于寒水";他的诗《于玄武陂作》,首句即为"兄弟共行游";曹植《白马篇》:"白马饰金羁,连翩西北驰……控弦破左的,右发摧月支。"曹魏公子是萧梁皇子的历史镜像。庾信的文本拼盘一力突出萧梁皇子倜傥潇洒、文武兼资的风采,隐写青年时代的自己作为侍从之臣追陪左右、"同乘并载"的欣悦得意,"西北驰""仰月支",让人想到年轻的雍州刺史萧纲对魏军

---

[1]《全上古三代秦汉三国六朝文·全晋文》卷六十二,第1815页。

取得的军事胜利，我们再次于其中看到萧纲的影子。

然而，骑射的意象引发了黑暗的联想，诗句急转直下：

连钱障泥渡水骑，白玉手板落盘螭。

据说西晋大臣王济的坐骑戴着连钱花纹的障泥，行路遇水，马不肯渡，王济说："它一定是心疼障泥。"命人把障泥取掉，马遂渡。[1] 白玉手板则用晋明帝故事：明帝幼年为太子时，曾经在殿前玩弄一支白玉手板，"以玉手板弄铜蟠螭口，手倾，溜入螭腹中，不能出"[2]。

诗人是在感叹处在萧梁黄金时代的皇子们豪纵奢侈，对自己的命运不知爱惜？是在痛心如此尊贵美好的人物遭泥水玷污，被盘螭吞噬？恐怕两者皆有之。光明欢乐中，投射下一道阴影，诗句中的"未来"与诗人的"过去"相互重叠，时间的交叉倒置让读者感到沉重的不祥。然而，好比对自己的命运毫不知情的剧中人物，宫廷盛宴继续下去：

凤凰新管箫史吹，朱鸟春窗玉女窥。
衔云酒杯赤玛瑙，照日食螺紫琉璃。

萧史娶了秦穆公的女儿弄玉，一日，夫妻吹箫乘凤离

---

[1]《晋书》卷四十二，第1206页。
[2]《太平御览》卷六百九十二，第3222页。

开了人间。在《汉武故事》中，东方朔在朱鸟窗外窥视西王母；而东汉王延寿则在《鲁灵光殿赋》里写下过"玉女窥窗而下视"的句子。[1] 玛瑙酒杯好似衔云，琉璃食器反射日光，无非都是描述生活用度之丰盛华美。我们亦不必强要找到"萧史、玉女"后面的本事，这一系列错综复杂的意象旨在唤起有关萧梁宫廷生活的联想，能指模糊，因为所指原本就是暧昧的，这些意象构成了一幅由碎石拼成的镶贴画，模拟"回忆"本身流动不定的特质。

赤玛瑙、紫琉璃，诗人的目光凝注于物质细节，这是典型的宫体作法；但就在诗句变得静止下来的一刻，特写镜头被骤然打断，凝视被打断，横空插入的问句惊醒了繁华好梦，诗再次进入浮槎之漂流[2]：

君言丈夫无意气，试问燕山那得碑？
百年霜露奄离披，一旦功名不可为！

在这里加上现代标点，为了使现代读者更好地感受到诗人的语气、诗的情感转折。诗人似乎预想到读者对"凤凰新管、朱鸟春窗"可能做出的指责，他为萧梁皇室奋起辩护：如果你以为男子汉大丈夫就是如此沉溺于奢华生活，毫无建功立业的雄心，那你可就错了，梁朝不缺少血性男儿，

---

[1] 《太平御览》卷四，第 25 页；《古小说钩沉》，第 346 页；《全上古三代秦汉三国六朝文·全后汉文》卷五十八，第 790 页。
[2] 此二句在诗中的次第，从《文苑英华》卷三百三十七，第 1750 页。

不缺少燕然山铭那样勒功纪勋的碑文，然而天灾与人祸，决策的失误和时运的不幸，导致百年大树，毁于一朝。

  定是怀王作计误，无事翻覆用张仪。

  在这种情形下，诗人想到襄阳历史上的著名人物山简。西晋末年，世乱纷起，山简镇守襄阳，却"优游卒岁，唯酒是耽"。[1]他常去游玩的地方是襄阳风景优美的习家池，他把池塘命名为高阳池，"高阳"是西汉时期自称"高阳酒徒"的辩士郦食其：

  不如饮酒高阳池，日暮归时倒接䍦。

据说襄阳小儿为山简作歌："山公出何许，往至高阳池。日夕倒载归，酩酊无所知。时时能骑马，倒着白接䍦。举鞭向葛疆：何如并州儿？"白接䍦，是江南人所戴的一种白色的帽子，一说是以白鹭羽毛做成的帽子。山公大醉之下，虽然勉强能够骑马，但反戴帽子，醉态可掬。

  襄阳是武帝初兴霸业之处，萧梁皇室的权力基地，庾肩吾曾经随萧纲在此镇守雍州。对于梁朝人来说，襄阳充满了历史的回声，因此，诗人特别引用山简的典故，其中别有一番深意。虽然自劝自解，诗人毕竟不能忘情。在下面，诗

---

[1]《晋书》卷四十三，第1229页。

第八章　分道扬镳

人笔锋转回到柳树的意象:

> 武昌城下谁见移? 官渡营前那可知?

陶渊明的曾祖父陶侃明察好问,曾带领士卒种柳,都尉盗拔武昌郡西门所种柳,陶侃看到后问:"此是武昌西门柳,何以盗之?"[1] 曹丕在《柳赋》序中,提到他曾经在公元200年的官渡之役中亲手栽种了一棵柳树,如今十五年过去了,柳树已经成长,而左右仆御也多已亡故,"感物伤怀,乃作斯赋"。[2] 当柳树的意象再现于全诗结尾,我们看到的是连根拔起的移植,是事过境迁、物是人非的悲怆,是飞絮漫天飘落的流离。柳树原本是根基牢固的整体,如今化为无根之物飘散四方。一切都成为碎片,好像诗人自己,或者他的记忆:

> 独忆飞絮鹅毛下,非复青丝马尾垂。
> 欲与梅花留一曲,共将长笛管中吹。

《梅花落》《折杨柳》都是南朝乐府曲名。"非复青丝马尾垂"的杨柳,便正是《枯树赋》中拔本伤根、"生意尽矣"的枯树。值得注意的是"独忆"两个字:最令人难堪的,不是昔日繁华只剩下回忆,而是甚至没有人和诗人一起追悼昔日的世界。当

---

[1]《世说新语》注引《晋阳秋》,卷三,第179页。
[2]《全上古三代秦汉三国六朝文·全三国文》卷四,第1075页。

亲朋分散、故旧凋零，诗人在孤独中思念过去，他唯一所能做的，就是写一支歌——这一支歌——表示永远的哀悼与纪念。

> 河边杨柳百丈枝，别有长条踠地垂。
> 河水冲激根株危，倏忽河中风浪吹。
> 可怜巢里凤凰儿，无故当年生别离。
> 流槎一去上天池，织女支机当见随。
> 谁信从来荫数国，直用东南一小枝。
> 昔日公子出南皮，何处相寻玄武陂。
> 骏马翩翩西北驰，左右弯弧仰月支。
> 连钱障泥渡水骑，白玉手板落盘螭。
> 君言丈夫无意气，试问燕山那得碑？
> 凤凰新管萧史吹，朱鸟春窗玉女窥。
> 衔云酒杯赤玛瑙，照日食螺紫琉璃。
> 百年霜露奄离披，一旦功名不可为！
> 定是怀王作计误，无事翻覆用张仪。
> 不如饮酒高阳池，日暮归时倒接䍦。
> 武昌城下谁见移？官渡营前那可知？
> 独忆飞絮鹅毛下，非复青丝马尾垂。
> 欲与梅花留一曲，共将长笛管中吹。

尾声之二：真正的结局

《旧唐书》里有一篇《薛举传》，记叙了隋朝末年的一个叛军将领薛举和他的儿子薛仁杲。薛仁杲贪婪残忍,以杀戮为乐。他曾经俘获庾信的儿子庾立,因庾立坚持不降,薛仁杲大怒,命手下士兵把庾立捆绑在猛火之上,"渐割以啖军士"。[1]

历史似乎具有一种黑色幽默:江南文士如庾信、颜之推的后裔,被北人活生生地吃掉,南北至少在饮食方面实现了统一。《资治通鉴》的评论者胡三省总是试图在一切历史事件中找到道德教训和意义,他在庾立被碎割吃掉的记叙后加了这么一条评语:"庾信自梁入关,有文名。史言薛仁杲在兵间不能收礼文艺名义之士,卒以败亡。"[2]这样一种解读,旨在向读者揭示天道的公正(薛仁杲不能善待文士,故而灭亡),但从另一个侧面,我们看到胡三省内心深处对世界本质的荒诞无理是多么焦虑不安,因此,才必须用道德评语的方式,在历史上为庾立事件找到某种合理的位置。但是实情就像庾信在写给永丰侯的一首诗里曾经说的那样:"仁义反亡徐。"[3]归根结底,庾立的命运只让我们对时代的残酷看得更加清楚,野蛮与暴力,哪怕只能得逞一时,毕竟占了上风。

庾信也许终生都为公元548年12月8日他在建康秦淮

---

[1]《旧唐书》卷五十五,第2247页。
[2]《资治通鉴》卷一百八十四,第5746页。
[3]《先秦汉魏晋南北朝诗·北周诗》卷四,第2390页。永丰侯是萧梁皇室成员,被迫投降西魏。据说徐国被侵时,徐偃王笃行仁义,不想致黎民百姓于战争涂炭,徐国遂亡。《后汉书》卷八十五,第2808页。

河边面对侯景军队时表现出来的怯懦感到羞耻,但是,我们却应该感谢他,没有像他的儿子那样坚持不屈。假如庾信那一天没有掉头逃跑,我们几乎可以肯定他的悲惨结局。而如果庾信在那一天被杀,我们就会失去最好的历史见证人之一,他作为幸存者的记述使我们在千载之下得以了解在天翻地覆的巨变中一个人的个体际遇、心态与感情。梁朝的宫廷诗人在看到侯景士兵铁面具的那一瞬间,可以说象征了南方与北方的全部对抗史:庾信是最终的胜利者和征服者,只是他的胜利与征服属于另一类——比较虚幻,来得也比较迟缓,而且,几乎完全不会给胜利者带来任何喜悦与安慰。

结语／劫余
梁朝形象的浪漫化

侯景之乱和梁朝的覆灭,宣告了南朝文化世界的终结。陈朝仿佛落日余晖,维持着一线微弱的光芒。但是,梁朝的政治生命和文化生命都还没有完全结束。公元555年,西魏政权在攻取江陵之后,把萧统的第三子萧詧推上君主宝座,萧詧的统治范围局限于荆州地区,夹在西魏、东魏和陈朝之间,他建立的政权被称为"后梁",一共延续了三十三年。萧詧死于562年,谥号宣帝。

萧詧死后,第三子萧岿即位,是为明帝。582年,萧岿的女儿被选配给隋朝的皇子杨广,也就是后来的隋炀帝。隋文帝待萧岿格外宽宏,甚至接纳了皇后的建议,撤掉了驻扎在江陵西城的隋朝军队。他还曾向萧岿许诺说,一定要灭掉陈朝,把萧岿送回建康。但是萧岿没有活到这一天,和他的父亲一样，他死于四十三岁那一年。那是公元585年，距离隋朝统一南北还有三年。萧岿的儿子萧琮继承了皇位。不过，如果萧琮真以为隋朝有朝一日会把自主权交给梁帝，这种幻想很快就会破灭。587年，萧琮被召往隋朝的都城长安。江陵父老意识到梁朝的末日已经为时不远，据说他们在给萧琮送行时曾经下泪道："吾君其不反矣！"萧琮离开江陵之后，隋文帝派遣军队驻守江陵；萧琮的叔父萧岩、弟弟萧瓛逃到陈朝，后梁遂废。

在梁武帝的辉煌统治过去多年之后，江南百姓仍然保持着对梁朝的感情。陈朝封萧瓛为吴州刺史，三吴父老都称之为"吾君之子也"。当时在吴地还流传着一种说法，以为梁武帝、简文帝、萧詧、萧岿都在兄弟中排行第三而践尊位。萧瓛排行第三，因此吴人对萧瓛格外信赖，在隋灭陈后，推萧瓛为主。但是萧瓛的排行带来的运气仅仅到此为止了，他的军队被隋朝歼灭，萧瓛被处斩，时年不过二十岁。

萧瓛不是梁朝复兴的最后一线希望。公元617年，隋朝内乱迭起，岳州地方（今湖南境内）的一批军官校尉也在同谋叛隋，他们准备推举董景珍为首，董景珍以家世寒贱、缺乏威望为辞，并说："罗川令萧铣，梁氏之后，宽仁大度，有武皇之风。吾又闻帝王膺箓，必有符命，而隋氏冠带，尽号'起梁'，斯乃萧家中兴之兆。今请以为主，不亦应天顺人乎？"[1]萧铣是萧詧的曾孙，他的祖父就是当年奔陈的萧

---

[1]《旧唐书》卷五十六，第2263页。

岩。萧铣从小家贫，以佣书为生，因为是萧皇后的族人而得到罗川令的位置。萧铣在成为叛军领袖之后，一开始表现得相当具有领袖才能。他手下的军队很快攻占了江南大片土地，萧铣也于次年即皇帝位，并定都江陵。621年，唐军围攻江陵，在救兵迟迟不至的情况下，萧铣决定投降，以保全江陵百姓。他"率官属缌缞布帻而诣军门，曰：'当死者唯铣，百姓非有罪也，请无杀掠。'"。他被带到长安处斩，年三十八。直到败亡，萧铣都保持了雍容和镇定的风度，在这一点上，他可谓绰有家风。[1]

虽然梁朝皇室成员在"英雄割据"方面无大能为，其"文采风流"却十分出众。在隋、唐两代，萧氏家族一直繁衍不绝。隋炀帝的妻子萧皇后"有智识，好学解属文，颇知占候"，她的《隋书》本传保存了她写的《述志赋》。[2] 萧氏家族很多成员在隋朝居官任职，在很大程度上是因为萧皇后的缘故。入唐以后，萧氏家族与唐皇室通婚，仍然维持着显赫的社会地位。从七世纪到十世纪，萧统的后人中出了九位丞相。萧颖士（708—759），梁武帝的弟弟萧恢的九世孙，是唐朝著名的作家。

同时，在通俗文化想象中，梁朝被逐渐地浪漫化。在唐朝，很多传奇都以梁武帝或者梁朝的其他人物为主角，或者把梁朝作为故事发生的时代背景。无名氏的《补江总白

---

[1]《旧唐书》卷五十六，第2266页。
[2]《隋书》卷三十六，第1111—1112页

猿传》就是其中一例。《补江总白猿传》叙述了梁武帝大同末年将军欧阳纥（548—570）率军南征，其妻被白猿劫走并生下欧阳询（《艺文类聚》的编者）的故事。虽然历史年代错乱，故事本身却饶有趣味。[1]不过，远比《补江总白猿传》更为复杂、更为引人入胜的一篇传奇是《梁四公记》。[2]这篇传奇的作者不详，一作张说（667—730），一作梁载言（675年进士），一作卢诜。《梁四公记》原帙元代尚存，现仅在类书、笔记中保存片段，吉光片羽，弥足珍贵。传奇讲述了四位异人在梁武帝天监（一作大通）年间来朝，他们曾经"周游六合，出入百代"，学识渊博，见闻丰富，精于卜筮，梁朝君臣以及外国使者在这四位异人面前无不相形见绌。在这篇传奇里，梁朝宫廷中唯一得到正面描绘的是昭明太子萧统，因为这四个人的名字非常奇特，"合朝无识者，惟昭明太子识之，四人喜，揖昭明如旧交。时目为四公子"。"四公子"的说法，诚如英国学者杜德桥所说，令人产生"战国四公子"的联想；[3]但我以为这四位异人的年龄和智慧，以及他们和昭明太子的关系，却更让人想到"商山四皓"，他们不应汉高祖征命，却接受了太子刘盈的邀请出山，

---

[1]《全唐五代小说》卷一，第23—26页。欧阳询实际上生于557年，欧阳纥南征发生在556年，当时率军的将领是他的父亲欧阳頠（498—563）。《陈书》卷九，第157页。陈珏"Calculated Anachronism"一文详细探讨了这一故事中的历史年代错乱问题。
[2]《全唐五代小说》卷一，第160—171页。
[3]见杜氏 Lost Books of Medieval China 中对《梁四公记》的精彩讨论（pp. 53-71）。

据说高祖看到他们跟随在太子身边，便打消了立幼子赵王如意为嗣的念头，太子的位置得以保全。《梁四公记》已经残缺不全，但是佚失的内容是否涉及梁武帝政治生涯中最有争议的一个决策——在萧统去世之后，立萧纲为太子？梁四公的故事是否为"商山四皓"的变形？如果这篇传奇的确写于公元七至八世纪，那么把昭明太子的形象加以美化更是完全可以理解的，因为当时朝中有不少萧统的后人在担任显职。

这篇传奇虽然对武帝君臣抱有微嘲，我们还是不能不注意到整篇故事反映出的是对萧梁宫廷执着的迷恋。归根结底，因为武帝"谦恭待士"，四位异人选择了武帝的宫廷而不是北魏，他们的选择把梁朝宫廷变成了一切小说事件的中心。虽然四公的渊博学识使梁朝君臣显得黯然失色，但是他们的在场本身就已经说明梁朝宫廷远远胜过北朝或者其他邻国。如果我们从大处着眼，四公毕竟是为梁朝的利益和武帝的需要服务的。这篇故事塑造的梁朝形象是精神健旺、充满活力、文化发达的帝国，吸引了许多来自遥远地方的奇人和异物。在唐朝以前，除了雄才大略的汉武帝之外，唯一能够激发丰富生动历史想象的君王和朝代，就是梁武帝和他的时代。

想到汉武帝，我们会想到求仙；梁武帝的形象则和他的佛教信仰难解难分。梁武帝成为数个轮回与报应故事的主角。在一个故事里，武帝向某士人许诺封他为县令，但是始终没有实践诺言。宝志和尚告诉士人，这是因为士人的前世曾经许诺捐献五百钱给武帝举办素斋，而终于没有实践诺言的缘故。[1]在另一个故事里,榼头师来见武帝,正值武帝下棋,武帝在下子时说了一声"杀却",本意是杀却对手的棋子,卫士却以为是下令杀掉榼头师,遂把榼头师拉出去处斩。榼头师死前告诉行刑者,他前世做小沙弥时误杀了一条曲鳝,梁武帝就是这条曲鳝转世。[2]这样一来,毫无来由的荒唐杀戮得到了轮回报应的合理解释。在唐代,梁武帝的形象已经存在着无法调和的矛盾:他一方面作为佛教的守护者得到尊敬;另一方面,每当儒家士人需要批评佛教,梁武帝就提供了一份方便的反面教材,因为他是末代皇帝,人们总是可以把王朝的颠覆视为佛教的责任。在十七世纪的小说《梁武帝西来演义》里,这一矛盾最为显著。小说的叙述者面对数种相互矛盾的传统人物定型,包括励精图治的朝代开创者、失败的末代皇帝,和虔诚的佛教徒,有时显得无所适从,似乎不能决定梁武帝究竟该属于哪一个传统角色范畴。这样的矛盾与摇摆反而给小说叙述造成了一种张力,使梁武帝成为更丰满的人物。

安史之乱以后,唐王朝元气大衰,以梁朝为主题的故事也失去了早期的旺盛活力,带上了一层哀伤的挽歌色彩。南朝,特别是齐、梁、陈三朝,被描绘成颓废靡丽的朝代。从八世纪中期以来,无论是传奇叙事还是诗歌,对梁朝的描写都十分颓唐哀婉,然而,我们应该记住,这种格调是时代

---

[1] 唐临,《冥报记》。《全唐五代小说》卷一,第31页。
[2] 张鷟,《朝野佥载》。《全唐五代小说》卷五,第2906页。

的产物,不能代表梁朝的历史面貌。戴孚(757年进士)所写的一篇传奇,讲述了一个名叫常夷的建康人,家住在青溪边上,和梁朝大臣朱异的侄儿朱均秀才的鬼魂结为好友。朱均其人不见于史书记载,似乎出自戴孚的杜撰,除非戴孚曾看到今天已经亡佚的历史资料。这位朱秀才常常谈到梁、陈间事,皆"史所脱遗"者。这些逸事构成了传奇故事的主体,它们看似纷乱无序,实际上多多少少遵循了一条时间脉络,描写了梁朝由盛入衰的历程。唐代的盛衰刺激了作家的历史想象,对梁朝的追忆投射了唐代作家对本朝的感慨。

有时候,唐人的文化想象凝聚在一个真实的历史人物身上。张读(834—886)《宣室志》里有一则故事,讲述家居丹阳的元和进士陆乔同沈约、范云的鬼魂谈诗论文,沈约把早夭的爱子青箱介绍给陆乔,并吟诵青箱经过台城遗址所写的怀古诗。陆乔注意到青箱的诗合乎平仄,"乃效今体",沈约解释说:"今日为之,而为今体,亦何讶乎?"故事的重心,除了这首感时伤旧的怀古诗以外,在于沈约和范云追忆他们在竟陵王府同游的往事,沈约说:"自梁及今,四百年矣,江山风月不异当时,但人物潜换耳,能不悲乎。"故事以沈约回忆梦中听到的预言以及他本人对时局将乱的预言告终。果不其然,"后岁余,李锜叛"(公元807年),又一年,陆乔也去世了。沈约的话,"人事无非命也",不仅是对个人身世的感慨,也成为对陆乔的告诫。[1] 感时伤怀、无可

---

[1]《全唐五代小说》卷三,第1641—1643页。

如何的情绪笼罩着整篇故事。

但是即使在这样的伤感怀旧的氛围中,也仍然有余地容纳黑色幽默。九世纪初薛用弱笔下的传奇以萧颖士为主角,其出人意料的结局给一个原本平常的故事增添了许多色彩。故事讲述萧颖士在船上遇到两个年轻人,他们熟视颖士,窃窃私语道:"这个人长得很像鄱阳忠烈王呐。"萧颖士听到后立刻做了自我介绍——他正是鄱阳王的九世孙。年轻人告诉颖士说他们"识尔祖久矣"。因为船上人多,颖士未便细问,下船后正要相询,两个年轻人却已经匆匆离开了。颖士以为他们"非仙则神",心中着实羡慕怅惘了一番。没想到一年多以后,他拜访某县令,县吏报告说抓到了五六个盗墓贼,其中正有那两个年轻人。原来这些盗墓贼曾开鄱阳王墓,"大获金玉。当门有贵人,颜色如生,年方五十,髭鬓斑白,僵卧于石榻,姿状正与颖士相类,无少差异"。[1]故事以薛用弱对隔代遗传的一番议论作结。

这些传奇故事虽然引人入胜,对梁朝或者南朝形象的塑造产生最大影响的还是诗歌。随着唐帝国的逐渐衰微,南朝成为晚唐诗人经常吟咏的题材。李商隐(约813—858)有一首题为《南朝》的绝句:

地险悠悠天险长,金陵王气应瑶光。
休夸此地分天下,只得徐妃半面妆。

---

[1]《全唐五代小说》卷二,第786页。

天险,是扬子江的别称。徐妃指萧绎的妻子徐昭佩夫人,萧绎对妻子没有感情,据说两三年才去看她一次。徐夫人每次听说丈夫要来,就作半面妆以待,因为萧绎一目失明的缘故;而萧绎见状也总是大怒而去。[1]李商隐的绝句在一开始以军事性和政治性的语言描绘江南,这个雄健的江南在诗的结尾处却转化为一个诡异的女性化意象——一个女人化了一半妆的面孔。瑶光是北斗第七颗星,但同时也是荆州一座佛寺的名字,据说徐夫人常常在此私会她的和尚情人。诗人似乎使用了一个巧妙的双关语,暗示梁元帝作为男人,既不能控制自己的妻子,也不能保住江南的土地,金陵王气随之暗淡下去,而被北方所征服的江南,遂在诗中被女性化——一个很有叛逆精神的女子,但以彼时的观点来看自然是不贞淑的,而她的下场也就可悲得很,因为终于被萧绎赐死了。

然而,在歌咏梁朝的诗里,讽刺和道德教训常常让位给哀伤的挽歌情调。南朝给李贺带来很多诗歌灵感,他有一首诗题为《还自会稽歌》,是"代"庾肩吾而作的,在序言里,诗人解释了自己的创作动机:

> 庾肩吾于梁时,尝作宫体谣引以应和皇子。及国势沦败,肩吾先潜难会稽,后始还家。仆意其必有遗文,今无得焉,故作《还自会稽歌》以补其悲。

---

[1]《南史》卷十二,第341—342页。

这首诗，呈现了一幅荒凉衰残的画面：

> 野粉椒壁黄，湿萤满梁殿。
> 台城应教人，秋衾梦铜辇。[1]
> 吴霜点归鬓，身与塘蒲晚。
> 脉脉辞金鱼，羁臣守迍贱。[2]

季节是万物凋零的秋天，然而无论是王朝，还是昔日追随太子左右的诗人自己，也都已趋近生命的尽头。自然与人事互相呼应，互相映照。台城宫殿一片残破，萤火虫之多，暗示了荒草蔓延。诗人两鬓斑白点点，就好像自然界的荒草与蒲柳遭到严霜。

据《三国典略》记载，庾肩吾在会稽被侯景的将领宋子仙擒获，宋子仙命庾肩吾当场作诗，"肩吾操笔立成，子仙乃释之"。诗云：

> 发与年俱暮，愁将罪共深。
> 聊持转风烛，暂映广陵琴。[3]

故事很有可能是后人杜撰，但是对于熟悉梁朝掌故的唐代读者来说想必不会很陌生。李贺很有可能读到过这首诗。

---

[1] 铜辇，是皇太子所乘之车。
[2] 本诗英译者是宇文所安。
[3] 《先秦汉魏晋南北朝诗·梁诗》卷二十三，第 2004 页。

作诗"操笔立成"可以救命，就和曹植的"七步诗"那样，也是特受钟爱的故事模式；但是，在庾肩吾的绝句里，佛经中象征人生短暂的常用意象，"风烛"，确然令人联想到梁朝宫廷诗人写下的无数首关于灯光与烛火的诗。只不过这枝风烛映亮的，是即将成为绝响的音乐；声与色，都很快就要没入黑暗。

但是金陵王气未必就此销歇：建康在十世纪成为南唐的首都；在十四世纪成为明朝的首都；到了十七世纪，满人入关后，又暂时成为南明的首都。甚至到了二十世纪，它还曾成为中华民国的首都。然而，每当历史重复上演，人们总是在当下建康的命运里看到南朝的影子。

无论唐代诗人笔下哀婉伤感的南朝形象是多么深入人心，我们应该穿透后人设置的层层幻影，看到梁朝本身蓬勃昂扬的文化精神。"颓废"是多么错误、多么粗疏的字眼，来定义这样一个充满文化自信、积极创造求新的时代！"颓废"标志着已然经历过一切、昔日辉煌不再、却又无可奈何也根本不想有所作为的深沉的疲倦；这样的情绪在后代常常可以看到，但是对梁人来说又是多么陌生！不管在侯景之乱过后是怎样众口纷纭，在侯景之乱以前，没有人真的预见到它的发生。对梁人来说，他们的时代充满了崭新的开始，"新变"，及能量充沛的创举。他们生活在现下，完全沉浸于"此时与此地"，投入地经历每一个时刻。他们在智识上极为精微渊雅，精神上却又相当天真。对梁朝的文化精神最好的概括，不是"颓废"，而是"康强"。

侯景之乱对南朝的社会结构是致命的打击。它也摧毁了南朝的精神。当隋军入宫的时候，陈朝的最后一个皇帝不顾臣下的劝阻，和妃子一起躲在枯井里，这一情景象征性地体现了梁与陈最根本的差别。就在陈后主入井的一刻，南朝的风流世界已经永远地丧失了。

分散在现代南京郊区的，是守护梁朝皇族陵寝的巨大石兽。这些来自神话传说的巨兽，和周围平淡的田稼形成了鲜明的对比。虽然剥蚀残缺，它们仍然显得威严雄伟。它们是缺席与失落的坐标，以其不可穿透的神秘，沉默而又雄辩地向我们诉说一个精力旺盛、充满自信的光辉时代。

参考文献

白居易,《白氏六帖事类集》,台北:新兴书局,1975。
班固等,《汉书》,北京:中华书局,1962。
宝唱等,《经律异相》,《大正新修大藏经》本。
晁公武,《郡斋读书志》,台北:广文书局,1966。
陈士珂,《孔子家语疏证》,上海:上海书店,1987。
陈寿,《三国志》,北京:中华书局,1959。
陈思,《宝刻丛编》,《四库全书》本。
道宣,《广弘明集》,《大正新修大藏经》本。
道宣,《续高僧传》,《大正新修大藏经》本。
杜佑,《通典》,北京:中华书局,1988。
房玄龄等,《晋书》,北京:中华书局,1974。
废名,《废名文集》,北京:东方出版社,2000。
费长房,《历代三宝记》,《大正新修大藏经》本。
冯惟讷,《古诗纪》,《四库全书》本。
傅亮、张演、陆杲,《观世音应验记三种译注》,董志翘注,南京:江苏古籍出版社，2002。

傅璇琮，《唐人选唐诗新编》，西安：陕西人民教育出版社，1996。

干宝，《搜神记》，北京：中华书局，1979。

高似孙，《剡录》，北京：中华书局，1990。

葛洪，《抱朴子内篇校释》，王明校释，北京：中华书局，1985。

葛洪，《抱朴子外篇校笺》，杨明照校笺，北京：中华书局，1991。

葛洪，《神仙传》，见《列仙传今译、神仙传今译》，邱鹤亭注译，北京：中国社会科学出版社，1996。

郭茂倩，《乐府诗集》，北京：中华书局，1979。

何文焕，《历代诗话》，北京：中华书局，1981。

洪兴祖，《楚辞补注》，台北：天工书局，1989。

慧皎，《高僧传》，《大正新修大藏经》本。

贾思勰，《齐民要术校释》，缪启愉校释，北京：中国农业出版社，1982。

空海，《文镜秘府论校注》，王利器校注，北京：中国社科出版社，1983。

孔延之，《会稽掇英总集》，《四库全书》本。

李百药，《北齐书》，北京：中华书局，1972。

李昉等编撰，《太平广记》，北京：中华书局，1981。

李昉等编撰，《文苑英华》，台北：新文丰出版股份有限公司，1979。

李昉等，《太平御览》，台北：台湾商务印书馆，1974。

李时人主编，《全唐五代小说》，西安：陕西人民出版社，1998。

李延寿，《北史》，北京：中华书局，1974。

李延寿，《南史》，北京：中华书局，1975。

郦道元，《水经注疏》，南京：江苏古籍出版社，1989。

令狐德棻等，《周书》，北京：中华书局，1971。

刘安，《淮南子》，台北：中华书局，1981。

刘邵，《人物志校笺》，李崇智校笺，成都：巴蜀书社，2001。

刘肃，《大唐新语》，桂林：广西师范大学出版社，1998。

刘餗，《隋唐嘉话》，北京：中华书局，1979。

刘向，《列女传》，台北：中华书局，1981。

刘向,《说苑疏证》,赵善诒疏证,上海:华东师范大学出版社,1985。

刘向,《列仙传校笺》,王叔岷校笺,台北:中研院中国文哲研究所,1995。

刘勰,《文心雕龙义证》,詹锳义证,上海:上海古籍出版社,1989。

刘歆,《西京杂记》,上海:上海古籍出版社,1991。

刘义庆,《世说新语笺疏》,余嘉锡笺疏,上海:上海古籍出版社,1993。

刘义庆,《幽明录》,北京:文化艺术出版社,1988。

鲁迅,《古小说钩沉》,台北:盘庚出版社,1978。

陆游,《老学庵笔记》,北京:中华书局,1979。

逯钦立,《先秦汉魏晋南北朝诗》,北京:中华书局,1995。

吕不韦,《吕氏春秋校释》,陈奇猷校释,上海:学林出版社,1984。

罗国威,《日藏弘仁本文馆词林校证》,北京:中华书局,2001。

马端临,《文献通考》,台北:台湾商务印书馆,1987。

马国翰辑,《玉函山房辑佚书》,长沙:琅嬛馆,1883。

欧阳修、宋祈,《新唐书》,北京:中华书局,1975。

欧阳询主编,《艺文类聚》,台北:文光图书有限公司,1974。

裴启,《语林》,北京:文化艺术出版社,1988。

阮元,《十三经注疏》,台北:艺文印书馆,1955。

僧祐,《出三藏记集》,苏晋仁、萧链子校,北京:中华书局,1995。

僧祐,《弘明集》,《大正新修大藏经》本。

沈约等,《宋书》,北京:中华书局,1974。

施宿等,《嘉泰会稽志》,北京:中华书局,1990。

司马光,《资治通鉴》,北京:古籍出版社,1956。

司马迁,《史记》,北京:中华书局,1959。

孙武,《孙子兵法》,台北:台湾商务印书馆,1991。

陶宗仪,《南村辍耕录》,北京:中华书局,1997。

天花藏主人,《梁武帝西来演义》,《古本小说集成》,第12—13册,上海:上海古籍出版社,1992。

王谠,《唐语林》,北京:中华书局,1987。

王夫之,《读通鉴论》,台北:里仁书局,1985。

王夫之,《古诗评选》,张国星编,北京:文化艺术出版社,1997。

王嘉,《拾遗记》,北京:中华书局,1981。

王士性,《广志绎》,北京:中华书局,1997。

王先谦,《荀子集解》,台北:世界书局,1969。

王象之,《舆地纪胜》,北京:中华书局,1992。

魏收,《魏书》,北京:中华书局,1974。

魏徵等,《隋书》,北京:中华书局,1973。

吴文治主编,《宋诗话全编》,南京:江苏古籍出版社,1998。

吴曾,《能改斋漫录》,见吴文治主编,《宋诗话全编》卷三,南京:江苏古籍出版社,1998。

萧登福,《列子古注今译》,台北:文津出版社,1990。

萧统等编,《六臣注文选》,北京:中华书局,1987。

萧统等编,《文选》,上海:上海古籍出版社,1994。

萧统,《昭明太子集校注》,俞绍初校注,郑州:郑州古籍出版社,2001。

萧绎,《金楼子校注》,许德平校注,台北:嘉新水泥公司文化基金会,1969。

萧子显,《南齐书》,北京:中华书局,1972。

徐坚主编,《初学记》,北京:中华书局,1962。

徐陵,《玉台新咏笺注》,吴兆宜注,程琰删补,北京:中华书局,1985。

许嵩,《建康实录》,上海:上海古籍出版社,1987。

严可均辑,《全上古三代秦汉三国六朝文》,北京:中华书局,1987。

颜之推,《颜氏家训集解》,王利器集解,上海:上海古籍出版社,1980。

颜之推,《冤魂志校注》,罗国威校注,成都:巴蜀书社,2001。

扬雄,《法言义疏》,汪荣宝撰,北京:中华书局,1987。

杨维杰,《黄帝内经》,台北:台联国风出版社,1984。

杨衒之撰,《洛阳伽蓝记校注》,范祥雍校注,上海:上海古籍出版社,1999。

姚察、姚思廉,《梁书》,北京:中华书局,1973。

姚思廉,《陈书》,北京:中华书局,1972。

应邵,《风俗通义校释》,吴树平校释,天津:天津古籍出版社,1988。

俞绍初,《文选学新论》,郑州:郑州古籍出版社,1997。

庾信,《庾子山集注》,倪璠注,北京:中华书局,1980。

袁珂,《山海经校注》,上海:上海古籍出版社,1980。

张华,《博物志校证》,范宁校证,北京:中华书局,1980。

张鷟,《朝野佥载》,北京:中华书局,1979。

赵明诚,《金石录》,《四库全书》本。

志盘,《佛祖统记》,《大正新修大藏经》本。

钟嵘,《诗品集注》,曹旭集注,上海:上海古籍出版社,1994。

朱谦之,《老子校释》,北京:中华书局,1984。

宗懔,《荆楚岁时记校注》,王毓荣校注,台北:文津出版社,1988。

《春秋公羊传注疏》,见阮元,《十三经注疏》。

《春秋左传正义》,见阮元,《十三经注疏》。

《大正新修大藏经》,台北:世桦印刷企业有限公司,1990。

《道藏》,北京:文物出版社,1987。

《尔雅注疏》,见阮元,《十三经注疏》。

《国语》,上海:上海古籍出版社,1978。

《景印文渊阁四库全书》,台北:台湾商务印书馆,1983—1986。

《礼记注疏》,见阮元,《十三经注疏》。

《论语注疏》,见阮元,《十三经注疏》。

《毛诗正义》,见阮元,《十三经注疏》。

《孟子注疏》,见阮元,《十三经注疏》。

《穆天子传》,上海:上海书店,1989。

《全唐诗》,北京:中华书局,1960。

《全唐文》,北京:中华书局,1983。

《尚书》,见阮元,《十三经注疏》。

《四库全书总目提要》,上海:商务印书馆,1933。

《战国策》,上海:上海古籍出版社,1978。

《周礼注疏》,见阮元,《十三经注疏》。
《周易正义》,见阮元,《十三经注疏》。
《庄子集释》,郭庆藩集释,北京:中华书局,1961。

曹道衡、傅刚,《萧统评传》,南京:南京大学出版社,2001。
曹道衡,《兰陵萧氏与南朝文学》,北京:中华书局,2004。
曹道衡,《梁武帝与竟陵八友》,《齐鲁学刊》5(1995):46—53。
曹道衡、刘跃进,《南北朝文学编年史》,北京:人民文学出版社,2000。
曹道衡,《论东晋南朝政权与士族的关系及其对文学的影响》,《文学遗产》5(2003):29—38。
曹道衡,《南朝文学与北朝文学研究》,南京:江苏古籍出版社,1998。
曹道衡,《"批判继承"还是"兼收并蓄":和胡念贻同志商榷》,《新建设》10—11(1964):96—104。
曹道衡,《中古文学史论文集续编》,台北:文津出版社,1994。
陈寅恪,《四声三问》,见《陈寅恪先生文史论集》,香港:文文出版社,1973,205—218。
陈昱珍,《道世与〈法苑珠林〉》,《中华佛学学报》5(1992):233—262。
程章灿,《石学论丛》,台北:大安出版社,1999。
程章灿,《世族与六朝文学》,哈尔滨:黑龙江教育出版社,1998。
丁福林,《东晋南朝的谢氏文学集团》,哈尔滨:黑龙江教育出版社,1998。
方北辰,《魏晋南朝江东世家大族述论》,台北:文津出版社,1991。
方立天,《慧远及其佛学》,北京:中国人民大学出版社,1984。
方立天,《魏晋南北朝佛教论丛》,北京:中华书局,2002。
傅刚,《文选版本研究》,北京:北京大学出版社,2000。
傅刚,《玉台新咏与文选》,《中国典籍与文化》1(2003):15—20。
高丰、孙建君,《中国灯具简史》,北京:北京工艺美术出版社,1992。
高敏,《魏晋南北朝兵制研究》,河南:大象出版社,2000。
葛晓音,《八代诗史》,西安:陕西人民出版社,1986。

归青,《文章且须放荡辨》,《上海大学学报》6(1994):41—47。

郭预衡,《能够无批判地"兼收并蓄"吗?:和胡念贻同志商榷》,《新建设》1(1965):33—42。

洪业,《所谓修文殿御览》,《燕京学报》12(1932):2499—2558。

胡大雷,《宫体诗研究》,北京:商务印书馆,2004。

胡大雷,《中古文学集团》,桂林:广西师范大学出版社,1996。

胡念贻,《论宫体诗的问题》,《新建设》5—6(1964):167—173。

江蓝生,《魏晋南北朝小说词语汇释》,北京:语文出版社,1988。

江晓原、钮卫星,《天学史上的梁武帝》,《中国文化》15—16(1997):128—140。

蒋述卓,《齐梁浮艳文风与佛教》,《华东师范大学学报》1(1988):29—36。

孔晨、李燕,《古灯饰鉴赏与收藏》,长春:吉林科学技术出版社,1996。

李传印,《南朝谱学与政治》,《史学理论研究》2(2003):75—85。

李剑峰,《元前陶渊明接受史》,济南:齐鲁书社,2002。

李开元、管芙蓉,《北魏文学简史》,太原:山西人民出版社,1993。

李立信,《论六朝赋之诗化》,《第三届魏晋南北朝文学国际学术研讨会论文集》,台北:文史哲出版社,1998,95—110。

李瑞良,《中国古代图书流通史》,上海:上海人民出版社,2000。

李士彪,《魏晋南北朝文体学》,上海:上海古籍出版社,2004。

廖国栋,《魏晋咏物赋研究》,台北:文史哲出版社,1990。

林大志,《梁简文帝经琵琶峡诗发微》,《郴州师范高等专科学校学报》24.4(2003):67—68。

林家骊,《沈约研究》,杭州:杭州大学出版社,1999。

林士民,《青瓷与越窑》,上海:上海古籍出版社,1999。

林文月,《南朝宫体诗研究》,《文史哲学报》15(1966):406—458。

林怡,《庾信研究》,北京:人民文学出版社,2000。

刘大杰,《中国文学发展史》,台北:中华书局,1995。

刘师培,《中国中古文学史讲义》,上海:上海古籍出版社,2000。

刘跃进,《门阀士族与永明文学》,北京:三联书店,1996。

刘跃进，《玉台新咏研究》，北京：中华书局，2000。

卢盛江，《蜡鹅事件真伪与昭明太子后期处境》，《文学遗产》6（2004）：117—119。

鲁同群，《庾信传论》，天津：天津人民出版社，1997。

陆永峰，《佛教与艳诗》，《中华佛学研究》6（2002）：419—443。

马积高，《历代辞赋研究史料概述》，北京：中华书局，2001。

马积高，《论宫体与佛教》，《求索》6（1990）：86—92。

穆克宏，《萧统研究三题》，《文学遗产》3（2002）：12—22。

普慧，《南朝佛教与文学》，北京：中华书局，2002。

秦跃宇，《刘孝绰与梁代中期文学》，《四川师范学院学报》4.4（2002）：72—76。

清水凯夫，《六朝文学论文集》，韩基国译，四川：重庆出版社，1989。

饶宗颐，《〈文心雕龙·声律篇〉与鸠摩罗什〈通韵〉：论四声说与悉昙之关系兼谈王斌、刘善经、沈约有关诸问题》，《中华文史论丛》3（1985）：215—236。

沈玉成，《宫体诗与〈玉台新咏〉》，《文学遗产》6（1988）：55—65。

沈玉成，《南北朝文学史》，北京：人民文学出版社，1991。

石观海，《宫体诗派研究》，武汉：武汉大学出版社，2003。

孙昌武，《文坛佛影》，北京：中华书局，2001。

谭润生，《北朝民歌》，台北：东大图书股份有限公司，1997。

汤用彤，《汉魏两晋南北朝佛教史》，北京：北京大学出版社，1997。

唐长孺，《魏晋南北朝史论丛》，石家庄：河北教育出版社，2000。

唐长孺，《魏晋南北朝史论拾遗》，北京：中华书局，1983。

唐玄之、刘兴林，《中国古代灯烛原始》，《中国科技史料》19.12（1998）：57—67。

陶新华，《魏晋南朝中央对地方军政官的管理制度研究》，成都：巴蜀书社，2003。

田晓菲，《诸子的黄昏：中国中古时代的子书》，《中国文化》27（2008）：64—75。

田余庆,《东晋门阀政治》,北京:北京大学出版社,1996。

田余庆,《拓跋史探》,北京:三联书店,2003。

万光治,《汉代颂赞铭箴与同体异用》,《社会科学研究》45.4(1986):87—102。

汪春泓,《论佛教与梁代宫体诗的产生》,《文学评论》5(1991):40—56。

王国良,《颜之推冤魂志研究》,台北:文史哲出版社,1995。

王立群,《文选成书研究》,北京:商务印书馆,2005。

王琳,《六朝辞赋史》,哈尔滨:黑龙江教育出版社,1998。

王青,《魏晋南北朝时期的佛教信仰与神话》,北京:中国社会科学出版社,2001。

王顺贵、胡建次,《二十世纪宫体诗研究》,《宁夏大学学报》25.4(2003):71—76。

王文进,《南朝边塞诗新论》,台北:里仁书局,2000。

王运熙,《乐府诗述论》,上海:上海古籍出版社,1996。

王运熙、杨明,《魏晋南北朝文学批评史》,上海:上海古籍出版社,1989。

王仲荦,《魏晋南北朝史》,上海:上海人民出版社,2004。

吴建辉,《论沈约的门第观、政治地位、文学地位及其关系》,《湘潭大学社会科学学报》24.2(2000):30—33。

吴先宁,《北朝文学研究》,台北:文津出版社,1993。

吴云主编,《魏晋南北朝文学研究》,北京:北京出版社,2001。

西北师范学院学报编辑部编,《唐代边塞诗研究论文选粹》,兰州:甘肃教育出版社,1988。

香港中文大学中文系编,《魏晋南北朝文学论集》,台北:文史哲出版社,1994。

萧涤非,《汉魏六朝乐府文学史》,北京:人民文学出版社,1984。

萧涤非,《萧涤非说乐府》,上海:上海古籍出版社,2002。

熊德基,《六朝史考实》,北京:中华书局,2000。

熊清元,《梁武帝天监三年"舍事李老道法"事证伪》,《黄冈师专学报》18.2(1998):67—70。

徐宝余,《庾信研究》,北京:学林出版社,2003。

徐立强,《梁皇忏初探》,《中华佛学研究》2(1998):177—206。

徐玉如,《宫体诗研究的现状与反思》,《江海学刊》4(2001):162—166。

徐玉如,《近二十年〈玉台新咏〉研究》,《淮阴师范学院学报》2(2001):225—229。

徐中玉,《文章且须放荡》,《古代文学创作论集》,北京:中国社会科学出版社,1985,19—39。

许东海,《庾信生平及其赋之研究》,台北:文史哲出版社,1984。

许云和,《欲色异相与梁代宫体诗》,《文学评论》5(1996):145—153。

宇文所安,《盛唐诗》,北京:生活·读书·新知三联书店,2014

宇文所安,《他山的石头记:宇文所安自选集》,北京:生活·读书·新知三联书店,2019。

严阵,《江南曲》,上海:作家出版社,1964。

阎采平,《梁陈边塞乐府论》,《文学遗产》6(1988):45—54。

阎采平,《齐梁诗歌研究》,北京:北京大学出版社,1994。

颜尚文,《梁武帝皇帝菩萨理念形成的时代背景》,《佛教的思想与文化:印顺导师八秩晋六寿庆论文集》,台北:法光出版社,1991,123—164。

颜尚文,《梁武帝批注大品般若经与佛教国家的建立》,《佛学研究中心学报》3(1998):99—128。

颜尚文,《梁武帝受菩萨戒及舍身同泰寺与"皇帝菩萨"地位的建立》,《东方宗教研究》10(1990):43—89。

颜尚文,《梁武帝》,台北:三民书局,1999。

余冠英,《汉魏六朝诗论丛》,香港:东南书局,1971。

郁沅、张明高,《魏晋南北朝文论选》,北京:人民文学出版社,1996。

詹福瑞,《梁代宫体诗人略考》,《河北大学学报》2(1996):3—6。

詹鸿,《丽而不淫,约而不俭:论辗转于萧氏门下的刘孝绰及其诗歌创作》,《龙岩师范学报》16.4(1998):43—45。

张伯伟,《禅与诗学》,台北:扬智文化事业股份有限公司,1995。

张金龙,《北魏政治与制度论稿》,兰州:甘肃教育出版社,2003。

张蕾,《并非偶然的巧合:〈玉台新咏〉与〈文选〉选诗相重现象析》,《郑州大学学报》36.6(2003):16—19。

张蕾,《〈玉台新咏〉研究述要》,《河北师范大学学报》27.2(2004):72—76。

张伟然,《湖北历史地理研究》,武汉:湖北教育出版社,2000。

张晓虹,《明清时期陕西民间信仰的区域差异》,《中国历史地理论丛》1(2000)。

章义和,《地域集团与南朝政治》,上海:华东师范大学出版社,2002。

赵昌平,《文章且须放荡辨》,《古代文学理论研究》9(1984):92—98。

赵以武,《关于梁武帝"舍道事佛"的时间及其原因》,《嘉应大学学报》17.5(1999):1—5。

郑基良,《魏晋南北朝形尽神灭或形尽神不灭的思想论证》,台北:文史哲出版社,2002。

郑欣,《魏晋南北朝史探索》,济南:山东大学出版社,2004。

郑振铎,《插图本中国文学史》,北京:文学古籍刊行社,1959。

中国文选学研究会编,《文选学新论》,郑州:郑州古籍出版社,1997。

钟仕伦,《金楼子研究》,北京:中华书局,2004。

钟优民,《中国诗歌史(魏晋南北朝)》,长春:吉林大学出版社,1989。

周建江,《北魏文学史》,北京:中国社会科学出版社,1997。

周建军,《从选诗之差异看〈文选〉、〈玉台新咏〉的文学批评意义》,《求索》4(2002):140—142。

周勋初,《关于宫体诗的若干问题》,《新建设》3(1965):54—61。

周勋初,《梁代文论三派述要》,《中华文史论丛》5(1964):195—221。后收入《魏晋南北朝文学论丛》,南京:江苏古籍出版社,1999,230—253。

周一良,《魏晋南北朝史论集》,北京:北京大学出版社,1997。

周一良,《魏晋南北朝史札记》,北京:中华书局,1985。

朱大渭,《六朝史论》,北京:中华书局,1998。

中国中世史研究会编,《中国中世史研究:六朝隋唐の社会と文化》,东京:东海大学出版会,1970。

太田悌藏,《梁武帝の舍道奉仏について疑う》,《結城教授頌寿記念:仏

教思想史論集》,东京:大藏出版,1964,417—432。

冈村繁,《文选之研究》,陆晓光译,上海:上海古籍出版社,2002。

林田慎之助,《中国中世文学评论史》,东京:创文社,1979。

林田慎之助,《裴子野〈雕虫论〉考证:关于〈雕虫论〉的写作年代及其复古文学论》,《古代文学理论研究丛刊》2(1982):231—250。

清水凯夫,《新文选学:文选の新研究》,东京:研文出版,1999。

森野繁夫,《六朝诗の研究:「集团の文学」と「个人の文学」》,东京:第一学习社,1976。

Agamben, Giorgio. *The Man without Content*. Translated by Georgia Albert. Stanford: Stanford University Press, 1999.

Balázs, Stefan. "Der Philosoph Fan Tschen und sein Traktat gegen den Buddhismus." Sinica 7 (1932): 220~234.

Berger, John. *About Looking*. New York: Vintage, 1980.

Birrell, Anne. *Games Poets Play: Readings in Medieval Chinese Poetry*. Cambridge, UK: McGuinness China Monographs, 2004.

——. trans. *New Songs from A Jade Terrace*. London: Penguin Books, 1986.

Bush, Susan, and Christian Murck, eds. *Theories of the Arts in China*. Princeton: Princeton University Press, 1983.

Butler, Judith. *Gender Trouble: Feminism and the Subversion of Identity*. New York: Routledge, 1990.

Campany, Robert Ford. "The Earliest Tales of the Bodhisattva Guanshiyin." In *Religions of China in Practice*, edited by Donald S. Lopez, Jr. Princeton: Princeton University Press, 1996; pp. 82~96.

——, "The Real Presence." *History of Religions* 32.3 (1993): 233~272.

——, trans. *To Live as Long as Heaven and Earth: An Translation and Study of Ge Hong's Traditions of Divine Transcendents*. Berkeley: University of California Press, 2002.

Calvino, Italo. *Six Memos for the Next Millennium*. New York: Vintage, 1988.

Cai, Zong-qi, ed. *A Chinese Literary Mind: Culture, Creativity, and Rhetoric in Wenxin Diaolong*. Stanford: Stanford University Press, 2001.

Chang, Kang-i Sun (孙康宜). *Six Dynasties Poetry*. Princeton: Princeton University Press, 1986.

Chen, Jinhua. "*Pañcavārsika* Assemblies in Liang Wudi's Buddhist Palace Chapel." *Harvard Journal of Asiatic Studies* 66.1 (2006): 43~103.

Chen, Jue(陈珏). "Calculated Anachronism and Intertextual Echoes in Bu Jiang Zong baiyuan zhuan." *T'ang Studies* 14 (1996): 67~97.

Chen, Zu-yan (陈祖言). "The Art of Black and White: Wei-ch'i in Chinese Poetry." *Journal of American Oriental Society* 117.4 (1997): 643~653.

Chennault, Cynthia. "Odes on Objects and Patronage during the Southern Qi." *In Studies in Early Medieval Chinese Literature and Cultural History: In Honor of Richard B. Mather and Donald Holzman*, edited by Paul W. Kroll and David R. Knechtges. Utah: The T'ang Studies Society, 2003; pp. 331~398.

Crowell, William. "Northern Émigrés and the Problems of Census Registration under the Eastern Jin and Southern Dynasties." In *State and Society in Early Medieval China*, edited by Albert Dien. Stanford: Stanford University Press, 1990; pp. 171~209.

Dien, Albert E. "Civil Service Examination: Evidences from the Northwest." In Pearce et al., *Culture and Power in the Reconstitution of the Chinese Realm, 200~600*. Cambridge, MA: Harvard University Asia Center, 2001.

——. *Pei Ch'i shu 45: Biography of Yen Chih-t'ui*. Bern: Herbert Lang, 1976.

Dudbridge, Glen. *Lost Books of Medieval China*. London: The British Library, 2000.

Fantham, Elaine. *Roman Literary Culture: From Cicero to Apuleius*. Baltimore: John Hopkins University, 1996.

Graham, Jr., William T., trans. and anno. *The Lament for the South: Yü Hsin's "Ai Chiang-nan fu."* Cambridge, UK: Cambridge University

Press, 1980.

———, and James Hightower. "Yü Hsin's 'Songs of Sorrow'." *Harvard Journal of Asiatic Studies* 43.1(1983): 5~55.

Holcombe, Charles. *In the Shadow of the Han: Literati Thought and Society at the Beginning of the Southern Dynasties*. Honolulu: University of Hawaii Press, 1994.

Idema, Wilt, and Beata Grant, trans. and eds. *The Red Brush: Writing Women of Imperial China*. Cambridge, MA: Harvard Asia Center Press, 2004.

Janousch, Andreas. "The Emperor as Bodhisattva: The Bodhisattva Ordination and Ritual Assemblies of Emperor Wu of the Liang Dynasty." In *State and Court Ritual in China*, edited by Joseph P. McDermott. Cambridge: Cambridge University Press, 1999; pp. 112~149.

Jansen, Thomas. *Höfische Öffentlichkeit im frühmittelalterlichen China: Debatten im Salon des Prinzen Xiao Ziliang*. Freiburg: Rombach, 2000.

Johnson, David. *The Medieval Chinese Oligarchy*. Boulder: Westview Press, 1977.

Kieschinick, John. *The Eminent Monk: Buddhist Ideals in Medieval Chinese Hagiography*. Honolulu: University of Hawaii Press, 1997.

Knechtges, David(康达维). *Court Culture and Literature in Early China*. Variorum Collected Studies Series. Aldershot, UK: Ashgate Publishing Ltd., 2002.

———. "Culling the Weeds and Selecting Prime Blossoms: The Anthology in Early Medieval China." In pearce et al., *Culture and Power in the Reconstitution of the Chinese Realm, 200~600*; pp. 240~241.

———. "Han Wudi de fu" 汉武帝的赋. In *Disanjie guoji cifu xue xueshu yantaohui lunwenji* 第三届国际辞赋学学术研讨会论文集. Taipei: Zhengzhi daxue wenxueyuan, 1996; pp. 1~14.

———. "Sweet‐peel Orange or Southern Gold? Regional Identity in Western Jin literature." In *Studies in Early Medieval Chinese Literature and Cultural History: In Honor of Richard B. Mather and Donald Holzman*;

pp. 27~79.

——, trans. *Wen xuan or Selections of Refined Literature*. Vol. 1. Princeton: Princeton University Press, 1982.

——, trans. *Wen xuan or Selections of Refined Literature*. Vol. 2. Princeton: Princeton University Press, 1987.

Knoblock, John, and Jeffrey Riegel, trans. *The Annals of Lü Buwei: A Complete Translation and Study*. Stanford: Stanford University Press, 2000.

Lai, Whalen. "Beyond the Debate on 'The Immortality of the Soul': Recovering an Essay by Shen Yüeh." *Journal of Oriental Studies* 19.2 (1981): 138~157.

——. "Emperor Wu of Liang on the Immortal Soul, Shen Pu Mieh." *Journal of the American Oriental Society* 101.2 (1981): 167~175.

Liebenthal, Walter. "The Immortality of the Soul in Chinese Thought." *Monumenta Nipponica* 8.1/2 (1952): 327~397.

Lin, Shuen-fu, and Stephen Owen, eds. *The Vitality of the Lyric Voice: Shih Poetry from the Late Han to the T'ang*. Princeton: Princeton University Press, 1986.

Liu, Shufen(刘淑芬). "Jiankang and the Commercial Empire of the Southern Dynasties: Change and Continuity in Medieval Chinese Economic History." In Pearce et al., *Culture and Power in the Reconstitution of the Chinese Realm*, 200~600: pp. 35~52.

Marney, John, trans. *Beyond the Mulberries: An Anthology of Palace Style Poetry*. San Francisco: China Materials Center, 1982.

——. *Liang Chien-wen Ti*. Boston: Twayne Publishers, 1976.

Mather, Richard B. (马瑞志). "The Bonze's Begging Bowl: Eating Practices in the Buddhist Monasterie of Medieval China." *Journal of American Oriental Society* 101.4 (1981): 417~423.

——. *The Poet Shen Yüeh* (441~513): *The Reticent Marquis*. Princeton: Princeton University Press, 1988.

——, trans. *The Age of Eternal Brilliance: Three Lyric Poets of the Yung-ming Era* (483~493). Leiden: Brill, 2003.

——, trans. *A New Account of Tales of the World*. Minneapolis: University of Minnesota Press, 1976.

Miao, Ronald. "Palace-Style Poetry: The Courtly Treatment of Glamour and Love." In *Studies in Chinese Poetry and Poetics*. San Francisco: China Materials Center, 1978; pp. 1~42.

Ochi, Shigeaki(越智重明)."The Southern Dynasties Aristocratic System and Dynastic Change." *Acta Asiatica* 60 (1991): 54~77.

Owen, Stephen（宇文所安）, ed. and trans. *An Anthology of Chinese Literature: Beginnings to* 1911. New York: W. W. Norton, 1996.

——. "Deadwood: The Barren Tree from Yü Hsin to Han Yü." *CLEAR* 1.2(1979): 157~179.

——. "Dust Motes." In *Institutions and Originality: Occasional Papers*. Seattle: Walter Chapin Simpson Center for the Humanities, 1998; pp. 65~77.

——. *The End of the Chinese "Middle Ages": Essays in Mid-Tang Literary Culture*. Stanford: Stanford University Press, 1996.

——. *The Great Age of Chinese Poetry, The High T'ang*. New Haven: Yale University, 1981.

——. *The Making of Early Chinese Classical Poetry*. Cambridge, MA: Harvard Asia Center, 2006.

——. *Mi-Lou: Poetry and the Labyrinth of Desire*. Cambridge, MA: Harvard Univerity Press, 1989.

——. "One Sight: The Han shu Biography of Lady Li." In *Rhetoric and Discourses of Power in Court Culture*, edited by David Knechtges and Eugene Vance. Seattle: University of Washington Press, 2005; pp. 239~259.

——. *Readings in Chinese Literary Thought*. Cambridge, MA: Harvard Asia Center, 1992.

Pearce, Scott, Audrey Shapiro, and Patricia Ebrey, eds. *Culture and Power in the Reconstitution of the Chinese Realm, 200~600*. Cambridge, Ma: Harvard Asia Center Press, 2001.

Rogers, Michael. "The Myth of the Battle of the Fei River [A. D. 383]." *T'oung pao* 54.1/3 (1968): 50~72.

Rouzer, Paul. *Articulated Ladies: Gender and the Male Community in Early Chinese Texts*. Cambridge, MA: Harvard Asia Center Press, 2001.

——. *Writing Another's Dream: The Poetry of Wen Tingyun*. Stanford: Stanford University Press, 1993.

Spade, Beatrice. "The Education of Women in China During the Southern Dynasties." *Journal of Asian History* 13.1 (1979): 15~41.

Tang, Zhangru(唐长孺). "Clients and Bound Retainers in the Six Dynasties Period." In *State and Society in Early Medieval China*, edited by Albert Dien. Stanford: Stanford Univesity Press, 1990; pp. 111~138.

Teiser, Stephen F. *The Ghost Festival in Medieval China*. Princeton: Princeton University Press, 1988.

Tian, Xiaofei(田晓菲). "Configuring the Feminine: Gender and Literary Transvestitism in the Southern Dynasties Poetry." PhD diss., Harvard University, 1998.

Wilkinson, Endymion. *Chinese History: A Manual*. Cambridge, MA: Harvard Asia Center Press, 1998.

Wong, Siu-kit, trans. *Early Chinese Literary Criticism*. Hong Kong: Joint Publishing, 1983.

Wu, Fusheng. *The Poetics of Decadence: Chinese Poetry of the Southern Dynasties and Late Tang Poetics*. Albany: SUNY Press, 1998.

Yasuda, Jirō(安田二郎). "The Changing Aristocratic Society of the Southern Dynasties and Regional Society: Particularly in the Hsiang-yang Region." *Acta Asiatica* 60 (1991): 25~53.

Yu, Pauline(余宝琳). "Formal Distinctions in Literary Theory." In *Theories of the Arts in China*.

Zheng, Xiaorong. "A History of Northern Dynasties Literature." PhD diss., University of Washington, 2002.

Zürcher, Erik. *The Buddhist Conquest of China: The Spread and Adaptation of Buddhism in Early Medieval China*. Leiden: Brill, 1972.